MW00422841

M

Cherry Chic

Aunque llueva en primavera

Montena

Papel certificado por el Forest Stewardship Council®

Primera edición: abril de 2024

Printed in Spain – Impreso en España

ISBN: 978-84-19746-58-0
Depósito legal: B-1.680-2024

Compuesto en Compaginem Llibres, S. L.
Impreso en Black Print CPI Ibérica S. L.
Sant Andreu de la Barca (Barcelona)

GT 46580

Para todos los que necesiten un refugio:
Bienvenidos a Havenwish

1

Lili

El bullicio intenta penetrar en mí, pero no lo consigue. Mi cabeza es una esfera de hormigón duro que no deja acceder más pensamientos que los que ya hay dentro y se empeñan en girar y crecer, volviéndose invasivos por segundos. Intento decirme a mí misma que es normal, no se me puede culpar por sentirme así después de saber que voy a pasar los próximos días, semanas y, si la situación se desborda, puede que meses, acompañada de la única persona a la que me siento incapaz de soportar más de diez minutos seguidos.

—Charles, entiendo lo que quieres decir, pero creo que es un poco intrusivo que...

—No hay nada más que discutir, Lili. Se ha ofrecido y estamos con el agua al cuello. Es como sumar uno más uno. —Intento decir algo, pero me corta—. Además, querida, no puedes hablar. No tienes el sombrero.

El alcalde de Havenwish, nuestro querido y pequeño pueblo, sonríe con una amabilidad que no me creo ni por un instante. El sombrero del que habla no es más que un bombín negro decorado con hojas o flores distintas en cada asamblea. Desde que tengo uso de razón, quien quiera tomar la palabra en una reunión vecinal, tiene que usar el bombín porque los vecinos de Havenwish consideran que, con él, es imposible mentir. Imagino que eso sirve para mostrar el nivel de originalidad (o insensatez) de este pueblo.

La sala en la que estamos es diáfana, cuadrada y no demasiado grande. Está repleta de sillas que ocupan la mayoría de los vecinos y tiene un pequeño escenario, apenas diferenciado del suelo por unos treinta centímetros de tarima de madera, que nuestro querido alcalde usa para leer los puntos de cada reunión una vez al mes. Quejas, sugerencias, peticiones y ruegos se llevan a cabo con éxito, aunque solo sea porque, al finalizar la reunión, el ayuntamiento ofrece té y pastas a los asistentes.

Bueno, por eso y porque nadie en Havenwish se resiste a un acto que cubre al menos el cincuenta por ciento de emociones que se viven en este pueblo. Las reuniones vecinales son la excusa perfecta para observar con una sonrisa los pocos malos rollos que surgen y desear en silencio que alguien discuta a gritos para volver a casa con algo jugoso que sirva para hablar durante varios días. Sé que suena un poco frívolo, pero no puedo culpar a ninguno de mis vecinos por aferrarse a cualquier posibilidad de dar vida al pueblo, aunque sea a través del cotilleo.

En un extremo de la sala, Blake Sullivan me observa de ese modo que hace que quiera ponerme a la defensiva de inmediato. Podría decir que tiene una mirada penetrante, esas cosas en las novelas románticas quedan bien, ¿no? Bueno, pues tiene una mirada penetrante y oscura, aunque sus ojos sean verdes a ratos, amarillos algunos días y con motas marrones cuando se enfada o molesta, que es a menudo. También tiene barba de varios días, el pelo castaño y algo ondulado más largo de lo que la mayoría de los vecinos de Havenwish considerarían adecuado y una nariz recta y perfecta que, intuyo, le cayó como regalo al nacer y no es resultado de una operación. De hecho, estoy bastante segura de que en una reunión de cirujanos plásticos la nariz de Blake Sullivan sería motivo de adoración durante horas. ¿Por qué me he fijado tanto en ella? No lo sé. Supongo que es, junto con su dentadura perfecta, lo único bueno que puedo decir de él. Y a mí me encanta decir cosas buenas de la gente a la que conozco. Creo que eso contribuye a crear un mundo mejor, aunque estoy segura de que mucha gente me tomaría por ilusa.

En definitiva, la nariz y la dentadura de Blake son lo único bueno que tengo que decir de él.

Bueno, miento. Lo mejor que se puede decir de él es que tiene una pequeña y adorable hija que, salvo por algunos detalles, no se parece en nada a su padre.

Desvío la mirada, sabiendo que él no lo hará. Es algo que también aprendí hace meses, cuando Blake llegó al pueblo con su hija en brazos y se dedicó a mirar fijamente cada cosa que le llamaba la atención, para bien o para mal. No es muy hablador, pero sí un gran observador. A mí me taladra con los ojos cada vez que me ve por el simple hecho de ser la maestra de su hija. Y no lo hace de una buena forma. Es más bien una mirada de «más te vale cuidar bien a mi precioso angelito». Y aunque lo entiendo, porque todos los padres son sobreprotectores, hay algo en su forma de evaluarme que me hace pensar que sería perfectamente capaz de entrar como un ogro en la escuela si un día Maddie llegase a casa con una tirita en la rodilla.

Por suerte para mí, Madison no es de esas niñas con tendencia a caerse de un modo casi constante. Es un rasgo que sí tienen otros alumnos míos, así que agradezco que la niña sea tranquila y cautelosa, no tanto por ella, sino porque eso me evita tener que enfrentarme a su padre.

Pido el sombrero a toda prisa, que llega hasta mí en cuestión de segundos, me lo pongo y hablo.

—Charles, en serio, yo creo que, si me das un poco más de tiempo, puedo lograr que alguien profesional nos haga un presupuesto que se ajuste a nuestras necesidades. Podemos preguntar en los pueblos de alrededor y...

—No vamos a preguntar en ninguna parte, Lilibeth.

Que Charles, el alcalde, use mi nombre completo en vez del diminutivo, es suficiente para cerrar la boca. Después de todo, este señor me ha visto corretear por el pueblo en pañales. Y eso, en un pueblo de poco más de setecientos habitantes, da una idea aproximada de lo mucho que me conoce. Y yo a él.

Además, no depende solo de su decisión. El pueblo entero ha votado por esta opción, aunque para mí sea la peor, así que no hay mucho que hacer.

Y aun así...

—Si solo me dejaras...

—Sí que tienes empeño en gastar dinero. —Otra voz se une a la conversación—. Cualquiera diría que te preocupa más tu bienestar personal que el de los niños de la escuela.

—No puedes hablar sin el sombrero —le digo en un tono lo bastante tajante como para que se calle.

Maldito Blake Sullivan. Lo atravieso con la mirada, porque no tiene ni idea de lo que acaba de decir. No lo sabe porque no me conoce, aunque hable como si lo hiciera. Apenas lleva unos meses aquí, llegó de repente destrozando la tranquilidad de mi adorado pueblo y todavía se cree que tiene derecho a reprocharme algo cuando lo cierto es que, si me conociera de verdad, sabría que yo antepongo la escuela y los niños que asisten a ella a prácticamente todo, incluida yo misma. Si me conociera lo más mínimo sabría que el único motivo por el que me parece tan mal que él sea el encargado de ayudarnos a mis socios y a mí con el proyecto de la creación del huerto de la escuela infantil es que es un gruñón y temo que espante a los niños con su mera presencia.

Si me conociera un poco, aunque solo fuera un poco, sabría que la idea de tenerlo merodeando a mi alrededor todos los días me hace sentir náuseas, porque hay algo en él que me pone nerviosa.

Tan nerviosa como me siento cuando el cielo empieza a cerrarse y sé que se avecina una tempestad.

En realidad, si lo pienso un poco, supongo que en eso se resume todo: Blake Sullivan tiene algo tan oscuro como las tormentas que me aterrorizan.

Y eso no es bueno.

Nada nada bueno.

2

Blake

Me levanto y coloco mi silla en una de las pilas donde se amontonan. Esta sala, en realidad, es parte de una casa antigua perteneciente al ayuntamiento y que han restaurado poco a poco. Se nota que aún falta mucho por hacer, pero al menos han conseguido que el salón sea acogedor y diáfano. Según tengo entendido, sirve tanto para las reuniones vecinales como para actividades varias del pueblo, así que todos debemos recoger al acabar las asambleas. Si algo aprendí con mi llegada aquí, hace aproximadamente dos meses, es que los vecinos de Havenwish saben cómo aprovechar todos los recursos de los que disponen, aunque no sean muchos.

—Querido, ven, toma un poco de té y prueba las pastas. Las he hecho yo misma.

Miro a Eleanor, que tira de mi mano con una fuerza sorprendente para tratarse de una anciana. Es la esposa de Charles, el alcalde, y aunque los dos son mayores, nadie por estas tierras duda de su capacidad de mando. En conjunto, porque puede que el cargo lo tenga él, pero es evidente que ella es imprescindible en la pequeña comunidad que conforma este pueblo.

Quizá no debería sorprenderme tanto que una pareja más cerca de los ochenta que de los setenta sea la voz principal de una comunidad, pero en Phoenix, de donde vengo, eso es impensable.

No me apetece tomar té y pastas caseras, pero me recuerdo a mí mismo que esta es una de las razones por las que vine. Me alejé del bullicio y la gran ciudad por muchos motivos, pero uno de los más importantes era criar a mi hija en un ambiente en el que pudiera sentirse protegida por su entorno. Y para eso, aunque no lo parezca, debo tomar pastas y té con los vecinos.

Me dejo llevar por ella hasta una de las mesas laterales, donde varios vecinos ya disfrutan del manjar, sabiéndose a resguardo del frío y la lluvia que reinan en el exterior.

—¿Dónde has dejado a la pequeña Maddie? —pregunta Eleanor después de servirme una taza y esperar que dé un bocado a una de sus pastas.

—Esto está increíble. —No miento, de verdad son unas galletas buenísimas—. Maddie está con Harper Anderson, tal y como me recomendaste.

—Oh, es una chica increíble y muy dulce. Le vendrá bien el dinero para sus pequeños gastos y los Anderson son gente de bien.

Como si no supiera quiénes son, me señala al matrimonio de mediana edad que charla con otro par de vecinos. Harper es su hija adolescente y, aunque a mi llegada me mostré reacio a dejar que alguien más cuidara a Maddie, pronto se hizo evidente que necesitaba una niñera. Fue Eleanor quien me aconsejó a la chica y, de momento, no puedo decir nada negativo. Pensé que me costaría más entenderme con ella, por eso de que es adolescente y yo soy... Bueno, digamos que no soy el hombre más simpático y cercano del mundo, pero para mi sorpresa Harper me lo puso fácil desde el principio. Es madura, sensata y no hay que repetirle las cosas dos veces. Es una gran influencia para mi pequeña.

Ojalá pudiera decir lo mismo de su maestra...

Miro de reojo a Lilibeth Turner. Está discutiendo con Charles, otra vez. Intento no sonreír con malicia, pero es que estoy bastante seguro de que la conversación gira en torno a mí y lo poco que le gusta saber que va a tener que soportarme en la escuela durante una temporada.

Como he dicho, solo llevo dos meses aquí, pero no he necesitado más para darme cuenta de que se piensa que tiene el poder sobre la escuela. Y, vale, puede que eso sea porque es la dueña, junto con dos socios más, pero no es la única que manda, aunque le pese.

Todo empezó cuando solicité una primera entrevista con ella al llegar al pueblo para que me explicase sus métodos de enseñanza y, aunque lo hizo de buen grado, me percaté de que se puso a la defensiva en cuanto ahondé en preguntas que, para mí, son importantes:

—¿Cuántas profesoras hay para vigilar a los niños en el patio? —pregunté.

—Somos dos personas en total, es una escuela infantil pequeña.

—Es demasiado poco. ¿Qué pasa si mi hija se hace daño y una tiene que atenderla? ¿El resto de la escuela se queda solo con una profesora? ¿Y si vomita y necesita que la cambien de ropa? ¿Y si un día tiene fiebre y estás tan ocupada con el resto que no te das cuenta?

—Como digo, son pocos niños —respondió en un tono tirante que no me gustó nada.

—¿De qué manera puedo estar al corriente del trabajo que realiza mi hija? —añadí—. Maddie es una niña que se expresa bastante bien, pero no deja de tener tres años y, obviamente, no puede hacerme informes diarios de la escuela. Esa labor es vuestra.

—Con todo el respeto, Blake, ya hacemos evaluaciones acerca del trabajo de cada niño cuando corresponde. Hacerlo a diario es inviable.

—¿Por qué? Tú misma has dicho que son pocos niños.

A partir de ese momento la cosa se puso cada vez más tensa. Ella acabó diciéndome que soy sobreprotector en exceso, cosa que, por supuesto, no me gustó. Ni que lo pensara ni que me lo dijera. ¿No se suponía que tenía que mantener un trato cordial con los padres?

—No creo que estés siendo muy cordial como maestra —le dije para dar voz a mis pensamientos.

—Bueno, yo no creo que tú estés siendo muy cordial como padre. —Abrí la boca para protestar, pero me interrumpió—. En realidad, no siento que estés siendo un ser humano cordial en términos generales.

—¿Cómo te atreves?

—Y ya que estoy, deberías saber que te veo cuando te asomas a la valla del patio para vigilarnos. Deja de hacerlo, es raro e incómodo.

—Tú no puedes decirme lo que puedo o no puedo hacer.

—Puedo pedirte que evites tratarnos como si estuviéramos maltratando a tu hija. Deja de ser paranoico o sácala de la escuela, si tan poco te fías, pero estas actitudes tienen que acabarse.

—Asegurarme de que está bien no es ser paranoico. Es ser un padre preocupado e implicado.

Ella no estuvo de acuerdo, así que podríamos decir que nuestra primera reunión fue tensa y la siguiente, justo siete días después, no fue mejor. Al parecer, Lilibeth no es una mujer que lleve bien tener reuniones semanales con los padres y se siente un tanto atacada e insultada por mi falta de confianza. Eso no lo sé por ella, sino por Eleanor, que no tardó en ponerme al día.

—Deberías dejar que haga su trabajo, querido. Es una gran maestra. Los pequeños de Havenwish no podrían estar en mejores manos —me dijo hace unas semanas.

Yo guardé silencio porque sabía que, en el fondo, Eleanor no estaba dándome un consejo, sino una orden encubierta. Me había llevado poco tiempo descubrir que en Havenwish hay ciertas personas a las que merece la pena hacer caso. Lilibeth, desde luego, no es una de ellas, pero Eleanor sí. Porque llevarse mal con Eleanor es llevarse mal con todo el pueblo y, seamos sinceros, no estoy en posición de estar cambiando de vivienda cada poco. Vine aquí buscando paz y un rincón en el mundo en el que criar a mi hija con una buena calidad de vida, así que tengo que esforzarme por llevarme bien con la gente. Al menos con la gente que, a mi parecer, supone un pilar fundamental para esta comunidad.

—Por cierto, querido, espero que estés contento con el resultado de la votación —me dice Eleanor, trayéndome de vuelta al presente—. Ahora podrás ir a la escuela a diario gracias al proyecto aprobado.

—Estoy agradecido de que la mayoría de los vecinos hayan votado a mi favor.

—Oh, no te equivoques. —Su risa suena cantarina, casi musical, pero no soy tonto: sé que no es tan inocente como pretende hacer ver—. El pueblo ha votado a favor de la escuela. Tú has ofrecido un presupuesto con el que apenas tendrás ganancias y no vamos a encontrar a nadie que trabaje por menos.

—Obtendré otras ventajas —le digo sonriendo—. Quiero que mi hija esté en un lugar en el que pueda disfrutar al máximo y tener al alcance todos los beneficios posibles, y disponer de un huerto me parece algo estupendo.

—Ha sido idea de Lili. Esa chica es un amor. —Guardo silencio, porque aprendí hace mucho que, si no tengo nada bueno que decir, es mejor que me quede callado—. Espero que no le hagas la vida difícil, Blake.

—No es mi intención.

—¿Seguro?

—Seguro. Solo quiero mejorar la escuela y asegurarme de que mi hija es feliz.

—Entonces deberías entender que ella quiere exactamente lo mismo: mejorar la escuela y que todos sus niños sean felices. Y, para eso, también es necesario que los padres colaboren, no solo de un modo activo, sino amistoso. La confianza es uno de los pilares de Havenwish. Sin la confianza que los vecinos tenemos entre nosotros, esta comunidad no podría salir adelante.

—No te preocupes, Eleanor. Estoy más que comprometido con la causa. Seré un angelito con miss Lilibeth, por el bien de la escuela, los niños y la comunidad de Havenwish.

Ella me mira un tanto desconfiada, pero sonríe, aunque no con una sonrisa sincera. No se fía de mí al cien por cien y, para ser franco, ni siquiera puedo culparla por ello, porque algo me dice que esto no va a ser tan fácil como quiero hacerle ver.

3

Lili

Forcejeo con la puerta de la entrada del jardín, como cada maldito día desde hace meses. No sé qué le pasa, es como si se hubiera hinchado y no encajara bien entre los dos pilares de piedra que conforman el inicio del pequeño muro que rodea mi casa. La lluvia no ayuda, desde luego.

Cuando por fin atravieso la entrada, recorro el camino empedrado que conduce hasta la puerta principal. Observo el jardín, cubierto de césped y flores silvestres plantadas en parterres tan antiguos como yo. Algunos tienen incluso más años. La floración está cerca. De momento asoman las campanillas blancas y alguna que otra rosa de Navidad con timidez, pero estamos en febrero. La explosión aún no ha llegado, aunque yo la ansíe como ninguna otra cosa.

Estar aquí, parada en mitad del camino mirando las flores nacidas, las que están por nacer o el pequeño vivero del fondo del jardín me da tanta paz que, en el fondo, es como si sirviera para reiniciarme.

Y hoy necesito reiniciarme.

Inspiro con fuerza, recreándome en el olor a tierra mojada. Miro hacia mi casa y sonrío. No es inmensa, pero a veces lo parece.

Creo que es porque, en días difíciles, como está resultando este, la percibo como un refugio extraordinario. En sí, no es que sea lujosa, ni mucho menos, pero sus muros de ladrillo antiguo y piedra le dan un aspecto acogedor y rústico. Hay dos enredaderas naciendo desde cada esquina de la fachada que se entremezclan a lo largo y ancho del ladrillo con ramas que se enroscan entre ellas. El techo está cubierto de tejas oscuras y, en días como hoy, en los que la lluvia arrecia, si miras fijamente hacia la torreta de la chimenea casi puedes ver cómo el color de las tejas se funde con el del cielo oscuro.

Las ventanas están cerradas, pero casi puedo sentir la vibración de los marcos de madera, sobre todo de los de la cocina, que tienen colgadas macetas de cerámica con romero y lavanda. En cuanto entre en casa, el ruido me acompañará durante toda la noche. Holly, mi mejor amiga, lo aborrece. Cada vez que viene en días de lluvia me pregunta cómo puedo odiar tanto las tormentas y, sin embargo, tener interiorizada la vibración de las ventanas. Y la verdad es que no tengo una respuesta para eso.

Recorro el resto del jardín autoconvenciéndome de que no es momento de estar aquí, recreándome como si mis macetas fueran un espectáculo en sí mismas. Casi a la altura de la casa el sendero de piedra se bifurca y, hacia la derecha, serpentea a través de un parterre de flores, donde las rosas inglesas toman el control para llevarte hacia el invernadero de madera verde y paredes de cristal con forma de casita.

No me distraigo más. Abro la puerta, entro y me despojo del paraguas, las botas y el abrigo. Lo dejo todo en la entrada, bien colgado en el perchero de madera o en el pequeño banco que hay justo debajo. Recorro el suelo de tarima ya descalza. De algún modo, no me había dado cuenta de lo mucho que me he mojado hasta estar dentro y sentir el calor. Me dirijo a la chimenea de piedra que domina el salón y prácticamente la casa. Abro la puerta de seguridad que instalé, meto leña nueva y avivo un poco el fuego antes de cerrar y ponerme de pie.

Bordeo el sofá, que está enfrente de la chimenea, y me dirijo a la habitación, en la planta superior. No es grande, ni mucho menos, pero la cama está decorada por una colcha que tejió mi madre, y en la pared, en vez de cabecero, he colgado algunos cuadros pintados por mí y muchos muchos dibujos de los que me hacen los niños de la escuela. No es una pared que vayas a ver en una revista de decoración, pero es hogareña y me da paz, que es lo que de verdad importa.

Me cambio de ropa y me pongo un jersey de lana beige y un pantalón de yoga que no sé por qué tengo, si no hago yoga. Bajo de nuevo y entro en la cocina. Como el resto de la casa, es sencilla. Las paredes están pintadas en tonos pastel, los muebles son de madera y de un color verde salvia que considero relajante, pese a no tener mucha idea de decoración. Frente a la ventana más grande hay una mesa de madera desgastada, enorme y rectangular, rodeada de sillas disparejas y decorada con un jarrón de flores silvestres que corté esta misma mañana. Siempre me he preguntado para qué quiero tantas sillas, si la mayor parte del tiempo estoy sola.

Cojo la tetera, la lleno de agua y la pongo en el fuego mientras pienso en la reunión de hoy y los cambios que se avecinan. No creo que tomar té a esta hora sea buena idea, sobre todo porque ya he tomado en la reunión, así que saco un sobre de rooibos del armario en el que guardo todo un arsenal de infusiones y selecciono una taza al azar mientras espero que el agua hierva. La elegida es una taza bastante fea, objetivamente hablando. Está desconchada y parece que un niño de tres años la hubiese pintorreado. Y lo parece porque así es. Fue un regalo de un alumno y, aunque estoy bastante segura de que desentonaría en cualquier tablero Pinterest, es una de mis tazas favoritas.

Ya con la infusión preparada vuelvo al sofá, me siento y reviso mi teléfono. Tengo un mensaje de Holly que no tardo en abrir.

Holly

> ¿Estás bien? Evan me ha contado
> lo del bastardo de Blake.

Me río, doy un sorbo a mi infusión y suelto la taza en la mesita baja que tengo enfrente antes de responder.

Lili

> Hemos quedado muchas veces
> en que no puedes llamarlo «bastardo»
> como si eso fuera un insulto. ¿Es que
> no te ha enseñado nada Jon Nieve?

Holly

> No mucho, la verdad, yo era más
> de Arya. Pero tienes razón, lo siento por
> la parte que me toca. Aun así, me parece increíble
> que al final se haya salido con la suya.

Pienso en Blake e intento controlar mi rabia. Todavía no puedo creer el resultado de la votación y lo ridícula que es toda esta situación. Prácticamente va a trabajar gratis porque no soporta tener que dejar a su hija a nuestro cargo. ¡Y no lo entiendo! Entre lo que le cuesta la mensualidad de Maddie y el trabajo, sale perdiendo. Holly, que posee una imaginación completamente desbordada, dice que está segura de que es alguien con muchísimo dinero que tiene problemas de blanqueo y por eso está aquí, en la campiña inglesa, huyendo de su país y escondiéndose de la ley. Pero también está convencida de que le recuerda mucho a un actor famoso y también está segura de que es él, que está aquí huyendo de la fama. En sus días malos cree que es un secuestrador de niños y Madison no es suya, porque tiene el pelo rubio y su padre castaño, y los ojos grises y su padre verdes, pero es que da igual. Quitando esos dos detalles, hay demasiados rasgos en ella que hacen evidente que es hija de Blake. Es raro, porque se parece mucho a él y, al mismo tiempo, no. El caso es que, según mi amiga, está huyendo. Como puede verse, en todas las versiones él está huyendo de algo y está claro que tengo razones para decir que mi amiga tiene una imaginación completamente desbordada que me entretiene mucho, aunque no sirva demasiado para tranquilizarme.

Holly

(¿Quieres que vaya?)

Miro la parte superior de la pantalla y veo que es casi mi hora de dormir. Apenas tardo unos segundos en responder, pero, cuando voy a hacerlo, ella está llamándome.

—¿Y las niñas? —pregunto a modo de saludo.

—Evan ha tenido el privilegio de ir a la reunión de vecinos mientras yo me quedaba aquí haciendo de madre responsable. Puede ocuparse de ellas mientras me escapo un rato. Necesito alcohol.

—Holly, son casi las diez, llueve muchísimo y…

—Oh, por favor, Lili, no hables como si fueras una señora mayor. ¿Qué pasa si son casi las diez?

—¡Que mañana trabajamos!

—¿Y?

—Con niños pequeños.

—¿Y?

—No puedes llegar con resaca.

—¿Por qué no?

—Porque… porque no. Eres madre, y maestra, compórtate.

—¿Qué te parece? Busqué a conciencia a un chico que no fuera un capullo controlador y resulta que es mi mejor amiga quien intenta ponerle diques a mi libertad.

—No le estoy poniendo diques a nada. Decirte que no deberías beber un día laborable no es poner diques, sino ser una buena amiga. —Holly bufa y yo me río—. Además, las dos sabemos que no aguantas nada bien el alcohol.

—Lo sé, pero me encanta fantasear con la idea de que me emborracho cada noche, aunque no de un modo feo, sino…, ya sabes, como en esas series o libros en los que la prota se pasa el rato bebiendo y no pierde la compostura. —Algunos ruidos de movimiento se cuelan por el altavoz antes de poder oír de nuevo a mi amiga—. Oh, Evan, nadie está diciendo que mi vida sea una mierda. No seas dramático.

Me río de nuevo, porque es evidente que está soltando esta perorata con su marido al lado.

Holly solo tiene cuatro años más que yo. Hará treinta este año y, aunque nunca lo imaginé, ha cumplido superpronto con el prototipo tradicional de vida. Conoció a Evan en la universidad, se enamoraron y, cuando ella le dijo que pretendía volver a su pueblo natal, Havenwish, como maestra, él decidió seguirla sin pensarlo. Están casados, tienen dos niñas de dos y tres años y son felices. No es algo dicho por decir. De verdad son muy felices, aunque los problemas no falten y no tengan una vida de cuento perfecta. Holly, como yo, sabe bien que eso es imposible de conseguir, pero está enamorada de su marido, adora a sus hijas, trabaja en lo que más le gusta y vive en el pueblo que la ha visto crecer. No es rica, ni existen muchas posibilidades de que algún día lo sea, no vive con grandes lujos y a menudo lidia con el estrés que supone la crianza y la conciliación, pero en términos generales tiene todo lo que quiere.

Todo lo importante, al menos.

—¿Sigues ahí? —pregunta.

—Sí —murmuro.

—Estás triste y taciturna.

—No es verdad.

—Claro que lo es. Has puesto tu voz de mujer triste y taciturna.

Me río un poco frustrada por el hecho de que me conozca tan bien. Aun así, no puedo decirle que parte de mi tristeza y frustración viene del hecho de que yo ni siquiera tengo lo que considero importante para ser feliz. Intento decirme que sí a diario, pero…

—Voy para allá. —Oigo que dice ante mi falta de respuesta inmediata.

—No, de verdad —insisto—. Estoy agotada y voy a irme enseguida a la cama.

—¿Segura?

—Sí, quédate en casa. La noche no está para salir.

—Lili, vivimos prácticamente al lado.

Sonrío, eso es cierto y, aunque no se lo diga a menudo, Holly no se imagina lo agradecida que me siento de tenerla tan cerca.

—Estaré bien —prometo—. Solo necesito descansar y asimilar que Blake Sullivan empezará a ser parte de nuestro día a día en la escuela.

—Pienso hacerle la vida imposible.

—Holly...

—Oye, la cosa va así: él es un padre insufrible jodiendo a la maravillosa maestra de su hija, que da la casualidad de que es mi mejor amiga. Y yo soy socia fundadora de la escuela, una maestra encantadora y, además, madre de dos alumnas.

—¿Y?

—En algún momento algo de eso servirá para hacerle la vida imposible. No sé en cuál, pero...

—Holly, no te ofendas, pero como villana tienes un futuro inexistente.

—Porque no me he puesto en serio.

Me río, mucho más animada solo por el hecho de hablar con ella, y me despido.

—Intenta descansar, ¿quieres? Mañana tenemos que ser dos personas muy tranquilas, muy cordiales y muy...

—Lili —me interrumpe.

—¿Sí?

—Haz el favor de dejar de ser una mojigata. Blake Sullivan ha empezado una guerra que no vas a ganar con flores y cordialidad.

—Holly.

—¿Sí?

—Deja de imaginar guerras y situaciones completamente desmedidas.

—No puedo, es mi mente privilegiada.

Me río de nuevo, le doy las buenas noches y cuelgo sintiéndome mucho mejor que cuando llegué a casa. Me acabo la infusión mientras miro las llamas del fuego en la chimenea y pienso en lo que está por venir.

Me gustaría decir que esta situación no me genera ansiedad y estrés, pero estaría mintiendo, así que simplemente voy a asimilar lo que ha ocurrido, interiorizarlo y pensar que a veces las personas son desagradables y bruscas en sus comienzos, pero luego cambian. Las primeras impresiones no siempre tienen que ser acertadas, ¿verdad? Da igual lo que diga Holly. Estoy segura de que la cordialidad puede ejercer un gran papel en toda esta historia.

Después de todo, hay una cosa en la que Blake Sullivan y yo estamos de acuerdo: los niños de la escuela son lo más importante.

Ese debería ser un gran punto de partida, ¿no?

4

Blake

Suelto una maldición de la que me arrepiento de inmediato cuando se me resbala la taza de café de la encimera, rompiéndose en pedazos que se esparcen prácticamente por toda nuestra vivienda. No es una exageración. No puede serlo cuando vivimos en una especie de carromato de madera hecho a mano, precioso pero diminuto. Apenas tenemos una cama de matrimonio en un extremo, justo al lado, un sofá que se convierte en cama, y un poco más allá, la minicocina y el minibaño. Para hacerse una idea del tamaño de esta casa-caravana-carromato de madera, la mesa es plegable y está fuera, en el jardín, por lo que hay que meterla dentro cada día y sacarla después para poder convertir el sofá en cama.

La parte positiva es que la casa está situada en un jardín enorme. Nada más salir tenemos una plataforma de madera con merendero, algunos parterres con flores y una zona para hacer fogatas. Alrededor de todo esto hay una inmensa extensión de césped que tiene incluso un columpio que Maddie disfruta a placer los días que no llueve (que son pocos) o los que llueve de forma leve (que son bastantes). No es gran cosa, pero es lo mejor que conseguí para venir, hace dos meses, y sé que, en algún momento, encontraré un hogar mejor para nosotros. Solo necesito un poco más de tiempo, pero estoy convencido de que todo irá bien.

Todo tiene que ir bien. No hay otra opción.

—No te muevas de ahí, cariño. Voy a recogerlo enseguida, ¿vale?

A un extremo de nuestra diminuta vivienda, Maddie me mira con sus inmensos ojos grises abiertos al máximo.

—Qué desastre. ¡Qué *maddito* desastre! —exclama con su media lengua.

Aprieto los dientes. Debería llamarle la atención, pero es que esa es la frase que yo he soltado cuando se me ha caído la taza. ¿Hasta qué punto está bien que la regañe por algo que ha copiado de mí? Tiene tres años, ni siquiera sé si entiende lo que significa «maldito», pero tampoco quiero que lo repita fuera de aquí, de modo que, aunque parezca una tontería, que mi hija decida imitar justo mis peores frases añade un estrés que no necesitaba a mi mañana, ya de por sí estresante.

Limpio la encimera con rapidez antes de pasar a los muebles y el suelo. ¿Cómo puede una simple taza de café romperse en tantos trozos?

—¿Vamos al cole?

—Sí, cielo, en cuanto papá limpie todo esto.

—¿Vamos ya?

La miro, aún con pijama, sin peinar y con los ojos hinchados. Supongo que el hecho de que esté deseando ir es bueno, ¿no? Se lo pasa bien allí. Suele salir bastante contenta y, en el fondo, una vocecita me dice que es todo lo que necesito para saber que está bien, pero claro, la voz de la razón me devuelve a la realidad: tiene tres años. Obviamente a ella le sirve con pasarlo bien y jugar. Soy yo quien necesita más. Necesito saber que está en las mejores manos en todo momento. Y eso no es ser paranoico, sino un padre preocupado y funcional.

Me apresuro limpiándolo todo y, cuando acabo, visto a Maddie, que hoy decide ponérmelo fácil y no protestar por la elección de ropa. La peino e intento hacerle dos trenzas, pero al final solo consigo dos coletas que, además, no están a la misma altura. A veces pienso que, si pudiera pedir un superpoder, no sería volar ni leer mentes. Ni siquiera la supervelocidad. Si yo pudiera pedir un superpoder de verdad, elegiría, sin ninguna duda, ser capaz de peinar a mi hija sin que parezca que el trabajo lo ha hecho un grupo de pájaros con picos torcidos. No lo entiendo. He llegado a ver videos en YouTube, pero no consigo hacer nada decente y, aunque me da un poco de vergüenza sacarla a la calle así, no me queda más remedio. No es solo el peinado. Es saber que van a mirarme con lástima.

«Mira ese pobre padre solo, que no sabe ni hacer unas coletas».

Aborrezco tanto el simple hecho de imaginarlo que frunzo el ceño, enfadado. Espero que nadie se atreva a decirme nada o…

—¡Papá! ¿Vamos ya?

Mi mente vuelve al presente y hago un esfuerzo por ignorar situaciones molestas que no han sucedido ni tienen por qué hacerlo. Me lo repito una y otra vez. Hasta ahora la gente de Havenwish ha sido amable y cercana conmigo. No me he sentido juzgado por casi nadie, a excepción de la maestra, así que debería hacer un esfuerzo por olvidarme de los pensamientos intrusivos que se empeñan en atacarme.

—Vamos, cielo, deja que te ponga el chubasquero.

Maddie da saltitos junto a mí y se deja colocar todo con una sonrisa. A veces me fascina que una personita tan positiva, sonriente y alegre sea hija mía. No es que yo sea un ogro, pero creo que cualquiera que me conozca puede afirmar que no soy tan dado a sonreír. Y definitivamente no parezco tan optimista como ella.

Nos marchamos a la escuela dando un paseo. Llovizna y hace frío, pero tanto Maddie como yo empezamos a acostumbrarnos, o eso creo. La llegada fue dura. Veníamos de Phoenix, donde el sol brilla prácticamente a diario, así que el primer choque que tuvimos que enfrentar fue el clima. Pero al cabo de solo unos días Maddie parecía feliz y me di cuenta, una vez más, de que puede que yo sea el adulto, pero ella es la que mejor capacidad de adaptación al medio tiene. En realidad, ella es mucho mejor que yo en todo.

—¡Voy a pintar nubes! —exclama cuando estamos a punto de llegar a la escuela.

Las calles están casi desiertas a esta hora, a excepción de los pocos padres que vemos a lo lejos y que también se dirigen a la escuela. Havenwish es un pueblo muy pequeño, ni siquiera llega a los mil habitantes, así que la escuela, en realidad, tiene pocos niños en comparación con cualquier gran ciudad.

Observo las casas de piedra a medida que avanzamos en nuestro paseo, los jardines cuidados de los vecinos y el asfalto mojado y me doy cuenta de lo mucho que ha cambiado nuestra vida en tan poco tiempo. Sé que llevo aquí dos meses, pero da igual, aún me sorprende que de verdad lo esté logrando. «Yo tenía razón», pienso. Puedo alejar a Maddie de todo lo malo que había en nuestro mundo. Puedo hacer que ella solo vea la parte bonita. Ocultaré las cosas feas de nuestro pasado y presente, aunque el esfuerzo algunos días sea sobrehumano. No me importa si con eso consigo que Madison sea una niña feliz.

—¡Miss Lili! —grita Maddie justo antes de soltarse de mi mano tan fuerte que me sobresalto.

Sale corriendo, lo que me hace correr también tras ella. Vamos a tener una charla muy seria, otra vez, acerca de eso de soltarse y salir corriendo sin mirar. Vale que en esta zona apenas pasan coches y, de hecho, estamos prácticamente en la puerta de la escuela, pero el día menos pensado se me sale el corazón por la boca del susto.

Mi hija salta literalmente sobre Lilibeth, la maestra. Esta, lejos de enfadarse, suelta una carcajada mientras la alza en brazos y le acaricia una de las coletas. No dice nada, pero sé que está pensando en lo torcidas que están. Simplemente lo sé. Aprieto los dientes.

—Buenos días, pequeña. ¿Cómo estás?

—¡Bien!

—¿Lista para aprender un montón de cosas?

—¡Sí!

—Esa es mi chica. —Sus ojos se desvían hacia mí y soy consciente del modo en que su sonrisa se apaga y su mirada se vuelve mucho más fría—. Buenos días.

—Buenos días. Necesito entrar en la escuela y empezar a tomar medidas para el proyecto.

No responde, me dirige un leve asentimiento y luego entra en el edificio con mi hija en brazos ignorándome por completo. Respiro hondo. Me recuerdo a mí mismo que Maddie parece muy feliz con ella y me repito no una, sino varias veces, que no importa caerle mal a la profesora de mi hija. Lo único que me interesa es que la cuide bien y, ante la duda, ya estoy yo aquí para comprobarlo.

Da igual el modo en que me mire miss Lilibeth porque lo cierto es que va a tener que soportarme una temporada, le guste o no.

5

Lili

Muevo el cuello a un lado y otro mientras intento librarme de la tensión que he ido acumulando a lo largo de la mañana, pero no sirve de nada. A mi lado, Holly observa a través de la cristalera el patio en el que trabaja Blake.

—Solo digo que, si tomando medidas y con camisa de trabajo de invierno se le nota la tensión de los músculos, ¿cómo será en verano cuando lleve los brazos al descubierto?

—Estoy aquí.

Esa frase no es mía, sino de Evan, su marido, que ni siquiera parece sorprendido con la actitud de Holly porque…, bueno, es Holly, sabía perfectamente con quién se casaba.

—Lo sé, cariño. Te puedo ver.

Mi amiga le sonríe batiendo las pestañas y él hace el esfuerzo de no reírse, pero lo consigue a medias.

—En realidad, hay que reconocer que parece que sabe lo que hace —dice Evan volviendo al tema.

Suspiro. Estamos en el patio interior de la escuela. Holly, Evan y yo somos los propietarios. Mi amiga y yo siempre tuvimos el sueño de abrir una pequeña escuela infantil y lo logramos gracias a Evan, que aportó la mitad del capital necesario y se subió a este barco ocupándose de la administración. A veces pienso que fue un verdadero golpe de suerte que mi amiga fuese a enamorarse de un chico que estudiaba administración de empresas y que, además, venía de una familia pudiente. Evan no era rico, pero sí más rico que nosotras, eso por descontado. Aun así, contamos con la ayuda del ayuntamiento de Havenwish y los propios vecinos, que han colaborado con la escuela de incontables formas. Mantitas bordadas a mano, juguetes y materiales donados, e incluso algún que otro mueble o estantería.

Tengo tanto que agradecer a toda esta gente que sé, sin dudar, que una vida entera no bastará para devolver cada favor y muestra de confianza. Por eso no puedo protestar más por el hecho de que Blake esté aquí. No cuando el ayuntamiento va a subvencionar parte del huerto. Lo sé yo, lo sabe Evan y lo sabe Holly, por eso los tres observamos el modo en que Blake Sullivan toma medidas a su antojo. Intentamos oponernos todo lo que pudimos, pero, una vez tomada la decisión, no vamos a perder nuestro tiempo en intentar cambiar algo que acabó llevándose a votación entre todos los vecinos.

—¿Te lo imaginas cuando tenga que alzar mucho mucho los brazos y podamos verle los abdominales?

—Te estás pasando, querida —le recuerda Evan a Holly.

—Oh, cariño, yo adoro tu tripita. Esto solo es una fantasía, nada más.

—Me quedo mucho más tranquilo —comenta él en tono irónico.

Me río y me vuelvo, dando la espalda a Blake.

Observo el patio interior en el que estamos. Los niños juegan en calma, por raro que parezca, porque por lo general el caos reina siempre por aquí, así que intuyo que se han dado cuenta de que hay alguien en la escuela a quien no están acostumbrados. Pero entonces Henry y Edward, dos de los niños de tres años, deciden agarrarse de los pelos sin razón aparente y tirar con todas sus fuerzas.

Los llantos no tardan en llegar y antes de que yo pueda interceder, Holly se ocupa de ellos.

—Vale, chicos, calma. ¿Qué hemos dicho acerca de pegar?

—¡Edward ha pegado un bocado, miss Holly! —grita Bella con todas sus fuerzas.

Mi amiga mira a su propia hija y contiene un suspiro. La niña solo tiene tres años y se niega a llamarla «mamá» en la escuela, lo que denota lo lista que es.

—No sé si es bueno que sea tan chivata —murmura Evan a mi lado—. ¿Te has fijado en que siempre parece saber lo que hace todo el mundo? Es como si tuviera ojos en la nuca. Y en las orejas.

—Es una niña avispada, pero su madre es Holly, así que no sé por qué te extrañas.

—¿Quieres decir que yo no soy avispado? —Lo miro con una ceja elevada y se ríe—. Bueno, prefiero que se parezcan a su madre.

Sonrío con dulzura. Evan no es perfecto, desde luego, pero adora de tal forma a mi amiga y a las hijas que han tenido que no puedo evitar preguntarme por qué demonios no hay más hombres así: amables, pacientes, inteligentes, calmados. Y guapos, porque Evan tiene unos ojos azules impresionantes, los labios carnosos y el pelo de un maldito actor de cine. Esta descripción no es mía, sino de Holly. Me ha dicho esto mismo tantas veces que lo he incorporado a mi sistema.

Para mí ha sido desde el primer día el chico de Holly, así que creo que mi cerebro ni siquiera lo contempla como un hombre sexy, aunque sea capaz de ver que objetivamente lo es. Era un buen chico cuando se enamoraron y se ha convertido en un buen hombre, lo que me lleva a pensar que no existen los milagros, sino las buenas elecciones. Y Holly eligió muy bien.

Oigo un ruido en el exterior que me hace volverme de inmediato. Veo a Blake arrancando un trozo inmenso de madera de la valla y dejando un agujero por el que caben los niños sin problema. No contento con eso, patea el extremo que ha quedado colgando, así que frunzo el ceño y salgo. Hablando de chicos buenos y malos…

¿Tanto costaba que Blake Sullivan fuera de los primeros?

—¿Acabas de arrancar un trozo de madera de nuestra valla y patearla? —pregunto acercándome con la tensión invadiéndome por momentos.

—Tenía astillas. Es un peligro para los niños.

—¿Y no se te ha ocurrido lijarla o algo por el estilo?

Su ceño permanentemente fruncido se frunce aún más. Reconozco que tiene mérito, como siga así se le van a poner los ojos en la nuca.

—No tengo la lijadora aquí y un trozo de la madera se está pudriendo. Si no lo quitaba yo, se iba a caer a pedazos.

—¿Y?

—Y los niños podrían salir y clavarse una astilla. O empujarla sin querer y romperla, clavándose directamente estacas de madera.

—Me quedo mirándolo mientras trato de mantener la calma—. ¿No has oído lo que te he dicho? —pregunta alzando el inmenso trozo de madera como si no pesara más que una hoja.

—Eso lleva ahí años y nunca hemos tenido un problema —contesto, cada vez más segura de que me va a resultar imposible contenerme.

—Hasta ahora —intento protestar, pero me interrumpe en cuanto abro la boca—. Y el muro necesita ser reforzado.

—El muro no es parte del huerto y tú hiciste un presupuesto para acondicionarnos el espacio del huerto.

—Bueno, no puedo hacer un maldito huerto si el maldito muro está mal, ¿no crees?

—Deja de maldecir. Esto es una escuela.

—Los niños están dentro, no me oyen.

—Me da igual. No vas a estar maldiciendo en mi escuela, ¿entendido?

—Sí, miss Lilibeth.

—Arregla la valla. Hoy.

—No tengo madera.

—Bueno, Sullivan, eso deberías haberlo pensado cuando pateaste la valla como un troglodita.

—¡No la he pateado! —exclama—. He arrancado la madera suelta y llena de astillas con mis propias manos y he pateado el trozo que colgaba por el bien de los niños.

Pongo los ojos en blanco y señalo el hueco.

—¡Arréglalo! No me importa que no tengas lijadora ni madera. Por mí como si rellenas el hueco con plastilina, ¿me oyes? No podré sacar a los niños tranquila hasta que ese hueco no exista.

—Pero los sacabas tranquilísima cuando corrían el peligro de clavarse...

—¡Que no se iban a clavar nada!

—Chicos, ¿qué tal si nos calmamos? —Oigo la voz de Evan y miro a mi lado, sorprendiéndome al encontrarlo tan cerca. Ni siquiera me he dado cuenta de que salía—. Si de pronto os agarráis del pelo, voy a tener que decirle a Holly que os siente en la silla de pensar.

Me ruborizo al instante. Miro a Evan avergonzada y a Blake... Bueno, a él lo miro con recelo, porque me hace perder la paciencia y eso no es bueno. No, nada bueno.

—Oye, arregla el hueco antes de ponerte con el huerto, por favor. Te pagaremos lo que sea necesario.

—No necesito dinero. Supongo que debería haber preguntado antes de romper nada —murmura con voz grave y baja—. Lo arreglaré ahora mismo. Tengo madera en casa.

—Eso sería genial. Gracias, Blake —dice Evan—. Los niños no saldrán hasta dentro de un rato, así que no hay problema.

Blake asiente y se marcha, yo miro el agujero de la valla y, cuando mis ojos se desvían hacia Evan y veo en ellos cierta preocupación, me arrepiento al máximo de haberme dejado llevar.

—Te prometo que esto no será una constante. Conseguiremos mantener un tono cordial.

—Va a trabajar por muy poco dinero, Lili. Entiendo que para ti sea un fastidio porque es evidente que no os soportáis, pero la escuela va antes, ¿recuerdas?

—Sí, por supuesto.

Evan frunce los labios y me aprieta el hombro en señal de apoyo antes de volver dentro. Yo debería hacer lo mismo, todos los niños están a cargo de Holly y, en realidad, aquí no pinto nada, pero por alguna razón observo el hueco de la valla y recuerdo el momento en que ha arrancado el trozo de madera sin ningún esfuerzo. Oigo los pasos de Holly. Sé que es ella incluso sin verla.

—Bueno, Blake Sullivan es un imbécil, pero nadie puede poner en duda su fuerza bruta —dice mirando el hueco.

Me río sin ganas y niego con la cabeza.

—Sí, bueno, supongo que en alguna ocasión eso será beneficioso.

—Beneficioso no sé, pero, joder, es sexy.

—¡Holly!

—¿Qué? Venga, Lili, no me irás a decir que no te has fijado en toda esa testosterona libre y…

—No pienso hablar de esto. Me voy dentro.

La dejo atrás mientras protesta, pero es que no quiero que me hable de lo sexy que pueda o no ser Blake porque, en lo que a mí respecta, es un padre paranoico, sobreprotector y un maldito terco que ha venido a este pueblo con el único propósito de sacarme de mis casillas.

¿Qué puede haber de sexy en eso?

6

Blake

De vuelta a la escuela con la madera con la que tengo que arreglar la valla, no puedo dejar de pensar en la discusión con Lili. ¿Cómo se atreve a llamarme troglodita? No lo soy. Ella, en cambio, es una...

—¡Blake, querido!

Me detengo de golpe al oír la voz de Eleanor. Viene caminando hacia mí con paso acelerado. Sorprendentemente acelerado. Una cosa que he aprendido es que esta mujer es capaz de ajustar el paso a su conveniencia. A veces, cuando quiere salirse con la suya en las reuniones vecinales, pareciera que prácticamente no puede caminar. Otras, como ahora mismo, estoy seguro de que podría apuntarse a una media maratón y no necesitaría ni beber agua al acabar.

—Discúlpame, Eleanor. Tengo un poco de prisa.

—¿A dónde vas con ese trozo de madera tan grande? ¿No te pesa? —No me da tiempo a contestar, ya lo hace ella por mí—. Claro que no te pesa. Eres un chico muy fuerte, ¿verdad? Un chicarrón.

Vale. Esto es incómodo. O sea, sí soy un hombre fuerte. Hombre, que no chico, pero ella tiene un tono... raro. Conozco ese tono. Lo he oído infinidad de veces en...

No. No voy a seguir por ahí.

—¿Se te ofrece algo? —pregunto.

—En realidad, sí. ¿Estás muy ocupado?

Intento, de verdad, no poner mala cara, pero llevo una viga de madera enorme en los brazos, voy caminando por la calle y llovizna. Es bastante obvio que estoy ocupado. ¿Cuál sería la otra opción? ¿Pasear madera por placer bajo la lluvia?

—Un poco. Tengo que llevar esto a la escuela para arreglar un par de cosas.

—¡Oh! Qué magnifica casualidad. Justo iba para allá. ¿Necesitas que te ayude?

Es evidente que no piensa sostener el otro extremo de la viga, así que hago lo que se espera de mí: sonreír (todo lo que me permite mi ceño fruncido semipermanente) y negar con la cabeza.

—No hace falta, pero puede acompañarme, si quiere.

En realidad, de estar en cualquier otra situación jamás le diría algo así a ella, ni a casi nadie, pero ya me ha dicho que va hacia allí, así que esto no es más que un formalismo para quedar bien.

—¡Claro que sí! De todos modos, quería hablar contigo, aunque no sé si ahora es el momento adecuado.

—¿Y vas a dejarme con la duda? No puedo vivir así.

Es ironía, pero a ella le hace muchísima gracia, porque suelta una carcajada, palmea mi brazo e, incluso, se para a reírse un poco. Cómo se nota que ella no lleva el peso.

—Eres tan gracioso.

—¿Podrías decirle eso a Lilibeth?

Las palabras salen de mi boca antes de poder procesar lo que estoy diciendo y cerrarla. Se escapan demasiado rápido y, aunque me maldigo a mí mismo internamente, no puedo recular.

—Oh, ¿las cosas siguen tensas entre vosotros?

—Cada vez menos —miento.

—Bueno, mejorarán cuando te des cuenta de que es un sol de chica. De verdad, pocas personas merecen ser felices tanto como ella. —Eso me parece un poco exagerado, pero asiento—. De todos modos, no era eso acerca de lo que quería hablarte.

—¿Entonces?

—Verás, estos días he estado pensando mucho en la casa en la que vivís.

—¿Qué le pasa?

—Es diminuta, querido. Demasiado pequeña. Pienso en la pobre Maddie encerrada entre esas cuatro paredes y se me encoge el corazón.

—No te preocupes, Eleanor. Maddie es una niña muy feliz.

—Lo sé, lo sé, pero eso es porque es una niña adorable y porque, obviamente, tú haces un trabajo increíble como padre. Y, aun así... He hablado con Charles del asunto, ¿sabes?

Me tenso. No me gusta que hable con su marido de mí. Ni con su marido ni con nadie, pero él es el alcalde del pueblo, después de todo.

—Ah, ¿sí?

—Sí. Él también opina que no es lugar para criar a una niña. Para una persona sola sí que está bien, pero...

¿A ella qué más le da? ¿Por qué tiene que meterse? Es demasiado intrusivo, joder. Demasiado... demasiado invasivo.

—Eleanor, discúlpame, pero creo que me corresponde a mí decidir dónde puede o no vivir Maddie.

—Sí, por supuesto, no quiero molestarte. —Paro un momento para recolocar la madera sobre mi hombro, porque empieza a dolerme la postura, pero ella sigue hablando—. La verdad es que tenemos la solución ideal.

—¡¿Perdón?!

—Tenemos una casa que no usamos. Hemos estado hablando y nos gustaría alquilártela. —La miro con los ojos como platos—. Bueno, no es una mansión, pero está bastante bien. Tiene dos dormitorios, chimenea y...

—No me lo puedo permitir —digo antes de que pueda seguir hablando.

—Estoy segura de que podemos llegar a un acuerdo acerca del precio. Últimamente no te falta el trabajo.

Cierto. No me falta el trabajo, pero, me guste reconocerlo o no, la reforma de la escuela no va a dejarme demasiados beneficios. Es cierto que hago otros arreglos en el pueblo, sobre todo de desperfectos en casas de algunos vecinos, pero no sé si eso es suficiente para pagar un alquiler más elevado y, además...

—Blake, de verdad, ven a verla.

—Eleanor, no es que no quiera, ¿vale? Es que no sé si puedo afrontar más gastos de los que ya tengo.

—Te lo repito: el precio no tiene por qué ser un problema. Hemos sopesado varias posibilidades, pero, para eso, necesitamos que vengas a verla.

Estamos prácticamente en la escuela y no quiero que nadie nos oiga tener esta conversación. Necesito que deje de hablar, pero ya conozco a Eleanor, no callará hasta obtener una confirmación, así que asiento y, aunque me molesta tener que dar el brazo a torcer, intento hacer lo que llame menos la atención en este instante.

—Iré a verla. ¿Qué dirección es?

—Mi casa —dice sonriendo.

—¿Qué?

—Es nuestra casita de invitados, en realidad.

—Oye, yo no…

—Blake, ¿te ayudo? —Evan Foster, marido de Holly y uno de los dueños de la escuela sale a mi rescate, nunca mejor dicho—. Te he visto desde la ventana y eso tiene pinta de pesar.

Al contrario que con Eleanor, no siento ninguna doble intención en sus palabras. Miro a mi vecina, que espera una respuesta, pero aprovecho la oportunidad para escaquearme sin pensarlo.

—En realidad, si puedes ayudarme a llevar esto al patio, te lo agradezco.

—¡Claro! Vamos.

—Evan, querido, ¿podría hablar con Lili y Holly?

—Están dando clases, pero…

—Oh, no te preocupes por eso. Solo será un momento.

Entra en la escuela mientras los dos la miramos un poco pasmados. Desvío mis ojos hacia Evan, que sonríe y niega con la cabeza.

—Da igual lo que le diga, ¿sabes? Si ella quiere hablar con las chicas, hablará.

—¿Entonces siempre es así de… intensa?

—Es un modo suave y bonito de decirlo —añade riéndose.

Rodeamos el exterior de la escuela y soltamos la viga junto al agujero que he hecho en la valla. ¿Es muy hipócrita admitir que sí que es bastante grande? Bueno, mientras lo haga en pensamientos no hay problema.

Miro a Evan, que se limpia las manos con cuidado de no mancharse la ropa. Parece un buen tío, la verdad. A veces he pensado en entablar conversación con él, pero me siento un poco idiota porque no quiero que parezca que necesito hacer amigos. Aunque no me iría mal uno, la verdad.

—Oye, gracias por ayudarme.

—No he hecho nada —dice sonriendo de ese modo tan franco y directo en que acostumbra—. Si necesitas cualquier cosa, no tienes más que pedirla.

—Genial, gracias —murmuro. Él frunce los labios en señal de asentimiento, pero no se va. Por el contrario, me mira un poco incómodo—. ¿Pasa algo?

—No. Sí. —Se ríe—. Es que me gustaría pedirte algo, pero no quiero que te ofendas.

—Prueba.

—Se trata de Lili. Bueno, de la tensión que hay entre vosotros. Me gustaría pedirte que te esfuerces por reducirla. —Antes de que pueda hablar, continúa—. También se lo he pedido a ella. Lo que quiero decir es que lo ideal sería mantener un buen ambiente mientras trabajes aquí. Los niños son pequeños, pero te sorprendería ver la cantidad de emociones que son capaces de absorber. No quiero que presencien discusiones o…

—Puedes estar tranquilo, eso no pasará.

—¿Seguro?

—No delante de los niños, al menos.

—¿Eso es todo lo que puedes prometerme?

—Me temo que sí —confieso.

Evan, lejos de ofenderse, se ríe.

—Bueno, algo es algo, pero por si te sirve: creo que Lili es una persona maravillosa y me sorprende que la tengas tomada con ella.

—No la tengo tomada con ella. Simplemente quiero asegurarme de que es la persona adecuada para educar a mi hija y, además, no me gusta que se meta en mi trabajo.

—En su defensa diré que no se ha metido hasta que te ha visto patear la valla.

—No la he pateado… demasiado. Y, en primer lugar, ella intentó negarse a que yo me ocupara de este trabajo.

Evan alza las manos, como si se rindiera.

—No voy a meterme en medio de vuestro conflicto, no soy ese tipo de persona. Yo solo quiero que reine la paz.

—Lo intentaré.

—Me sirve, supongo. —Balancea el cuerpo sobre los talones y señala el interior—. Voy a por una taza de café y a encerrarme entre papeles, que es lo mío. Si en algún momento quieres una, o lo que sea, no dudes en pedirla.

—Gracias.

Se marcha y, antes de poder decir que me he quedado solo, Eleanor sale al jardín acompañada de Lili y Holly. Las dos últimas tienen mala cara así que intuyo que lo que sea que esté diciendo la primera no les está gustando.

—Será maravilloso, chicas. ¡Ya veréis! —Atraviesa el patio hacia la zona que queda entre el césped y lo que será el huerto y señala el espacio—. Aquí, justo aquí.

—Eleanor, te agradecemos mucho que nos muestres la posibilidad, pero de verdad creo que con el huerto es más que suficiente —repone Lili.

Intento no parecer cotilla y recordar que la conversación que están manteniendo no es asunto mío, pero, en el fondo, no puedo negar que me interesa saber qué es lo que las tiene tan visiblemente tensas.

—Querida, tú sabes lo importante que es el concurso de jardines. —La ha llamado «querida», pero juraría que en su tono hay algo un tanto amenazante—. Es responsabilidad de los habitantes de Havenwish inculcar el amor por los jardines a todo el mundo, y eso incluye a los más pequeños de nuestra preciosa comunidad.

—Son demasiado pequeños —argumenta Holly—. Algunos, de hecho, son bebés. No se enteran de…

—¡Tonterías! Será divertidísimo para ellos construir junto a sus maestras un jardín y participar en el concurso anual de Havenwish.

—Casi es primavera. ¡No da tiempo a plantar un jardín y mucho menos hacerlo lucir bonito para el concurso! No faltan ni tres meses para eso.

Lili se retira un mechón de pelo de la cara y ese gesto sirve para darme cuenta de que, en realidad, no tiene el pelo castaño claro, sino rubio oscuro. La diferencia es mínima, pero está. No sé por qué no me he dado cuenta hasta ahora. Supongo que no me había fijado demasiado. Tampoco es como si de pronto me fije muchísimo, vaya. Ha sido una apreciación sin más. Igual que reparo en su ceño fruncido y su mirada enfurruñada hacia Eleanor. Si soy sincero, es un alivio ver que no es solo a mí a quien pone esa cara. Sé bien cómo debe sentirse Eleanor ahora mismo. Me pregunto si ella también piensa en cómo es posible que los ojos de Lilibeth sean verdes y que, cuando se enfada, se oscurezcan hasta parecer marrones. O si se ha fijado en lo pequeña que es su nariz.

—Es tiempo más que suficiente para hacer crecer un jardín y tú deberías saberlo, porque dedicas al tuyo muchísimo tiempo.

—Es demasiado estrés —insiste Holly—. Los niños no necesitan esa presión.

—Por supuesto que no, querida. —Eleanor sonríe de ese modo que da miedo—. La presión no es para los niños, sino para vosotras. Sois las responsables de que ellos hagan un buen trabajo.

—Eleanor, por favor, sé razonable. —Lili parece realmente frustrada y, aunque esté mal decirlo, me alegro.

¿Por qué me alegra que la maestra de mi hija parezca irritada con alguien más que conmigo? No lo sé. Pero tampoco es lo importante ahora mismo. Me agacho para revisar unos desperfectos imaginarios en el terreno y poder seguir oyendo una conversación que no me incumbe en lo más mínimo.

—Soy muy razonable. Creo que es una gran idea y, de verdad, chicas, no veo tan complicado llevarla a cabo.

—En realidad, creo que estás intentando imponérnoslo y no me gusta. La escuela es nuestra.

Debo admitir que envidio un poco el modo en que se enfrenta a ella. O sea, si hay algo destacable en Lilibeth es que no se calla cuando algo le parece injusto. Eso está bien, salvo cuando lo que le parece injusto es que yo esté en la escuela haciendo la reforma o que le pida informes diarios de mi hija.

—La escuela es vuestra, en efecto, pero tenéis varias subvenciones activas del ayuntamiento, ¿verdad?

No la está amenazando, ¿no? O sea, veo con el rabillo del ojo que Eleanor sigue sonriendo, pero hay algo en su mirada que deja muy claro que no hay un solo ápice de humor en ella.

—Entonces ¿qué? ¿Dejamos de aprender las letras para aprender a plantar margaritas? —pregunta Holly—. Es absurdo.

—Es cuestión de organización. Querer es poder, chicas. Querer es poder.

—Veremos qué podemos hacer —murmura Lili.

—¡Esa es la actitud! Y, si os veis muy apuradas, siempre podéis pedir ayuda a Blake. Estoy segura de que, por un módico precio, estará encantado de trabajar también en el jardín.

¿Qué? ¿Cuándo he entrado a formar parte de esta conversación? Levanto la mirada, pues sigo agachado y disimulando, y me encuentro con una Lili claramente enfadada, una Holly con las cejas enarcadas, desconcertada, y una Eleanor sonriente al máximo.

Empiezo a pensar que esta señora es el diablo disfrazado.

—Yo...

—Blake, por cierto, te espero esta tarde en casa para tratar de lo que hemos hablado. Y ahora me voy, chicos. ¡Tengo muchísimas cosas que hacer!

Se va sin que ninguno de los tres pueda replicar nada. Imagino que tiene otros negocios en los que imponer sus ideas, no lo sé. Lo que sí sé es que deja tras su paso una situación insoportablemente incómoda.

—Voy a... —Carraspeo poniéndome en pie y rascándome la nuca—. Voy a por unas herramientas que he olvidado —murmuro antes de desaparecer de la vista de Holly y Lili.

Podría decirse que huyo, pero es que, de algún modo, estoy convencido de que, si me quedo, terminaré cargando con la culpa de todo lo que acaba de pasar.

7

Lili

Me despido del pequeño Edward mientras se aleja en brazos de su madre y me masajeo las sienes. El dolor de cabeza que se instaló esta mañana con la visita de Eleanor todavía no se ha ido y dudo mucho que lo haga. Ya teníamos suficiente estrés por aquí, no necesitábamos un añadido. Observo a las tres niñas que quedan en la escuela: Charlotte, Isabella (a la que todos llamamos Bella) y Maddie. Las primeras son las hijas de Holly y la última es de míster Cascarrabias, que está acabando de recoger sus cosas.

—Hoy sí —dice Holly acercándose a mí—. Hoy es uno de esos días en los que me encantaría llegar a casa, destapar una botella de alcohol, sentarme en el sofá y beberla a sorbos pequeños pensando en una dulce venganza contra cierta anciana…

—Si Eleanor te oye llamarla «anciana», no habrá venganza que te sirva porque te hará pedazos antes de que puedas pestañear. Y te recuerdo, Holly, que ni a ti ni a mí nos gusta el alcohol, así que no entiendo por qué fantaseas tanto con la idea de beber.

—Porque en las películas y libros queda muy bien, maldita sea. —Me río y ella, al final, sonríe también—. ¿Cómo lo llevas?

—¿El qué?

—Todo. La noticia de que tendremos que hacer un jardín en tiempo récord. Que Blake esté haciendo gala de sus músculos por aquí. La vida.

—El tema del jardín me preocupa sobre todo porque no tenemos la infraestructura, pero Evan ha dicho que hablará con Blake para hacer números. Y hablando de Blake, no lo llevo ni bien ni mal. Estoy centrada en mi trabajo, que es lo que tengo que hacer. Y la vida la llevo bien, como siempre.

—Eso es un poco preocupante.

—¿Llevar la vida bien?

—No, que no lleves ni bien ni mal lo de Blake. Está buenísimo, Lili, es raro que no te hayas fijado, aunque sea un poco.

—Lo que es raro es que no dejes de fijarte tú, pese a que aseguras que estás loca por tu marido.

—Porque lo estoy, pero estar enamorada no me hace ciega. —La entiendo, pero al parecer siente la imperiosa necesidad de confirmarlo—. Lo que quiero decir es que puede que me encanten las uvas, pero si voy al supermercado y hay un buen racimo de plátanos me fijaré en ellos. Puede que sepa que los plátanos jamás podrían hacerme tan feliz como las uvas, pero eso no evita que me guste mirarlos.

—Holly, necesitas descansar.

—Sí, y también necesito comprar uvas. —Me río, pero ella palmea mi brazo—. ¡En serio! Las niñas las adoran tanto como yo y no tenemos, lo que me lleva a preguntar si necesitas algo de la tienda de Matilda.

—No, gracias —contesto distraída, hasta que me doy cuenta de una cosa—. No irás a ponerla al tanto de lo que nos ha dicho Eleanor para provocar una nueva guerra entre ellas, ¿verdad?

Matilda Walker es la dueña de la tienda del pueblo y enemiga declarada de Eleanor. Es un poco más joven que esta última, pero no los años suficientes como para que Matilda sienta que le debe respeto. La conoce de toda la vida y no tiene miedo de decirle las cosas tal y como son. Si me preguntan, algún día me encantaría ser como Matilda Walker. Replicar a todo el que me haga sentir mal o incómoda y no pararme a pensar en las consecuencias.

—¿Por quién me tomas? Solo voy a asegurarme de que más tarde nos veremos en el Club de Mujeres.

—Holly...

—Evan ha organizado una noche de cuentos con las chicas. Es la noche de papá, Lili. Tengo derecho a salir de casa.

—No es eso lo que estoy intentando advertirte y lo sabes muy bien.

—Vendrás al Club de Mujeres, ¿no? —pregunta ignorando mis intenciones, pese a conocerlas.

—No lo sé, tengo una migraña terrible.

—Vamos, Lili, sabes que te viene bien.

Es cierto. El Club de Mujeres no tiene el mejor nombre del mundo, según yo, pero lleva existiendo desde que tengo memoria, así que no tengo derecho a llegar y cambiarlo... más. Ya bastante hicimos Holly y yo proponiendo que dejara de ser únicamente un club de costura y bordados para convertirse en un espacio que diera cabida a todas las mujeres de Havenwish, sin importar su edad, para que pudieran realizar manualidades o cualquier otro pasatiempo que las ayude a sentir que tienen un espacio para ellas mismas. Nunca esperamos que nos aceptaran la idea y aún menos que tanta gente de distintas edades pasara por allí a diario. La sede es el mismo salón en el que se celebran las reuniones vecinales y, de hecho, cuando el pueblo entero tiene que reunirse se preocupan de hacerlo a una hora a la que no molesten, sobre todo porque nadie quiere enfrentarse a Eleanor y las demás ancianas que lo crearon.

Por lo general es un lugar que me encanta y desestresa, pero no sé si hoy tengo ánimos de ir allí y socializar.

—Me daré una ducha y lo pensaré.

—No lo hagas y ven. Va a estar muy interesante.

—No pongas a Matilda en contra de Eleanor, Holly.

—¿Por qué? Es divertido.

—Porque ya tenemos suficientes problemas.

—Bah, eso no será un problema para nosotras. Lo será para Eleanor —replica sonriente.

—Solo hasta que sepa que has sido tú quien ha caldeado el ambiente.

Mi amiga hace una señal con la mano, como desechando mis palabras, antes de que Evan entre en la clase en la que estamos y nos sonría con la amabilidad de siempre. Abraza a Holly por el costado y mira a sus hijas.

—¿Listas para ir a casa, chicas?

Charlotte y Bella gritan y se abalanzan sobre su padre mientras Maddie los observa en silencio. Estaban las tres jugando en una de las mesas del aula. Me acerco a ella y toco la punta de su nariz, llamando su atención.

—¿Vamos a buscar a papá? —pregunto.

A Maddie le cuesta un poco dejar de mirar a mi amiga y su familia y me pregunto en qué pensará. Solo lleva con nosotros unas semanas, pero sé que no tiene madre. No tengo más información y la niña no la menciona nunca, quizá por eso precisamente me surgen más dudas acerca de ella y su vida antes de llegar aquí.

Me despido de mi amiga, que sale junto a Evan y las niñas de la escuela, lo que me deja a solas con Maddie y su padre, que sigue en el jardín, aunque para cuando nosotras abrimos la puerta que da al exterior lo tiene todo recogido y colocado de forma que no moleste mañana para sacar a los niños. Al menos no es uno de esos trabajadores desorganizados.

—¡Papá! ¡Papi!

Blake nos mira y cualquier rastro de malhumor que pudiera haber en su cara se transforma en cuanto Maddie se remueve en mis brazos para que la baje y sale corriendo hacia él. La alza con tanta dulzura que me pregunto cómo es posible que el tipo sea un imbécil y, al mismo tiempo, un padre dedicado y cariñoso.

—¿Cómo estás, calabacita? ¿Lista para ir a casa?

Que la llame «calabacita» no debería ser dulce. No lo es, de hecho. ¿A mí qué más me da cómo la llame? Es su hija. Podría llamarla «huracán» si quisiera. Aunque no le pegaría nada porque Maddie es dulce y tan tierna que…

Mierda. Calabacita le encaja a la perfección.

—¡Sí! He hecho nubes. ¿Quieres verlas?

—Claro. ¿Están en tu mochila?

Ella niega y señala al interior. El problema es que yo estoy en la puerta que da acceso, así que, en realidad, me señala a mí.

—Hemos colgado todos los dibujos en la pared. Puedes entrar a verlos antes de marcharte —le digo.

Blake me mira un instante antes de asentir una sola vez. Pasa por mi lado y entra en la escuela. No huele a sudor. No sé por qué lo pienso, pero lo pienso. Quiero decir: lleva todo el día trabajando, de aquí para allá, lo he visto cortar madera, cavar en la tierra y transportar de un lado a otro materiales pesados. ¿Por qué no huele a sudor?

—¡Mira el mío! ¡Es este! Son nubes y sol. ¿Lo ves? ¡Nubes y sol!

Entro en la clase al oír el alboroto de Maddie. Me doy cuenta de que me he quedado pensando en algo tan estúpido como el sudor de Blake y, desde luego, no es algo que me haga sentir bien.

Ellos están en el aula, frente a la pared y celebrando los dibujos de Maddie de las nubes y el sol, que, para ser totalmente franca, son algunas líneas trazadas con más o menos atino. Es muy pequeñita aún, pero precisamente por eso, el modo en que Blake le habla como si hubiera pintado una gran obra de arte me hace sonreír. Es normal, ¿no? Solo significa que no soy de piedra. Puedo tener una opinión muy clara sobre él (y la tengo), pero eso no quita que no pueda ver lo mucho que adora a su hija y cuánto se esfuerza por hacerla feliz.

—Es increíble. Nunca en mi vida he visto una nube así de bonita.

Intento no reírme. Maddie está exultante de felicidad y eso es lo que importa. Cuando acaban se acercan a mí, que me he mantenido en la puerta para no interrumpirlos.

—¿Algo que deba saber de hoy? —pregunta Blake.

Es una de las cosas por las que empezamos a llevarnos mal. No se conforma con que le cuente cómo le va a Maddie en rasgos generales. Pregunta tantas cosas, metiéndose incluso en mi forma de educar, que acaba siendo invasivo y maleducado. Intento controlarme porque, de verdad, la migraña acabará conmigo, así que sonrío y encojo los hombros.

—Lo de siempre. Es una niña listísima, buenísima y simpatiquísima.

—Cuántos «ísima», qué maravilla —murmura en tono irónico—. ¿Se queda bien con todo?

—Sí, de no ser así, te lo diría.

Mi tono es tajante, el suyo tampoco es que sea el mejor, así que agradezco que asienta con brusquedad y se despida de mí.

—Mañana vendré a seguir con el trabajo.

—Fantástico, aquí estaremos.

Está mojado. No me pasa desapercibido porque hoy ha sido uno de esos días en los que la lluvia no es intensa, pero tampoco cesa. Me pregunto si debajo de esa ropa lleva algo térmico y cómo es posible que, de no ser así, no enferme. De inmediato destierro esas ideas de mi cabeza.

No me importa, maldita sea. A mí me da igual lo que se ponga debajo, encima o donde sea. Cierro la escuela, me marcho a casa, me doy una ducha y, cuando estoy a punto de ponerme el pijama, descubro lo tensa que estoy. La pastilla que he tomado y la ducha han hecho bastante por mi dolor de cabeza y, aunque aún lo siento runrunear dentro de mí, decido hacer caso a Holly e ir al Club de Mujeres.

Al llegar me encuentro con que Holly ha vuelto a cambiar de pasatiempo. Otra vez. Hoy ha comprado arcilla y está dispuesta a hacer un platillo para el incienso que ha visto en alguna red social.

Tiene las expectativas por las nubes y los conocimientos por el infrasuelo, pero el caso es que parece contenta, así que decido dejarla pensar que de verdad hará lo que se proponga solo porque tiene una imagen muy clara de lo que quiere, aunque no tenga ni idea de cómo llevarlo a cabo. A veces me encantaría tener un poco de su positivismo.

—¡Has venido! —exclama nada más verme.

—Ajá. Quiero acabar la chaqueta que empecé y, además, puedo tener un rato para mí misma más tarde, cuando llegue a casa.

—Vives sola, cariño. Puedes tener tantos ratos para ti misma como quieras.

—Te das cuenta de que para mí vivir sola es todo un sueño, ¿verdad?

—Lo sé. Para mí, los días que las niñas están intensas, también lo es. A veces sueño que te cambio los papeles, tú te vas a casa a criar a mis hijas y yo a la tuya a tomar té y mirar la chimenea en silencio.

—Una fantasía en la que no hay alcohol, ¿eh? Supongo que es un avance.

Ella se ríe y me enseña el dedo de la mala educación por excelencia, lo que le hace ganar una reprimenda de Matilda. Bien por mí.

Me siento en una de las sillas y saco de mi bolsa la chaqueta vaquera en la que estoy bordando algunas flores. Nada extravagante ni demasiado complicado. Apenas son unas flores pequeñitas en los extremos de las mangas. He descubierto que realizar estos pequeños arreglos a mi propia ropa me hace sentir bien.

Además, a menudo en estas reuniones saco consejos muy prácticos sobre jardinería que luego aplico en casa, así que, al final del día, siempre encuentro muchas más ventajas que inconvenientes de venir.

—Me encantaría quedarme, chicas, pero tengo que marcharme —dice Eleanor cuando apenas he tenido ocasión de sentarme.

—¿A qué viene tanta prisa? —pregunta Matilda, que está viendo fracasar la discusión del día antes incluso de empezarla.

—Voy a enseñarle la casa de invitados a Blake Sullivan. Estoy intentando convencerlo de que viva ahí con su pequeña hija.

—Oh, ¿sigue viviendo en el carromato? —pregunta alguien.

No sé quién, aquí hay unas diez mujeres de distintas edades y yo estoy centrada en las palabras de Eleanor.

—Sí, no es sitio para una niña tan pequeña. Necesita espacio, correr, saltar…

—El jardín tiene un montón de espacio. —Nadie se sorprende más que yo de mi propia interrupción—. Quiero decir que es un buen sitio.

—Nadie dice que sea malo —señala Eleanor—, pero sí pequeño. Muy pequeño. Estaría bien si él fuera un hombre soltero y sin preocupaciones, pero no es lugar para una niña. Podría afectar a su personalidad, ¿sabes?

Que me hable en ese tono de sabelotodo cuando aquí la experta en niños soy yo, o al menos mucho más experta que ella, me enerva, pero como ya he tenido mi ración de discusiones por hoy con Eleanor Wilson, me callo. Maddie es una niña feliz, dulce y amable y, aunque haya nacido con esos rasgos en su personalidad, supongo que todo eso también es trabajo de Blake. Que yo lo vea como a un ogro no significa que no sea capaz de apreciar lo buen padre que parece ser.

Eleanor se va después de cotillear un poco más sobre él y yo me centro en mi chaqueta. Aguanto media hora, más o menos, pero el dolor de cabeza vuelve, así que me acerco a Holly, que está de arcilla hasta la frente literalmente, porque la tiene manchada, y me despido.

—Me voy a ir, no me encuentro bien.

—Oh, vaya. Iba a ofrecerte cenar en casa.

—Otro día, ¿vale? —La abrazo con cuidado de no mancharme—. Te veo mañana en la escuela.

Ella asiente y yo me marcho a casa porque, aunque lo haya intentado, hoy es uno de esos días en los que no vale con un mínimo esfuerzo para permanecer en un lugar que no sea mi casa. Necesito estar sola, descansar y recargar mis energías. Por lo general me gusta tener mi propio espacio, necesito tiempo conmigo misma a menudo y no me avergüenza reconocerlo, pero la tensión con Blake y la discusión con Eleanor han hecho que esa necesidad se multiplique por cien.

Me preparo una infusión, me siento en el sofá y miro el fuego, tal y como Holly sabía que haría. Y en el transcurso de todo ese tiempo me pregunto si esta necesidad de estar sola a menudo puede tener algo que ver con el trauma que sufrí al perder a mis padres.

El dolor llega rápido. No es que no avise, porque yo misma he pensado en ello, pero aún no me acostumbro a que se instale aquí, en mi pecho, en cuanto abro la puerta lo más mínimo a esa línea de pensamiento. De modo que hago lo único que funciona en momentos así: expulsar todo recuerdo de mi mente, obligarme a pensar en otra cosa y repetirme que los días largos y estresantes, como el de hoy, debería pensar en cosas que me hacen feliz y no en esas que son capaces de hundirme y llevarme de paseo al infierno durante un tiempo tortuoso e indefinido.

8

Blake

Ha encendido la chimenea solo para meterme presión y nadie va a hacerme cambiar de idea. Miro de reojo a Eleanor, que intenta por todos los medios no sonreír con satisfacción. Estamos en la casa que pretende alquilarme y sería un idiota redomado si no admitiera que está mucho mejor que el carromato. Para empezar, tiene dos plantas y, además, los muros exteriores son de piedra, tan gruesos que el frío no consigue penetrar del todo. Las dos habitaciones están en la planta superior, son abuhardilladas, pero tienen ventanas, así que no parecen pequeñas, aunque lo sean. Y, en cualquier caso, si comparamos con las camas que tenemos en el carromato, ganan por goleada.

Abajo, el salón es amplio, tiene chimenea, un sofá, un sillón, una mesita baja y hasta un televisor. Según Eleanor, los muebles se quedan porque lo tenían todo de la mejor calidad para cuando viniera su hijo a visitarla.

—¿Y qué pasará cuando venga? —pregunto en un momento dado.

—Bueno, teniendo en cuenta que hace más de dos años que no viene por aquí, yo diría que puedes estar tranquilo. Si decide venir con su esposa y sus hijos, tienen espacio en nuestra casa.

Es la primera vez desde que llegué que oigo en Eleanor un tono que no sea directo, incisivo o, incluso, invasivo. De hecho, soy consciente del modo en que desvía la mirada cuando intento hacer contacto visual. Es un tema que le afecta, así que lo evito, porque puede que sea un capullo, pero no soy un insensible. No a conciencia, al menos.

—Yo no puedo pagar esto…

—Tonterías. Siempre podemos llegar a un acuerdo. ¿Has visto la cocina? No es muy grande, pero tiene todo lo necesario. Muebles de primera calidad. Y tiene una puerta directa al jardín de la parte de atrás. ¿Te has fijado?

Claro que me he fijado, sería idiota si no lo hubiera hecho. Es cierto que la cocina no es muy grande, pero es perfecta para nosotros. Tiene forma de L y es independiente del salón y el resto de las habitaciones. El jardín al que da acceso no es más que un espacio de césped uniforme, no tiene columpios, pero yo podría construir uno si Eleanor me diera permiso. Maddie podría jugar fuera sin necesidad de vigilancia constante porque todo está vallado y…

—Tengo que pensarlo —respondo.

—Blake, es una gran oportunidad.

—Eleanor, el dinero…

—Te he dicho que no es problema.

—Claro que lo es. No me has dado el precio aún, pero intuyo lo que puede costar y…

—Tenemos problemas para mantener el jardín. Cada vez más —me dice interrumpiéndome. Camina hacia el sofá y se sienta soltando un suspiro que, de pronto, me hacer ser consciente de cada uno de los años que tiene. Es curioso, por lo general es tan vivaracha y decidida que llegas a olvidar que pasa de los setenta—. Charles y yo pretendemos hacer ver que es fácil para nosotros, que podemos con todo, pero lo cierto es que no podemos, Blake. Tanto el jardín delantero como el trasero necesitan mucho trabajo y, por más que lo intentemos, cada día se nos hace más cuesta arriba.

—¿Y por qué no contratáis a alguien?

—Eso intentamos —dice sonriendo—. Si quisieras quedarte en esta casa, podríamos descontarte una buena cantidad siempre y cuando te ocupes del cuidado de los exteriores. Quedaría todo firmado y legalizado, por supuesto. Solo tienes que hacernos un presupuesto de lo que te costaría mantener esto y luego lo descontaremos del alquiler. ¿Qué te parece?

Me quedo sin palabras. Esperaba muchas cosas, incluso algo que sonara loco y tergiversado, porque empiezo a darme cuenta de que Eleanor tiene por costumbre salirse siempre con la suya. Estaba listo para poner reticencias a cualquier cosa, pero encontrarme con una mujer cansada que no solo admite que no tiene las energías necesarias para mantener los exteriores, sino que asume que su propio hijo no va a venir a verla tanto como ella esperaba… Para eso no estaba listo.

El fuego sigue crepitando en la pequeña chimenea. Me resulta tan fácil imaginarnos a Maddie y a mí tirados en el sofá viendo una peli un día cualquiera, mientras el fuego arde y fuera el día es lluvioso…

Intento mantener la objetividad, pero es complicado. Soy consciente de que Eleanor es buena persona, nunca he pensado que sea mala, aunque sí es cierto que le gusta manejar a la gente y meterse en la vida de los demás. No sé hasta qué punto respetaría nuestra privacidad, y mostrarle mis dudas me parece desconsiderado.

—Creo que tengo que pensarlo.

—Es una gran oferta, querido. No encontrarás nada mejor en Havenwish.

Tiene razón. Lo sé, porque he estado buscando y lo que más se adecúa a nuestras necesidades es tan caro que no puedo permitírmelo ahora mismo. Sería un idiota si no viera aquí una gran oportunidad, pero no me gusta que me presionen.

—Tengo que hablarlo con Maddie.

—¿Vas a consultar las condiciones con tu hija de tres años? —pregunta anonadada.

—Es imprescindible, sí.

—Ella no sabe lo que le conviene. Es más, me atrevería a decir que lo que le conviene es lo que tú decidas.

—Aun así… me gustaría poder responder mañana, si no es molestia.

No va a sacar de mí nada más que eso. Los dos sabemos que esto ha alcanzado ese nivel en el que una situación pasa de ser absurda a ser una cuestión de orgullo. Voy a salirme con la mía sin importar lo que ella piense. Lo sé, lo sabe, por eso asiente y se esfuerza en sonreír.

—Está bien. Habla con ella, trabaja en ese presupuesto de mantenimiento de los exteriores para ver si nos convence, y mañana veremos si podemos alcanzar un acuerdo.

Soy consciente de que intenta dejarme claro que no soy quien tiene la última palabra. Lo sé, pero aun así asiento, conforme con eso.

Vuelvo a casa, pago a Harper por el rato que se ha quedado con Maddie y, una vez a solas, en vez de contárselo todo a mi hija, como he asegurado que haría, me limito a pensar en ello a fondo. Seguramente porque tengo bastante claro que Maddie dirá que sí a todo lo que yo le ofrezca. Tiene tres años, como bien ha dicho Eleanor. La preparo para dormir, porque Harper ya le ha dado la cena, y la meto en su pequeña cama mientras acaricio su frente y pienso en lo mucho que me gustaría poder darle el mundo entero y en lo difícil que está resultando ser.

—Te quiero hasta la luna —susurra ella justo antes de cerrar los ojos.

Se lo he repetido tantas veces que ahora lo relaciona con el momento de dormir, algo que me hace muy feliz. Sonrío un poco, beso su frente y acaricio su nariz con la mía.

—Te quiero hasta la luna. Descansa, calabacita.

Ella tarda poco en dormirse, pero durante todo el proceso necesita tocar mi mano, como siempre. Y yo aguanto a su lado, como siempre, mientras pienso en la habitación con dos camitas pequeñas que hay en la casa de Eleanor. Sería tan fácil para mí sentarme junto a ella, dormirla y luego ir a mi propio dormitorio y disfrutar de un rato de soledad... Muy posiblemente muchas noches acabará viniendo a mi cama de madrugada, como suele hacer, pero tendría un lugar en el que poner sus juguetes, sus cosas. Algo solo suyo y no compartido conmigo, porque aunque Maddie sea mi vida entera soy consciente de que debe tener espacios solo para ella, por mucho que esa idea me cueste. Crecerá y le gustará tener su propia habitación y yo no sé si más adelante podré permitirme algo mejor de lo que puedo tener ahora. Me gustaría, claro, soy positivo y pienso que cada vez tendré más trabajo y será mejor, porque quiero que mi hija crezca aquí, que se sienta parte de la comunidad, pero aún es pronto para determinar si lo conseguiré o no.

Es una gran oportunidad por tantas razones… Tendríamos bañera, por ejemplo. Maddie podría darse sus buenos baños sin prisa y sin que toda la casa se llene de vaho, que es algo que pasa aquí en cuanto te das una ducha rápida. Y, desde luego, tener un salón con una mesa que no haya que sacar para abrir la cama es un punto extra importante. Puede que no me guste tener a Eleanor y Charles, el alcalde, de jefes y caseros, pero a veces uno tiene que tragarse el orgullo por el bien común. Quien dice el bien común, dice el bien de Maddie.

En cuanto se duerme despliego el sofá cama y me recuesto con el portátil en las piernas para hacer el presupuesto de lo que costaría mantener el jardín de Charles y Eleanor. Entro al correo electrónico por inercia, sin darme cuenta de que estoy usando la cuenta antigua y no la que me hice al llegar aquí. Por eso no espero encontrar nada fuera de lo normal y por eso me sobresalto tanto al ver el e-mail que llegó hace unos días. Intento pasar por alto el ritmo acelerado de mi corazón, pero las últimas palabras del mensaje me lo ponen muy difícil.

No puedes hacer esto, Samuel. No puedes llevártela y pretender que me olvide de ella. Por favor, vuelve o dime dónde estás para que podamos arreglar esto.

D.

Bajo la tapa del portátil como si con ese gesto pudiera borrar lo que acabo de leer. Como si apagar el ordenador me permitiera apagarla a ella. La tensión hace que note cómo se me cierra la garganta, pero me esfuerzo por respirar hondo y me obligo a calmarme.

Ella no sabe dónde encontrarnos. Si lo supiera no escribiría al correo antiguo, sino al nuevo. Estamos bien. Maddie está bien.

Las cosas van bien por primera vez en mucho tiempo e irán mejor si consigo mantenernos alejados de ella y todo lo que nos rodeaba en Phoenix.

Puedo hacerlo.

Tengo que hacerlo.

No hay otra opción.

9

Lili

Algo pasa. No sé exactamente qué, pero estoy segura de que hay algo que no está yendo como debería. Blake parece hoy más taciturno de lo normal. O sea, Blake siempre parece taciturno, porque no es, ni de lejos, el alma de las fiestas, pero hoy está como ido. Ni siquiera me ha hecho el interrogatorio de rigor al dejar a Maddie conmigo antes de ponerse a trabajar. Lo agradezco, obviamente, pero es raro.

Lo observo mientras los niños juegan en el jardín. Lleva una chaqueta impermeable y ligera, y me alegro, porque el día hoy vuelve a estar húmedo y lluvioso. No es como si me importara su salud, desde luego, pero no quiero que pueda acusarme de enfermar en horario laboral.

—La valla ha quedado genial —dice Holly en un momento dado.

—¿Mmm?

—Venga, Lili, no finjas que no te has dado cuenta.

Miro hacia la valla que rompió y arregló justo después y reconozco, al menos para mí misma, que sí ha quedado bien y parece más segura que antes, pero sigo pensando que tampoco es como si los niños treparan por ella. Son demasiado pequeños y, de hecho, ni se habían fijado en ella. Tampoco tendrían por qué, puesto que tienen otras muchas cosas que hacer aquí fuera. Columpios, juguetes, un arenero que tenemos que andar tapando y destapando continuamente para que el agua no lo convierta en un barrizal. En definitiva, continúo creyendo que no era algo urgente, pero supongo que él lo ha hecho por una cuestión de seguridad, así que decido dar un paso adelante, literalmente, y sorprender, no solo a mi amiga, sino al propio Blake cuando ve que me dirijo hacia donde está trabajando.

—Hola.

—Hola —responde—. ¿Ocurre algo?

—No. Es solo que… Bueno, quería decirte que la valla ha quedado bastante bien. Gracias.

—Ah, eso. De nada. No debí romperla sin permiso.

Asiento. Esta conversación es tensa, incómoda y forzada, pero es algo, supongo.

—¿Cómo vas con lo demás?

Blake señala el lugar en el que debe ir el huerto y luego el cielo.

—Iría más rápido si no lloviera todo el maldito tiempo.

—Bueno, bienvenido a Inglaterra —digo sonriendo—. La lluvia forma parte de Havenwish.

—Lo sé, es solo que todavía me estoy acostumbrando. Llevo aquí dos meses y ya he pasado más frío y me he mojado más que en toda mi vida en… —No termina la frase. Carraspea y se rasca la barba—. Da igual. El caso es que no estoy acostumbrado.

No me pasa desapercibido el hecho de que nunca mencione de dónde viene, ni a mí ni a nadie. Imagino que sabe que lo sé.

Es enrevesado, pero como profesora de Maddie sé que nació y vivió en Phoenix. Aun así, como es evidente que a él no le gusta mencionarlo, permito que evada el tema cada vez que surge.

—Si te sirve de consuelo, yo soy de aquí y hay días en los que me frustra ver llover a todas horas.

—Ah, ¿sí?

—Sí. No son muchos, pero todo el mundo sueña con pasar unos días en una playa paradisíaca en la que no llueva nunca, ¿no?

—Yo no. Las playas no son lo mío.

—Entiendo. ¿Y qué es lo tuyo?

Sus ojos verdes se clavan en mí de un modo que me tensa. Me digo a mí misma que no es por su mirada, sino por esa hostilidad que Blake Sullivan desprende incluso cuando no está diciendo nada.

—Maddie, supongo.

—Hablaba de lugares.

—Pues el lugar donde esté Maddie.

—Que es ese que tú elijas, teniendo en cuenta que tiene tres años.

—Pero es muy lista.

—No lo pongo en duda, pero no irás a decirme que ella eligió venir a Havenwish, ¿no? —Su silencio me hace enarcar las cejas—. ¿Blake?

—¿Sí?

—¿Tú...? —Su mirada retadora me saca de mis casillas y ni siquiera sé por qué—. ¿Sabes qué? Da igual. Mejor cuéntame cómo va el tema del huerto. ¿Por qué escarbas tanto?

—He estado hablando con Evan y creemos que es mejor que el huerto esté a ras de suelo y no en alto, como pretendías.

—Vale, punto número uno: no lo pretendía yo. Lo votamos Evan, Holly y yo, y tanto ella como yo pensamos que sería mucho mejor poner el huerto en pequeñas plataformas con accesos específicos.

—Es incómodo para los niños. Llegarían mucho más fácil con un huerto a ras de suelo.

—¿Sabes lo que también es incómodo? Que un niño se meta en un huerto en un descuido y acabe rompiendo algo o comiéndose cosas que no debe.

—Bueno, se supone que para eso están sus maestras, ¿no? Para vigilar. O eso pensamos los padres que confiamos en la escuela, al menos.

—¿Estás insinuando que no vigilo bien a mis alumnos?

—No he dicho eso. He dicho que el huerto está mejor a ras de suelo para que sea más accesible para los niños y que, si eso supone un problema, quizá sea porque no se les vigila de la forma adecuada.

—Somos grandes profesionales, Blake.

—No lo dudo.

—Sí, lo haces. Y, de hecho, estoy bastante cansada de que te dediques a soltar ese tipo de indirectas con respecto a mi trabajo.

—¿Qué indirectas?

—Oh, no te hagas el tonto. Sabes muy bien que no has dejado de poner en tela de juicio mi trabajo y, si tienes alguna queja, creo que deberías dármela ya para que podamos seguir adelante.

—No tengo quejas.

—Bien, porque…

—Pero eso no quiere decir que no tenga una opinión.

Lo miro entrecerrando los ojos.

—Ah, ¿sí? ¿Y qué opinión es esa?

—¡Miss Lili! ¡Miss, mira!

Busco la voz que me llama y me encuentro con el pequeño Henry, que grita ilusionado y da saltitos esperando que le haga caso.

—¿Sí, cariño?

—¡Mira!

Señala el arenero y, aunque me gustaría decir que me horrorizo al ver una caca enorme, lo cierto es que no es la primera vez que esto pasa. Tenemos bebés, niños que ya no usan pañales y controlan sus esfínteres de maravilla, y un pequeño grupo que está justo en el proceso de dejarlo. Y por alguna razón, en este grupo cada año hay alguno que decide hacérselo todo en el arenero. A veces me he preguntado si es algún tipo de complejo de gato, pero, en cualquier caso, no pierdo el tiempo hablando con Blake. Ni siquiera lo miro para ver qué cara ha puesto al ver la sorpresa que ha aparecido en el arenero. Simplemente saco a la culpable de ahí, que sigue con los pantalones bajados y sin limpiar, llamo a Holly para que la atienda y, mientras quito la arena, me repito a mí misma que no me importa lo que pueda pensar Blake de mí ni de mi trabajo. Me lo digo mucho, muchísimo. En serio, me lo repito al menos cincuenta veces, pero da igual porque, cuando por fin lo miro y me percato de la sonrisa maliciosa que vuelve a lucir, solo siento el instinto de estamparle en la cara todos los pañales sucios de la escuela. Ese pensamiento consigue calmarme, así que supongo que tengo un problema, porque no sé hasta qué punto es sano y normal que me dé paz interior imaginar a Blake Sullivan con la cara llena de mierda.

10

Blake

Acabo la jornada cansado pero contento. El huerto está tomando forma mucho más rápido de lo que yo pensaba. Lo estoy construyendo al fondo del patio, así que estoy solo a menudo, aunque los niños estén en el jardín, y ha pasado algo que no creía que pasaría: Maddie no intenta quedarse conmigo cuando sale al patio y me ve. Sí, viene corriendo, me saluda, me besa, pero no se queda pegada a mí. Se va con los niños y niñas de clase y juega con ellos como si los conociera desde siempre. Eso es bueno, me dice mucho acerca de su adaptación a Havenwish, y quizá por eso, cuando la jornada acaba y salgo de la escuela hacia la casa de Eleanor y Charles, me siento mucho más relajado que de costumbre.

Claro que puede que también haya tenido que ver el hecho de que el huerto esté quedando tan bien y, al final, me haya salido con la mía con respecto a ponerlo a ras de suelo. Tendré que construir una pequeña valla con puerta, eso sí, para que no puedan entrar sin permiso, pero de todos modos tardaré menos que poniéndolo en alto y, además, será más fácil para los niños trabajar en la tierra. Por otro lado, mentiría si dijera que no me ha divertido ver a Lilibeth intentar controlar que los niños no se metieran en el arenero mientras limpiaba el regalito que le ha dejado una de las niñas. Habría sido aún mejor si se hubiese hecho un lío, o directamente se hubiese caído encima de la mierda, pero supongo que tengo que conformarme con verla un poco apurada.

—¿A dónde vamos?

La pregunta de mi hija me saca de mis pensamientos. Me sorprende que, siendo tan pequeña, se haya dado cuenta de que no hemos tomado el camino de siempre. También me alegra, porque creo que eso significa que empieza a conocer Havenwish y sus calles.

—Quiero enseñarte algo.

—¿Una sorpresa?

A Maddie le encantan las sorpresas. Da igual que sean grandes o pequeñas, materiales o una simple canción. Si le das una sorpresa, del tipo que sea, será feliz, así que asiento y sonrío mientras la bajo de mis brazos y hago que camine.

—Sí, una sorpresa.

—¡Bieeeeeennn!

Llegamos a casa de Eleanor y Charles y me encuentro con que él también está esperándonos. No sé por qué me sorprende, en realidad, si tiene bastante lógica, pero imaginé que trataría únicamente con ella y ya solo eso me ponía lo suficientemente tenso.

—¿Qué tal, querido? ¿Tienes ya un veredicto?

No me pasa desapercibido el tono irónico que usa, pero aun así sonrío y alzo la manita de Maddie, que aún estoy sujetando.

—Me gustaría enseñársela, si no te importa.

—Ah, se me olvidaba que eres de esos padres modernos que necesitan la aprobación de sus hijos incluso para algo como esto.

Creo que eso pretendía ser un insulto, pero, en realidad, ha atinado bastante. Me importa lo que piense Maddie tanto como para consultarle las cosas que van a suponer un cambio importante en nuestras vidas. Eso no significa que siempre haga caso de lo que ella quiere, pero me gusta que sienta que consulto su opinión, independientemente del resultado. Ella no será una niña sin poder de decisión, como lo fui yo. Ella... ella será mejor. Tendrá una mejor vida. Eso es lo que pretendía cuando vine aquí, así que, lejos de ofenderme por las palabras de Eleanor, sonrío y guío a mi hija hacia la casa.

Maddie no entiende nada, pero le voy describiendo cada estancia para ayudarla a comprender mejor lo que ve.

—Es una casa muy bonita —digo cuando bajamos de la planta superior—. ¿Te gusta?

—Está bonita.

Me río, porque pese a sus tres años no es una niña de muchísimas palabras.

—¿Y qué te parecería vivir aquí?

—Yo quiero con papi.

Me mira tan confusa que me agacho para ponerme a su altura. Fue algo que leí en un libro cuando Maddie nació y yo no tenía ni idea de cómo ser padre. El terror bombeaba en mis venas las veinticuatro horas del día, pero aun así devoraba libros sobre paternidad para intentar hacerlo bien. Para intentar ser mejor de lo que fueron conmigo. Esta fue una de las cosas que más se me quedaron: agacharse para estar a su altura y hablar de igual a igual. Parece una tontería, pero siento que Maddie me entiende mejor cuando lo hago.

—Sí, cariño, tú siempre vas a estar con papá. Cogeríamos nuestras cosas y vendríamos aquí.

—¿Y Bambú?

Bambú es su oso panda de peluche. Se lo compré cuando apenas era un bebé y, de entre todos los juguetes que ha tenido, ninguno ha significado para ella tanto como él. Cuando decidí que nos mudáramos Maddie lo llevó bien, o eso pensaba yo. Una de nuestras primeras noches en Havenwish se puso a llorar desconsolada y, después de intentar calmarla durante un tiempo, conseguí entender el motivo: su osito no tenía nombre.

No sé por qué aquello era tan importante para ella en ese momento, pero algo me decía que necesitaba tenerlo todo bajo control en un momento en el que su vida había cambiado de un modo drástico, así que la cogí en brazos y coloqué al oso sobre su regazo. Le dije que podíamos ponerle uno y ella, que ya había oído muchas historias acerca de osos panda en los libros que le leo cada noche, fue quien decidió que debería llamarse Bambú, porque era su comida favorita. Desde ese día Bambú se ha vuelto aún más inseparable de Maddie. Solo lo deja para ir a la escuela, pero en cuanto regresa pregunta por él. Esto va a sonar patético, pero a veces he sentido verdadero terror a perderlo o que se rompa e, incluso, he buscado en internet peluches iguales para tener de repuesto. No he encontrado. Al menos, no el mismo, así que espero que Bambú consiga mantenerse a salvo mucho tiempo.

Volviendo al presente, sonrío a Maddie y acaricio los dedos de sus manos, intentando calmarla.

—Claro que sí. Bambú es de la familia y esta será la casa de nuestra familia.

Su sonrisa es tan amplia, inocente y confiada que me sobrecoge, porque da igual que ya tenga tres años, nunca voy a acostumbrarme a que un ser humano dependa tanto de mí y, al mismo tiempo, sea quien más me mantiene en pie.

—¡Me gusta esta casa!

—Oh, maravilloso, maravilloso. —Esa voz no es mía, sino de Eleanor, que al parecer ha decidido entrar en casa y dejar de esperar fuera—. ¿Entonces, querido? ¿Cuándo dices que te mudas?

Sonrío, porque Eleanor es una metiche, sin embargo, su urgencia por alquilarme la casa me deja ver que, en realidad, también está siendo una mujer inteligente. El concurso de jardines de Havenwish se acerca. Ella misma ha obligado a la escuela a participar, pero sabe que los exteriores de su casa necesitan trabajo. No son desastrosos, aunque desde luego no están en posición de ganar nada, así que, cuanto antes me mude, antes empezaré a trabajar en el jardín y más posibilidades tendrá ella de ganar.

No, Eleanor no es tonta, pero es una buena mujer pese a sus muchos defectos, así que encojo los hombros y la señalo.

—¿Cómo de rápido puedes redactar un contrato de alquiler?

Abre su bolso y, para mi estupefacción, saca unos folios enrollados que despliega sobre la mesa del salón.

—La pregunta más bien es cómo de rápido puedes firmar.

11

Lili

Hay muchas formas de pasar un viernes por la tarde. Sin embargo, estoy bastante segura de que, fuera de Havenwish, cualquier persona a la que le dijera que mi mejor plan es bordar una chaqueta vaquera compartiendo espacio con un grupo de mujeres de entre veinte y noventa años me miraría, como poco, con sorpresa.

Tampoco es que me importe, porque soy feliz así y no tengo que dar explicaciones a nadie. Por fortuna, entendí hace mucho que este pueblo funciona de un modo distinto al resto del mundo, y eso está bien. Más que bien. De hecho, es precisamente lo que hace que aquí me sienta más en paz que en ningún otro lugar del mundo. Estudié fuera y, aunque lo considero una gran experiencia, mentiría si no reconociera que en lo que más pensaba era en volver.

Me gusta Havenwish, me gustan sus calles estrechas y sinuosas, como laberintos históricos. Me gusta el suelo de adoquines, aunque algunos estén tan desgastados que haya que tener cuidado en los días de lluvia intensa. Me encanta pasar por una calle de casas unidas por jardines, a cada cual más bonito. Por gustar, me gustan hasta las farolas de hierro forjado, las pequeñas tiendas locales por las que no pasan los años, o el puente de piedra, que une las dos partes del pueblo y desde el que se obtiene una vista maravillosa del río que pasa por Havenwish. Los prados, las plazas, las colinas… Me gusta todo de este pueblo, pero lo que más, sin duda, es sentirme segura aquí. Respirar la calma y la tranquilidad que me inspira este sitio, aunque no siempre haya sido así, porque hubo un momento de mi vida en el que solo podía pensar en que aquí viví lo peor que podría haberme pasado, pero con los años entendí que también he vivido lo mejor. Entendí, sobre todo, que Havenwish es mi hogar. No solo mi casa, sino todo el pueblo. Así que sí, es viernes por la tarde y yo estoy en el Club de Mujeres bordando unas pequeñas margaritas amarillas en la manga de mi cazadora vaquera. En realidad estoy acabando, lo que me lleva a plantearme cuál será mi próximo proyecto. Mientras tanto, oigo las conversaciones que se mantienen y me pongo al día de los cotilleos del pueblo.

—¿Y ya se están mudando? —pregunta Matilda a Eleanor, que niega con la cabeza.

—Según me dijo Blake necesitaba hacerlo este fin de semana porque, al parecer, las dueñas de la escuela lo tienen prácticamente esclavizado.

—¡Eh! —exclamamos Holly y yo al mismo tiempo.

No tenemos esclavizado a Blake y espero que él no vaya diciendo eso por ahí, porque entonces…

—Bueno, queridas, no podéis tomarlo todo tan a la tremenda. Solo digo que está muy ocupado con la escuela. Eso es todo.

Su peinado hoy parece tener más laca de lo normal. A veces me pregunto si toda esa laca no es mala. Existe un momento en que hay riesgo de que eso penetre en el cerebro, ¿no?

—Si está muy ocupado es, entre otras cosas, porque nos obligaste a hacer un jardín, además del huerto —le dice Holly.

Me encantaría levantarme y aplaudir a mi amiga por tener la valentía de hablar tan claro. El problema es que su relación con la arcilla no ha mejorado y su aspecto es…, bueno, digamos que no ayuda a que se valoren sus palabras con seriedad.

—Ahora se os ha antojado hacer el huerto a ras de suelo. Eso es un peligro para los niños, ¿eh? —sigue Eleanor.

—¡Pero bueno! —exclamo ofendida—. Ha sido Blake el que ha insistido hasta la saciedad en poner el huerto así.

—Pero es un trabajador, no puede hacerlo sin el consentimiento de los empleadores.

En eso tiene razón. Miro a Holly un poco rencorosa, porque Blake le consultó a Evan, este le dio la razón, y Holly decidió que le daba igual, todo esto antes de que yo me enterase, claro. Al parecer estamos teniendo problemas de comunicación, sobre todo en lo referente a Blake. Según mi amiga y su marido, no me lo dijeron para no alterarme. Según yo, no tienen derecho a ocultar ningún tipo de información, pero eso es un tema que parece que ya les ha quedado claro y que, en cualquier caso, no vamos a discutir aquí, frente a un montón de mujeres ansiosas por presenciar una buena pelea. No puedo culparlas. Que yo adore Havenwish no significa que no sepa lo carente de emociones que puede llegar a ser.

—Eleanor, a ti tiene que darte igual cómo hagamos el huerto —le digo—. Y si Blake no se ha mudado antes a tu casa, sus razones tendrá, y no tienen por qué estar relacionadas con nosotras o con la escuela.

—Yo lo único que digo es que esa niña tiene que dejar de vivir en el carromato. —Intento hablar, pero enseguida cambia el tema—. Por cierto, Lili, querida, ¿podrías instruirme un poco acerca de cómo aumentar su vocabulario?

—¿Perdón?

—Bueno, me he fijado en que Madison no tiene mucho vocabulario. A su edad, mi hijo tenía en su haber bastantes más palabras y se expresaba con una claridad de la que la niña carece.

Soy una persona diplomática, sobre todo con Eleanor, porque la conozco desde siempre y sé cómo es, pero el modo en que me arde la sangre al oírla hablar así hace que pierda la compostura por completo.

—Eleanor, Maddie tiene tres años. Habla en consonancia a su edad.

—Pero mi hijo…

—Cada niño tiene un ritmo. Si tuviera algún problema con el lenguaje, créame que su padre ya me lo habría hecho saber o lo habríamos notado en la escuela y no ha sido así.

—Solo digo que ahora que estará al lado de mi casa…

—Te aconsejo encarecidamente que dejes su educación y desarrollo a las personas cualificadas para ello y, sobre todo, a su padre.

—Lo que Lili quiere decir es que no te pongas a joder a la niña porque puede ocurrir que el padre se canse y te quedes sin inquilino antes de poder cobrar el primer mes.

Las palabras de Holly hacen el ambiente un poco más distendido, porque se oyen algunas risitas, pero no puedo concentrarme en quién más habla o reacciona. Solo puedo mirar a Eleanor más seria de lo que la he mirado nunca para que entienda lo mucho que me ofenden sus intenciones.

—Yo solo quiero lo mejor para Maddie —dice entonces.

Su voz es suave, mucho menos sabionda de lo que suele ser por lo general. Y me la creo, no pongo en duda su buena voluntad, pero me preocupa mucho que pueda hacer ese tipo de comentarios cerca de la niña.

—Te entiendo, pero creo que lo mejor es no meterte en su educación. Que Blake vaya a vivir en una casa de tu propiedad no te da derecho a intervenir en su paternidad.

Eleanor me mira como si la hubiese retado frente a todo el pueblo. Matilda, su enemiga más reconocida, me sonríe como si estuviera orgullosa de mí. Y a mí no me interesa ni la una ni la otra. Solo quiero que entienda que no voy a permitir que hable de Maddie como si tuviera algún problema cuando no es así. Maldita sea, incluso aunque tuviera un problema, no debería ser ella quien lo aireara.

Desde ese momento el ambiente se vuelve mucho más denso e irrespirable, así que, en cuanto puedo, salgo y vuelvo a casa, porque está claro que Eleanor está dispuesta a castigarme con su indiferencia por osar llevarle la contraria. Bien, puedo con eso, pero no voy a desperdiciar ni un minuto más cerca de ella.

Por el camino intento calmarme. Saco los auriculares del bolso, los conecto al teléfono móvil y entro en la única lista que tengo en mi reproductor, porque soy una persona controladora en el trabajo, pero caótica en exceso con mi música. Me gusta tenerlo así, todo junto. Me encanta que me suene una canción romántica y, al minuto siguiente, un rap con un sinfín de palabras malsonantes.

Doy volumen a la música para acallar mis pensamientos. Se suponía que hoy iba a ser un buen día, estaba en el club para relajarme y tenía armado un gran plan que consistía en llegar a casa, darme un baño relajante leyendo algo adictivo hasta que el agua se quedara helada, ponerme mi ropa más cómoda (que casualmente es la más fea de mi armario) y tirarme en el sofá para ver una película romántica y, a poder ser, lacrimógena, para llorar a conciencia y soltar todas las emociones que he ido conteniendo esta semana. Era un plan de autocuidado tan perfecto que debí sospechar que iba a estropearse en algún momento, porque no contaba con que mi carácter se agriara de este modo en el club, pero supongo que estoy más estresada de lo que yo misma pensaba.

Los acordes de *L.O.V.E.*, de Frank Sinatra, comienzan a sonar provocándome una sonrisa. Puede que mi lista de reproducción sea caótica, pero siempre sabe cómo atinar con el ritmo que necesito. Siento el modo en que la tensión sale de mi cuerpo con cada paso que doy. Me olvido de Eleanor, de sus palabras, de la escuela y de todo lo que no sea disfrutar de la música y el paisaje que me ofrece Havenwish ahora que la noche se ha hecho cargo del pueblo, aunque solo sean las seis de la tarde.

El camino desde el club hasta casa es corto. Apenas diez minutos, pero por lo general son suficientes para estirar las piernas y evadirme un poco mientras oigo música. Por lo general, porque hoy, al parecer, no está en mi destino que yo disfrute de la calma que tanto ansío, y es que ni siquiera ha acabado la canción cuando siento que alguien me empuja. Pierdo el equilibrio y caigo al suelo antes de poder estabilizarme. Me gustaría decir que se trata de un atracador. Me gustaría, porque eso me haría sentir menos vergüenza, pero en Havenwish eso no existe. La razón de que vaya a tener un moratón en el trasero en los próximos días tiene el pelo rubio, los ojos grises y no llega al metro de altura. Está justo encima de mí y la despego de mi cuerpo solo para asegurarme de que no se ha hecho daño con la caída. Su primera carcajada hace que me percate de lo paralizado que tenía el corazón. Miro alrededor, todavía desde el suelo, y en cuanto veo a Blake cierro los ojos con pesar. ¿De verdad no podía caerme delante de nadie más? Me preparo para su disculpa. Es inconsciente, pero en mi cabeza no entra otra posibilidad. Incluso espero que, en un momento dado, extienda la mano para ayudarme a levantarme, porque sigo sentada en el suelo, pero todo lo que él hace es levantar una ceja y mirarme con una de esas pequeñas sonrisas envenenadas que tanto aborrezco.

—¿Te das cuenta de que acaba de hacerte un placaje una niña de tres años?

Dios, cómo lo odio.

12

Blake

¿Quién iba a decir que Lilibeth tiene la estabilidad de un borracho haciendo el pino sobre una barandilla? Ella me mira con odio, pero yo tengo que hacer verdaderos esfuerzos para no reírme. Sé que deberé tener una conversación con Maddie acerca de lanzarse contra la gente como si fuese una pequeña bomba, pero ella debía de estar muy absorta para no darse cuenta del modo en que mi pequeña gritaba mientras corría.

—Tu hija tiene mucha fuerza —dice enfurruñada.

—Gracias —contesto con una amplia sonrisa.

—No era un cumplido.

—Yo creo que sí.

—¿Y lo que tú crees importa por…? —Su enfado me hace gracia, pero me cuido de demostrarlo. Ella estira la mano en mi dirección—. ¿Me ayudas a levantarme o qué?

—¿Tienes ochenta años? ¿No se supone que las maestras pasáis gran parte del día agachadas y…?

—¿Sabes qué? ¡Déjalo! —exclama ofendida mientras se levanta y se limpia las piernas, justo antes de pasar a sacudirse el culo.

Un culo que miro más segundos de los que debería, lo reconozco. Y si me doy cuenta es porque ella alza la vista y me fulmina con la mirada. Carraspeo y señalo sus orejas.

—¿Tienes idea de lo peligroso que es ir con auriculares por la noche?

—Esto es Havenwish —murmura como si eso fuera explicación suficiente—. ¿Qué podría pasar?

—Te podría atropellar un coche, una bicicleta, un patinete. Podría caerse una farola y no la oirías crujir.

Lilibeth me mira como si me hubiese vuelto loco.

—Tienes muchísima imaginación.

—De nuevo: gracias. Pero insisto, eso que hacías es muy peligroso.

—Solo si se te echan encima —masculla.

—Es una niña de tres años. Imagínate que hubiera sido un asaltante.

—En Havenwish no hay asaltantes, Blake —dice riendo.

Ríe de verdad, como si yo hubiese dicho una estupidez, y supongo que así es, porque es un pueblo muy seguro, pero vengo de Phoenix, donde, como en todas las grandes ciudades, debes tomar ciertas precauciones para no acabar sufriendo una agresión o un atraco, sobre todo en las zonas turísticas.

—De todos modos, ¿a quién se le ocurre poner los auriculares tan altos como para no oír a una niña gritando como una loca mientras se te abalanza?

—¿Estaba gritando? —pregunta ella antes de mirar a la propia Maddie—. ¿Y por qué gritabas tú, peque?

—Por ti.

Lili se lleva las manos al pecho y sonríe.

—Es lo más bonito que ha hecho nadie por mí en mucho tiempo, pero, para otra vez, acuérdate de no saltar encima, ¿vale?

—¡Vale! Mira miss, tengo una *piduleta*.

—¡Anda! Una piruleta cuando casi es tu hora de dormir. Papá estará encantado, ¿eh?

—Fue cosa de Eleanor —murmuro de mala gana—. La dejó encima de la mesa de nuestra nueva casa y en cuanto la ha visto se ha enamorado.

Ni loco pienso admitir que no quería dársela, pero era eso o soportar un berrinche para el que ya no tengo fuerzas a estas horas del día. Y no necesito que me den un sermón.

—Te entiendo, Maddie, a mí también me enamoran las piruletas.

La risa de mi hija hace que los dos sonriamos antes de mirarnos y carraspear a la vez porque, ante todo, está nuestra enemistad.

—¿Cómo vas con eso de la mudanza?

—No he tenido mucho tiempo libre, pero pretendo hacerla este fin de semana.

—Sí, algo he oído… Oye, no te irás quejando por ahí del poco tiempo libre que tienes, ¿no?

—¿Y por qué iba a hacer algo así?

—No, por nada.

—No mientas…

—No es nada. —La miro con cara de hastío, porque odio que la gente haga eso. Lili se da cuenta y chasquea la lengua antes de continuar—. Es que Eleanor dice que no te has mudado antes porque te tenemos esclavizado en la escuela. Solo espero que no estés siendo tú quien dice ese tipo de cosas, porque te recuerdo que yo no quería…

—Eso es una estupidez —la interrumpo—. Claro que no he dicho nada. Y claro que no tenía tiempo, porque tengo un trabajo y una hija que requiere mi atención cuando salgo de él.

—Bien, eso tiene más sentido.

—No tengo por qué hablar mal de ti con Eleanor ni con nadie. ¿Por qué iba a hacer algo así? —Abre la boca, pero no la dejo hablar—. Cuando tenga quejas sobre ti, te las diré a ti.

—Vaya, ibas genial hasta esa última frase.

—¿Por qué?

—¡Porque insinúas que tienes quejas sobre mí! —exclama justo antes de mirar a Maddie para cerciorarse de que no se está percatando del mal rollo que hay entre nosotros.

Por suerte, mi hija está ocupada metiéndose azúcar en vena.

—Bueno, las tengo.

—Ah, ¿sí? ¿Y cuáles son?

—Oh, vamos, las sabes perfectamente.

—Pues no, la verdad es que no.

—Eres un pequeño grano en el culo, Lilibeth.

Pensé que iba de farol con eso de no saberlo, pero al parecer era verdad, porque me mira con los ojos como platos, como si todo esto la estuviera pillando de nuevas. Observo a Maddie saltar el bordillo de la acera y confirmo que está tan distraída que no nos oye.

—¿Perdón?

—¿De verdad vas a hacerte la sorprendida? —pregunto.

—¡Por supuesto que voy a hacerme la sorprendida! ¡Acabas de decir que soy un grano en el culo!

—Porque lo eres.

—¡No es verdad!

—Bueno, vale, lo que tú digas.

—¡No me des la razón como a los locos!

—Vale, pues no te la doy.

—¡No soy un grano en el culo!

—¿En qué quedamos? ¿Te doy la razón o no?

Ella me mira como si fuera el mayor cretino sobre la faz de la tierra. Y lo peor es que es posible que tenga razón.

—Quiero que digas la verdad: que no lo soy.

—Si no lo fueras, no pondrías pegas a todo lo que hago o intento hacer con mi trabajo.

—No pongo pegas a todo tu trabajo. Solo a lo que concierne a mi escuela, y tengo motivos para ello.

—Motivos que, al parecer, solo encuentras tú, porque Evan y Holly están de acuerdo con mis ideas.

—¿Todo esto es por el maldito huerto?

—El huerto, oponerte con todas tus fuerzas a que fuera yo quien se llevara el proyecto...

—Esto es ridículo —murmura entonces—. Si voté en contra, fue por esto precisamente. Porque eres tú y solo tú el único grano en el culo aquí.

—Pero ¿qué dices? Si soy un tío encantador. —Su carcajada me ofende bastante—. ¿Qué?

—¿Encantador? Blake, eres un puñetero controlador.

—¡*Puñetedo contolador!* —grita Maddie, que, al parecer, estaba más atenta de lo que yo pensaba.

Miro mal a Lilibeth, que se tapa la boca con la mano. En principio pienso que es porque se arrepiente de haber dicho eso y que mi hija la haya imitado, pero no. Solo se está aguantando la risa.

—Yo no soy... —Miro a mi hija, que nos observa fijamente—. ¡No soy eso!

—Por supuesto que sí.

—¡Por supuesto que no!

—Vale, pues no.

—¡No me des la razón como a los...!

Me fijo en su ceja enarcada y me doy cuenta de que está haciendo lo mismo que he hecho yo hace solo un minuto. Se las ha ingeniado para darle la vuelta a la situación y, aunque en otro momento eso sería algo de admirar, estamos hablando de Lilibeth y me niego a admirar nada de esta mujer.

—Controlar en exceso mi trabajo, poner en duda mis métodos, espiarme a través de los muros de la escuela... ¿Cómo llamarías tú a todo eso?

—Paternidad. —Se ríe y me ofendo más—. ¡Tengo derecho a asegurarme de que cuidas bien a mi hija!

—Soy una gran profesional, Blake. Y me ofende muchísimo que te empeñes en pensar lo contrario.

La verdad es que sí es una buena maestra. He podido verlo esta semana mientras trabajaba en la escuela. Es dulce, cariñosa y entregada con los niños. Me gusta cómo los trata y me gusta el modo en que trabaja con ellos y consigue enseñarles cosas a través del juego. Pero, aun así, no estoy dispuesto a darle la razón. Quizá sea por esta discusión tan absurda o por una cuestión de cabezonería. Puede incluso que sea porque tengo el ego dañado, no lo niego, pero en cualquier caso no voy a darle la razón y punto, así que llamo a Maddie para que venga a mi lado y, cuando la tengo cogida de la mano, suspiro con cierta teatralidad, como si estuviera aburrido de esta conversación de besugos.

—¿Sabes qué? Nos vamos. Es nuestra hora de cenar y en cualquier momento se pondrá a llover.

—Huye, cobarde… —murmura.

Hago como que no la oigo, porque de lo contrario empezaremos a discutir de nuevo. Tiro de Maddie para marcharnos, pero ella me frena al estirar la mano hacia Lilibeth.

—¡Besito! —exclama.

Lilibeth me dedica una sonrisa un poco perversa, como si quisiera decirme: «¿Ves? Ella me adora, te jodes». Mensaje captado, pero aun así no pienso decir nada. Me quedo en silencio mientras besa y abraza a Maddie y, cuando se separan, comienzo a caminar sin volverme ni una sola vez para comprobar si sigue ahí parada mirándonos o no. No me importa lo más mínimo.

Lo único que me importa, de hecho, es saber que tengo todo un fin de semana para realizar la mudanza y no ver a Lilibeth Turner. Dos días para librarme de la tensión que se respira en el ambiente cuando los dos estamos en un espacio compartido.

El lunes tendré que enfrentarme de nuevo a sus miradas de superioridad y sus críticas hacia mi trabajo, pero mientras tanto, la vida es preciosa y Maddie y yo vamos a dar un paso más en nuestro asentamiento en Havenwish.

Y no pienso dejar que nadie me amargue la increíble sensación de estar echando raíces en un lugar nuevo, solos y alejados de todo lo que nos hacía tanto daño.

13

Lili

Mi sábado empieza de la mejor manera que podía imaginar. Estoy sentada en los escalones del porche comiéndome una galleta recién horneada y tomándome mi única taza de té con teína del día. El resto tomaré un montón de infusiones sin excitantes de ningún tipo porque odio el modo en que se me acelera el corazón cuando me paso. Así que tomaré rooibos o, como dice Holly, agua sucia.

El caso es que estoy observando el jardín y pensando en todo lo que quiero hacer hoy cuando una ardilla salta sobre el muro de entrada y me observa. Bueno, no sé si me observa a mí, pero sé que se pasea por encima del muro ofreciéndome una vista increíble de toda ella. No me lo pienso demasiado, rompo mi galleta y tiro unas migas al caminito de entrada. Ella sí parece pensárselo unos instantes, pero finalmente salta y se come todo lo que le doy. No me levanto, no quiero asustarla y me conformo con poder verla. Lo que sí hago es cerrar los ojos y pedir un deseo, porque hace mucho que no veo una ardilla y es algo que solía hacer con mis padres cuando era niña. Cuando fui un poco más mayor y pregunté por qué nosotros pedíamos deseos a las ardillas y no a las estrellas fugaces me dijeron que Havenwish tiene muchas cosas buenas, pero los nubarrones a menudo se ciernen sobre su cielo y es más difícil ver una estrella que una ardilla. En ese momento me pareció lógico y, desde que no están, ver una ardilla es aún más especial, porque por un instante puedo sentir que están aquí, conmigo, aunque sea mentira.

Trago saliva y le tiro el resto de mi galleta. No tengo mucha hambre. Me tomo el té en silencio y, cuando mi visitante se va, yo me levanto y decido no dejar que la nostalgia pueda conmigo. Hace un buen día, no llueve y tengo mucho que hacer, así que me pongo manos a la obra.

Coloco un altavoz con música suave y relajada en los escalones y paso buena parte de la mañana limpiando los parterres de malas hierbas, podando los setos y poniendo en orden el jardín. Cuando acabo me voy al invernadero y observo todo lo que está a punto de brotar o florecer. La primavera se acerca y no importa que la lluvia esté empeñada en no dar mucha tregua, porque va a llegar de todos modos. Las flores se abrirán, el color llenará los jardines y el aroma inconfundible de las flores invadirá Havenwish. Para mí eso es más emocionante que la mismísima noche de Navidad.

La hora de comer me pilla de rodillas sobre la tierra abonando mis rosas trepadoras. Si no es porque mi teléfono suena, ni siquiera me hubiese percatado de lo rápido que ha pasado el tiempo.

—¿Sí?

—¿Cómo que «sí»? ¡Te estamos esperando!

El grito de Holly me hace fruncir el ceño, pero solo hasta que recuerdo que prometí comer con ellos.

—Me ducho en un minuto y voy.

—¡Date prisa!

Me cuelga antes de poder decir más y suspiro. Es curioso que mi mejor amiga sea un desastre de la puntualidad y, sin embargo, se enfade tanto cuando soy yo la que llega tarde. Tengo la teoría de que es porque odia intercambiar los papeles conmigo.

Me ducho, me pongo un vaquero desgastado, un jersey suave en tonos ocres y el abrigo. Cojo el tarro de cristal con las galletas que horneé esta mañana y voy hasta casa de Holly y Evan dando un paseo, porque me niego a correr solo porque está enfadada. O quizá precisamente por eso. Es mi modo de decirle: te quiero, de verdad, te adoro, pero tú no mandas en mí.

Cuando llego, en cambio, mi aplomo y valentía desaparecen, porque mi amiga me arranca las galletas de un tirón y me señala a las niñas.

—Llevan un rato preguntando por ti.

Parecen felices comiendo lo que seguramente ha preparado su padre (porque tiene buena pinta, y mi amiga…, bueno, la cocina no es lo suyo). Intuyo que no es más que un modo de hacerme sentir culpable y, lo peor, es que funciona, así que la miro mal.

—Estaba trabajando en el jardín.

—Eso deberíamos hacer nosotros —dice Evan en tono conciliador.

—Bah, el día que hagan un concurso de beber me apuntaré encantada.

—Tienes un problema grave con lo de fantasear con la bebida —le advierto.

Evan se ríe y me da la razón, Holly pone los ojos en blanco y, al parecer, la broma sirve para que deje de reñirme.

Nos sentamos a comer junto a las niñas, charlamos de cómo nos ha ido el día y, cuando quiero darme cuenta, estamos tomándonos las galletas de postre y la tarde prácticamente se ha echado encima.

—Vamos a ver una peli —dice Evan—. Seguramente de princesas, hadas o perritos. ¿Te apuntas?

—Os lo agradezco, pero quiero ir a casa y descansar.

Me marcho después de despedirme y, como quiero comprar algunas cosas en la tienda de Matilda, me desvío de mi camino habitual. A la vuelta, paso por delante de la casa de Eleanor y me fijo en que, justo al lado, en la casa de invitados, hay movimiento. Me resulta raro después de verla cerrada durante tantos años. Pero raro en el buen sentido. Maddie está en el jardín, sentada con las piernas cruzadas y mirando a la tierra fijamente. El día se está comportando tanto que incluso el sol ha salido tímidamente. Se me hace inevitable ver el modo en que arranca destellos del pelo rubio de la pequeña. Me acerco movida por la curiosidad de verla tan concentrada en algo que yo no distingo. Me coloco a su lado, en cuclillas, y cuando ella se percata de mi presencia me sonríe, pero sin alterarse tanto como otras veces.

—Hormigas —dice señalando con su dedito el agujero de la tierra desde el que entran y salen un montón de hormigas.

Van en fila, algunas con comida y otras sin nada, y Maddie parece realmente abducida por ellas. Me sorprende que, con lo pequeñita que es, no se asuste o sienta el impulso de matarlas. Ni siquiera molestarlas o cogerlas. Solo se queda ahí, mirándolas en silencio. Madison Sullivan es una niña increíble, lo que es todo un milagro teniendo en cuenta el padre que tiene.

—¿Te gustan? —pregunto en un momento dado. Maddie asiente—. ¿Sabes qué hacen?

—Se van.

—Sí, se van —digo riendo—. Van a su casa, a guardar la comida para cuando llueva.

—Y tienen boca, ¿a que sí? —pregunta con sus preciosos ojos grises abiertos como platos.

—Sí, claro que tienen boca. Y tienen antenas. ¿Y sabes qué más tienen?

—¿Qué?

—Cinco ojos. ¡Cinco!

—¡Hala!

—Tu conocimiento sobre las hormigas me tiene un poco abrumado.

Me sobresalto tanto que pierdo la postura de cuclillas, cayendo de culo en la tierra justo antes de echar la vista hacia arriba y ver a un Blake que vuelve a mirarme como si fuera el ser humano más torpe sobre la faz de la tierra.

Y lo peor es que no puedo juzgarlo por pensar así.

14

Blake

Observo a Lili sentada en el suelo e intento, por todos los medios, contener la risa. Me pregunto cuántas veces será capaz de caerse en mi presencia. Y de cuántas maneras distintas.

Puede que piense que estaba dentro distraído, pero no era así. O sea, sí que estaba abriendo cajas de la mudanza, pero observaba a Madison a través de la ventana todo el tiempo. Sé que Havenwish es un lugar seguro, todo el mundo me lo dice, pero vengo de una gran ciudad y dejar a mi hija de tres años sola en el jardín y sin vigilancia es algo que, simplemente, no concibo. La he visto llegar, la he visto acuclillarse junto a Maddie y las he observado hablar de algo que no alcanzaba a oír, hasta que he salido al marco de la puerta principal.

Yo he oído y visto toda la escena, pero, al parecer, Lili no se había dado cuenta, porque me mira sorprendida, como si fuera raro verme aquí, cuando, en realidad, es ella la que se ha metido en una casa que no es la suya sin ser invitada ni pedir permiso.

De hecho, pensaba dejarle claro que no puede hacer eso, pero el modo en que mi niña la mira… No puedo discutir otra vez con ella en su presencia. Además, oírla hablar de hormigas como si fuera la cosa más importante del mundo mientras Maddie la miraba fascinada ha sido bonito. O más bien lo bonito es el hecho de que Lili no trate el gusto de mi hija por los insectos como algo superfluo o asqueroso, sino que se preocupe de darle información y poner en valor sus intereses. En realidad, si lo pienso un poco, tengo que admitir que yo sabía de la afición de mi hija por la entomología y no me he molestado en buscar información que pudiera gustarle oír. Eso me hace sentir un cretino y no me gusta.

Y como no me gusta, decido ser borde con Lilibeth porque, bueno, digamos que no soy una persona dada a razonar todo el tiempo. Una parte de mí quiere pelear, estoy más que listo para ello, pero me sorprende descubrir que hay otra que quiere reconocer que Lili es una buena maestra. La misma parte que me recuerda que hace solo diez segundos decidí no pelear en presencia de Maddie.

¿Cuál será la parte que ganará cuando abra la boca? No lo sé. Es un misterio incluso para mí mismo.

—¿Cuándo empezó tu afición por allanar casas ajenas? —Ah, mira, pues ha ganado la borde. Otra vez.

El rubor que cubría sus mejillas por haberse caído de culo se intensifica, pero no creo que sea por vergüenza, sino por rabia.

—No seas estúpido, ¿quieres? Esto es Havenwish.

—¿Y? ¿No existe el allanamiento de morada?

—No. —Enarco las cejas y ella se pone en pie, sacudiéndose el culo y luego las manos—. No existen los asaltantes, ni los allanamientos, ni la delincuencia en general.

Me habla como si fuera un niño terco que se niega a entender la lección del día. Comprendo que para ella debe de ser frustrante darse cuenta de que, después de unos meses aquí, sigo siendo realmente desconfiado. Bueno, no puedo hacer nada con eso porque, por más que me lo diga ella, o yo mismo me repita que estamos a salvo, hay una parte de mí (y es una parte muy grande) que todavía no lo siente así.

—¿Entonces? ¿Estás espiándome?

—Pero ¿qué...? Mira, ¿sabes qué? No voy a entrar en este juego.

—¿Qué juego?

—El de comportarme como una cría solo porque tú te comportas como tal.

—Yo soy un hombre. Y muy hombre. —Ella bufa y se le escapa la risa, lo que me hace fruncir el ceño—. ¿Qué?

—Nada. Es solo que todo eso... ¿es porque necesitas demostrar algo? ¿Tu masculinidad se ve amenazada por...?

—Mi masculinidad está perfectamente bien, gracias.

—Guau. Entonces es, simplemente, que eres un capullo.

—Y tú eres...

—Cuidado con esa boquita sucia que gastas, hay niños pequeños delante —dice con una sonrisa tan dulce y falsa que siento ganas de estrangularla.

Bueno, no la estrangularía realmente, pero... ¡Joder, es que me saca de quicio!

Me encantaría decir que el humor de mierda que manejo es porque no he dormido bien, que de hecho es verdad, sobre todo después de que anoche me metiera en el correo antiguo y averiguara que, en efecto, siguen llegando mensajes, pero lo cierto es que nunca he sido un hombre alegre o de trato fácil. Con ella, simplemente, mi carácter hosco se impone y ni siquiera soy capaz de disimular. ¿Debería ser más amable? Sí, probablemente. ¿Es algo que vaya a pasar en un futuro cercano? Me gustaría decir que sí, pero es que creo que no.

Aun así, y para que quede constancia de lo buena persona que soy, intento iniciar una charla que no sea tan pasivo-agresiva como las que acostumbramos a tener.

—En fin, ¿de dónde vienes?

Ella parece un poco desconcertada por el cambio brusco de tema y tono. Bienvenida a mi vida, Lilibeth.

—He estado comiendo en casa de Holly y Evan.

—¿No tenéis suficiente con veros todos los días?

Vale. Esa pregunta no ha sido muy cordial. Tomo nota para mejorar.

—No, al parecer tenemos la maldita costumbre de querernos y vernos fuera del trabajo, ¿no te parece odioso?

Se está riendo de mí. Piensa que no me doy cuenta, pero sí me doy, y lo que más me molesta es que, por un momento, he estado tentado de sonreír.

—Lo es, si estás habituado a una familia de solo dos personas.

—Dos personas es una multitud cuando tú solo eres una.

Me pilla desprevenido. Estaba concentrado intentando encontrar a la desesperada palabras que no fueran bordes, agresivas o, directamente, malsonantes. Me doy cuenta enseguida de que habla de ella misma y me siento un poco idiota.

—¿No tienes a nadie?

—Claro que sí. Tengo a Holly, Evan y las niñas. Y al resto de Havenwish.

—¿Y...?

—¿Familia de sangre? —Asiento—. No. Nadie.

No sabría descifrar su tono, pero sé lo que significa: no está dispuesta a decir más. Y si hay algo que soy capaz de respetar en la gente es su decisión de mantener silencio, así que asiento de nuevo y señalo la casa.

—Yo llevo todo el día colocando nuestras cosas.

—¿Cómo llevas la mudanza?

—Bien. La parte buena es que no tenemos muchos enseres. La parte mala es que no he conseguido que el horno funcione y estoy casi seguro de que es porque yo hago algo mal y no porque esté roto.

—Blake Sullivan asumiendo que hace algo mal... —Silba y me mira con una sonrisa socarrona—. Algo que pensé que no vería nunca.

—Ja, ja, qué graciosa. Puedo admitir que a veces me equivoco. No ocurre casi nunca, pero digamos que una vez al año, más o menos...

Lili se ríe y, por extraño que parezca, siento el impulso de sonreír con ella.

—Puedo echarle un ojo, si quieres. Creo que los electrodomésticos estadounidenses y los de aquí cambian. Es posible que solo se trate de dar con la tecla.

—Oh, pues, sí, clar...

—¡Hola, chicos! ¿Qué tal estáis? —La voz de Eleanor nos interrumpe mientras se acerca por el jardín que compartimos. Ni siquiera la he oído abrir la puerta de su casa, pero en menos de un minuto está junto a nosotros—. ¿Acaso no hace un día maravilloso? ¡Qué bonito verte por aquí, Lilibeth! Oh, Madison, querida, ¿estás sentada en la tierra mojada?

Que sea capaz de hacer preguntas que no tienen que ver unas con otras, como si tuviera una ametralladora en la boca, es algo que todavía consigue fascinarme.

—En realidad solo pasaba por aquí. Estuve en la tienda de Matilda y…

—Oh, esa vieja bruja —murmura Eleanor, evidenciando, una vez más, lo mal que se llevan.

—Lilibeth estaba a punto de ayudarme a entender el horno —le digo para cambiar el tema.

Si algo he aprendido desde que llegué, es que cuando Eleanor se pone a hablar de Matilda, o Matilda de Eleanor, es mejor coger una silla y sentarse, porque no se aburren nunca.

—¿No lo entiendes? Pero ¡querido! Tienes que avisarme de esas cosas. Soy tu casera, es mi responsabilidad explicarte cada cosa que no comprendas.

Entra en casa sin pedir permiso, lo que me hace replantearme, no por primera vez, mi decisión de vivir aquí y tenerla justo al lado. Lili se muerde una sonrisa porque, obviamente, piensa algo parecido, y entonces da un paso atrás y alza una mano en señal de despedida.

—Ahora que lo tienes todo controlado me marcho a casa.

—¡Miss, besito! —exclama Maddie antes de abalanzarse sobre ella.

Lili ríe, se agacha, besa su mejilla y le regala una caricia en la punta de la nariz antes de salir del jardín y emprender el camino de vuelta a su casa.

Y yo me quedo aquí, con mi hija devolviendo su atención a las hormigas, Eleanor trasteando en mi cocina, que en realidad es suya, y el pensamiento de que no me hubiese importado que Lili entrara en casa.

Es una estupidez y ni siquiera sé por qué pienso algo así, pero el caso es que… no me habría importado lo más mínimo.

15

Lili

El mes de marzo entra en Havenwish de la mejor forma posible: con un sol radiante. Mañana el parte meteorológico da lluvia, pero hoy, en la escuela, aprovechamos para pasar el máximo tiempo posible en el patio.

Quizá sea por eso que los pequeños están más nerviosos de lo normal. Jackson, por ejemplo, un niño de dos años que suele ser un poco revoltoso pero obediente, hoy está desatado. Y justo le ha dado por meterse en la zona de trabajo de Blake una y otra vez. Más concretamente dentro de la caja de herramientas. Literalmente saca todo lo que hay para intentar meterse él. Lo hemos apartado de ahí como cinco veces en lo que va de mañana, así que, cuando lo veo intentarlo de nuevo, resoplo y me acerco con el ceño fruncido.

—Cariño, aquí no puedes estar —le digo mientras le quito un martillo de la mano y lo separo de las herramientas.

Blake me mira mal. Eso no es una novedad, pero sí que es la primera vez que creo que tiene razón.

—¿Es que no podéis controlarlo? —pregunta moviendo, otra vez, todas sus herramientas y guardándolas en la caja para asegurarse de que Jackson no las toca.

—No es para tanto, cálmate.

—¿Que me calme? ¡Aquí hay herramientas punzantes, cortantes y… peligrosas, Lilibeth! Podría hacerse daño.

Tiene razón. Sé que la tiene. Es estresante estar detrás de un niño pequeño para intentar que no se haga daño. ¡Eso lo sé mejor que nadie! Pero, aun así…, me niego a darle la razón porque sé que lo aprovechará para atacarme en cuanto tenga oportunidad.

—Ay, Blake, no seas pesado, de verdad.

—Que no sea…

No consigue terminar. El llanto de alguien nos interrumpe y me vuelvo de inmediato. Aún tengo a Jackson en brazos, así que me alivia descubrir que se trata de Bella y que no es nada grave. La hija pequeña de Evan y Holly se ha quitado toda la ropa y está tumbada boca arriba en el suelo, pataleando y gritando como una loca mientras mi amiga suspira con cansancio, como si no tuviera fuerzas para soportar un berrinche de esos justo ahora.

—¿Todo bien? —pregunto antes de soltar a Jackson, que sale corriendo para ponerse al lado de Bella.

Ladea la cabeza y la mira, como estudiándola. Sería cómico, si no fuera por los gritos ensordecedores de la pequeña y el hecho de que puede coger bastante frío si no se viste ya. Ahora mismo. En serio, una bebé de dos años desnuda y pataleando en un charco de barro no es una buena publicidad para una escuela, aunque sea hija de una de las dueñas. Sobre todo en ese caso.

—Quería un plátano, así que le he dado un plátano, pero he cometido el terrible e imperdonable error de pelarlo y, al parecer, era ella quien tenía que hacerlo.

Aprieto los labios para intentar no reírme. Con Charlotte la etapa de los dos años fue más sencilla. Era una niña dulce y obediente casi todo el rato. Bella, en cambio, está siendo... intensa. Y lo peor es que mi amiga no puede quejarse porque, le guste admitirlo o no, esta es la hija que se parece a ella y no la otra, que tiene toda la pinta de haber heredado el carácter de su padre.

—¿Eso es normal? —se interesa Blake confuso.

Lo miro y me doy cuenta de que su ceño está fruncido, pero de un modo distinto. Como si no entendiera nada de lo que ocurre.

—Oh, lo es. ¿Maddie no hacía rabietas a los dos años?

—No así.

Eso me lo creo. Por lo general Maddie es una niña tranquila y tierna con un humor increíblemente bueno. Es colaboradora en clase, sin avasallar o exigir. Respeta los turnos, las filas y los juguetes cuando los tienen otros. En realidad, teniendo en cuenta que su padre es todo un cascarrabias, es un milagro que la niña sea así.

—Bueno, cada uno expresa sus emociones de un modo distinto.

—¿Estás diciendo que Maddie no expresa sus emociones?

Lo miro con los ojos como platos. ¿Cuándo he dicho yo eso?

—¿Qué? ¡No!

—Porque las expresa. Le leo cuentos de emociones, ¿sabes?

—Oh, genial. Si le lees cuentos, todo bien —refunfuño, harta de que a todo tenga que sacarle un motivo para discutir.

—¿Qué intentas decir?

—Nada.

—No, nada, no. Eso era una indirecta.

En cualquier otro momento no diría nada, pero estoy cansada, Jackson se ha aburrido de la pataleta de Bella y está intentando meterse de nuevo en la caja de herramientas, la hija de mi amiga no deja de llorar y el resto de los niños están aprovechando para hacer de las suyas, así que no hay nada en toda esta situación que me ayude a mantener la calma. Miro directamente a los ojos verdes de Blake. Está serio, pero no es una sorpresa. ¡Siempre está serio! A veces me pregunto si es que no sabe sonreír y necesita ir a algún tipo de terapia para que le enseñen. El problema de esta teoría es que lo he visto con su hija y sí que sabe, solo que no quiere. Le gusta ser un imbécil. Hay gente así en el mundo, aunque parezca increíble.

Quiero callarme, porque no es de mi incumbencia, pero el modo en que Blake consigue picarme es casi digno de estudio, la verdad.

—No parece que tú seas un hombre muy versado en eso de las emociones.

Uf. Ya está, mira, lo he dicho. ¡Y ni siquiera ha sido tan difícil! De hecho, hay algo muy gratificante en el modo en que sus ojos se entrecierran, sus mejillas se inflan un poco y sus labios se convierten en una fina línea justo antes de que me hable entre dientes.

—¿Estás insinuando que soy imperturbable?

—Oh, para nada. Las personas imperturbables no tienen emociones y tú tienes, pero, según parece, solo una parte de ellas. Las malas, para ser más concreta.

—Gracias por ser tan específica —dice en tono repelente e irónico.

—Un placer.

—Yo manejo muy bien mis emociones —insiste, cada vez de peor humor.

—Se nota.

—Lo hago. —Está tan rojo que casi puedo ver a Ira, de la peli *Del revés*, en él.

—Claro que sí, muchachote.

—No soy ningún muchachote. Tengo veintiséis años.

—Los tienes, los tienes. —Palmeo su hombro solo porque sé que esto le sacará completamente de sus casillas.

No me equivoco. Juraría que puedo ver el fuego crepitar en sus ojos. Si pudiera, ahora mismo me fulminaría hasta convertirme en cenizas.

—No te imaginas lo mucho que odio que me trates con condescendencia.

—Pero reconoces la emoción, así que mira: tú tenías razón. Eres todo un muchachote emocional.

Cojo a Jackson, que ha conseguido meter un pie en la caja de herramientas, y me largo antes de que pueda responder, algo que posiblemente le cabree más. Y de verdad, aunque lo intente (porque lo intento, prometido), el esfuerzo inmenso que hago para no sonreír resulta inútil y mis labios se curvan con malicia por lo que considero toda una victoria en esta nueva batalla.

16

Blake

Me retraso un poco rematando los bordillos del huerto, pero, para cuando acabo, estoy tan contento con lo bien que ha quedado que sonreiría y todo, si no fuera porque estoy solo y sería un poco raro. Estoy orgulloso de mí mismo. Hace un año no tenía ni idea de huertos y ahora he hecho uno yo solo. Es verdad que Eleanor me ha dado bastantes consejos en privado que he aceptado de buen grado, pero a fin de cuentas lo he hecho yo, ¿no? Y me gusta. Nunca pensé que disfrutaría tanto arreglando cosas o trabajando en la tierra, pero lo cierto es que hay algo de relajante en hacerlo.

Todavía no he visto brotar nada de lo que he plantado, pero empiezo a entender la emoción que embarga a muchos de los vecinos de Havenwish cuando eso ocurre. Siempre es gratificante trabajar la tierra, pero si vives en un lugar donde llueve tanto y el tiempo lo pone difícil, es como un reto. Hacer crecer algo, lo que sea, me demostrará a mí mismo y a los vecinos del pueblo que estoy listo para vivir aquí de verdad. Que puedo ser uno más.

Es curioso, porque nunca antes he sentido una necesidad de pertenencia tan fuerte como ahora. Sé que es posible que Maddie tenga mucho que ver: quiero darle un sitio seguro en el mundo al que poder llamar hogar. Un sitio en el que sepa que puede tener todo lo necesario para reconfortarse, aun en los días malos. Quiero darle todo lo que yo no tuve. Que eche raíces aquí, como las flores. Que su unión con este pueblo y su gente sea cada año más fuerte y poderosa. Que llegue un momento de su vida, dentro de muchos años, en el que esté unida a mí, pero también a esta comunidad. Y no es porque los habitantes de Havenwish sean perfectos, porque no lo son, pero saben cómo ser una constante en la vida de los demás. Saben estar en las buenas y en las malas, y eso vale más que toda la perfección del mundo.

Me sacudo las manos en los pantalones, que a estas alturas ya están bastante sucios, y entro en la escuela para recoger a Maddie.

—Ey, ¿qué tal va nuestro futuro huerto? —pregunta Evan con una sonrisa.

—Genial. Está prácticamente listo.

Holly y Lili, que estaban entregando niños a sus padres, se liberan y me miran sonriendo. Bueno, miento. Holly sonríe. Lili solo… me observa. No sonríe, pero no parece enfadada. Supongo que está en estado neutro y eso, en ella, ya es todo un logro.

—¿Cuándo podremos comenzar a plantar cosas? —pregunta.

—Mañana mismo. Si queréis, puedo traeros algunas semillas del vivero y…

—No, gracias. De eso me encargo yo.

El corte de Lili ha sido brusco, pero entiendo en el acto que es un modo de mantener el control sobre su escuela. Y sobre mí. Así que, por más rabia que me dé, no me queda otra que aceptarlo.

—Bien, entonces mañana me pondré con el planteamiento del jardín.

—Eso es genial —dice Evan—. Y si tienes dudas, puedes preguntarle a Lili tanto como quieras. Es una experta en jardines.

Cómo no…

—Gracias por el consejo. Aunque lo cierto es que Eleanor también me ayuda muchísimo en ese aspecto.

—Ten cuidado —sugiere Holly—. Esa mujer tiene un gran corazón, pero no hace ni un solo favor sin pedir algo a cambio.

No parece que me lo diga a modo de insulto o con la pretensión de faltar el respeto a Eleanor, sino más bien como una advertencia bienintencionada hacia mí. Me quedo callado, porque no quiero admitir que parte del pago de la vivienda en la que estoy consiste en cuidar del jardín de Eleanor y Charles. Y no es por mí, porque no tengo nada de lo que avergonzarme, pero no sé si ellos quieren hacerlo público. Tal vez les dé vergüenza reconocer que no pueden mantener el ritmo de trabajo que un jardín como el suyo necesita.

Por suerte no tengo que decir nada, porque Evan toma la palabra.

—Oye, Blake, voy a tomar una cerveza al pub del pueblo con James Payne. ¿Te apuntas?

Es la primera vez que alguien me invita a tomar algo aquí y, joder, mentiría si dijera que no me muero de ganas de disfrutar de un rato de desconexión hablando de cosas que no tengan que ver con la paternidad porque, aunque adoro a mi hija, a veces echo de menos tener una conversación… adulta. Aun así, cuando Maddie aparece con las coletas torcidas, la mochila en las manos y el abrigo mal puesto, solo puedo sonreír y negar con la cabeza en dirección a Evan.

—Gracias, pero no puedo.

—¿No puedes llamar a Harper para que se ocupe de ella? —pregunta él, adivinando los motivos de mi negativa—. La has dejado otras veces con ella, ¿no?

Es cierto, pero solo para reuniones vecinales o cosas importantes. No sé si es buena idea llamarla solo porque me apetece tomar algo con Evan.

Holly, que al parecer vislumbra mi dilema a la perfección, interrumpe a su marido.

—¿Y si la dejas conmigo? Puede venir a casa a jugar un rato con Charlotte y Bella.

—No, no quiero molest…

—No es ninguna molestia, me estoy ofreciendo yo. Vamos, Blake, no te he visto ir al pub desde que llegaste y ya hace meses. ¿Has entrado siquiera?

—No —admito de mala gana.

—¿Te apetece ir a tomar algo?

Me siento un poco estúpido, como un niño al que intentan hacerle un favor y su endeble orgullo no lo permite.

—Sí —murmuro con cierta vergüenza.

Me martiriza sobre todo lo que pueda pensar Lili, y me cabrea muchísimo eso, porque no debería importarme una mierda lo que piense la maestra de mi hija de que yo vaya a tomar una cerveza. En cualquier caso, ella se ha apartado para entregar a otro de los niños cuando su madre ha venido a buscarlo.

—Pues está hecho. Yo me llevo a Maddie y tú vas a disfrutar de un par de cervezas.

—Vale, pero… Bueno, voy a preguntar a Maddie si le apetece ir con vosotras.

Holly sonríe, pero no dice nada. No se opone ni me critica, como sí hace Eleanor cada vez que le digo que tengo que consultar a mi hija.

Sé que puede parecer raro, pero no recuerdo un solo instante de mi infancia en el que alguien me pidiera mi opinión antes de tomar decisiones que me afectaban directamente. No pienso actuar igual con Maddie, así que la aparto un poco y le pregunto directamente qué le parecería ir a casa de Bella y Charlotte a jugar.

—¿Y papi?

—No, papi irá a otro sitio.

Ella lo piensa un instante y mira a las niñas de Holly y Evan, que corretean entre las mesas intentando pillarse una a la otra.

—Yo voy con ellas.

—Muy bien, cariño, ve entonces.

Se marcha corriendo y miro a Evan que, lejos de juzgarme, espera con paciencia que le dé una respuesta.

—¿Vamos dando un paseo?

—Es la mejor manera de moverse en este pueblo —contesta con una sonrisa.

Unos minutos después llegamos al único pub del pueblo. He estado en muchos antros en Phoenix, pero ninguno se asemeja a esto. La fachada tradicional de piedra con enredadera y flores trepadoras casi parece llamarnos. No necesito entrar para saber que en su interior el ambiente será acogedor y cálido, pero, aun así, cuando me adentro siguiendo a Evan, me sorprende para bien el calor que invade mi cuerpo.

Me quito el abrigo y observo las vigas de madera del techo, las mesas y sillas desperdigadas por toda la sala, la barra de madera maciza rodeada de taburetes y, al fondo, una enorme chimenea de piedra prendida y aportando calidez real y visual. Huele a cerveza. Podría decirse que es porque llevo mucho sin beber alcohol, pero no es cierto. Desde que llegué aquí no he entrado en este sitio, pero de vez en cuando me tomo una cerveza en casa, cuando Maddie se duerme, y también he probado alguna en las reuniones vecinales las pocas veces que alguien se atreve a llevar para ofrecer algo distinto al té. Aun así, no es lo mismo que entrar en un pub con otro adulto. Acabo de darme cuenta de lo mucho que me apetecía hacer algo así. Creo que ni siquiera me permití añorar algo tan típico como salir de cervezas con amigos. Mi atención estaba puesta en Maddie, en su adaptación y nuestra integración en Havenwish, pero ahora…, bueno, creo que puede estar bien empezar a relajarme y preocuparme por disfrutar yo también de un poco de ocio.

—Te aconsejo la cerveza de barril —me dice Evan—. Es mi preferida.

Obedezco y, cuando nos sentamos en los taburetes junto a la barra, pido lo mismo que él. Miro alrededor una vez más y me sorprende ver a Charles, el alcalde y marido de Eleanor, jugando a las cartas con otros tres hombres. Aparte de ellos, hay algunos vecinos tomando distintas bebidas, pero en general el sitio está medio vacío y me pregunto si los ingresos de un pub en mitad de un pueblo como Havenwish son suficientes para mantener el negocio.

Un tal James Payne llega poco después que nosotros y se sienta a mi lado tras darnos la mano a modo de saludo. Es alto, fornido, tiene el pelo rubio ceniza y no llega a los treinta, o al menos no lo parece.

—Ya era hora de conocer al nuevo. Te he visto por las reuniones vecinales, pero nunca aquí —me dice.

—Es la primera vez que vengo.

—¿En serio? Pero hace meses que llegaste, ¿no?

—Sí.

—Tío, yo me moriría si estuviera más de un mes sin entrar a un pub.

Suelta una risotada y pide una cerveza mientras lo miro un tanto imperturbable. Parece un poco idiota, pero decido que es mejor sonreír y darle la mano. Después de todo, es amigo de Evan, según parece, así que me esfuerzo por ser cordial, amable y extrovertido. Casi me dan granas de grabarme para que Lilibeth vea que sí puedo ser simpático, solo tengo que querer y, con ella, no quiero.

—Blake ha estado ocupado asentándose en el pueblo, y es increíble el modo en que se ha integrado.

Las palabras de Evan confirman lo que ya sé de él pese al poco tiempo que hace que nos conocemos. Siempre es amable, simpático y relajado, en contraste con Holly, que es mucho más dinámica y nerviosa. Parecería que dos personas tan distintas no pueden estar juntas, sin embargo, solo hay que echar un vistazo a Evan y Holly para saber que son el matrimonio ideal.

—Tienes una niñita, ¿no? Os he visto alguna vez paseando por el pueblo.

—Sí, se llama Madison y tiene tres años —comento en modo padre orgulloso.

—Te pillaron joven, ¿eh? —comenta riendo—. A mí también, tío, qué mierda. Tengo un hijo de dos años.

Sí. Definitivamente es un idiota.

Me quedo en silencio porque no sé qué responder a eso, de modo que Evan vuelve a ser quien dirige la conversación.

—Maddie está en nuestra escuela y es una niña estupenda. Por cierto, James, ¿al final habéis pensado en traer a Tommy con nosotros?

—Anne tiene dudas, pero ya le he dicho que será bueno para él. —Me mira y aclara—: Tiene dos años y es un poco tímido. En eso ha salido a su madre. —Suelta una risotada que no comprendo. Supongo que se refiere a que él no es tímido—. Le he dicho que es buena idea que vaya a la escuela infantil y se relacione con otros niños, pero estamos separados casi desde que Tommy nació, así que Anne no es muy dada a tener en cuenta mis opiniones.

Bueno, no sé cómo será Anne, ni siquiera sé cómo es su hijo, así que no soy quién para opinar. Por suerte, no hace falta, porque Evan se encarga de contestarle.

—Es normal que Anne se sienta un poco insegura. Al principio es difícil, pero creo que Tommy disfrutaría mucho en la escuela. Hay varios niños de su edad, y tanto Holly como Lili programan actividades diarias para que no se aburran, aprendan y, sobre todo, disfruten mucho el tiempo que están con nosotros.

—Se lo he repetido un montón de veces. Pero cada vez que le digo que Lili se ocuparía de él de maravilla, se enfada, ya sabes. —Evan asiente, pero yo no sé a qué se refiere. En realidad, me encantaría saberlo, pero no lo sé—. Creo que no puedo culparla por molestarse, pero luego pienso que hace mucho que estamos separados y..., joder, lo cierto es que si hubiera tenido dos dedos de frente hace unos años, Lilibeth no se me habría escapado.

Al oír ese comentario elevo las cejas por la sorpresa. Bien, creo que ya no quiero saber a qué se refiere.

—¿Saliste con ella? —Suelto la pregunta antes de ser capaz siquiera de procesarla, porque es evidente que no debería haberla hecho.

—Alguna que otra vez, pero éramos adolescentes y yo tenía por costumbre tomar malas decisiones. —Chasquea la lengua—. A veces me pregunto qué habría pasado si no hubiese sido tan imbécil en aquellos tiempos. Ya sabéis a qué me refiero.

No, la verdad es que no lo sé, y ahora estoy seguro de no querer saberlo. Ni Evan ni yo decimos nada, pero al parecer eso no desanima a James, que se ha propuesto reflexionar acerca de su vida pese a que acabemos de conocernos oficialmente.

—En fin, tal vez tenía que ser así. Después de todo, si no la hubiera cagado tanto, ahora no tendría a Tommy y adoro a ese niño, aunque su madre y yo no podamos ni vernos. ¿Os imagináis que lo hubiera tenido con Lili? Eso sí que habría estado bien.

Suelta una risotada que hace que me enfade, pero no sé por qué. Después de todo, no ha dicho nada malo.

—Bueno, entonces Tommy no sería Tommy, ¿no? —comenta Evan.

—Eso es cierto. —Suspira y se frota la barba de varios días—. En fin, solo digo que me arrepiento de haber sido un capullo con ella. Aunque ¿quién sabe? Puede que si Tommy entra en la escuela consiga una segunda oportunidad. Y os aseguro que esta vez no la desaprovecharía.

Es un hecho: no me gusta James Payne. Y no me va a gustar nunca. Estoy a punto de largarme de aquí porque, sinceramente, no le veo mucho aliciente a estar de cervezas con un tío que ya he decidido que me cae mal cuando podría estar en casa con mi hija, pero entonces el teléfono le suena y, después de leer lo que sea que le ha llegado, chasquea la lengua de nuevo, se levanta, se bebe la cerveza de un solo trago y se larga... sin pagar.

—Menudo capullo —murmuro antes de poder contenerme.

Miro a Evan y me doy cuenta de que es posible que sean amigos, aunque, sinceramente, que Evan y James sean amigos es tan lógico como encender la calefacción en el desierto. Aun así, no quiero tener enfrentamientos con él, pero para mi buena suerte Evan se ríe y niega con la cabeza.

—¿Por lo de Lili, dices? Siempre ha estado un poco colgado por ella, pero no es un mal tipo. Un poco imbécil a veces, sí, pero no es malo.

—Si tú lo dices... —digo de mala gana.

—Se separaron porque engañó a Anne, o eso dice ella, que le engañó en el posparto con una chica de la ciudad. Él lo niega, así que desde que Tommy nació, James y Anne han sido una fuente constante de cotilleos en el pueblo.

—¿Y tú qué crees? ¿Que la engañó o que no?

—No lo sé. A veces James puede ser un capullo, pero no sé si llegaría tan lejos. Tampoco le he preguntado nunca.

—¿Por qué? —me intereso.

Es una pregunta incómoda, teniendo en cuenta que a mí no me gusta meterme en la vida de nadie y le estoy preguntando por qué él no se mete en la de James. No quería ser invasivo, pero a fin de cuentas es él quien me ha invitado a tomar unas cervezas y estrechar lazos, ¿no? Evan me mira, suspira y frunce los labios.

—En realidad no somos tan amigos. Havenwish es un pueblo muy pequeño. Si quiero tomar una cerveza, tengo que aceptar las opciones. Venir al pub a beber solo no me gusta y me haría parecer un poco patético. —Se ríe—. A veces ni siquiera me apetece salir, pero James es divertido cuando no está de malas, y Holly tiene el Club de Mujeres e insiste en que yo también debo tener un tiempo de ocio para mí, sin las niñas, fuera de casa y con otra gente.

—Suena a orden.

—Posiblemente lo sea... —vuelve a reírse—, pero no está mal. Entiendo lo que pretende. La paternidad puede ser agotadora. Aunque eso tú lo sabrás mejor que nadie. —Sonrío un poco y me encojo de hombros—. Debe de ser duro estar solo con Maddie.

—Sí, bueno. Al final me acostumbré a que únicamente somos nosotros dos.

—¿Puedo preguntar por su madre?

—Murió.

Evan entiende que no quiero hablar más del tema, así que asiente y suspira de nuevo.

—En fin, si algún día quieres tomar una cerveza y coincide que es mi día libre, puedes avisarme.

Vuelvo a sonreír, porque Evan me cae bien. Muy bien. Me cae bien con la misma intensidad con la que James me cae mal, aunque no me haya hecho nada.

—Lo haré —le digo.

Charlamos sobre Havenwish, el concurso de jardines, las reuniones vecinales y, al final, sobre algunos deportes. Descubro que

Evan es tan poco fan como yo del deporte en general y prefiere ver películas o series en su lugar. Nos hacemos algunas recomendaciones y, cuando llega la hora de irnos, lo hago con una sonrisa y alegrándome mucho de haber aceptado salir con él un rato.

Lo acompaño a casa para recoger a Maddie y nos vamos a nuestro nuevo hogar. La ducho, le pongo el pijama, cenamos y, más tarde, cuando mi pequeña duerme y yo estoy solo en la cama mirando al techo, me dedico a pensar en el día de hoy. O más que en el día de hoy, en el hecho de estar haciendo un amigo de verdad. No solo un conocido, o vecino. Entablar algo más que una relación cordial con alguien en Havenwish es bueno, no solo para mí, sino para nosotros. Cada avance, por pequeño que sea, es una demostración más de que hice lo correcto al venir aquí. Poco a poco nos vamos fundiendo con la vida del pueblo y, con suerte, para cuando Maddie crezca, solo recordará lo bonito que es vivir aquí y no todo lo que vivimos antes. Si consigo crear los suficientes recuerdos buenos, quizá no retenga lo malo del pasado.

El impulso de abrir mi portátil y mirar el correo antiguo aparece, pero lo ignoro. No tiene sentido. Ella habrá escrito, estoy seguro, pero no pienso hacer nada al respecto, así que martirizarme con lo que sea que me pida o exija no tiene ningún sentido.

Lo único que tenemos que hacer es olvidar esa parte de nuestra vida y seguir adelante.

No mirar atrás ni una sola vez.

17

Lili

El estreno del huerto es tan caótico como ya imaginábamos Evan, Holly y yo. Días después de que Blake lo acabase, decidimos inaugurarlo. Tenemos semillas de zanahorias, nabos, remolacha y espinacas, pero pasados los primeros diez minutos ya ni siquiera sé cuál es cuál.

Jackson se ha intentado comer un trozo de cartón, Bella ha tenido un pequeño berrinche en el que ha empezado a quitarse la ropa. Por suerte, Evan ha conseguido calmarla a tiempo. Tommy, el hijo de James Payne, que está pasando su primer día con nosotros, llora cada cinco minutos preguntando por su mamá y el resto de los niños comen tierra, pisan lo que no deben o se quedan mirando el espectáculo según se tercie.

Intento recordar que adoro ser maestra y que lo importante de esto es la experiencia que los niños van a tener estando en contacto con la naturaleza, sin importar los resultados. Hundir las manos en la tierra, regar, cuidar y recolectar, si es que conseguimos que crezca algo, será una experiencia muy enriquecedora para ellos. Sé que es mala fecha para plantar y que el tiempo en la campiña es impredecible, pero con más razón aún, creo que hacer esto es importante.

Cuando los peques vean cómo crece lo que ellos mismos han plantado y cuidado se pondrán felices. Y nosotras, al verlos, más.

En medio del caos observo a Blake de reojo. Está trabajando en el jardín que Eleanor nos ha obligado a hacer. Lleva toda la mañana en silencio, pero eso no me parece raro. Yo misma soy una persona reservada y acostumbrada a estar con mis propios pensamientos a menudo. De hecho, lo necesito. Hay días en los que solo quiero estar en casa, sin relacionarme con nadie y haciendo cosas solo para mí. Aun así, pasadas un par de horas me acerco y le pregunto cómo lleva el trabajo.

¿Que por qué lo hago? No lo sé. Al parecer soy masoquista y me encanta discutir con hombres malhumorados.

Blake me mira de reojo mientras le hablo, como si no se fiara de que mi pregunta no guarde dobles intenciones. En serio, el modo en que desconfía de mí sería indignante si no fuera porque yo tampoco me fío de él.

—Estará listo hoy mismo. La mayor parte del trabajo la tenéis vosotras, si os empeñáis en plantarlo todo sin ayuda.

—Bueno, el año pasado gané el concurso de jardines, así que creo que puedo hacerme cargo de este sin apoyo externo. —Reconozco que mi tono ha sido un poco sabiondo.

—Y entonces ¿por qué estabas de tan mal humor por tener que hacerlo?

No parece una pregunta hecha para molestarme. Se nota que le genera verdadera curiosidad, así que decido contestar con la verdad.

—Es mucho trabajo y no me gusta que me den órdenes. Me encanta hacer cosas en la escuela y afrontar nuevos proyectos, pero no que me obliguen a hacerlo.

Para mi sorpresa, Blake asiente y me da la razón.

—Te entiendo. Eleanor no debería meterse en cómo gestionáis la escuela.

—Vaya… Gracias.

—¿Por qué pareces tan sorprendida?

—Es raro que me des la razón.

—No es verdad. Te la doy cuando la tienes. Solo que, hasta ahora, no la has tenido en nada.

Pongo los ojos en blanco y resoplo. Ya tardaba en meter la pata.

—Idiota… —murmuro.

Blake sonríe. Es un gesto rápido, tan efímero que, por un instante, me pregunto si no lo habré imaginado, pero lo ha hecho. Ha sonreído y me ha dejado completamente congelada. Bueno, casi todas las partes de mí se han quedado congeladas. Hay una, por la zona del estómago, que brinca de un modo muy desagradable. Es un sentimiento parecido a la euforia. Una sensación de triunfo por haber logrado sacarle una sonrisa que no tiene ningún sentido y me pone de muy muy muy mal humor.

Me alejo de él e intento aclarar la confusión que siento, pero no lo logro del todo. Quizá por eso, cuando James Payne viene a recoger a su hijo, que ha pasado con nosotros sus primeras dos horas, no soy capaz de ver segundas intenciones en el hecho de que me pida una tutoría.

No, hasta que se marcha y oigo a Blake bufar. Me vuelvo y me doy cuenta de que está bebiendo agua que ha sacado de su mochila, colgada en el perchero que hay junto a la puerta, así que supongo que me ha oído hablar con James.

—¿Qué? —pregunto de mala gana.

—Nada. Es solo que no imaginaba que fueras tan ilusa.

—¿A qué te refieres?

—Oh, vamos, ¿no te das cuenta de que esa tutoría será solo para intentar ligar contigo?

—¿Qué? ¡No!

Blake se ríe entre dientes y niega con la cabeza.

—Vale.

—Solo se preocupa por su hijo.

—Lo que tú digas —murmura en un tono que viene a decir «mira que eres idiota».

—No todos los hombres son como tú.

—Ese me da mil vueltas a mí, créeme.

—Intuyo que vuestro rato de chicos fue mal, ¿eh? ¿Qué pasó? ¿Tu increíble carácter y afabilidad no los conquistó?

Lejos de ofenderse, Blake vuelve a reírse.

—Puede que yo no sea el ser más simpático del mundo, pero créeme cuando te digo que debes tener cuidado con él, Lilibeth. Ese tío quiere algo más que una tutoría.

En realidad no sé si sería tan descabellado. Hace unos años salí con él y, aunque tuve una de las citas más desastrosas de mi vida, no puedo negar que me sentí atraída por James. Antes de que todo se fuera al traste, claro. Luego él empezó a salir con Anne y yo tuve todo lo de mis padres y… No sé, supongo que la vida se encargó de separarnos. Sé que ha tenido un montón de problemas con Anne y me apena la forma en que a veces los veo discutir delante de Tommy. Ese tipo de actitudes no me gustan, pero tampoco soy nadie para juzgar el modo en que cada uno lleva su vida.

—Gracias, de nuevo, por un consejo que no te he pedido. Ahora, si me disculpas, tengo mucho que hacer y no puedo perder el tiempo con tonterías —le digo para zanjar el tema.

—¡*Tontedías*! —exclama Maddie que, de casualidad, justo se había acercado a su padre y a mí. Blake la coge en brazos mientras me mira mal, pero la niña no se da cuenta—. ¡Miss, besito!

Me acerco ignorando a Blake, beso la cara de la niña y le doy un abrazo justo a tiempo para darme cuenta de que, al estar en brazos de su padre, yo misma tengo una cercanía con él que no me gusta nada.

Y me gusta aún menos notar una vez más que, pese a las horas que lleva trabajando, huele bien. Como a tierra mojada y madera. Como a… Oh, mierda, ¿por qué me fijo en eso? ¿Qué demonios me pasa?

Me enfado tanto conmigo misma por estar pensando en el olor que desprende Blake Sullivan que me alejo de ellos sin decir una sola palabra. Necesito que el día pase lo más rápido posible, ir a casa, darme un baño, leer una buena novela o ver una serie con la que consiga evadirme y despejar mi cabeza, porque es evidente que últimamente hay algo que no funciona bien en mí.

18

Blake

Es domingo y estoy en casa en pijama. Maddie y yo acabamos de desayunar tostadas francesas y pienso tirarme en el sofá y leer algo. Tengo un montón de trabajo pendiente en el jardín, pero he decidido que es sano parar un día a la semana. Después de meses de buscar trabajo prácticamente de cualquier cosa, no pasa nada si disfruto de un buen libro, ¿no? Me lo he ganado. Avivaré el fuego de la chimenea, daré un cuaderno con colores a Maddie para que dibuje y dedicaremos tiempo a nutrirnos artísticamente. Suena tan bien que me siento todo un padrazo y es una sensación que debo aprovechar, porque la experimento más bien poco.

Sin importar lo mucho que me desviva por ella, siempre pienso que podría hacer más y mejor. Al principio, cuando nació, intentaba sobrevivir como podía. Con el tiempo empecé a interesarme por autores y libros sobre paternidad que pudieran ayudarme y, hoy en día, intento leer de otros géneros porque, sinceramente, creo que es hora de disfrutar de otro tipo de lecturas. Empiezo a pensar que no todo mi ocio puede ir destinado a intentar aprender a ser un buen padre. Eso está bien, pero ahora tengo una niña de casi cuatro años y prácticamente no tengo ningún pasatiempo solo para mí, así que me siento en el sofá, cojo la novela negra que he comprado en la tienda de Matilda, pero apenas he leído el prólogo cuando mi teléfono suena. Al ver que se trata de Evan contesto de inmediato.

—¿Sí?

—Ey, Blake, ¿cómo estás? ¿Qué tal va el domingo?

—Bien, estoy… bien. Descansando. —Intento no sonar torpe, pero es que no saber el motivo de su llamada me pone tenso y me genera incertidumbre, aunque no quiera—. ¿Puedo ayudarte con algo?

—En realidad, sí.

—Tú dirás.

Me levanto para coger la libreta en la que suelo apuntar los arreglos que me encargan cuando me llaman, pensando que Evan va a pedirme ayuda con algo de su casa. Sin embargo, él suspira y baja la voz hasta el punto de susurrar.

—Holly ha decidido que quiere hacer paella.

—Oh.

—Y no tiene ni idea de hacer paella. Bueno…, sin que esto suene mal, en realidad no tiene ni idea de cocinar casi nada, pero es posible que esto en concreto sea algo completamente incomible, así que puede que pienses que te odio por invitarte, pero creo que sería más llevadero si pudiera compartir el rato con alguien más.

Intento aguantarme, pero la risa se me escapa antes de poder contestar. Me cae bien Evan. Muy muy bien. Me cae bien porque es un tío honesto, tiene un buen corazón y va a comerse una paella infumable solo porque quiere a su esposa. Es, en definitiva, un gran tipo, y aunque suene patético, me hace sentir genial que tenga interés en ser mi amigo.

—Supongo que no puedo negarme a comer paella.

—Oye, no te hagas ilusiones, ¿vale? Ella lo llamará paella, pero será... No sé. Supongo que tendremos suerte si hay arroz. —Me río y lo oigo reír, aunque en tono bajo—. ¿Entonces? ¿Te apuntas?

Estoy tentado de preguntar si Lili irá, pero no soy idiota. Sé que estará. Es amiga íntima de los dos, además de socia, y me consta que se ven los fines de semana. Además, da igual si va o no, porque me apetece aceptar la invitación. Y me apetece aún más que Maddie pueda jugar con Charlotte y Bella, porque no deja de hablar de ellas.

—Ahí estaré.

—¡Genial! Pues vente cuando quieras. A ser posible ya. Ahora mismo.

Me río y acepto, le digo que tengo que vestirme y vestir a Maddie, pero que llegaré pronto. Me despido y, al colgar, le cuento a mi hija cuáles son nuestros planes de domingo. Ella se ríe y chilla, feliz. Suelta los colores y corre escaleras arriba para elegir la ropa.

Nos cambiamos enseguida. Maddie se pone un vestido amarillo, leotardos de rayas a colores, calcetines de corazones encima de los leotardos y un gorro de dinosaurio, y yo, un vaquero y un jersey negro. Desde luego, el gusto por los colores de mi hija no es heredado de mí.

Salimos de casa y nos pasamos por la tienda de Matilda para comprar vino, porque no quiero ir con las manos vacías. Por desgracia, olvidé que en este pueblo los vecinos te someten a un interrogatorio en cualquier momento y sin previo aviso.

—No irás a beber solo en casa, ¿verdad? —pregunta ella cuando coloco la botella de vino sobre el pequeño mostrador. La tienda es muy pequeña y, por suerte, está vacía, así que al menos no nos oye nadie, porque ni siquiera puedo responder antes de que Matilda siga hablando—. Tienes una hija pequeña, no puedes permitirte caer en el alcoholismo, querido. Aunque teniendo en cuenta que tu casera es Eleanor, entiendo tus razones.

Me aguanto la risa, porque en el tiempo que llevo en el pueblo he comprendido que Matilda es como esos perros pequeños e histéricos que no dejan de ladrar, pero, en el fondo, son incapaces de hacer daño a nadie.

—Estoy muy lejos de convertirme en alcohólico —le aseguro—. Holly y Evan me han invitado a comer y no quiero ir con las manos vacías.

—Oh, ¿qué se le ha ocurrido hacer a esa chica esta vez?

—Paella.

Matilda se ríe, sale de detrás del mostrador y coge otra botella de vino. La pone en la caja registradora y me mira.

—Créeme, cielo, vas a necesitarla.

Me río, pero en realidad es un poco ofensivo que nadie confíe en las dotes culinarias de Holly. Seguro que no es para tanto. Cojo una caja de bombones para llevar algo dulce y que puedan comer las niñas, pago y nos dirigimos a casa de Holly y Evan, donde él nos abre la puerta y somos recibidos con gritos histéricos de felicidad por parte de Bella y Charlotte.

La primera, que es la que tiene la misma edad que Maddie, tira de su mano de inmediato para meterla en casa mientras Charlotte las sigue, lo que me deja a solas con Evan.

—He traído un poco de vino.

—¡Gracias! Adelante, puedes colgar el abrigo en el perchero de ahí —dice señalando la pared—. No te preocupes por Maddie, se lo quitará en cuanto sienta el calor de esta casa.

—Sí que hace calor —digo riendo—. ¿Sois muy frioleros?

—Holly.

—Pero si está cocinando tendrá calor…

—Adoro a mi esposa, pero tendría frío en el desierto en plena ola de calor. Creo que hay algo en su organismo que le imposibilita mantener la temperatura corporal.

—¿Estás criticándome, Evan Foster?

—No, querida. Estoy contándole a mi amigo Blake algunas verdades sobre ti.

Holly se ríe, me abraza y me invita a seguirla a través de un salón amplio y decorado en tonos ocres y anaranjados hacia una cocina de madera, luminosa y bastante espaciosa.

Y ahí, sentada en una silla de madera junto a la mesa, Lili observa a través de la ventana el cielo oscuro y amenazante de hoy.

Lleva vestido y el pelo suelto. No debería fijarme, pero por lo general en la escuela siempre lo lleva recogido en trenzas, coletas y moños bajos. Está guapa. Muy guapa, en realidad. Sigo pensando que es irritante y sabionda, aunque vaya de buenecita y dulce, pero sería idiota si negara que es preciosa. Carraspeo para que note mi presencia y lo hace. Me mira, me dedica una sonrisa cordial y luego devuelve su atención al cielo, lo que me hace fruncir un poco el ceño.

—Parece que se avecina tormenta —le digo en un intento de iniciar una conversación.

—Mmm.

Bueno, eso me deja claro que no piensa hablar mucho, así que busco a Evan y me pongo a charlar con él, que, por fortuna, está mucho más hablador.

La comida resulta divertida, la paella es un desastre, pero no me pilla de sorpresa. Lo esperaba desde que vi a Holly intentar desprender el arroz pegado a la cazuela con vino blanco. Es incomible, pero me lo trago como puedo y no protesto ni una sola vez. Disfruto de la conversación de Evan, las bromas de Holly e, incluso, los pequeños diálogos que mantengo con Lili. Apenas hablamos durante la comida, pero, cuando nos pasamos la sal y los condimentos para intentar hacer este engrudo más comestible, lo hacemos con amabilidad y supongo que ese es un paso importante.

Holly saca los bombones que he traído al acabar de comer y, cuando las niñas se han puesto perdidas de chocolate, se marchan a jugar mientras quitamos la mesa. Sin embargo, cuando estamos acabando Holly agita un trapo en nuestra dirección.

—Evan y yo nos ocupamos del café. Id al salón mientras tanto y poneos al día.

Lilibeth y yo no tenemos absolutamente nada de lo que ponernos al día, pero no quiero ser yo quien lo diga, así que la sigo y, cuando llegamos al salón, me siento junto a ella en el sofá.

Estando aquí, a su lado, descubro una cosa: no hay nada más ensordecedor que un silencio incómodo.

Nos miramos, pero no decimos gran cosa. No decimos nada, en realidad. Y aunque al principio me parece bien, conforme pasan los segundos empiezo a sentir que el aire se espesa hasta volverse un poco asfixiante. La miro de nuevo justo cuando se coloca un mechón de pelo tras la oreja y arrugo la frente. ¿Ha hecho eso para que me fije en lo guapa que está? Seguro que sí. Y lo peor es que le ha funcionado. Menuda arpía.

—¿Qué te ha parecido la paella? —pregunta.

Me sorprende tanto que inicie una conversación amigable en apariencia, que tardo unos segundos en responder.

—He comido paella en alguna ocasión a lo largo de mi vida y, créeme, eso no estaba ni siquiera cerca.

Para mi completa sorpresa Lili se ríe. Y no parece que lo haga de mí, sino de lo que he dicho, lo cual es muy gratificante.

—Es un maldito desastre en la cocina, pero Evan y yo tenemos terror de decírselo y que nos envenene.

—Totalmente comprensible. No me verás abrir la boca para algo que no sean halagos en lo referente a su comida. Sin embargo, necesito preguntarlo: ¿Siempre ha sido así?

—¿Así?

—Así de… creativa.

Lili se ríe en silencio y sus hombros se agitan mientras pone los ojos en blanco.

—Agradezco que intentes ser amable, pero si lo que quieres preguntar es si siempre ha cocinado así de mal, la respuesta es fácil: sí. —Me río con ella, pero Lili suspira—. En cualquier caso, pone tanto cariño y empeño que es imposible tenérselo en cuenta.

—¿Y tú también cocinas así de mal?

No sé de dónde sale la pregunta. De la curiosidad, supongo, y ahora que está hecha quiero una respuesta.

—No. Mis padres eran unos grandes cocineros y lograron transmitirme el amor por la comida bien hecha.

—¿Murieron hace mucho?

—Sí. —Su voz se apaga y carraspea, como si no se hubiese dado cuenta de la naturalidad con la que ha hablado de ello—. Sí, hace unos años.

Me fijo en el modo en que su rostro se crispa de dolor y lamento haber sacado el tema.

—Lo siento, no quería ser insensible.

—No lo has sido.

—Es evidente que no te gusta hablar del tema.

—No, pero de todos modos no has sido insensible. —Guardo silencio, porque no sé qué decir. Entonces ella me sorprende al seguir hablando—. Yo acababa de cumplir los dieciocho años. Nunca imaginé que mi mayoría de edad significaría también quedarme sola en el mundo. —Sigo en silencio, porque se nota que le duele mucho hablar de ello, así que no quiero interrumpirla—. En realidad, se podría decir que tuve buena suerte. De haber muerto un poco antes yo habría ido a parar a manos del gobierno. Del modo en que fue me quedé sola, pero libre.

La miro sorprendido. Me surgen un montón de preguntas. ¿Cómo fue? ¿Qué pasó? ¿Y cómo salió adelante? Pero sé que hacerlas sí que sería insensible, así que simplemente asiento y la miro con seriedad, pero no porque esté enfadado, sino porque lamento mucho su situación.

—Debió de ser muy duro.

Lili se retrepa en el sofá, poniéndose cómoda, coge uno de los cojines que hay en un extremo y lo coloca sobre su regazo, jugando con los bordes. Creo que intenta reponerse de la certeza de que le ha contado algo muy íntimo e importante a una persona que le cae bastante mal.

—Lo fue, pero han pasado siete años y mírame. —Sonríe y, aunque es una mueca un poco triste, admiro el modo en que se sobrepone—. Soy maestra, socia de mi propia escuela y tengo un pelo increíble.

Me río de nuevo.

—Es un pelo increíble —confirmo justo antes de que Evan entre en el salón con dos jarras humeantes.

—Té y café, chicos. Tenemos para todos los gustos.

Sonrío y, de soslayo, me fijo en que Lili me mira de un modo extraño.

Un modo que me hace sentir cierta tensión en la parte baja del abdomen. Frunzo el ceño de inmediato, porque esa no es una tensión que necesite en mi vida. No ahora.

Es inadecuado, inapropiado y... y... una mierda enorme, la verdad.

19

Lili

Llego a casa más tarde de lo que acostumbro, pero se me hacía muy complicado marcharme de casa de mis amigos con Charlotte, Bella y Maddie reclamándome algo cada vez que me levantaba. Además, para mi propia sorpresa, lo he pasado bien. Al menos si no tengo en cuenta el momento en el que he acabado hablándole a Blake de mis padres.

Inspiro por la nariz y me acerco a la chimenea para avivar el fuego antes de ponerme el pijama. Mientras tanto, no dejo de pensar en ello. Ha sido muy raro, yo nunca hablo de ellos y todo el mundo en el pueblo lo sabe. Por lo general soy muy hermética con este asunto, no para protegerme, sino más bien para no atraer recuerdos que tienen el poder de destrozarme.

No lo sé, estaba intentando tener una charla con un mínimo de cordialidad y, de pronto, le hablaba de mis padres a la persona con la que peor me llevo en Havenwish. Observo las llamas de la chimenea durante un instante mientras reflexiono e intento entenderme a mí misma ahora que la calma y el silencio me rodean.

A lo mejor ha sido porque él parece cargar con una historia triste, aunque no lo exprese. Después de todo sé que la madre de

Maddie murió, aunque no sepa en qué circunstancias. Debió de ser duro para alguien tan joven enfrentarse al mundo tras la pérdida de su pareja y con una hija pequeña. Tampoco sé si tiene más familia, pero si es así, la niña no lo menciona. Confieso que, en un momento dado, incluso revisé los contactos de emergencia de Blake en la escuela y, para mi sorpresa, me encontré con el número de Eleanor. De ahí la idea de que, en realidad, está tan solo como yo en el mundo. Lo más probable es que inconscientemente haya empatizado con él por eso. De hecho, si soy sincera conmigo misma, puedo incluso llegar a entender su sobreprotección hacia Maddie.

En realidad, me siento bastante comprensiva en general con él y su actitud. Es raro, pero supongo que tiene que ver el hecho de que haya sido tan amable durante la comida de hoy. Durante unos instantes me pregunto si esto será el inicio de una tregua, y después me doy cuenta de que tal vez, y solo tal vez, estoy destinando demasiados pensamientos a Blake Sullivan, así que enciendo la tele, porque soy incapaz de concentrarme en ninguna lectura ahora mismo, y me pongo una peli de amor malísima, pero que cumple su cometido a la perfección, pues no vuelvo a pensar en él en lo que queda de noche.

El lunes, en cambio, cuando lo veo llegar con Maddie en brazos no puedo evitar preguntarme qué versión suya habrá decidido ser hoy. ¿El hombre sorprendentemente amable de ayer? ¿O el capullo que ha sido casi cada día desde que llegó?

La respuesta es inmediata y llega en forma de pequeña sonrisa cordial.

—Buenos días —me dice en tono agradable.

Bueno, tanto como agradable... No gruñe, que en él es un gran avance.

—Buenos días.

—¡Miss, besito!

Me río, porque adoro que la frase de Maddie cada vez que me ve sea la misma. Esta vez no cometo el error de acercarme a ella mientras está en brazos de su padre. Espero a que él la baje y, cuando lo hace, me agacho y beso su mejilla antes de señalarle el interior del aula.

—¡Corre, entra! Ya han llegado muchos amiguitos.

Ella me obedece y sale disparada mientras Blake la mira con absoluta adoración. En serio, el modo en que este chico mira a su niñita es la única razón por la que estoy convencida de que es imbécil, pero solo conmigo.

—¿Y bien? —pregunto como quien no quiere la cosa—. ¿Te espera mucho trabajo hoy?

—En realidad, espero acabar el jardín hoy mismo. Tengo varios encargos pendientes en el pueblo y no me gustaría retrasarme, así que confío en que el tiempo aguante y pueda lograrlo.

Lo miro sin pestañear, por si lo hago y se esfuma al ver que estoy alucinando, porque esa frase es lo más largo que me ha dicho Blake en meses.

—En fin... Paso ya, si no te importa.

—Oh, sí, ¡claro! —digo apartándome y dejándolo pasar—. Perdona, el sueño me tiene un poco zombi todavía.

—¿Mala noche?

—No, en realidad, no, pero es lunes y se nota.

Él sonríe y yo me quedo petrificada. ¿Será esta una señal del inicio del fin del mundo?

—Te iría bien un café, ¿eh? —Logro sonreír también, perpleja, y él señala el jardín—. Me pongo a ello, ¿vale?

—Sí, claro.

Se dirige al jardín mientras miro su espalda ancha, su camisa de cuadros azules y grises, y su traser... No. Eso no se mira. Mal. Muy mal por mí.

—Es que menudo culazo.

Esa no he sido yo, sino Holly, que es como esos demonios que se posan en los hombros de los personajes de la tele para susurrar puras maldades. El problema es que toda esa gente suele tener un angelito también, para contrarrestar. En mi caso, si se trata de Evan, no sirve, porque está en el patio haciéndose más íntimo de Blake, cosa que, desde luego, no ayuda.

—Holly, tienes que dejar de ser tan... tan... tan así.

—¿Por qué? ¿Vas a dejar de quererme si no cambio? Eso es chantaje emocional, ¿eh? Que se lo he visto a una psicóloga en Instagram.

La miro mal y niego con la cabeza mientras me alejo. Ni siquiera pienso discutir acerca de esto.

Cojo los cubos con los macarrones, la cartulina verde y la pintura que preparamos el viernes antes de cerrar. Hoy vamos a hacer girasoles en honor a la primavera. Aprovecho que Holly todavía está recibiendo alumnos para prepararlo todo y, cuando por fin estamos listos, los sentamos y repartimos el material para empezar.

Jackson se come dos macarrones crudos, o al menos no he contado más, pero ha habido un momento en que Bella ha amenazado con quitarse la ropa porque no le dábamos más pintura verde y el caos se ha desatado, así que no podría asegurarlo al cien por cien.

Tommy, el hijo de James, vuelve a llorar y a llamar a su madre porque, bueno, después del fin de semana, parece ser que ha olvidado que tiene que venir aquí casi cada día.

Bella y Maddie han trabajado de maravilla, como siempre, pero Edward se ha enfadado porque su girasol no salía como él quería y, en un ataque de rabia, ha tirado al suelo su dibujo y el de las dos primeras, que han arrancado a llorar, lo que ha puesto nerviosos a unos cuantos porque no están acostumbrados a que ellas lloren.

En términos generales la mañana es tan entretenida que, cuando me quiero dar cuenta, la jornada está acabando y los padres están llevándose a los niños.

El pequeño Tommy está dormido en una colchoneta sobre la alfombra que tenemos en una esquina y miro mi teléfono, porque es raro que su madre no viniera hace horas a por él. Todavía está adaptándose y quedamos en que sería mejor que viniese menos tiempo los primeros días, pero supongo que le habrá surgido algo.

Como quedan pocos niños y Holly parece tenerlo todo controlado, decido salir a ver cómo ha quedado el jardín. Tal y como dijo Blake a primera hora, está prácticamente acabado a falta de que plantemos las primeras flores que lo adornarán.

—Ha quedado estupendo —digo a su espalda, sobresaltándolo.

Intento no reírme, pero debía estar muy absorto para no haber oído mis pasos. Se gira y se limpia las manos en los pantalones.

—Sí, es un buen jardín.

—Lo es. —Sonrío y meto las manos en mis bolsillos porque, de pronto, y por estúpido que parezca, no sé qué hacer con ellas—. Oye, gracias por ocuparte de todo esto. El huerto, el jardín… Has trabajado bastante bien, aunque no te haya salido rentable.

—¿Por qué crees que no me ha salido rentable?

—Bueno, yo vi el proyecto que presentaste y es evidente que te ha llevado más tiempo del que pensabas, así que supongo que no has ganado mucho dinero.

—Ha sido rentable en otros aspectos —murmura.

Se refiere a Maddie. Solo a Maddie. Ha podido verla, estar cerca de ella cuando tenía un berrinche y mirarme mal cada vez que ha llorado porque algún niño le ha quitado algo. No se refiere a mí. Me lo repito muchas veces porque, sinceramente, no tiene ningún sentido el nerviosismo que se ha alojado en mi estómago.

—Gracias por tu tiempo de todos modos. Has hecho un buen trabajo.

—Vaya… —Silba y suspira con pesadez—. Recibir un cumplido así de miss Lili es todo un honor.

Pongo los ojos en blanco y doy un paso atrás para volver al aula.

—No te acostumbres, ¿quieres? Es posible que lo fastidies todo con alguna de tus actitudes.

Me vuelvo para entrar en clase y lo oigo reír a mis espaldas. Y sin saber por qué, ni quererlo ni desearlo, un escalofrío recorre el centro de mi columna vertebral.

Ayudo a los últimos niños a ponerse los abrigos y, cuando se marchan, solo quedan Tommy y Maddie, porque Holly se ha ido con las niñas a hacer la compra.

Estoy a punto de llamar a Anne de nuevo, pero Blake irrumpe en clase, coge en brazos a Maddie, le pone el abrigo con prisas y, cuando intento despedirme, vuelve a gruñir como un perro rabioso.

¿Y ahora qué bicho le ha picado? Me encantaría preguntarle, pero lo cierto es que se va a la velocidad del rayo y, al cerrar la puerta, el ruido despierta a Tommy, que se sienta en la alfombra y, al ver que sigue en la escuela, empieza a llorar.

Lo cojo en brazos justo cuando suena la campana exterior que tocan los padres para recoger a los niños y pienso que ya era hora, pero no es Anne la que está al otro lado, sino James.

—¡Hola! ¿Qué tal todo? —pregunta sonriendo.

—¡Papi! —Tommy le echa los brazos y, para mi alivio, deja de llorar en cuanto su padre lo coge.

—¿Qué tal, campeón? ¿Cómo ha ido el día?

El niño se acurruca sobre su cuerpo y no responde, así que lo hago yo por él.

—Hola, James. Ha estado bien, pero se le ha hecho un poco largo. Anne no me avisó de que vendrías tú a por Tommy.

—Sí, perdona. Ha tenido que ir al hospital con su madre y me pidió que me ocupara de recogerlo.

—¿Está bien?

—Sí, creo que no es grave. Achaques, ya sabes. Me dijo que viniera a por Tommy temprano, pero no he podido llegar antes.

—¿Y Anne lo sabe? Porque insistió mucho en que quería que el proceso fuera lo más suave posible…

—No lo sabe, y tendremos una discusión, pero no he tenido mucho margen para organizarme, Lili. Y, de todos modos, quería hablar contigo acerca de esto en la tutoría. He pensado que quizá podríamos aprovechar y tenerla ahora. Verás, Tommy ya no es un bebé y Anne se empeña en tratarlo como tal. Me gustaría que me ayudaras con esto.

—No te entiendo.

—A ver, seamos sinceros: ¿para qué va a servirle al niño venir cada día solo dos horas?

Para que no sufra tanto, básicamente. No lo digo de un modo brusco, sino que lo invito a pasar y, una vez dentro, me siento en una de las sillitas que hay en el aula y le indico que haga lo propio enfrente de mí. Sé que es un tanto ridículo, porque son muy muy pequeñas, pero todos los padres que tienen tutorías conmigo pasan por esto en algún momento.

—Mira, James, yo no voy a meterme en el proceso que debería o no seguir Tommy. Tuvimos una reunión en la que también estaba Anne y pensé que había quedado claro.

—Sé que tuvimos una reunión, pero Anne ni siquiera me dejó hablar.

Eso, aunque no le diera importancia en ese momento, es cierto. La reunión giró en torno a la conversación que Anne y yo mantuvimos y James permaneció en silencio casi todo el tiempo. Pensé que era porque no se implicaba en la educación de Tommy tanto como ella. Y no porque sea un idiota ni nada por el estilo, sino porque a menudo, y por desgracia, quienes se encargan de estos temas siguen siendo las madres. No se me ocurrió que, al estar separados, él tuviera otra opinión al respecto.

—¿Qué crees tú que es lo mejor para Tommy? —pregunto con cautela.

—No lo sé. A lo mejor tiene que exponerse más, aunque le cueste. Dejará de ser tímido cuando esté rodeado de un montón de niños varias horas. Conozco a mi hijo, si descubre que solo estará aquí dos horas, no se esforzará por relacionarse o integrarse.

—Tiene dos años, James. Es prácticamente un bebé.

—Lo sé, pero…, Lili, es demasiado tímido.

—Eso no cambiará porque lo obligues a estar muchas horas de sopetón en la escuela. Ni siquiera cambiará con el tiempo. Hará amigos, seguro, pero si lo que pretendes es que Tommy sea el tipo de niño que eras tú…, déjame decirte que es muy improbable.

James se me queda mirando un poco impactado, como si hubiese dado en la diana. Cierra los ojos un instante y me fijo en lo largas que son sus pestañas. Siempre lo he pensado, en realidad. James es un poco imbécil a veces, o solía serlo, pero nadie puede negar que es muy guapo. Tiene el pelo de un tono rubio oscuro distinto al mío, los ojos claros y expresivos y una soltura natural para relacionarse que su hijo no ha heredado. Algo que, al parecer, le cuesta aceptar.

—Estoy siendo un cretino, ¿verdad?

—Un poco, sí —digo riendo.

Él sonríe también antes de asentir despacio.

—Perdona. No debí poner en duda vuestro método de adaptación. Es solo que… No sé, a veces me cuesta quedarme callado y acatar las órdenes de Anne sin más.

—Bueno, si sirve de algo, creo que no son órdenes destinadas a hacerte mal a ti, sino a hacerle bien a Tommy.

—Oh, genial, ahora me siento aún peor.

Vuelvo a reírme y me levanto. James también lo hace, aún con Tommy en sus brazos, que ha vuelto a adormilarse.

—No te preocupes, Tommy irá cada día mejor. Solo tenemos que darle su tiempo.

—Espero que sí —murmura mientras nos dirigimos a la puerta. Por un instante creo que todo acabará aquí, pero entonces él se vuelve y me dedica una de esas sonrisas que de adolescente me hubiese hecho temblar de nerviosismo.

—Oye…, ¿qué te parecería tomar un café algún día? A veces pienso en el modo en que nos alejamos en el pasado y me resulta triste, porque creo que nos entendíamos bien.

—¿Eso crees?

—Claro, ¿tú no?

No. En realidad, sí que recuerdo que James me gustaba, pero nuestra primera y única cita no fue nada bien y luego las cosas, simplemente, no se dieron.

—No he pensado nunca en ello, la verdad.

—Muy bien, Lilibeth, un dardo directo a mi ego. —Me río, porque su expresión es muy graciosa—. Aun así, creo que merecería la pena quedar alguna vez. Podemos dar un paseo, hablar de la vida, de si está resultando como creíamos… Ya sabes, ese tipo de citas con psicoanálisis incluido.

Vuelvo a reírme, pero niego con la cabeza.

—En realidad, no salgo con los padres de mis alumnos.

No es cierto, no tengo ninguna norma autoimpuesta que me prohíba algo así y nunca antes he tenido que ponerlo como excusa, pero no tengo ganas de explicarle que creo que su situación con Anne es demasiado complicada y no quiero meterme en medio, aunque él me resulte atractivo. Además, ha sido un día eterno y ahora mismo solo puedo pensar en llegar a casa, darme un baño relajante y prepararme algo rico de cenar mientras oigo un buen pódcast o música relajante.

En eso, y en que, en el fondo, Blake tenía razón y James no quería la tutoría solo para hablar de su hijo. Por un instante, hasta me planteo contárselo mañana, pero entonces me doy cuenta de que mañana no estará trabajando aquí, en la escuela, y noto algo en el pecho. Una especie de punzada sin ningún tipo de sentido. ¿Tristeza? ¿Decepción? ¿Nostalgia?

Pero bueno, ¿a mí qué demonios me pasa? Estoy muy enferma si de verdad me hace sentir nostalgia en vez de alivio que Blake no venga a trabajar mañana.

—¿Me estás oyendo?

James me trae de vuelta a la realidad y lo miro sintiéndome un poco culpable.

—Perdona, estoy agotada.

—Imagino que ha sido un día largo. —Sonríe—. Bueno, solo te decía que si alguna vez cambias de opinión y quieres tomar un café o salir a cenar…, estoy más que dispuesto.

—Te lo agradezco.

—Y por suerte Tommy solo estará unos años aquí antes de pasar al colegio.

Esa insinuación me hace sonreír, porque James es un tipo al que le encanta coquetear. Es un hecho. Todo lo que diga lo usará para seguir flirteando conmigo y de verdad necesito acabar mi jornada por hoy, así que me despido de él lo más amablemente que puedo y, cuando por fin estoy a solas, me marcho a casa con la firme intención de psicoanalizarme y echarme una buena bronca a mí misma por haber estado en presencia de un hombre atractivo y dispuesto a salir conmigo y aun así no haber dejado de pensar en el capullo de Blake Sullivan.

20

Blake

Llego a casa frustrado y, además, arrepentido de haberme despedido de malas formas de Lili. Sobre todo porque, por una vez, mi humor de mierda no está causado por ella, aunque esté implicada de algún modo.

Estaba recogiendo mis cosas para marcharme cuando James se acercó por el muro de piedra. Debí suponer que iba a cabrearme. Ese tío tiene el poder de cabrearme prácticamente con solo respirar y estar vivo, pero de todos modos cuando me saludó, lo saludé de vuelta.

—¿Fin de la jornada? —me dijo.

Podría haber señalado la caja de herramientas cerrada. Podría haber asentido y marcharme sin más, pero no lo hice.

—Sí.

—Bueno es saber que mi encuentro con Lili será más… íntimo.

Usó un tono que creo que él considera seductor y tuve ganas de vomitar. Me enfadé, no sé bien por qué, ya que en realidad me debería dar igual lo que pretenda o deje de pretender, pero aun así entré, cogí a mi hija, me fui de malas formas y ahora estoy aquí, aún enfadado, pero dándome cuenta de que he pagado con Lili el humor de mierda que me ha generado James. Y no parece muy justo, pero es que me supera el hecho de estar al tanto de las intenciones tan claras que tiene y que ella, al parecer, no quiera verlo. Aun así, no es de mi incumbencia y no debería haber sido un cretino, así que mañana, cuando vaya a llevar a Maddie, me comportaré como el adulto funcional que soy y seré amable.

Paso la tarde jugando con Maddie, pintamos unas flores que le salen a ella más bonitas que a mí y, cuando me dice que se las quiere regalar a Eleanor, pienso que mi hija es muy lista, porque está metiéndose a nuestra casera en el bolsillo a pasos agigantados.

Después de cenar la acuesto, le leo un cuento y, cuando está dormida, me voy a mi cama. La idea inicial es avanzar un poco con la lectura, pero no puedo evitar que mi mente divague. Y se enreda en temas que me ponen de mal humor. Temas que conciernen a cierta maestra de escuela infantil que, al parecer, está empeñada en pasearse por mi cabeza más de lo que debería.

Y me encantaría decir que tengo el poder de dejar de rumiar cuando quiero, pero lo cierto es que solo consigo dormirme cuando Maddie, medio zombi, aparece en mi habitación y trepa a mi cama para abrazarse a mí. Inspiro el olor de su pelo y la calma recorre mi sistema nervioso de inmediato. Esta niña tiene magia.

Por la mañana llego a la escuela con la intención de disculparme y ser más amable. Tocamos la campana de la puerta y, cuando abren, veo a Lili con un jersey de lana verde tan ancho y grande que podría servirle de vestido. De hecho, lleva una de esas mallas ceñidas negras y calcetines con flores que sobresalen incluso por encima de las Converse amarillas. Converse que, por cierto, ha bordado con más flores. A este paso va a tener que comprar otras antes de terminar el año o acabará por bordar los cordones. Es... es muy Lili, en realidad. Y eso, por alguna estúpida razón, me hace sonreír.

—Buenos días —dice cogiendo a Maddie en brazos—. ¿Cómo dormiste, peque?

—Miss, besito —responde mi hija, con los ojos aún somnolientos y menos energía de la que acostumbra debido al sueño.

Me río, porque ni siquiera así deja pasar la oportunidad de pedirle un beso a Lili. Claro que la entiendo. Bueno, a ver, cuando digo que la entiendo me refiero a que es normal porque Lilibeth es muy buena y cariñosa con ella, no porque a mí también me gustaría pedirle un beso. Supongo que no necesito aclarar esto, pero nunca está de más hacerlo.

—¿Has dormido mal? —le pregunta Lili cuando ve a mi hija bostezar.

—Mal no, pero no ha dejado de moverse en toda la noche —respondo yo por ella. Maddie forcejea para bajar de los brazos de Lili en cuanto ve a Bella y se va tras ella sin despedirse siquiera de mí—. Adiós, calabacita, que lo pases bien. Gracias por mi beso —murmuro en tono irónico.

Lili se ríe mirándome.

—Deberías estar feliz de que entre así, significa que está completamente adaptada a su rutina de escuela.

En eso tiene razón. Le sonrío o, bueno, hago una mueca que podría parecer una sonrisa, y justo cuando abro la boca para hablar, mi teléfono suena. Miro la pantalla y, al descubrir que es Eleanor, descuelgo, porque si algo he aprendido de esta mujer es que, en el momento en que no le coges el teléfono, entra en pánico y empieza a llamar insistentemente por si ha ocurrido una desgracia. Es un tanto dramática, aunque eso, en el fondo, es bonito, porque demuestra que se preocupa por los demás.

—¿Sí?

—Ay, querido, tienes que venir de inmediato. El grifo de la cocina no deja de echar agua y Charles ha intentado arreglarlo, pero solo lo ha estropeado más.

Me imagino el desastre de inmediato. Charles es un gran hombre y un buen alcalde, pero es tan hábil haciendo chapuzas como Holly cocinando.

—Enseguida voy. —Cuelgo y miro a Lili—. Eleanor.

—Eso lo explica todo. Corre y ojalá sea algo rápido.

Sonrío y doy un paso atrás mientras me despido de ella con un gesto de la mano. Ella sonríe y me hace el mismo gesto antes de cerrar la puerta de la escuela. Suspiro, porque me habría gustado charlar un poco más, y justo entonces me doy cuenta de lo estúpido que suena. ¿De qué iba a hablar? La dinámica está clara: yo llevo a mi hija, la saludo y me voy a trabajar. Así es como ha sido y así es como tiene que ser.

Corro a casa de Eleanor y la ayudo con el grifo. Es más rápido de lo que pienso, pero, para cuando he acabado, una vecina me ha llamado para que limpie sus canalones. A estas alturas ya tengo buena fama en el pueblo y me he convertido en el hombre al que muchos llaman cuando algo se rompe. No me quejo, gracias a eso tengo ingresos suficientes para pagar el alquiler y vivir relativamente tranquilo. Y, de todos modos, en Phoenix ya me buscaba la vida haciendo chapuzas, sirviendo copas o lo que fuera que me ayudara a ganar dinero. Estudiar no fue una opción para mí porque…, bueno, porque no.

Se me da bien trabajar por mi cuenta y, aunque al principio no me sentía muy orgulloso de mí mismo, estoy empezando a cambiar la percepción sobre mí. Puede que no tenga una carrera exitosa ni me haya hecho rico, pero trabajo bien con las manos y soy una persona en la que se puede confiar. Y eso, después de todo lo pasado, me vale.

Cuando vuelvo a la escuela para recoger a Maddie me doy cuenta de que Lili parece cansada. Tiene ojeras y está más despeinada de lo habitual, así que imagino que la mañana ha sido agotadora. Maddie tiene los brazos pintados con rotulador, pero me abstengo de hacer preguntas. Creo que es hora de empezar a soltar el control un poco y no agobiar a Holly o Lili con cada detalle que veo. Todavía me preocupo en exceso por ella, pero parece feliz, es evidente que la cuidan bien, así que debería anteponer eso a todo lo demás. Supongo que puedo empezar a pensar en dejar de ser un controlador ahora que Maddie parece estar en un entorno seguro, pero es mucho más fácil decirlo que hacerlo.

Cojo su chaqueta y, mientras mi hija se la pone, saco una piruleta para ella y otra que le doy a Lili.

—¿Y esto? —pregunta sorprendida.

—El otro día dijiste que te encantan y… —Carraspeo cuando veo el modo en que el asombro abre sus ojos—. Bueno, compré una para Maddie y pensé que también te gustaría. —Frunzo el ceño porque, de pronto, me siento muy tonto—. En fin, nos vemos.

Me marcho con mi hija lo más rápido que puedo. Era un detalle, una tontería que no pensé demasiado. Después de todo hay muchos niños que arrancan flores para ella de camino a la escuela. Lo he visto durante las semanas que he pasado allí. Mi propia hija se empeña en llevarle algo de vez en cuando: un dibujo, una flor, una manzana… Claro que, una cosa es eso, y otra que yo tenga que ir dándole regalos a la profesora, por baratos que sean. Es… es excesivo, ¿verdad? Por eso me ha mirado así, como si no pudiera creer que le haya comprado una estúpida piruleta. Mierda, esto no es mucho mejor que lo que hace James, ¿no? Creo que acabo de sobrepasar los límites.

Estoy tan concentrado rumiando y martirizándome por haber comprado esa piruleta, que no es hasta después de llegar a casa, cuando me pongo a preparar la cena, que me doy cuenta de que tengo un mensaje en el móvil de ella.

Miss Lilibeth

Sí que me encantan. Gracias =)

Sonrío como un idiota mirando la pantalla y siento tal euforia en el pecho que de inmediato me lo tomo como una señal de que, lejos de alegrarme, esta situación debería generarme rechazo y hacer que me replantee algunas cosas. Para empezar, nosotros nunca nos hemos tratado así, no es nuestra dinámica. Nos va más lo de odiarnos públicamente.

Y, sin embargo, por alguna razón que no logro entender, en alguna parte de mi cerebro una voz grita sin parar que debería comprar un maldito camión de piruletas.

Una voz que, desde luego, tiene que desaparecer.

21

Lili

El martes estoy en la escuela trabajando, o intentándolo, cuando Holly me asalta en uno de mis pocos momentos libres.

—Estás mirando otra vez.

—¿Qué?

—Estás mirando otra vez por la ventana hacia el patio. Patio que, por cierto, está vacío.

La miro mal de inmediato, porque sé lo que pretende insinuar.

—Igual que hace un rato con los niños.

—¿No estábamos cantando una canción?

—Estábamos. Y mientras la cantábamos, tú mirabas hacia la ventana. Justo a la zona en la que míster Gruñón solía trabajar.

—No digas estupideces, ¿quieres? Solo estaba comprobando que el huerto…

Me quedo callada un momento, porque lo cierto es que no sé cómo seguir esa frase. Por desgracia, Holly sí sabe.

—¿Qué? ¿Estabas comprobando si seguía en su sitio? ¿Es que los huertos ahora se mueven cuando no miras? ¿O tal vez estabas comprobando si de ayer a hoy han crecido un montón de verduras mágicamente? ¿O a lo mejor…?

—¿Sabes qué, Holly? No eres tan graciosa como crees.

Ella se ríe, restando toda importancia a mi comentario.

—Yo pienso que soy increíble. Y también que echas de menos a míster Piruleta.

—Oh, Dios, eres insufrible.

Mi amiga vuelve a reírse, pero, por fortuna, antes de que pueda añadir algo, tocan la campana de la puerta y acude a ver quién es.

En realidad, aunque me cueste admitirlo, estoy de buen y mal humor al mismo tiempo. No es que eche de menos a Blake, pero reconozco que me he descubierto a mí misma mirando por la ventana más veces de las que me gustaría. Es raro, pero las últimas semanas me he acostumbrado a verlo trabajando en el patio. No es que fuera muy hablador, más bien todo lo contrario, pero... no sé. Me adapté al sonido de las herramientas, sus gruñidos y sus miradas airadas.

Dios, ¿suena tan patético como yo creo?

Tal vez sea culpa de la piruleta que me trajo ayer. Fue un gesto bonito, sobre todo porque indica que se acordó de que hace días, cuando me caí por el «asalto» de Maddie, le dije que me encantaban las piruletas. Viniendo de Blake es raro, porque no parece el tipo de hombre que se acuerda de detalles así, de modo que es normal que me sorprenda. Y como me sorprende, lo recuerdo a menudo. Es algo completamente lógico, ¿no?

—Lili. —Miro a Holly, que se apoya en el marco de la entrada y señala hacia la puerta—. Es Anne. Quiere hablar contigo antes de llevarse a Tommy.

Mi amiga suena más seria de lo normal, así que no pierdo el tiempo. Ella toma el relevo con los peques y yo salgo a la puerta.

—¿Ocurre algo, Anne? —pregunto un tanto preocupada, porque luce inmensas ojeras y parece haber llorado.

—Yo… yo quiero hablar contigo seriamente. En privado.

Cierro la puerta del cole, lo que nos deja a las dos en el porche de entrada. Hace frío, pero es privado. Podría pedirle a Evan el despacho si la situación lo requiere, pero la mayoría de las veces hablo con los padres en la puerta o en el aula, en horario de tutorías. Así que, a no ser que vea que es algo grave…

—Cuéntame.

—No sé cómo decirte esto sin que suene mal, Lili, porque me caes muy bien.

Frunzo el ceño, confusa.

—¿Hay algún problema con Tommy?

—No, no, él está contento. Cada vez se adapta más y mejor, y creo que la escuela es un gran paso para él. Pero… pero James me ha contado lo ocurrido.

Mi frente se arruga aún más.

—¿Lo ocurrido? —Ella asiente y se retuerce las manos, nerviosa—. Perdóname, Anne, pero no te sigo.

—Anoche discutimos porque me dijo que recogió a Tommy mucho más tarde de lo que habíamos hablado. Le dije que no podía hacer eso, que le había pedido que viniera pronto a por él, pero me respondió que Tommy estaba bien contigo. Que tuvisteis una tutoría en la que le hiciste entender muchas cosas. Y yo… yo… —Empiezo a sentir cierta incomodidad que hace que mis hombros se tensen, porque no me gusta el camino que está tomando esto—. Quería pedirte que no coquetees con él, Lili.

—¿Perdón? —La miro completamente consternada.

—Sé que estamos separados, así que teóricamente no haces nada reprochable, pero, vamos, Lili, conoces a James tan bien como yo. Volverá a casa en algún momento y no quiero que coquetees con él. No quiero que... no quiero que hagas nada con él.

La estupefacción da paso a una furia que crece tan rápido y de un modo tan intenso que siento cómo mis mejillas se inflaman. Juraría que están rojas, no de rubor, sino de pura rabia.

—Puedes estar muy tranquila porque yo no coquetearía con él ni en un millón de años, Anne. Tuvimos una tutoría acerca de Tommy. Nada más.

—Él me dijo que ojalá se hubiera quedado contigo cuando tuvo oportunidad. Dijo que...

—Mira, Anne, no me importa lo que James te haya podido decir. Tuvimos una tutoría improvisada sobre Tommy en la que comentamos algunas cosas que le preocupan y que tendrá que hablar contigo, pero evité meterme en asuntos que debéis tratar vosotros. De hecho, yo le sugerí que no tomara decisiones respecto a Tommy sin contar contigo.

Ella me mira con un cúmulo de lágrimas sin derramar en los ojos y la lástima me asalta, porque Anne es una buena chica, pero creo que su relación con James es tan tóxica que, incluso estando separados, se hacen daño.

Según todo el pueblo, se quedó embarazada de Tommy por accidente. Algunas lenguas maliciosas piensan que fue para intentar retener a James, pero a mí me cuesta creerlo. Y, en cualquier caso, si fue así, solo sentiría aún más lástima, porque es una chica dulce, lista y preciosa que merece mucho más que una relación con un hombre que claramente no está enamorado de ella.

Que tenga la esperanza de que vuelva después de casi dos años separados y que sea capaz de venir aquí a rogarme que no coquetee con ese hombre es tan insultante para ella misma que siento ganas de abrazarla, de verdad. De eso y de agitarla por los hombros hasta que espabile y vea que merece algo más.

—A veces... a veces parece que podemos ser una familia. A veces pasa la noche en casa y parece que todo está bien. A veces pienso que lo mejor es que volviéramos a estar juntos por el bien de Tommy —susurra.

El último resquicio de enfado que tenía cede y solo me queda la compasión. Imagino que James y ella se acuestan a veces, y de ahí que pasen noches juntos, pero no creo que para él sea algo más que sexo, o no me habría sugerido tener una cita. No sé qué piensa James, imagino que tiene sus propios procesos mentales en todo este asunto y a menudo las situaciones no son ni blancas ni negras, sino grises. No tengo ni idea de cómo manejan su situación, pero sé que no quiero meterme, así que miro a Anne e intento hablar con toda la diplomacia del mundo.

—Esa decisión es vuestra, a mí no me concierne en nada, así que, por favor, Anne, déjame fuera de vuestra relación. Soy la maestra de Tommy, es un niño increíble y me encanta tenerlo en la escuela, pero de todo lo demás no quiero saber nada.

—Ya, pero él dice...

—Como te decía antes, lo que él te diga ni me importa ni es mi responsabilidad. Lo único que me interesa es el bienestar de tu hijo.

Anne asiente y mira al suelo. Está tan triste que vuelvo a sentir deseos de abrazarla, pero no somos amigas. La conozco desde siempre, igual que a todos los vecinos de Havenwish, sé que es una gran chica, pero está obsesionada con James y no ve que, si consiguiera olvidarse de él, tal vez podría rehacer su vida con alguien que sí pueda darle lo que quiere y necesita. Aun así, yo no puedo hacer nada por ella. Cuando se marcha con Tommy, no puedo evitar quedarme tan alterada como para que Evan y Holly se preocupen por mí.

Espero a que todos los niños salgan de la escuela y estemos solos para contarles lo sucedido. Ellos se muestran sorprendidos, pero solo a medias.

—Lo peor es que sí me creo que James, en algunos momentos, alimente sus esperanzas. No a conciencia, pero alguna vez sí me ha dicho que tienen sexo de vez en cuando.

—El problema es que para James solo es sexo y para Anne, no —interviene Holly—. Menudo capullo.

—Bueno, no quiero ser abogado del diablo…, pero realmente él no le promete nada, según me cuenta —añade Evan.

No me apetece seguir hablando de ello, así que me pongo el abrigo para macharme a casa. En realidad, me debería dar igual el sexo que tengan James y Anne, de la manera que sea, y así se lo hago saber a mis amigos, que están de acuerdo conmigo en que es algo que deben solucionar ellos sin meter a terceros en la ecuación.

Cuando ya estamos saliendo, Holly me pregunta si iré al club esta tarde.

—Sí, necesito relajarme un poco —admito.

—Bien, porque tenemos que hablar del hecho de que míster Gruñón pareciera un poquito decepcionado por no verte cuando ha venido a recoger a Maddie.

—Ah, ¿sí? —Holly eleva las cejas con una sonrisita que no me gusta nada y carraspeo. Cuando Blake ha llegado a la escuela yo estaba ocupada cambiando el pañal a uno de los más pequeños, así que no he podido siquiera verlo. Aun así, intento reponerme lo más rápido posible—. Quiero decir: dudo que eso sea cierto y, si lo fuera, no me importa.

—Claro, claro, no te importa para nada. A ti no te interesa.

—Por supuesto que no.

—Por eso ayer te quedaste con cara de boba mirando la piruleta que te trajo.

—¿Cómo sabes tú la cara que se me quedó? Teóricamente estabas con el resto de los niños.

—Yo lo veo todo, querida. No puedes escapar de mí.

—Esa frase, fuera de contexto, da mucho miedo.

—No cambies de tema.

—No lo hago. Me voy a casa, Holly.

—¡Nos vemos en el club!

Me río mientras me despido con un gesto de la mano y acelero el paso.

Al llegar a casa decido ponerme las botas y trabajar un poco en el jardín. El tiempo se esfuma entre mis dedos, como siempre que me ocupo de mis propias flores, así que, al acabar, decido que es hora de darme una ducha, preparar algo rico para cenar e irme a dormir temprano. Ya no me da tiempo de ir al club, pero la apariencia de mi jardín es lo bastante satisfactoria como para que eso ahora no me importe.

Bien entrada la noche, cuando ya estoy en la cama leyendo, recibo un mensaje de Holly.

Holly

Pero mira que eres cobarde, Lili Turner...

Bufo, pero no respondo. No tengo por qué y mis motivos para no haber ido al club están más que justificados. Eso es lo que me digo a mí misma. Sin embargo, cuando dejo el libro, apago la luz y me dispongo a dormir, una vocecita resuena en mi cabeza obligándome a ser sincera conmigo misma y reconocer, al menos en mi interior, que no quiero hablar de Blake porque, si pienso en él, siento cierta tensión en el cuerpo que no me gusta.

Por eso y porque, por mucho que me cueste admitirlo, sí que me ha dado un poco de rabia no poder verlo cuando ha venido a recoger a Maddie.

22

Blake

Recojo el plato de Maddie cuando acaba de cenar y lo llevo a la cocina. Empiezo a cargar el lavavajillas, y aún no he terminado cuando alguien llama a la puerta. Refunfuño, porque ya me imagino que es Eleanor. Desde que nos mudamos hace, como mínimo, una visita al día. Es un tanto molesto, pero al menos ahora se digna a tocar el timbre, porque los primeros días usaba su propia llave para entrar sin llamar. Eso nos costó una conversación incómoda en la que tuve que dejarle claro que, aunque la casa fuera suya, yo la he alquilado y no puede entrar siempre que le dé la gana. Ella me miró con ojitos de cordero degollado, pero acató la norma porque le dije que, si no podía respetar eso, tendría que marcharme. En realidad, es curioso que tenga ataques de dignidad tan grandes cuando tanto Eleanor como yo sabemos que no podría permitirme una casa tan espaciosa y bonita en Havenwish ahora mismo. Es cierto que el trabajo va genial y cada vez más gente confía en mí, pero no estoy en el punto de poder alquilar una casa al precio medio del pueblo.

Abro la puerta y, en efecto, me encuentro con mi vecina y casera al otro lado. Vecina que frunce el ceño nada más verme.

—¿Aún no estás listo?

—¿Listo para qué?

—Querido, hoy hay reunión vecinal.

Suspiro y me froto el cuello con desgana. Lo sé, pero esta vez contaba con no ir, la verdad. Es cierto que intento involucrarme en los temas que conciernen al pueblo, pero es viernes, estoy cansado del trabajo (esta mañana he intentado arreglar una cañería que me ha estallado en la cara) y solo me apetece tumbarme en el sofá y ver alguna peli con Maddie acurrucada a mi lado. Aunque eso signifique ver *Vaiana*, *Barbie* o algún episodio de *Bluey* por millonésima vez.

—La verdad es que pensaba…

—No, no puedes faltar —me interrumpe—. Vamos a hablar de temas importantes que nos conciernen.

—¿Nos?

—Al jardín, en realidad. Date una ducha, ponte bien guapo y llama a Harper para que se ocupe de Maddie. Te esperamos allí.

—¿Qué quiere decir que me ponga bien guapo?

Ella mira mi sudadera negra, tan gastada por el paso del tiempo que ya hay zonas en las que parece gris. Mis pantalones tienen rotos, pero no por moda, sino por desgaste, y mis pies están descalzos.

—Quiero decir que te quites la ropa de vagabundo.

—Eso es increíblemente ofensivo —replico.

—Vístete, Blake.

—Estoy vestido, Eleanor.

—Vístete con algo que no parezca sacado de los suburbios de la gran ciudad.

—Sigue siendo increíblemente ofensivo.

—Te veo allí, querido.

Se va sin darme tiempo a replicar más, como si estuviera diciendo tantas estupideces que ni siquiera mereciera la pena oírme. En realidad, me recuerda un poco a la actitud de algunas madres de película, de esas que se ocupan de todo te guste o no. Y es una estupidez, pero mi experiencia con madres es tan limitada que no puedo evitar sonreír un poco porque, bueno, en el fondo Eleanor nos tiene cariño. O eso quiero pensar. La verdad es que es mucho más fácil asimilar que mi vecina y casera es un grano en el culo porque nos aprecia y no porque sea una persona con ansias de dominarlo todo. Aunque algo me dice que hay un poco de las dos cosas.

Joder, pero yo no quiero ir a la reunión. Quiero estar con mi hija, tomarme una cerveza cuando se duerma, leer un poco e irme a dormir.

—¡Bien! ¡Vamos a ver a miss Lili! —exclama Maddie a mi espalda.

Me vuelvo y veo a mi hija sonriendo. Podría negarme, porque por mucho que Havenwish sea un pueblo unido donde la comunidad importa mucho (muchísimo) nadie puede obligarme a ir a una asamblea, pero la mención de mi hija sobre Lili me resulta interesante. Sobre todo porque no había caído en que lo más seguro es que esté allí y, en toda la semana, apenas hemos cruzado algunas palabras.

Reconozco que estos días me ha sorprendido más que a nadie darme cuenta de que dejar de trabajar en la escuela ha implicado dejar de verla tan a menudo. Y eso ha sido... raro. Raro y un poco triste. Al parecer, me gusta tener cerca a las personas que se esfuerzan por ponerme de mal humor.

Miro a Maddie, vestida con su pijama, y a mí mismo, con mi conjunto de los suburbios, como dice Eleanor. Es ropa cómoda, pero es cierto que no sé si es adecuada para una reunión, teniendo en cuenta que en Havenwish las asambleas vecinales son la excusa para salir y socializar con el resto de los vecinos. Eso significa que se esfuerzan por verse bien, en su mejor versión. Y esta no es mi mejor versión, aunque pensar en la cara que pondrá Eleanor al darse cuenta de que he obedecido al ir, pero no en lo que respecta a cambiarme, me hace una gracia un tanto inexplicable.

Estamos recién duchados y eso es lo importante, ¿no?

Podría llamar a Harper, pero es tarde, seguramente tenga planes con sus amigos y, además, a Maddie le hace ilusión ver a su miss. Es viernes, mañana no tiene que madrugar, así que tampoco pasa nada si nos saltamos su hora de dormir.

—¿Quieres vestirte o quieres ir en pijama? —le pregunto.

—¡Pijama! Y se lo enseño a la miss.

Sonrío. Cuando Eleanor vea a Maddie con su pijama de gatitos va a mirarme como si quisiera enterrarme vivo, pero eso va a aumentar la diversión. Cojo su abrigo, la envuelvo en él para asegurarme de que no coge frío y, antes de salir, decido echarme un poco de perfume que, seamos sinceros, más que perfume es colonia barata, pero supongo que me sirve para que Eleanor no se enfade del todo, porque no me he vestido bien, ni a mi hija, pero huelo a cítricos y eso tiene que dar puntos, ¿no?

Le pongo a Maddie un gorro con pompón, la cojo en brazos y me dirijo a la reunión orgulloso de mí mismo por ser tan buen chico casi todo el tiempo.

23

Lili

La tensión en la reunión vecinal es tanta que casi puede palparse. En solo diez días será, por fin, primavera, lo que significa el comienzo oficial de la competición de jardines, aunque muchos de ellos ya estén floreciendo tímidamente. El día de hoy es importante, básicamente, porque se abren las inscripciones para el concurso, así que es normal que aquí no quepa ni un alfiler.

Por lo general las reuniones tienen una alta participación, pero, si no hay algo demasiado importante, muchas familias optan por mandar a un solo miembro que cuenta las novedades al volver a casa. Por ejemplo, Holly y Evan se turnan para venir y así el otro se queda con las niñas. Hoy, en cambio, no falta nadie. Hay niños, ancianos, adolescentes y adultos por todas partes, así que, como es lógico, faltan sillas, porque, aunque seamos un pueblo muy pequeño, no cabemos todos en esta sala, pese a lo amplia que es.

—¡A ver, si queremos entrar todos, los adolescentes tienen que quedarse fuera y esperar, o subir arriba y cuidar de los más pequeños! —exclama Charles justo antes de que un grupo reducido de adolescentes se adelante, recoja a los niños que hay y suban las escaleras para dirigirse a las salas que hay arriba.

Yo me quedo con Holly y Evan de pie en un lateral y, para mi propia sorpresa, hago varios barridos visuales para cerciorarme de que Blake no está. No es algo que cuente con orgullo, sino más bien lo contrario, pero al menos intento ser honesta con lo que siento y anhelo, aunque sea incomprensible. Quizá por eso, cuando llega tarde, pero con la niña en brazos, siento como si pequeños duendes organizaran un baile en mi estómago. Pone a la niña en el suelo, se quita su propio abrigo y descubro que está vestido con ropa mucho más... casera de la que acostumbra. Nada de camisa de cuadros, esta vez. Lleva una sudadera vieja y unos vaqueros que no deberían quedarle tan bien para lo gastados que se ven. Tan distraída estoy que no veo venir el codazo de Holly hasta que lo siento en el costado. Le hago un gesto de disgusto, pero ella me señala a Blake con la mirada antes de guiñar un ojo y reírse. Las dos sabemos que me ha pillado examinándolo de arriba abajo, y también sabemos que antes prefiero morirme que admitirlo.

Lo observo quitarle el abrigo a Maddie y se me escapa una sonrisa cuando descubro que está en pijama y despeinada tras haberse quitado el gorro. La coge de nuevo en brazos y se apoya contra la pared del fondo. Hay algo... Está distinto. Aún parece un borde, pero... no sé. Quizá sea que lleva la barba un poco más corta, o que hoy el ceño de su frente no parece tan marcado. O tal vez se trate de esa maldita sudadera. Sé que las camisas de cuadros son un clásico para cualquier mujer que lea un mínimo de novelas románticas (y a mí me encantan), pero hay algo hogareño y sencillo en el hecho de verlo vestir ropa que es evidente que se pone para estar por casa.

Tan concentrada estoy en él, que me lleva un tiempo darme cuenta de que me ha localizado y tiene sus ojos puestos en mí. Me giro de inmediato y, aunque odio que ocurra, siento cómo me ruborizo. Solo espero que desde donde está no pueda percatarse. A mi lado Holly suelta una risita y, pese a que no la miro, me atrevería a decir que es por mí y que ella, por desgracia, sí está viendo el tono rosado de mis mejillas.

La reunión comienza, por fin, y transcurre sin demasiados sobresaltos, al menos hasta el final, cuando Charles anuncia, sin ningún tipo de pudor, que este año en su inscripción aparecerá Blake Sullivan como encargado del jardín de los Wilson, ya que vive en la casa de invitados.

—¡Eso no es justo! —grita Matilda—. Es joven y fuerte. Estáis jugando con ventaja.

—Primero, Matilda, necesitas el sombrero —dice Eleanor señalando el sombrero que ella misma se ha puesto—. Segundo, en vez de ofenderte tanto, tal vez deberías buscarte un yanqui joven y fuerte y meterlo en casa. Quizá así tu humor mejore considerablemente. —Con ese último comentario se gana varias risitas, murmullos de sorpresa y la mirada asesina de Matilda.

—Eres un bicho, Eleanor Wilson.

—¡Sigues sin tener el sombrero, querida!

—Dios, me encantan estas reuniones —susurra Holly a mi lado.

Me río porque, aunque no voy a admitirlo de viva voz, pienso exactamente lo mismo. A veces me parece que el tema del «sombrero de la palabra» se inventó solo para volver más interesantes las asambleas. Además, cuando Matilda y Eleanor entran en acción solo faltan las palomitas para que la sensación sea idéntica a la de ver un circo en directo.

—¡Haya paz, por favor! —exclama Charles retirando el sombrero de la cabeza de su esposa y poniéndoselo él—. Matilda, el concurso de jardines no está reñido con la edad de los participantes. El año pasado, por ejemplo, ganó Lili, y no te vi quejarte de su juventud.

—¡Es distinto! —exclama mientras Charles le da el sombrero.

—¿Por qué? —pregunta mientras lo recoge.

De verdad, la dinámica de verlos pasarse el sombrero es agotadora y fascinante.

—Porque Lili es parte de la comunidad. Lo hizo ella sola. Pero vosotros seréis tres al frente del jardín. Si ya contabas con ventaja por ser el alcalde...

—¡Yo nunca he gozado de ningún privilegio por ser alcalde! —exclama Charles ofendido.

Está tan rojo que podría explotar. El calor en la sala es abrumador entre el fuego de la gran chimenea y la cantidad de gente que hay aquí. Eleanor y Matilda se enfrascan aún más en su disputa y yo miro a Blake, para medir su reacción, pero parece tan aburrido que es como si el tema no fuera con él. Admiro muchísimo su capacidad de pasar de todo. Yo me siento incómoda y violenta y mi nombre solo ha salido de refilón.

Al final, la discusión acaba cuando Charles da un manotazo en el atril que, muy posiblemente, le habrá dolido un montón, y las mira con seriedad.

—Ya está bien. Sois dos señoras con cierta edad y debería daros vergüenza comportaros de este modo frente a toda nuestra comunidad. La reunión se da por finalizada ahora mismo. Ya podéis hacer cola para inscribiros en el concurso y más vale que os comportéis o, como alcalde, me veré obligado a tomar medidas.

—Uuuh, ¿te lo imaginas azotándolas en el culo?

—Holly, joder, deja de traumatizarme con esas imágenes —le digo espantada.

—No, yo solo lo digo, las imágenes las reproduces tú solita en tu cabeza —dice riéndose.

La miro mal, sobre todo cuando veo a Evan aguantarse la risa, pero mi amiga, lejos de achantarse, me dedica una gran y amplia sonrisa.

—Voy a la cola para inscribirme en el concurso —le digo.

—Buena suerte, amiga. Yo estaré aquí, animándote mientras te observo triunfar.

A Holly no le van las plantas y casi mejor, porque es una persona muy competitiva y no quiero que nuestra amistad peligre cada año con el concurso. Me uno a la cola y, por casualidad, me toca ponerme justo detrás de Blake. Inspiro para calmarme, pero me llega el aroma a un perfume con cítricos y sé, sin preguntar, que emana de él. Maldito sea. ¿Por qué tiene que oler así?

—¡Miss, besito!

Sonrío y, cuando Blake se vuelve para mirarme, me acerco a besar a Maddie en la mejilla. El olor a cítricos aumenta, es como un golpe a mis sentidos. Huele bien. Dios, demasiado bien. Me retiro de inmediato y lo miro a los ojos.

—Así que participas oficialmente, ¿eh?

—Eso parece —murmura—. A decir verdad, no me hubiera importado que se inscribieran solos y me dejaran a un lado, pero parece ser que la discreción no es un rasgo que caracterice a los Wilson.

—No —contesto sonriendo—. Para eso tendrías que haberte buscado otros caseros.

—Lo sé, pero lo cierto es que en Havenwish no sobran los vecinos con casa de invitados bonitas, cómodas y económicas.

Me río, porque eso ha sido gracioso, pero en el acto me pregunto si no estaré sonriendo demasiado. Puede parecer una tontería, pero dado que nuestros intercambios suelen acabar en insultos o insinuaciones de insultos, dos sonrisas seguidas parecen demasiadas.

—En fin. —Carraspeo—. Es bonito que intentes integrarte en el pueblo. Voy a machacarte de todas formas en el concurso, pero que participes es algo positivo.

—Estás muy segura de tu victoria —dice elevando una ceja.

—Porque ya gané el año pasado.

—Ya, pero el año pasado yo no estaba en tu vida.

Me río otra vez y, para empeorarlo, creo que me estoy ruborizando de nuevo por sus palabras. Obviamente se refiere a que no vivía en Havenwish, pero…, bueno, no ha sido una buena elección de palabras y sin querer he pensado en… En fin, da igual.

—¿Estás amenazándome, Blake? —pregunto con cierta chulería, solo para disimular el nerviosismo que, inexplicablemente, siento en su presencia.

—Por supuesto que no, Lilibeth. Solo te digo que tengas cuidado, porque puede ser que este año te lleves una sorpresa.

Me guiña un ojo y ahora no tengo dudas. Me he ruborizado. Noto el ardor en las mejillas, lo que hace que odie a Blake con todas mis fuerzas, porque se da cuenta. Claro que se da cuenta. Lo sé porque, de pronto, una sonrisa lenta, estúpida y orgullosa se abre paso en su cara.

Mierda, acaba de ganar esta batalla sin ningún esfuerzo.

24

Blake

No debería sentirme así. El hecho de conseguir ruborizar a Lili no tendría que causar en mí esta indescriptible sensación de victoria. Es como tener un maldito ejército de Oompa-Loompas bailando en mi pecho. Quiero procesarlo, lo necesito, pero antes de poder hacerlo Eleanor se acerca a nosotros y me mira tan mal que es imposible no prestarle atención.

—¿En pijama? ¿En serio has traído a la niña en pijama?

—Es un pijama precioso —contesto en mi defensa.

Sabía que este momento iba a llegar, pensé que iba a disfrutarlo, pero no contaba con que Eleanor me echara la bronca delante de Lili. Tengo veintiséis años y he pasado por tantas mierdas a lo largo de mi vida que el hecho de que mi casera me eche un rapapolvo delante de una chica no debería avergonzarme, pero me avergüenza.

—¡Es de gatitos! *¡Mida!* —exclama Maddie orgullosa.

Sonrío mirando a mi hija. Está tan feliz que me doy cuenta de inmediato de que para ella, salir hoy en pijama ha sido algo divertido y especial, así que me olvido de cualquier resquicio de culpabilidad y vergüenza y miro a Eleanor dispuesto a decírselo, pero entonces la veo sonreír a mi hija y caigo en uno de esos momentos en los que paso por alto lo metiche, mandona y estricta que es, porque es evidente que el cariño que siente por ella es real. Acaricia la mejilla de Maddie como lo haría cualquier abuela cariñosa y yo, aunque no lo diga, siento el agradecimiento expandirse dentro de mí.

Eso me lleva a recordar lo que ha pasado en la reunión y, de pronto, el concurso de jardines ya no me parece una estupidez. Y que Charles y Eleanor hayan hecho público que yo también seré parte del equipo Wilson es, incluso, bonito. No han intentado mantenerme oculto en las sombras, aprovechándose de mi trabajo para tratar de ganar, que es lo que pensé que harían. En todo momento han dejado claro que el mérito de cuidar el jardín es, en parte, mío. No han gritado a los cuatro vientos que se sienten mayores para trabajar y cuidarlo todo ellos, pero ha quedado claro en sus palabras y es un gesto que agradezco. Es mucho más cómodo trabajar así, sin sentir que en cualquier instante un vecino me increpará por podar la enredadera de la fachada sin pedir permiso, por ejemplo. Y esto es Havenwish, prácticamente cualquier vecino se siente con el derecho de increparte por hacer algo que ellos consideren inaceptable.

—Bueno, Eleanor, respecto al concurso… —le comento para cambiar el tema—. ¿Qué tengo que poner en la ficha de inscripción?

—Oh, apunta tu nombre junto al de Charles y al mío y al lado pon «equipo Wilson». Así quedará claro que este año vamos a por todas. Yo mientras voy a servirme un poco de té.

Se marcha y vuelvo a quedarme en la fila con Maddie en brazos, porque cada vez que la pongo en el suelo protesta. Creo que hace un rato que el cansancio empezó a vencerla, pero mi hija odia ser la primera en dormirse cuando está pasando algo que le interesa, así que es posible que en pocos minutos su humor empeore hasta el punto de empezar a llorar por casi todo. Es por eso por lo que agradezco haberme puesto pronto en la fila, porque al mirar hacia atrás veo que ya es bastante larga. Nosotros, en cambio, no tardamos nada en estar frente a la mesa liderada por Charles, que me guiña un ojo antes de señalar con el dedo el hueco en el que debo poner lo que me ha dicho Eleanor. También podría haberlo hecho Charles directamente, pero imagino que quiere mantener el papel de alcalde al margen de todo esto.

Me agacho para coger el bolígrafo, pero entonces Maddie llora porque piensa que va a caerse. Obviamente no está ni siquiera cerca de caer, pero... bueno, ¿he dicho que está cansada? Si no duerme, pronto dejará de ser una niña dulce y adorable para convertirse en un saco de irritabilidad y lágrimas de frustración.

—Eh, Maddie, ¿te vienes conmigo mientras papá se apunta?

La voz de Lili resuena a mis espaldas, y el modo en que mi hija tironea para ir con ella es tan intenso que me siento un poco indignado, la verdad. Me vuelvo, se la doy, porque estamos pausando la cola demasiado tiempo, y me inscribo mientras oigo a Maddie reír por algo que le ha dicho Lili. Cuando acabo, intento coger a mi hija, pero se niega a dejar los brazos de su miss, así que ella tiene que hacer lo que yo no he conseguido: inscribirse con Maddie en un brazo mientras yo le sujeto los folios, al menos.

Nos apartamos de la fila cuando acaba para dejar de entorpecer y, cuando estiro los brazos de nuevo para coger a Maddie, esta me da la espalda y se encarama a su cuerpo escondiendo la cara en su cuello.

Pequeña traidora.

—Venga, Madison, no estoy para estas mierd… cosas. No estoy para estas cosas ahora mismo. Vamos a casa.

—No. No voy.

Aprieto los labios. De verdad, odio los momentos en los que mi hija decide que no hace algo como si de verdad pudiera elegir. Intento recordar que tiene tres años y no me reta porque quiera joderme a mí, sino porque quiere estar más tiempo con Lili. Intento mantener la calma, pero se me hace complicado porque sé que, con cada segundo que pase, su cansancio aumentará y su irritación se multiplicará.

—Cariño, es hora de ir a casa y dormir.

—¡No me gusta dormir!

Varios vecinos nos miran y noto la tensión acumularse en mis hombros. Como padre monoparental de Maddie siempre he sentido esa especie de miedo a que los demás piensen que no lo hago bien. Sé que las actitudes que se ven normales en una niña con padre y madre, como las de Bella, por ejemplo, pueden ser sujeto de cotilleo cuando se trata de Maddie y de mí. Supongo que la gente pensará que tiene estos comportamientos porque no tiene madre, en vez de pensar que, bueno, es normal que una niña de tres años tenga berrinches. Eso me estresa. Y como me estresa, me pongo rígido, y como me pongo rígido, mi nivel de paciencia baja.

—Oye, Maddie…

—¡No!

—¿Y si vamos dando un paseo? —sugiere Lili—. Puedo acompañaros hasta casa.

—La tuya está antes —digo confuso.

—Bueno, mejor una despedida en la puerta de mi casa que aquí, ¿no? —pregunta Lili elevando las cejas, como diciéndome «estoy dándote una salida para que no tenga una rabieta frente a toda esta gente, pedazo de idiota». Lo pillo tarde, pero lo pillo.

—Vale —asiento con brusquedad y señalo la puerta—. Voy a por nuestros abrigos.

Ella me sigue y Maddie, por suerte, se deja poner el gorro y el abrigo sin llorar ni montar un drama. Eso sí, cuando intentamos ponerla en el suelo para que camine se niega, así que salimos de la reunión vecinal los tres juntos, con Lili sosteniéndola en brazos y varios vecinos mirándonos intrigados.

El camino es silencioso al principio. Me siento un poco estúpido llevando las manos en los bolsillos mientras Lili carga con mi hija.

—Te va a doler la espalda —murmuro—. Déjala en el suelo.

—Trabajo con niños pequeños, Blake —me recuerda con una sonrisa—. Mi espalda está más que acostumbrada y Maddie no es de las que más pesa.

Miro a mi hija, que lleva la mejilla apoyada en su hombro. Sus ojos se abren y cierran en un lento pestañeo que me indica que está quedándose dormida. Tiene el gorro más calado de lo normal, tapándole las cejas, y aunque resulte adorable, soy plenamente consciente de que, si intento cogerla ahora, se desatará una guerra emocional en su pequeño cuerpo. Así que, aunque pienso un segundo en ponerle bien el gorro y cogerla yo en brazos, recuerdo a tiempo que, si se duerme en brazos de Lili, me resultará mucho más fácil despegarla de ella cuando lleguemos a su casa.

Me gustaría decir que el camino se hace corto, pero lo cierto es que sufro cada paso que doy sabiendo que Lili está cargando con ella. Cuando por fin llegamos a su casa, Maddie se ha dormido, lo que es todo un alivio. Me paro frente a ella y me acerco para intentar cogerla con la máxima suavidad posible.

—Deja que te ayude —murmura ella, acercándose un paso más para dejar hueco entre su pecho y mi hija y que pueda cogerla.

Es un gesto que he hecho mil veces con otra gente: meto las manos bajo las axilas de Maddie y la paso de sus brazos a los míos, pero nunca he sido consciente de la proximidad que se necesita con la otra persona para hacer algo así. O quizá sea que, de pronto, el vaho que sale de la boca de Lili debido al frío me resulta cercano. Casi siento cómo impacta en mi cara y eso no es desagradable sino todo lo contrario. La miro a los ojos un segundo antes de coger a Maddie y es entonces cuando me doy cuenta de lo cerca que estamos. Apenas unos centímetros separan nuestras narices, así que es normal que, pese a la débil luz de las farolas, pueda ver lo roja que está su cara.

—Tienes frío. —Es estúpido, porque es evidente y ni siquiera lo he dicho a modo de pregunta, pero aun así Lili asiente.

—Sí, un poco.

Esta conversación no debería tensarme ni hacerme tragar saliva, pero aquí estamos. Miro al suelo carraspeando un segundo, solo porque hay algo... hay algo en el ambiente que no sé descifrar del todo. Cojo a Maddie, que por fortuna aguanta dormida y no protesta al pasar a mis brazos, y cuando la tengo arropada contra mi pecho, con la cara apoyada en mi hombro, me fijo de nuevo en Lili justo antes de que ella dé un paso atrás y ponga entre nosotros un mínimo de distancia.

—Bueno…, voy a entrar. Estoy helada.

—Sí, claro —respondo con torpeza—. Gracias por… por esto.

Sé hablar. Me consta que sé hablar, así que no entiendo por qué, de pronto, apenas soy capaz de balbucear algunas palabras.

—No te preocupes, Maddie es un amor.

—Cuando no está cansada, sí.

Lili sonríe con dulzura y, por tonto que parezca, es un gesto que me provoca cierta adrenalina, porque la he visto sonreír así mil veces, pero no a mí. Nunca a mí. Y resulta que acabo de descubrir que me gusta. Mucho.

Bien, hora de irme.

—Buenas noches, Lilibeth —murmuro con voz ronca dando un paso atrás y rompiendo definitivamente la tensión que pueda haber entre los dos.

—Buenas noches, Blake.

Me quedo en la calle hasta que la veo atravesar el camino de piedras hacia su casa. Ella entra sin mirar atrás ni una sola vez, pero de todos modos no me muevo hasta que la puerta de entrada se cierra y veo cómo se enciende la luz del interior.

Reanudo el camino a paso ligero para entrar en calor, así que apenas tardo unos minutos en llegar a casa y acostar a Maddie. Por fortuna no se despierta cuando le quito el gorro y el abrigo, de modo que voy a mi habitación, me tumbo en la cama y descubro que, desde que nos hemos separado en el camino de piedras, no he dejado de pensar en ella.

En realidad, sería un completo idiota si no admitiera que pienso en Lili más de lo que debo, y no solo hoy.

Hay algo en ella... No sé si son sus jerséis de lana, que le quedan tan grandes que apenas adivino la figura que hay debajo. Sus petos vaqueros bordados con flores, sus zapatillas amarillas, también bordadas, o ese pelo, que no es rubio oscuro ni castaño claro. No sé lo que es, pero hay algo en ella que tensa mis músculos hasta un punto asfixiante.

Me pregunto cómo será Lilibeth en la intimidad. Y cómo será sin todas esas capas de ropa. Y cómo será sonriendo de ese modo tan dulce, pero desnuda y tumbada en mi cama. Me lo pregunto tanto que mi cuerpo responde, haciendo que me enfade conmigo mismo.

Joder, no puedo hacer esto. No puedo excitarme como un niñato imaginando cómo será desnuda la mujer que más me odia de Havenwish.

Es la maestra de mi hija, tengo que verla, mínimo, dos veces al día, cuando la llevo y cuando la recojo, y simplemente no puedo fantasear con ella.

No está bien.

No es correcto.

No es lógico.

No debería.

Pero, joder, qué bueno sería...

25

Lili

La mañana del domingo es fría, pero el cielo está despejado, así que no lo dudo ni un instante. Cojo mis auriculares, me pongo unos vaqueros amplios y cómodos, un jersey más fino de lo acostumbrado con una chaqueta encima y me calzo las botas de montaña. Salgo de casa después de coger una mochila con agua y un chubasquero plegable por si de pronto lloviese y cierro el portón de entrada del jardín antes de dirigirme hacia las afueras de Havenwish.

Cruzo el puente de piedra que divide el pueblo en dos y, aunque no lo oiga debido a la música, soy perfectamente capaz de imaginar el ruido que hace el río al pasar. No me encuentro a nadie por la calle mientras salgo del pueblo, pero eso no es raro. Somos pocos vecinos y es temprano. Es posible que muchos aún estén durmiendo. Otros estarán despiertos, pero preparando el desayuno, y los más madrugadores quizá ya hayan salido de sus casas rumbo a la ciudad para pasar el día o, simplemente, hayan ido a pasear por senderos distintos al mío. Sobre todo, teniendo en cuenta que yo elijo el más sencillo de todos para subir a la colina, porque no hago esto para realizar un entrenamiento específico, sino para despejar mi cabeza y disfrutar de las vistas. Evan, por ejemplo, adora salir a correr, pero siempre anda explorando rutas nuevas que le supongan un reto. Yo no busco aventura, sino deleitarme con la paz que siento al observar los prados verdes, los senderos que serpentean a lo largo de las colinas o el mismo pueblo atrás, cada vez más diminuto a medida que avanzo.

El olor a tierra mojada me acompaña y siento cómo las botas se asientan en el barro del suelo conforme camino, pero no me resulta un impedimento para seguir avanzando. Sobre todo porque es una colina segura y, aunque voy subiendo todo el rato, la inclinación es suave y el sendero lo bastante ancho como para no sentir ningún tipo de inseguridad.

El piano de Aija Alsina, una de mis compositoras favoritas, suena en los auriculares, y al ver a un rebaño de ovejas pastando a mi derecha, me detengo por el simple placer de recrearme en las vistas. Trago saliva con fuerza, porque soy consciente de que es en momentos así, cuando la belleza de la campiña inglesa se muestra en todo su esplendor, cuando más echo de menos a mis padres y lo que un día fuimos. Lo que un día tuve. Inspiro hondo intentando ahuyentar a los fantasmas del pasado, porque sé bien que eso no me ayuda en nada. Retomo el camino y oriento mis ojos y mi concentración a admirar la arquitectura medieval que puedo ver a medida que me alejo del pueblo. La iglesia, sobre todo. Las flores silvestres salpican el camino de color a medida que avanzo y, si quitase la música, oiría a los pájaros, pero llevar los auriculares es parte de lo que hace que esta experiencia sea siempre tan placentera para mí. El modo en que un simple piano puede llenar de magia un paseo me sobrecoge.

Quizá por eso, porque vuelvo a estar tan metida dentro del paisaje y la música que no veo nada más, no puedo defenderme cuando se me echan encima. Por un momento de pánico pienso que puede ser una oveja descarriada, pero es solo un segundo. Puede que ni siquiera eso. Pero lo bastante intenso como para sentir miedo y adrenalina, y también para dejarme en ridículo con el grito que doy. Sobre todo porque no se trata de ninguna oveja, sino de Madison Sullivan. Otra vez.

Al menos en esta ocasión su rostro muestra verdadero arrepentimiento mientras me mira, claro que supongo que eso es porque yo he dado un traspié, he resbalado y he caído, pero ella ha caído conmigo, o más bien sobre mí.

—Vaya, se te está haciendo costumbre lo de dejarte arrollar.

Miro de inmediato arriba, a Blake, que lejos de ayudarme eleva las cejas como si no pudiera creer que fuera tan torpe. Lo fulmino con la mirada un instante antes de poner en pie a la niña y luego levantarme yo, aunque me quedo a su altura para que pueda mirarme a los ojos.

—Oye, tienes que dejar de echarte así encima de la gente. —El labio superior de Maddie se funde con el inferior en un puchero que hace que me sienta mal de inmediato. La abrazo y palmeo su espalda con dulzura —. ¿Sabes qué? No importa. No pasa nada, no te preocupes.

Oigo la risa de Blake y vuelvo a mirarlo mal. El viernes por la noche, después de la reunión, tuvimos un trato cordial, o algo así, pero hoy, al parecer, tiene pensado volver a ser un cretino.

—Perdón —dice levantando las palmas de las manos en señal de disculpa—. Es que eres aún más blanda que yo. Esos pucheros tienen algo que enamoran y te bloquean a la hora de ponerte firme, ¿verdad?

Me levanto mientras suspiro, porque supongo que no está siendo tan cretino como acabo de pensar que sería.

—En la escuela lo consigo. Es que me ha pillado con la guardia baja. —Blake vuelve a sonreír y, por un instante, me quedo embobada, porque tiene una sonrisa... bonita. O será que no estoy habituada a que sonría en mi dirección y siento que, de algún modo, es como ver salir el sol después de muchos días de lluvia. Carraspeo y me limpio las manos en los pantalones. Tengo que dejar de pensar ese tipo de cosas—. En fin, ¿qué hacéis aquí?

—Te diría que pasábamos por aquí, pero no es verdad. Maddie te ha visto a lo lejos y se ha puesto a gritar como una loca para que te siguiéramos.

—¿Y tú has hecho caso porque te ha puesto morritos? —pregunto irónica.

—No. Es solo que no me ha parecido mal lo de seguirte. —Lo miro sorprendida, pero él debe tomarlo de otro modo porque se apresura en corregirse—. Mierda, dime que no ha sonado tan siniestro como creo.

Me río algo nerviosa y niego con la cabeza. Lo cierto es que ha sonado raro, pero supongo que solo pretendía ser... ¿simpático? No sé si ese adjetivo casa bien con Blake Sullivan y creo que por eso es tan extraño todo.

—Pretendía subir a la colina —le digo—. ¿Queréis venir?

Si soy sincera conmigo misma, no tengo ni idea de dónde ha salido esa invitación. Estoy casi segura de que es por Maddie y porque esta niña se está ganando mi corazón a pasos agigantados, pero hay una pequeña parte de mí que proclama cosas muy distintas...

—¡Síííííí! —grita la niña.

—Parece que ya está decidido —contesta Blake.

Frunzo los labios en una pequeña sonrisa y emprendo el camino de nuevo, esta vez sujetando una mano de Maddie mientras Blake sujeta la otra. Subimos a paso lento, pero cordial. De hecho, charlamos bastante, él hace preguntas acerca de los distintos tipos de flores silvestres que vemos y yo respondo encantada de que se interese y se esfuerce tanto por ser amable. Es una de las pocas veces que Blake y yo conseguimos pasar el tiempo sin tirarnos dardos envenenados y, por extraño que parezca, lejos de ser aburrido, el paseo resulta muy agradable.

—¿Cómo estás llevando adaptarte a este tiempo? —pregunto en un momento dado—. En Phoenix siempre hace sol, ¿no?

Si él parece sorprendido por el hecho de que hable directamente de la ciudad de la que viene, no lo demuestra. Sé que proceden de allí por la ficha de Maddie, no porque me lo haya dicho, ya que de todos es sabido que Blake nunca habla de su pasado, por eso agradezco que me responda con naturalidad.

—Al principio fue mejor, aunque no lo parezca. Yo ya había leído que en la campiña inglesa puede llegar a llover unos doscientos días al año, pero sinceramente, lo idealicé un poco. Pensé que sería un buen cambio para nosotros.

Se queda en silencio y me doy cuenta de que está reformulando y midiendo sus siguientes palabras. Es obvio que elige bien los temas que quiere tocar y los que no, lo que hace que mi intriga aumente, pero, aunque me surjan un montón de preguntas, prefiero concentrarme en la conversación que estamos teniendo, porque es raro que sea tan amistosa y, de momento, me quedo con eso.

—¿Y lo ha sido?

—Sí. Sí, desde luego. Es solo que llegué en invierno y la lluvia tenía sentido, pero conforme pasan los meses y se acerca la primavera siento que se me hace raro que siga haciendo frío y llueva tan seguido.

—Te entiendo. Es fácil adaptarse a que llueva en invierno porque…, bueno, es invierno. Se complica cuando llega la época en la que debería hacer sol y calor, pero sigue lloviendo y hay días en los que no apetece salir de casa.

—Sí, exacto. Es casi como si no existiera la primavera.

—Pero existe y los jardines lo demuestran —afirmo sonriendo—. Quizá por eso es tan importante el concurso para nosotros.

—Creo que lo voy entendiendo —dice correspondiéndome la sonrisa con una más pequeña, pero sonrisa al fin y al cabo.

Maddie va callada, pero ella sonríe todo el tiempo. A veces se cuelga de nuestras manos elevando los pies, como si fuéramos un columpio, y ríe a carcajadas.

Llegamos arriba casi sin darnos cuenta y entonces inspiro con fuerza, asegurándome de llenar mis pulmones lo máximo posible. Luego suelto el aire poco a poco.

—Fíjate en esto. ¿Acaso no es increíble? —le digo mirando todo lo que nos rodea.

Abajo, el pueblo permanece inalterable, de un verde cautivador, con sus casas de piedra, sus enredaderas, sus setos y sus rosas inglesas.

—Lo es. Havenwish ha resultado ser un gran refugio —murmura él con la vista fija en el horizonte.

Las preguntas siguen surgiendo cuando dice cosas como esa, pero me las guardo todas, porque no merece la pena romper este momento, así que simplemente sonrío de nuevo y lo miro de soslayo.

—¿Aunque llueva en primavera? —pregunto.

Blake se ríe y mira al cielo, que empieza a cubrirse de nubes, antes de devolverme la mirada y guiñarme un ojo de un modo que hace que me dé cuenta de lo mucho que es capaz de alterarme. Suspira y asiente de un modo un tanto torpe, aunque cautivador.

—Aunque llueva en primavera.

26

Blake

No tenía muchas expectativas puestas en el domingo. Lo cierto es que no esperaba hacer gran cosa, salvo descansar, así que supongo que por eso el cambio de planes me parece... bien. De acuerdo, puede que lo esté pasando algo más que bien. La bajada de la colina con Lili resulta ser igual de relajada que la subida.

Bueno, a ver... Lo relajado es lo relativo a no discutir, porque he dejado de tener, en parte, la necesidad de rebatírselo todo. Tampoco siento la desconfianza de hace unos meses y eso ha rebajado en gran medida la tensión. Al menos ese tipo de tensión, porque hay otro tipo que está creciendo dentro de mí y me inquieta casi más que la primera. Me parece más peligroso notar que empiezo a pensar en Lili mucho más de lo que debería. Eso me preocupa casi tanto como el hecho de preguntarme a menudo si ella también lo nota, o es solo cosa mía. En la reunión del viernes se ruborizó conmigo, lo vi y estuve completamente seguro. Sin embargo, ayer pasé todo el día sin verla y me encontré preguntándome en más de una ocasión si no sería cosa de mi imaginación. O si no estaré viendo cosas donde no las hay.

Y entonces, en un impulso, decido que lo mejor para comprobarlo es esforzarme por conseguir que se ruborice hoy mismo. Ahora mismo. Esta vez a conciencia y para despejar las dudas.

—¿Te gustaría tomar té? —pregunto de forma abrupta. Ella me mira sorprendida, obviamente, y yo carraspeo e intento reconducir la situación—. Bueno, intento amoldarme a vuestras costumbres y es evidente que os encanta tomar té.

—Cierto, pero es casi la hora de comer, no del té.

—Genial. ¿Te gustaría comer con nosotros?

¿Demasiado lanzado? Quizá sí. Mierda, me siento torpe, como si tuviera entre las manos un montón de cristales delicados y no pudiera dejar caer ni uno, aun sabiendo que soy un manazas. Sé cómo ser una persona desagradable, hostil y antipática, pero desconozco ser hospitalario o amable sin resultar torpe. En definitiva, no sé cómo ser una persona decente y eso me parece tan patético que por poco soy yo el que se ruboriza. Lili lo nota, así que, en vez de causar sonrojo en ella, lo que consigo es que sonría con una picardía que no me gusta nada.

O sí, sí me gusta, pero no cuando tengo dudas sobre si está riéndose de mí.

—¿Sabes cocinar?

—Tengo una hija con la costumbre de comer varias veces al día, así que aprendí cuando nació. —Lili se ríe—. Esta mañana me levanté temprano y dejé casi lista una lasaña. Solo tengo que calentarla, así que si te apetece…

—Me gusta la lasaña —contesta—. Pero ¿seguro que hay para mí?

—Segurísimo. Por lo general hago de más y, lo que sobra, me lo como al día siguiente. —Frunzo el ceño nada más oírme—.

¿Suena tan patético como creo? —Ella vuelve a reírse y chasqueo la lengua, avergonzado—. Bueno, a Maddie sí que le hago una comida distinta cada día.

—Tampoco le pasaría nada por repetir de vez en cuando.

Que intente tranquilizarme en ese aspecto me resulta tan agradable que sonrío, agradecido.

—¿Entonces? ¿Te apuntas?

—Sí, suena bien.

—¡Bieeen! —exclama Maddie, que no había dicho nada hasta entonces, pero al parecer estaba pendiente de toda la conversación.

Caminamos en un ambiente bastante bueno, casi relajado. Casi, porque hay algo dentro de mí que no me permite relajarme por completo en su compañía, pero aun así llegamos a casa y, en cuanto pisamos el jardín, ella me mira con una sonrisa amistosa.

—Está muy bonito —admite—. Buen trabajo, Blake.

—Gracias. Pretendo ganar el concurso. —Ella se ríe y yo elevo las cejas—. ¿Qué?

—Oh, eso no pasará.

—¿Y cómo estás tan segura?

—Bueno, querido, ya te dije que gané el año pasado. —El hecho de que conteste de un modo tan remilgado, lejos de molestarme, me causa cierta gracia.

—Sí, querida, pero el premio hay que ganárselo cada año.

—¿Acaso no has visto mis rosas? Solo por eso tengo muchos puntos.

—Son unas rosas preciosas —contesto con cierta intención y mirándola a los ojos—. Pero estoy seguro de que se necesita algo más para ganar.

Se ruboriza. No pensé que sería así, pero se ruboriza y me siento tan pletórico que me maldigo en el acto. ¿Qué demonios me pasa?

—Puede que unas rosas bonitas no lo sean todo, pero sin duda son un gran comienzo.

Me río entre dientes porque se ha girado para entrar en casa, pese a no tener llaves, solo para dejarme claro que la conversación acaba aquí. Y es curioso, porque podría decirse que estamos picándonos, pero no siento sus palabras como un ataque directo, sino más bien como un juego. Algo relajado y amistoso.

Me pregunto cómo de rápido puede una persona cambiar una enemistad por una amistad. Sé que aún estamos lejos de ese punto, pero... ¿podríamos Lilibeth y yo ser amigos?

—¿Abres? Me muero de hambre.

Me adelanto y, cuando me pongo a su lado para abrir la puerta, me doy cuenta de lo cerca que estamos. También me percato de la cantidad de veces que, sin pretenderlo, acabamos así, rozándonos, a escasos centímetros de distancia.

—Si no te apartas, no puedo abrir bien.

—No es ciencia, Blake. Solo coges la llave, la metes y...

—Sé bien cómo funciona, Lili. La he metido muchas veces.

Su rubor es tan intenso que sonrío lleno de orgullo. Los Oompa-Loompas regresan a mi estómago, pero esta vez no me importa, porque estoy demasiado ocupado disfrutando de lo avergonzada que se siente ella.

—Eres un capull...

—¡Abre yaaa!

Miro abajo, a Maddie, que apretujada entre nuestras piernas nos mira con curiosidad e impaciencia, como si no entendiera cómo es posible que dos adultos estén intentando abrir la puerta, pero sigamos fuera de casa.

Meto la llave, la giro y abro antes de sonreír a Lili.

—¿Decías?

—Más te vale que esa lasaña esté increíble —murmura mientras se cuela en el interior.

El calor de casa nos golpea en la cara, o quizá tenga que ver con el hecho de que yo mismo siento cierto acaloramiento que tiene poco que ver con el clima y mucho con cierta maestra que está empezando a resultarme… curiosa.

—Dejaré que me pongas nota, ¿vale? —le digo al entrar tras ella y Maddie.

Lili se ríe y acepta el reto. Me ayuda a poner la mesa, caliento la lasaña y comemos los tres en una armonía que hace unas semanas hubiese creído imposible. Charlamos sobre la escuela, Maddie nos canta un par de canciones, y las sonrisas que Lili y yo intercambiamos empiezan a ser tan frecuentes que me pregunto si ella también se da cuenta de que están cambiando cosas. Muchas cosas.

Estoy tentado de preguntárselo, pero apenas he terminado de recoger la mesa y estoy pensando en ofrecerle ese té que le prometí al principio, cuando alguien llama a la puerta. Abro con pereza, porque en el fondo esperaba encontrarme con Eleanor al otro lado, pero quien aparece es un hombre alto, con gafas y un ceño tan fruncido como el mío en uno de mis peores días.

—¿En qué puedo ayudarte? —pregunto en tono cauteloso.

—Así que es cierto que hay alguien ocupando mi casa.

27

Lili

Estoy en la alfombra del salón sentada con Maddie. Ella juega con una muñeca a la que hemos puesto coletas disparejas, así que está entretenida, lo que me deja centrar mi atención en Blake y el hombre que hay al otro lado de la puerta. Hombre al que reconozco al instante, por supuesto. Es algo mayor que yo, pero no mucho. De niños jugamos juntos por las calles de Havenwish a menudo. Era un niño desgarbado, un tanto mimado y, cuando se enfadaba, un completo capullo, pero no era mala persona, o eso creía yo. Cuando crecimos fui testigo del modo en que intentaba huir del pueblo a la mínima oportunidad. Hablaba de este lugar como si fuera una cárcel, o un infierno que le prohibía cumplir sus sueños, y una parte de mí podía entenderlo, porque es obvio que en Havenwish no hay muchas oportunidades para desarrollarse a nivel profesional, pero otra nunca comprendió que el hijo de Eleanor y Charles fuera capaz de irse y prácticamente no mirar atrás. Sobre todo porque, pese a que sus padres están aquí, casi nunca viene a verlos.

—Perdón, pero ¿tú eres…? —pregunta Blake.

—El dueño de la casa que estás ocupando.

Elevo las cejas. Bueno, pues duda resuelta: era un capullo de niño y sigue siéndolo de adulto. Suspiro, porque esto va a ser desagradable, pero necesario.

—Él no está ocupando nada —Me levanto mientras Blake se hace a un lado y los dos me miran—. Hola, Ted.

—Lili… —Parece sorprendido de verme aquí, pero no me importa. En realidad, lo que Ted Wilson piense de mí me es completamente indiferente—. ¿Cómo estás?

—Bien, gracias. ¿Cómo te va? Es raro verte por aquí.

Debería aguantarme las ganas de soltar puyas maliciosas, pero me resulta demasiado tentador.

—Bueno, digamos que las noticias vuelan. He sabido que había alguien viviendo en mi casa y he decidido venir a cerciorarme de que es cierto.

—¿Y no contemplaste la posibilidad de llamar a tus padres para preguntar? ¿O llamarlos, a secas?

La pregunta es un dardo envenenado. Sé muy bien que Ted apenas mantiene contacto con Eleanor y Charles, igual que sé que eso hace que su madre sufra sobremanera porque, pese a todo, es su único hijo y debe de ser muy duro saber que le importas tan poco a la persona que un día fue tu mundo entero. Él hizo su vida, los dejó de lado y ahora pretende venir a reclamar una casa sin tener siquiera la decencia de parecer avergonzado por ser un hijo tan desapegado.

—Preferí venir a comprobarlo en persona —murmura con gesto serio.

Se sube las gafas por el puente de la nariz y me escudriña con sus ojos pequeños y azules, parecidos a los de su padre. Parece que la vida no le está tratando bien, después de todo. Se le ve mucho mayor de lo que es.

—Me alegra que estés en Havenwish, hace mucho tiempo que no sabíamos nada de ti. —Mi tono dulce es tan falso que hasta yo me sorprendo de lo buena actriz que soy. Holly estará muy orgullosa de mí cuando le cuente esto—. ¿Sabe tu madre que has venido de visita? Seguro que se pone feliz de verte.

—Me quedaré poco tiempo —musita mirando mal a Blake.

No me rindo, me coloco justo al lado de este e, incluso, lo echo a un lado con delicadeza. No quiero que se centre en él, sino en mí. Quiero hacerle pasar vergüenza, que se sienta incómodo y recapacite acerca del hecho de no venir nunca a ver a sus padres por amor, pero sí hacerlo en cuanto siente que su maldita herencia peligra.

—Verás, Blake no está quitándote nada. Tus padres le han alquilado la vivienda porque es una verdadera pena que esté deshabitada. ¿No crees?

—Es mía.

—Es de tus padres —replico en tono sereno, pero firme.

—La construyeron para cuando yo viniera a visitarlos con Shirley y los niños.

—Exacto. ¿Dónde están, por cierto?

Ted parece tan contrariado que casi siento lástima por él. Casi. Porque luego recuerdo que Shirley, su esposa, es igual de arpía que él. A sus hijos no los conozco porque creo que solo los he visto por el pueblo una vez, pero si están siendo criados por estos dos, ya puedo imaginarme cómo son o serán.

—No han podido venir. Shirley tiene mucho trabajo en el hospital y…

—Oh, claro. La gran vida de los médicos que les impide viajar dos horas en coche.

En su defensa, Ted parece sentirse culpable con mis palabras, pero eso no le impide contraatacar.

—Bueno, Lili, tú mejor que nadie sabes lo mucho que molesta que intenten arrebatarte lo que es tuyo.

El golpe es tan bajo e inesperado que siento cómo los ojos me arden de inmediato. En un instante la presión en mi pecho es tal que me bloquea la respiración. Intento mantener la calma, pero el zumbido en mis oídos es mucho más poderoso.

—Te estás pasando, Theodore —susurro.

—¿Tú crees? Porque si insistes en meterte en algo que no es de tu incumbencia, me veo obligado a recordarte ciertas cosas.

Me quedo bloqueada. Paso de sentirme segura de mí misma y lo bastante empoderada como para enfrentarme a este cretino, a perder el habla hasta el punto de que Blake tenga que tomar el control, poniéndose delante de mí, tapándome con su cuerpo y enfrentándose a Ted.

—Mira, no te conozco de nada, pero tengo un contrato de alquiler, así que si tienes algo que decir, habla con los dueños de la casa.

—El dueño soy yo.

—No según mi contrato.

—Son mis padres, pero…

—Entonces sabrás perfectamente dónde viven. Hasta pronto.

Le cierra la puerta en las narices con tanta soltura que abro los ojos, anonadada, mientras miro su espalda y noto la tensión en sus hombros y cuello.

—¿Qué...?

Blake se vuelve y, por primera vez desde que lo conozco, soy capaz de ver en él una expresión de cautela. Sus pupilas están dilatas y su semblante es serio, pero no por el enfado, sino por la preocupación.

—¿Estás bien?

28

Blake

El modo en que Lili se paraliza, aparentemente de la nada, es más que suficiente para que me dé cuenta de que pasa algo. Ya no es solo que el tal Ted me caiga fatal por el hecho de venir a avasallarme en mi propia casa (legalmente y según contrato), es la forma que ha tenido de bloquear a Lili con un puñado de palabras. Le cierro la puerta en las narices porque es lo que se merece y porque, sinceramente, me importa una mierda el brote de furia que tenga. Me importa una mierda todo lo que no sea cerciorarme de que Lili está bien, porque me confunde mucho que Ted haya conseguido que perdiera toda su seguridad y aplomo en un solo instante. Un momento era una leona y al segundo un cervatillo asustado, y eso… eso no me cuadra con la imagen que tengo de ella.

—Sí, sí, es solo que no esperaba… —Se pasa las manos por el pelo, intentando encontrar las palabras—. No esperaba que cayera tan bajo, la verdad.

Parece aturdida y, aunque no quiero presionarla, no puedo evitar preocuparme.

—¿Quieres hablar de ello?

Ella me mira, centrándose en mí por primera vez, y cuando me doy cuenta de que tiene los ojos cargados de lágrimas siento una ráfaga de ira tan fuerte hacia Ted que me sorprendo a mí mismo. Solo me he sentido así con respecto a Maddie. No... no es lo normal en mí. Miro a mi hija en un acto reflejo, pero ella está jugando en la alfombra con sus muñecas y unos bloques de construcción, completamente ajena a lo que está ocurriendo entre Lili y yo.

—Me iría bien otra taza de té —murmura—. Y quizá una charla, sí.

Asiento de inmediato y la guío hasta la cocina, aunque ella sabe perfectamente dónde está. Cojo la tetera, la lleno de agua y la pongo a hervir mientras pienso en lo sucedido. En realidad, no me importa ni preocupa la visita de Ted. Por lo poco que Eleanor ha hablado de él ya intuía que es un cretino que no visita a sus padres nunca. Y no es porque ella me lo haya dicho, porque pese a todo, la mujer habla de su hijo con admiración y siempre lo justifica, pero precisamente por eso, por tener que estar excusándolo, ya tenía una imagen preconcebida de él. Imagen que ha casado a la perfección con lo que ha resultado ser. Su aparición estelar lo único que ha hecho es confirmarlo. Yo tengo un contrato legal de alquiler, así que su pataleta no me importa lo más mínimo, salvo porque no quiero que pueda dar disgustos a sus padres. Y, desde luego, no quería que su visita acabara afectando a Lili. Eso, para ser sincero, ni siquiera podía imaginarlo, pero es lo que ha terminado pasando.

El agua hierve mientras los dos miramos la tetera. Lili está apoyada en la pared, con los brazos cruzados, pero no de un modo normal, sino como si se abrazara a sí misma. Como si pretendiera protegerse de lo que sea que ha despertado ese idiota. Le sirvo una necesitara soltar la información cuanto antes por si pierde el valor de soltarlo todo.

—Joder. No... no sé qué decirte.

Ella suelta la unión de nuestras manos y se limpia las mejillas, sobre todo después de mirar de reojo a Maddie. Es como si acabara de recordar que la niña puede verla. El modo en que consigue recomponerse me hace admirarla como nunca antes. Aún está rota, pero consigue controlar sus lágrimas y sus emociones lo suficiente como para seguir hablando.

—El incendio se cobró seis vidas en total. Un niño de nueve años, el abuelo de Holly, mis padres y otros dos vecinos ancianos. Es, con diferencia, el día más oscuro de nuestra historia. —Su emoción vuelve y carraspea, intentando ahuyentar las lágrimas, pero lo consigue solo a medias—. Y por si no fuera suficientemente doloroso, la casa de mis padres estaba hipotecada.

—Oh, mierda.

—Sí, exacto —dice ella con una risa totalmente desprovista de humor—. El banco no saldó por completo la hipoteca después de la muerte de los dos. Hubo momentos en que de verdad pensé que perdería la casa. Solo tenía dieciocho años, así que usé el dinero que tenía guardado para la universidad y saldé la deuda.

—Joder, Lili.

—Mis padres habían ahorrado toda su vida para ese momento, así que fue muy triste saber que mi presente se había desmoronado hasta ese punto. Tenía una beca por ser buena estudiante, pero no era suficiente. No podía permitírmelo y tampoco quería, para serte sincera. No quería... —Vuelve a mirar hacia su regazo y sus labios tiemblan mientras habla—. No quería seguir con mi vida.

No tenía sentido. Rezaba para irme a dormir y no despertar nunca más.

Siento su dolor como propio, porque entiendo perfectamente el sentimiento y, hoy en día, vivo con la convicción de que, si no fuera por Maddie, este mundo habría dejado de importarme hace mucho.

—No puedo ni imaginar lo duro que debió de ser —susurro con miedo a hacerle más daño.

No pretendo consolarla, no hay consuelo que valga en algo así, pero me basta con no ahondar en la herida de un modo que resulte aún más doloroso. Ella me mira por primera vez desde que empezó a contarme esta historia. A mí. No al vacío, ni a sus manos ni a nuestros dedos enlazados. Me mira a mí y me dedica la sonrisa más triste que he visto nunca.

—Por suerte, me tocó nacer en este pueblo. Havenwish, o más bien su gente, me salvó la vida. Los vecinos reunieron el dinero que necesitaba para ir a la universidad. Eleanor prácticamente me llevó de la mano a la ciudad y, cada vez que me veía a punto de tirar la toalla, llenaba mi nevera con comida y me obligaba a seguir un poco más. «Un día más es un día menos, querida», me repetía una y otra vez mientras yo lloraba y, a veces, le gritaba que me dejara en paz. Intenté echarla del apartamento compartido en el que vivía, y de mi vida, pero ella siempre volvía. No fui a fiestas universitarias, no hice amigos más allá de Holly, a la que ya tenía del pueblo, y Evan, por ella. Me negué a disfrutar de la vida, pero, aun así, gracias a Eleanor y al pueblo acudí a la universidad casi cada día. No fue milagroso, recuerdo aquellos momentos como si tuviera una nube tremenda en la cabeza. Una bruma llena de libros, fiambreras de

—Mira, Theodore, no voy a quedarme aquí para hacer quinielas sobre cuándo van a morir tus padres —le digo—. Tengo un contrato de alquiler vigente y, el día de mañana, ya se verá.

—El día de mañana saldrás de aquí con lo puesto, hazme caso.

—Repito: ya se verá.

Da un paso hacia mí, aún con las manos en los bolsillos. Es alto, más que yo, aunque por poco. Sin embargo, yo soy más ancho y apostaría mi cuello a que también soy más fuerte, pero eso ni siquiera es lo importante, porque soy más amenazante. Mucho más. Y no tiene nada que ver con el tamaño de mis músculos, sino con el hecho de que he vivido en la mierda el tiempo suficiente como para aprender a defenderme de gente mucho más peligrosa que Ted. Estoy seguro de que eso se refleja en mi actitud.

—¿Estás intentando intimidarme? —pregunto en voz baja y aparentemente calmada—. Porque en el mundo del que vengo darías tanto miedo como un conejito blanco y esponjoso.

—Oh, fíjate, James, don nadie está admitiendo que viene de lo peorcito de la ciudad y hasta parece orgulloso de ello.

—Venga, joder, Ted, déjalo.

Debo decir que James parece incómodo, pero no lo bastante como para increpar a su amigo con dureza.

—Es útil en según qué casos. —Esta vez, el paso al frente lo doy yo, porque Ted necesita aprender ciertas cosas acerca de invadir el espacio personal de los demás—. ¿Quieres comprobar hasta qué punto estoy orgulloso de venir de lo peorcito de la ciudad, Ted?

Nunca pensé que diría esto, pero el montón de hollín que llevo encima, unido a mi carácter de mierda, está resultando ser una combinación de lo más apropiada en un momento como este.

—Déjalo, tío, en serio, no merece la pena —tercia James tras la espalda de Ted.

Yo ni siquiera le hago caso. Estoy concentrado mirando a los ojos a Ted, que parece arrugarse con cada momento que pasa. Sé que es médico, porque Eleanor me lo ha dicho alguna vez y porque Lili lo dijo ayer, así que supongo que está valorando hasta qué punto le merece la pena meterse en una pelea con un tío como yo.

—Imagina que te parto un dedo sin querer. Sería muy desafortunado.

—¿Me estás amenazando?

—No más que tú a mí. —Sonrío—. Así que, dime, Theodore: ¿cómo va a ser la cosa? ¿Me vas a dejar en paz por las buenas o necesitas razones más... convincentes?

No soy un tipo violento. En realidad, esta actitud ni siquiera va mucho conmigo. Soy hosco, huraño, bastante imbécil si el día no me acompaña (y últimamente no suele acompañarme), desconfiado y..., bueno, digamos que no tengo el mejor de los caracteres, pero no soy violento. Sin embargo, eso Ted no lo sabe. Y James tampoco, así que no me extraña que el primero dé un paso atrás y el segundo mantenga la boca cerrada.

—Buenos, chicos... —Sonrío como si estuviera orgulloso de ellos. Como si fueran mis perros y hubiesen acatado una orden. Entiendo perfectamente que los saque de sus casillas, la verdad, pero eso no hace que me sienta menos orgulloso de mí mismo—. Ahora voy a entrar en casa y ducharme, porque ha sido una mañana muy productiva y aún tengo trabajo que hacer.

—Mira, tú...

—Que os vaya bien.

Corto a Ted porque, sinceramente, esto está a punto de convertirse en una conversación de besugos y no tengo ganas de seguir. Sobre todo porque, después de lo que presencié ayer y de la actitud que tuvo con Lili, este tío ha pasado a estar muy arriba en la lista de gente que no soporto. Y es una lista larguísima.

Entro en casa asegurándome de cerrar con suavidad para que entiendan que no me afectan lo más mínimo, subo las escaleras, cojo ropa limpia y me doy una ducha que me ayuda a destensar un poco los músculos. Me visto con una camiseta negra, una camisa de cuadros rojos y grises y unos vaqueros que me quedan más caídos que cuando llegué aquí. Supongo que el trabajo físico y el estrés de intentar adaptarme a Havenwish han hecho de las suyas.

Bajo para prepararme un nuevo café antes de ir a por Maddie en un rato, y no he hecho más que entrar en la cocina cuando alguien llama a la puerta. Suspiro, frustrado, y la abro pensando que será Ted de nuevo. De verdad, ese tío tiene que largarse de una vez.

Para mi sorpresa es Eleanor. No me extraña que venga a casa, sino la cara tan demacrada que tiene. Luce ojeras, su pelo no está perfectamente peinado, como acostumbra, y sus ojos están hinchados, señal evidente de que ha llorado. La ira que siento me pilla desprevenido. Eleanor es una persona un poco metementodo, no respeta los espacios personales de los demás y a menudo dice cosas que me enfadan, pero no es mala persona y, para ser honesto, conmigo se ha portado increíblemente bien desde el principio. Además, desde que ayer Lili me contó su historia, mi respeto por esta mujer se ha multiplicado hasta el infinito. No mucha gente se esfuerza tanto por ayudar a los demás. Eso me consta de primera mano.

—¿Qué tal? —pregunto—. Iba a preparar café, ¿quieres un poco?

Parece extrañada de que la invite a pasar con tan buenos modos. Por lo general refunfuño bastante, pero verdaderamente me preocupa un poco su aspecto.

—En realidad, yo venía a preguntarte a ti qué tal estabas. He sabido que…, bueno, he sabido que has conocido a mi hijo.

—Sí, hemos cruzado algunas palabras. —Sonrío para intentar suavizar el ambiente, pero no funciona.

—Quiero disculparme en su nombre. Espero que entiendas que tu contrato es completamente legal y, por supuesto, no voy a echarte de aquí, así que siento mucho si Ted te hizo sentir que no eras bien recibido.

—Tranquila, Eleanor. No hay problema.

—Es que está sometido a mucho estrés, ¿sabes? Tiene un trabajo muy importante, así que es normal que esté… tenso.

Es una manera un poco forzada de intentar justificar al capullo de su hijo, pero soy padre, así que puedo entender su necesidad de no hablar mal de él, por imbécil que sea. Que esté aquí para pedir perdón en su nombre ya es mucho más de lo que debería hacer.

—No hay nada por lo que tengas que disculparte —insisto—. Tú no has hecho nada. ¿Por qué no te sientas en el sofá? Podemos tomar esa taza de café.

—Preferiría un té, si no es mucha molestia.

—Por supuesto.

Se me sigue olvidando que la gente en Inglaterra, más concretamente en Havenwish, es mucho más adicta al té que al café.

hasta el almacén y, cuando llegamos, enciendo la luz y le hago entrar. Es un cuarto atestado de sillas, mesas plegables y cajas con distintas decoraciones y cachivaches dentro. Voy hacia la estantería donde están las servilletas y, cuando las cojo, me vuelvo para decirle a Blake que ya las tengo.

Por desgracia, no calculo bien, o más bien no soy consciente de lo cerca que está, porque en cuanto giro me choco contra su pecho.

—Perdona, no te he visto —me disculpo con una risa que suena más nerviosa de lo que me gustaría admitir.

—Yo a ti sí. Constantemente —dice él serio.

Mis nervios aumentan. Sonrío de nuevo, aunque es un gesto un poco estúpido, porque el ambiente está tan cargado de tensión que las sonrisas no parecen tener cabida. Otro tipo de gestos, en cambio...

—Yo...

—¿Cómo de mal estaría decirte que me muero por besarte aquí por primera vez y un día antes de la primavera?

Exhalo el aire de un modo abrupto, porque, pese a todo, no me esperaba que Blake fuese tan directo. Sin embargo, él parece decidido a no detenerse. Da un paso más, obligándome a mirar arriba, y se queda tan cerca de mí que estoy convencida de que mi respiración acelerada choca contra su cara.

—Blake...

—Porque no dejo de pensarlo. No te imaginas la cantidad de veces que pienso en ello al cabo del día... y la noche.

—Yo creía que nos llevábamos mal.

—Hace mucho de eso —añade con una sonrisa, como queriendo decirme «eso es una estupidez y los dos lo sabemos».

—Apenas unos días.

—Parece una eternidad.

—Eso es porque los días…

—Lilibeth, ¿quieres que me vaya?

—No.

No lo tengo que pensar. Estoy segura de no querer que se vaya, pero también estoy nerviosa y él parece detectarlo enseguida.

—¿Quieres que te bese? ¿O prefieres que lo haga mañana en un entorno más… adecuado?

—Pues… pues…

Me avergüenza tartamudear, pero en mi defensa debo decir que no estaba lista para un Blake tan directo y seductor. Él sonríe, como si estuviera orgulloso de aturullarme hasta este punto, y yo intento pensar, pero todo lo que suena en mi cabeza es un coro de voces gritándome que lo bese. O que me deje besar. El aire se espesa aún más, si eso es posible. Su cara se acerca a la mía y sus labios quedan a escasos centímetros de los míos.

—¿Y bien?

—En realidad, creo que estoy lista —murmuro torpemente.

La sonrisa ladeada que me dedica es tan sexy que siento cómo me tiemblan las piernas.

—¿Solo lo crees?

—Pensé que no hablarías tanto llegado el momento, la verdad.

Blake suelta una risa ronca y baja que resuena en su pecho. Es un sonido profundo que parece sacudirlo. O quizá es a mí a quien sacude. No sabría decirlo, porque se acerca más, hasta que su frente se apoya en la mía y nuestras narices se rozan.

—Eso es porque quiero estar seguro de no meter la pata.

—No la estás metiendo.

—Y porque quiero que me lo pidas.

—¿Qué? —pregunto sin aliento.

—Pídeme que te bese, Lili.

Un escalofrío recorre mi cuerpo mientras trago saliva abruptamente. Lo deseo. Lo deseo tanto que apenas soy capaz de contenerme, pero entonces mi orgullo hace acto de desaparición. Inoportuno y desafortunado, pero aquí está, dispuesto a no ponerlo fácil.

—No.

—¿No quieres que te bese?

—Sí, pero no quiero pedirlo.

Su sonrisa crece de un modo peligroso, sus labios se acercan más a mí y, en el último instante, a un solo suspiro de mi boca, se desvían hacia mi mandíbula. Me besa ahí, arrancándome un gemido que odio, porque demuestra lo mucho que estoy perdiendo el control. Oigo lo que me parece una leve risa y casi puedo imaginar cómo se infla su ego. Su seguridad en sí mismo me causa admiración y un poco de rabia. No puedo pensar mucho más, porque Blake avanza por mi mejilla, llega a mi cuello y lo besa no una, sino dos veces antes de cambiar de lado y hacer lo mismo, pero subiendo. Oigo un ruido y me doy cuenta de que he dejado caer las servilletas que ya tenía en la mano, aunque él parece no percatarse. Su respiración está acelerada, pero no es nada en comparación con la mía. Me siento temblorosa, ansiosa y necesitada, pero todavía no quiero ceder. Sinceramente, no sé si es algo para estar orgullosa o lo más estúpido que he hecho jamás.

—Pídemelo —susurra él.

—No —digo a duras penas.

La mano izquierda de Blake se posa en mi cintura. Llevo un jersey amplio en tono mostaza. No es importante, si no fuera porque a Blake le resulta muy fácil colar su mano por debajo y colocarla en mi costado desnudo. Me sobresalto tanto como para que él pare de inmediato.

—¿Te suelto?

—No.

—¿Te beso? —Gimo de frustración y oigo su risa junto a mi oreja—. Pídemelo, vamos, no es tan difícil.

Tiene todo el poder y lo odio por eso, pero al mismo tiempo estoy más excitada que en toda mi vida.

—Ni en tus mejores sueños.

—En mis mejores sueños lo haces. De hecho, no suplicas solo por un beso.

Gimo de nuevo. Es inevitable. Blake pasa la mano que tenía libre bajo el jersey, acaricia mi otro costado, pero esta vez no se detiene. Sus dos manos suben por mi espalda y, para cuando llegan a mis omoplatos, prácticamente tiemblo de excitación.

—¿No llevas sujetador?

Su voz suena entrecortada. Es la primera vez que veo una señal de debilidad en él desde que empezó este pulso.

—Con este jersey no se nota y estoy más cómoda así. —Blake prácticamente gruñe y, de pronto, siento que recupero un poco de control sobre la situación—. ¿Qué te parece?

—Apropiado. Sexy. Una puta tortura psicológica.

Es el disparo de salida para empoderarme. No es solo que me sienta sexy, es que me siento capaz de todo. De pronto lo único que tengo en mente es hacerlo suplicar. Hasta ahora me he dedicado a poner las manos en su costado, distraída como estaba con su juego de caricias, pero acabo de decidir que es hora de jugar un poco sucio. Las subo hasta sus hombros, me coloco de puntillas, porque Blake es más alto que yo, pese a tener la cabeza agachada, y enlazo mis dedos tras su nuca solo para tener sujeción cuando me aprieto contra su pecho.

Sé que Blake no puede dejar de pensar en mi cuerpo contra el suyo, separado por nuestros jerséis, pero sabiendo que yo no llevo nada debajo. Un gemido escapa de sus labios mientras presiono más y me siento tan pletórica que creo que podría volar solo con el impulso de mi ego.

—Pídelo, Blake.

—¿El qué?

—Pídeme un beso.

Sus ojos se abren con sorpresa un segundo, pero enseguida la sonrisa vuelve a su rostro. Sus brazos se cierran en torno a mi cuerpo y me estrecha contra él con tanta intensidad que me mantiene alzada sin necesidad de que yo haga el esfuerzo de ponerme de puntillas. Noto su erección y, esta vez, soy yo quien traga saliva.

Demasiado caliente. Demasiado intenso. Demasiado…

—Por suerte para ti, Lilibeth, hay ciertas cosas para las que no me importa perder el orgullo.

—Yo no…

—Bésame, Lili. O deja que te bese, pero hazlo ya, te lo suplico, porque estoy muriéndome por saber cómo es morder y besar tus labios.

No pensé que se rendiría. Y mucho menos que suplicaría. Pero aquí está, entregado sin reparos. Sin saberlo, acaba de hacer lo único que podía disparar aún más mi adrenalina. Lo único que podía hacerme caer rendida a sus pies. Doy el primer paso y poso mis labios sobre los de él, pero en el momento en que entran en contacto, Blake toma el control sin esfuerzo, porque yo también acabo de rendirme por completo.

Me apoya contra la estantería, aún rodeando mi cuerpo, y apenas he tenido tiempo de detectar el movimiento de su lengua pidiendo paso en mi boca, cuando una de sus manos sube por mi abdomen y abarca uno de mis pechos. Juega con mi pezón, lo acaricia y estoy a punto de rogarle que haga lo mismo con el otro cuando la puerta del cuarto se abre de golpe.

—¿Qué pasa con esas servillet…? ¡Oh! Dios santo, perdonad.

Eleanor cierra de un portazo y, de repente, soy plenamente consciente de dónde estoy. De dónde estamos y de lo que acaba de pasar. Miro a Blake a los ojos, que me suelta con suavidad en el suelo con la misma cara de desconcierto que debo de lucir yo. Los dos tenemos la respiración entrecortada, pero solo yo estoy encajonada entre la estantería y su cuerpo. No podríamos estar más juntos ni aunque lo intentáramos.

Debería estar avergonzada, pero, por algún motivo, al mirar a Blake a los ojos suelto una carcajada un tanto histérica que me hace sentir fatal, porque no quiero que lo tome a mal. Por suerte, Blake se siente como yo, porque cuando quiero darme cuenta me está abrazando, pero, esta vez, para intentar controlar su propia risa escondiendo su cara en mi cuello.

—¿Acabamos de meter la pata hasta el fondo? —pregunto pensando en que todo el pueblo está abajo y posiblemente a estas alturas ya sea consciente de lo que ha pasado aquí arriba.

Blake saca su cara de mi cuello, me mira y sonríe.

—No lo sé, pero hacía una puta eternidad que no me sentía así de bien.

Todavía noto la adrenalina circulando a toda velocidad por mi cuerpo. Me despego de él con suavidad, pero siendo consciente de que no puedo dejar de sonreír. Sí, vamos a enfrentarnos a una situación muy incómoda en cuestión de minutos, pero, maldita sea, jamás nada ha merecido tanto la pena.

34

Blake

Bajar a la sala en la que están todos nuestros vecinos después de lo que ha pasado en el almacén me supone un esfuerzo casi sobrehumano. Sobre todo cuando, al llegar abajo, constato sin necesidad de que nadie lo diga que todo el maldito pueblo tiene los ojos puestos en nosotros. En otras circunstancias pensaría que lo imagino, pero tratándose de Havenwish estoy bastante seguro de que Eleanor ha tenido tiempo de sobra en dos minutos de informar a todo el pueblo de lo que ha visto.

Miro a Lili para ver cómo se lo está tomando y me alegra ver que parece calmada. Sus mejillas tienen cierto rubor, pero parece estar relativamente tranquila. Me mantengo cerca de ella, porque no tiene sentido que me aleje ahora. Y tampoco quiero. Echo un vistazo para comprobar que Maddie sigue jugando con Bella y Charlotte, como cuando la dejé hace un momento al cuidado de Evan y Holly.

—Así que la norma de no salir con padres era una excusa, ¿eh? Pequeña mentirosa... —James sonríe con tanto cinismo que aprieto la mandíbula en un acto reflejo, porque no puede caerme peor. Si hasta ahora albergaba alguna duda de que en el fondo fuera un buen hombre, como Lili cree, se acaba de esfumar—. Las chicas buenas siempre son las peores.

—Cuidado, James.

Hay una advertencia tan clara en mi voz que se queda callado al instante. Seguramente tenga que ver con el hecho de que su querido amigo Ted volviera a la ciudad con el mismo sigilo con el que vino al pueblo y con que no tiene el apoyo de nadie, porque son muchos los que lo miran mal por ese comentario.

—Solo digo que, según Lili, no era ético salir con el padre de un alumno, pero aquí estáis.

—Vamos a tranquilizarnos —media Charles—. Podemos tomarnos esto con calma, hacer una votación y que los vecinos decidan si es adecuado o no que Blake y Lili salgan juntos.

Miro al alcalde de Havenwish como si hubiera perdido la puta cabeza.

—¡¿Qué?! —pregunta Lili, tan estupefacta como yo.

—Bueno, querida, si le dijiste eso a James, supongo que tenías alguna razón.

—La razón era que no quería salir con él. ¡La escuela es mía! No podéis obligarme a poner ninguna norma por mucho que votéis.

—La escuela también es de Holly y Evan —dice James, que al parecer no ha terminado de hacer el idiota.

—¿Y qué crees que vamos a decir? —pregunta Holly mirando a James como si fuera un gusano—. Apoyamos a Lili en sus decisiones, sean las que sean.

—Cómo no… —murmura este de mala gana.

Anne, en una esquina, parece tan dolida y consternada por las palabras del padre de su hija que entiendo de inmediato eso que decía Lili de que sentía lástima por ella, porque es evidente que no es capaz de superar el amor que siente por él. Y también es evidente que él no la corresponde, ni merece ese amor.

La sala se llena de murmullos que suben de volumen a un ritmo tan rápido que Charles se coloca tras el atril y hace un llamamiento para que le atendamos.

—Venga, Lili, confía en los vecinos, ¿quieres? Esta votación puede venir muy bien para que todos sepamos si aprobamos a Blake definitivamente o no.

De pronto siento que todo esto ya no va de votar si Lili y yo podemos salir, sino que se trata de si soy digno o no para ella. Es una maldita locura. Han perdido el juicio y, aunque los he justificado muchas veces, esta, sin duda, se lleva la palma.

—Yo voto a favor —dice una anciana del pueblo—. Después de todo, si se enamoran y tienen más hijos, contribuirán al crecimiento de Havenwish.

Guau. Esta situación se está descontrolando por completo.

—A mí me preocupa un poco que se convierta en la maestra solterona —dice otra.

—¡Tengo veinticinco años! —exclama Lili ofendida.

Está preciosa con las mejillas sonrojadas, el pelo despeinado por mi culpa y esa ropa. No debería estar pensando en esto. Solo es una demostración de que no estoy mucho mejor de la cabeza que toda esta gente, pero el caso es que no puedo dejar de mirar su jersey y pensar que no lleva nada debajo. Trago saliva. Esto es embarazoso y me avergüenzan bastante mis propios pensamientos.

—Bueno, querida, yo con veinticinco ya tenía un hijo —dice alguien que no detecto de inmediato.

—Pero si ella se casa con Blake, tendrán a Maddie, que ya cuenta como una —sigue Eleanor.

—Eso es cierto.

Esa ha sido Matilda. ¡Matilda! Es la primera vez que la veo darle la razón a Eleanor en algo y tenía que ser en esto justamente.

—Esto es completamente surrealista —murmura Lili.

Me mantengo callado a su lado, pero ella me mira como pidiéndome que hable y diga algo.

—¿Qué puedo hacer? —pregunto.

—Esto es humillante.

—Teniendo en cuenta que están votando si valgo lo bastante como para estar contigo, sí, lo es.

—No te lo tomes así, querido —dice Eleanor, que pese a su edad tiene un oído envidiable—. En realidad, creo que todos estamos de acuerdo en que eres un gran hombre y nos gustaría mucho que te casaras con nuestra Lili.

Miro a la mujer del alcalde sin saber qué decir y, al parecer, no es el comportamiento que debería tener, porque Lili bufa a mi lado.

—¿Es que te parece bien todo lo que están diciendo?

—Bueno, no sé, joder. Dicen que soy buen chico y…

—¡Y buenorro y bastante follable! —añade Holly a gritos, provocando las risas de muchos y aturdiéndome más.

—Eso es bueno, supongo —murmuro.

Lili se queda tan impactada que no dice nada y, al final, el pueblo parece decidir por unanimidad que James se puede ir a la mierda y nosotros deberíamos salir juntos, casarnos y tener un montón de hijos. Para cuando la reunión acaba, todavía estoy intentando averiguar cómo me siento al respecto.

Lo único que tengo claro es que el ambiente entre Lili y yo es más tenso que nunca. Maddie se ha dormido en mis brazos, así que vamos dando un paseo mientras cargo con ella, cosa que agradezco, porque me da una excusa para sentirme algo resguardado. A mi lado, Lili hace el mismo camino en silencio. También es el que hacen Holly, Evan y otros tantos vecinos que tienen la deferencia de adelantarnos para que podamos ir solos.

—¿Estás bien? —pregunto cuando llegamos a la casa de Lili, que es la primera.

—Sí, supongo que sí —contesta en un tono un poco nervioso antes de mirarme—. Es solo que… No sé. Ha sido muy loco todo lo de ahí dentro.

—Lo sé. Sonrío—. Si he dicho o hecho algo que te haya molestado…

—No, no es eso. Es que… estoy intentando asimilarlo todo.

—Asiento, porque entiendo eso. Yo mismo necesito pensar en lo ocurrido—. Nos vemos mañana en la escuela, ¿vale?

—Vale. —Noto que aún está tensa, pero creo que no es buena idea hablar más ahora—. Descansa.

—Y tú. —Sonríe, se pone de puntillas y, cuando empiezo a creer que va a besarme, me llevo la decepción de mi vida al ver cómo sus labios se estampan en la mejilla de mi hija—. Descansa, calabacita. Mañana será un gran día.

Se separa de nosotros, se despide de mí con una pequeña sonrisa y entra en casa. Y en todo el tiempo que transcurre desde ese momento hasta que llego a la nuestra, acuesto a Maddie en su cama y me tumbo en la mía, en todo lo que puedo pensar es que me he quedado sin beso, pero ha llamado a mi hija de la misma forma que yo y, por estúpido que parezca, eso ha hecho que la emoción estalle en mi pecho con la misma fuerza que cuando he podido abrazarla.

Al parecer es oficial: estoy perdiendo la cabeza totalmente por Lilibeth Turner.

35

Lili

El primer día de primavera siempre es un caos en la escuela. Cantamos canciones inspiradas por la nueva estación, hacemos manualidades y, por lo general, nuestros pequeños monstruitos se exaltan tanto como nosotras mismas. Es una gran fiesta, aunque este año el cielo vista de gris. No llueve, pero hace aire y las nubes cada vez son más oscuras, augurando una tormenta que me tiene nerviosa desde que salí de casa.

Holly se esmera con el final de *Spring is Here* tanto que algunos niños se asustan y la miran como si le hubiesen salido cuatro cabezas de golpe. El frío, la lluvia y los días oscuros no les impactan, pero ver a mi amiga gritando canciones infantiles como una loca sí. Por otra parte, Maddie parece embobada, aunque no en el mal sentido. Creo que ella sí que intenta entender algo de lo que ocurre desde ayer, y no es para menos. Primero le pusimos una corona de flores por la primavera, cantamos canciones acerca del sol y las flores, pero cuando mira por la ventana puede ver que el clima no acompaña lo más mínimo, así que es lógico que parezca un poco perdida. Me pregunto si en algún momento echa de menos su vida en Phoenix. No habla de ello. Nada. Nunca. Ni una sola vez. Y aunque no quiera pensarlo, me parece raro. Por lo general los niños de tres años lo cuentan todo en la escuela. Y cuando digo todo, me refiero a todo. Los padres no son conscientes de la cantidad de secretos y trapos sucios que sus pequeños angelitos airean aquí sin ningún tipo de pudor. En cambio, Maddie no dice nada. No habla de otros familiares ni de su madre. Solo nombra a su papá. Y cuando otros niños mencionan a su mamá, ella los observa, pero no pone mala cara. Ni tampoco buena. Es como si el tener una madre le fuera completamente ajeno. Que sí, que sé que se ha criado sin una, pero no sé hasta qué punto es normal que Blake se niegue a hablarle de ella.

—¿Crees que aguantará sin llover hasta el desfile? —pregunta Holly en un momento dado.

En Havenwish cada año se hace un desfile el día de la primavera. Nada complicado. Los niños visten colores llamativos y las coronas de flores que sus padres les pusieron ayer. Paseamos por la colina, cogemos algunas flores silvestres y, junto con algunos adultos, paseamos por las calles de Havenwish tocando unas campanillas y cantando canciones que anuncian la llegada de la primavera. Mirando el cielo, no parece que hoy se vaya a poder hacer. Es cierto que aún no llueve, pero de aquí a la tarde posiblemente lo haga con fuerza.

—¡Miss! ¡Miss!

Atiendo a Jackson, que se acerca a mí con una sonrisa enorme. Una sonrisa que me da pavor, porque nunca indica nada bueno. En su mano, entre sus pequeños dedos, sostiene un ratón, o rata, o lo que quiera que sea por la cola, de tal modo que solo puedo tragar saliva y rezar para que esté viva. Y si está viva, rezar para que Holly o Evan la cojan y la dejen en el jardín, porque esto es demasiado para mí. ¿Arañas? Bien, soportable. ¿Cucarachas? No me gustan, pero lo aguanto. ¿Lagartijas? Bueno, puedo sacarlas si se cuelan en clase. ¿Roedores? No, gracias.

—Jackson, cielo, suelta eso. No quieres hacerle pupa, ¿no?

He elegido mal mis palabras. Soy consciente en cuanto Jackson abre sus dedos y obedece a mis palabras de la manera más literal posible.

La parte positiva es que el pequeño roedor está vivo. La negativa es que sale disparado y corre por el suelo mientras algunos niños gritan, otros intentan atraparlo y yo pienso en las posibilidades que hay de que me encuentre, suba por mi zapato y se me cuele bajo la ropa. Dios, creo que quiero vomitar.

—¡Evan! —grita Holly.

Y menos mal, porque yo estoy petrificada mirando el mueble archivador bajo el que se ha metido. Por favor, por favor, por favor, que no salga de ahí hasta que llegue Evan.

—¡Evan, joder! —chillo.

—¡Evan, joder! —grita Bella.

—¡Evan, joder! —repite Jackson riendo a carcajadas.

Eso hace que Bella lo entienda como lo que es: un motivo para venirse arriba. De pronto tenemos a un montón de niños gritando «¡Evan, joder!», a otros llorando aún y a Maddie pegada a mi pierna, mirándome con cara de preocupación.

—¿Me va a morder?

—No, mi vida.

La alzo en brazos de inmediato, entendiendo, en medio del caos, que Maddie viene de la gran ciudad y tal vez no haya visto roedores tan de cerca. O sí, pero no en una situación parecida.

Evan aparece, por fin, y todos asistimos a su poquísima maña para atrapar a lo que resulta ser una cría de rata. Quiero vomitar y creo que me estoy mareando, pero no digo nada porque bastante tiene mi amigo con haberla atrapado y Holly con intentar calmar a los peques más alborotadores.

La escena hace que tenga un subidón de adrenalina e, inmediatamente después, una bajada de energía. Tanto es así que, cada vez que Jackson hace el amago de irse al patio, hago lo posible por retenerlo aquí dentro, porque este niño es capaz de encontrar a toda la familia y meterla en clase una a una.

Cuando Blake llega, horas después, la tensión vuelve a mi cuerpo, pero por motivos diferentes. Anoche la despedida fue rara. Me saturé, pero no por él, sino por todo lo vivido en la asamblea vecinal. De hecho, hoy me he negado a hablar de ello con Holly y Evan. No tiene sentido. Fue una locura, pero estoy acostumbrada a que en este pueblo pasen cosas así. Una vez hicieron una votación para determinar si una pareja debía tener un tercer hijo o no, porque él quería, pero ella, no. Creo que hace mucho mucho tiempo que se pasaron ciertos límites y ahora solo queda la opción de aceptarlo y continuar o enfrentarse a algo que no va a cambiar, así que es absurdo.

—¿Cómo estás? Pareces cansada —comenta él mirándome con cierta preocupación.

Sonrío de inmediato, más por tranquilizarlo que por otra cosa. Le cuento lo sucedido con Jackson y la rata y Blake, tal y como esperaba, se parte de risa imaginando el circo que se ha montado.

Recoge a Maddie y, cuando ya lo tiene todo, me mira con esa mezcla de dulzura y soberbia que tan poco pega y tanto me derrite.

—Voy a hacer gofres para merendar antes de ir al desfile. ¿Te apuntas? —me propone.

Podría decir que no, porque estoy agotada, pero lo cierto es que las ganas de pasar un rato con él me pueden. Sobre todo después de lo de ayer. Sé que, estando Maddie, no pasará nada, pero mentiría si no dijera que no me he pasado la noche fantaseando con nuestro primer beso. No se me puede reprochar, fue un primer beso increíble. Luego vino el mayor bochorno de mi vida, pero hasta que nos pillaron, fue el mejor beso que me han dado nunca.

—Me gustan los gofres —digo sonriendo.

—Te esperamos, entonces.

Asiento y me despido del resto de mis alumnos uno a uno, incluyendo a Tommy, que aún está aquí. Imagino que Anne o James vendrán en cualquier momento y ese es un motivo más para marcharme ya. No quiero encontrarme con ninguno de los dos, al menos hoy, así que me despido de Holly y Evan, que nos miran con intriga, pero ninguno dice nada y yo agradezco muchísimo que, en el fondo, incluso mi amiga, con su intensidad, sepa cuándo dejar de presionar.

Vamos a casa de Blake y Maddie me enseña la ropa que se pondrá esta tarde. Sobre el sofá hay un tutú rojo que se pondrá encima de unos leotardos térmicos y un jersey con flores estampadas. Sonrío de inmediato.

—¡Me encanta! Yo también voy a llevar un jersey con flores, ¿sabes?

—Déjame adivinar —dice Blake—. Están bordadas por ti.

—¿Cómo lo sabes?

—Llevas flores bordadas en las Converse, en los vaqueros, en los petos, cazadoras y en la mayoría de tus jerséis.

—Guau. Te fijas mucho en mí.

—Siempre —contesta con una mirada que me hace sonreír como una colegiala, lo reconozco.

Preparamos los gofres, los comemos y, aunque podríamos ganar un premio de miradas profundas e indirectas, ninguno de los dos habla acerca de lo de ayer. Principalmente porque Maddie no nos deja solos en ningún momento.

Al acabar la merienda me marcho a casa para cambiarme y quedamos en vernos después, porque parece que el tiempo aguanta a duras penas y, de momento, no llueve.

El desfile se inicia un poco más tarde y todo va bien. Los niños están preciosos, los padres no dejan de hacerles fotos y todo el mundo parece feliz. Incluso Anne y James se dedican a estar presentes para su hijo sin discutir ni montar un escándalo. Resulta todo maravilloso, pero a medio recorrido la lluvia hace acto de presencia. No es como la mayoría de las veces. En esta ocasión arranca de un modo tan fuerte que las familias reúnen a sus retoños y se marchan a casa. Por desgracia, este año la celebración de la primavera se acaba aquí y de esta manera. Es una de las razones por las que nos reunimos el día antes todos los vecinos bajo techo.

—¿Te vienes a casa? —pregunta Blake intentando hacerse oír por encima del alboroto y tapándome con el paraguas que tiene abierto para él y para Maddie.

—En realidad ha sido un día agotador. Creo que voy a irme a casa.

Él asiente y no me insiste, cosa que agradezco, porque mi nerviosismo aumenta rápidamente y de verdad quiero irme a casa. Necesito serenarme, cargar mis energías y sentirme a salvo cuando la tormenta llegue.

Me marcho y, nada más llegar, cierro puertas y ventanas, echo las cortinas, aunque sea un poco estúpido, porque son tan livianas que se puede ver todo a través de ellas. Me doy una ducha y me pongo mi pijama favorito en un intento de sentirme reconfortada. La lluvia sigue cayendo con fuerza, así que pongo agua en la tetera y me preparo una infusión enorme de rooibos con vainilla y canela. Prendo la chimenea, me aseguro de tener leña suficiente dentro de casa y me siento en el sofá dispuesta a intentar ignorar lo que ocurre fuera de estas paredes.

Cojo una chaqueta vaquera que Maddie se olvidó en el cole hace unos días y diseño con cera su nombre en la espalda. Enciendo el altavoz de casa y reproduzco una lista de los autores que más me calman. Kris Bowers, Aija Alsina, David Tolk, Austin Farwell y varios más que consiguen hacer magia en mí. De algún modo, la música instrumental me ayuda a concentrarme y calmarme mucho más. Subo el volumen sin preocuparme por los vecinos porque, si algo bueno tiene este lugar es que las casas están lo bastante alejadas unas de otras como para que eso no suponga nunca un problema.

Pese a lo idílico que pueda parecer todo, mi corazón bombea con una fuerza casi sobrenatural. Bailo en las líneas límite del pánico. Intento concentrarme en mis manos. Ajustar la tela en el bastidor, enhebrar la aguja, dar las primeras puntadas, recrearme en el modo en que algo tan básico como el hilo puede convertirse en arte. Visualizo a Maddie cuando le entregue su chaqueta y me pregunto si Blake se molestará. Después de todo, no he pedido permiso para bordarla. Recuerdo sus palabras de hoy, mientras merendábamos, y me convenzo de que no le importará.

El primer trueno suena y mis manos se agarrotan tanto que me lleva unos segundos convencerme de que debo relajarlas. Me concentro en el blanco de las margaritas que compondrán la M. Puntada. Puntada. Puntada. Respirar. Respirar. Respirar.

Mis manos tiemblan, así que subo más el volumen.

Suena *Grace*, de David Tolk. Es una canción que siempre consigue relajarme, pero esta vez me está resultando imposible. Sobre todo cuando los truenos comienzan a sucederse.

No sé cuánto tiempo pasa, pero sé que, cuando llaman a la puerta, tengo el cuello dolorido de tanto concentrarme en el bordado. Me pregunto quién puede estar tan loco como para salir de casa con esta tormenta y, cuando abro y me encuentro a Holly al otro lado, con el flequillo pegado a la cara y una sonrisa tranquilizadora que hace que la abrace con toda la gratitud que soy capaz de sentir. Es ella. Claro que es ella. Nadie más puede entender la inmensidad de mi dolor en días así.

—¿Tienes algo que yo pueda coser? —pregunta cuando nos separamos y ve la chaqueta en mi mano al tiempo que entramos en casa, protegiéndonos de la tormenta.

—Deberías estar en casa con las niñas y con Evan —susurro.

—Puede apañarse él solito y hace mucho que necesito una noche de chicas.

Me entran ganas de llorar de agradecimiento, pero me contengo, porque no quiero que se preocupe en exceso y recuerdo que, para ella, también es doloroso. La noche ha caído sobre Havenwish y siempre es la peor parte en días como este. La tormenta durante el día es algo difícil de gestionar. La tormenta de madrugada es un horror. Una condena que tengo que soportar, como si fuese el precio a pagar por vivir aquí.

La noche es larga. Bordamos, lloramos, nos abrazamos y, cuando nos vamos a la cama, apenas consigo pegar ojo. Por la mañana me levanto, arrastro los pies hasta la cocina y me siento frente a Holly, que prepara café para ella y té para mí.

—¿Quieres quedarte hoy en casa?

Me gustaría decir que no. Que puedo con esto. Que una tormenta grande no es algo que me impida salir de casa, pero lo cierto es que me siento agotada física y psicológicamente, así que asiento y, cuando mi amiga me abraza, me siento como toda una fracasada.

Cuando Holly se marcha cierro la puerta, me meto en la cama, intentando sentirme a salvo, y me pregunto cuándo dejaré de experimentar este pánico tan incapacitante. Han pasado siete años. Siete malditos años. ¿En algún momento dejarán las tormentas de abrir las puertas del infierno en modo de recuerdos?

Lloro por lo que tuve, lo que perdí y lo mucho que me cuesta, en días como este, enfrentarme al simple hecho de vivir. Lloro porque la tristeza me come desde dentro y he aprendido que es mejor dejarla salir así, en forma de lágrimas, que tragármela y dejar que me consuma.

En algún punto consigo adormecerme lo justo para que mi mente me dé un pequeño descanso, pero entonces la puerta suena de nuevo con fuerza, colándose entre el ruido de la música y la tormenta. Salgo de la cama despeinada, desorientada y con los ojos hinchados. Me miro de refilón en el espejo que tengo en el recibidor y soy consciente de lo pálida que estoy y las ojeras que luzco. No es mi mejor imagen, ni de lejos, pero cuando me asomo por la ventana y veo a Blake Sullivan parado en mi porche, con el pelo y la chaqueta mojadas, nada de eso importa.

Abro la puerta y, aunque quiero preguntarle qué hace aquí, la tormenta decide intensificarse en este preciso instante, así que me quedo completamente inmóvil mirando al cielo.

En algún momento la puerta se cierra y estoy dentro de casa, pero no tengo constancia de haberme movido, así que me esfuerzo por ser capaz de pensar algo con claridad y me doy cuenta de que Blake está rodeándome con sus brazos.

Y por absurdo que parezca, es tan reconfortante tenerlo aquí, sentirlo así, que me echo a llorar.

36

Blake

Cuando Holly me dijo esta mañana que Lili estaba enferma pensé en ir a verla por si necesitaba algo. Podría prepararle una sopa, acercarle los pañuelos de papel o, no sé, animarla un poco. Esperaba encontrarla con mocos, congestión, fiebre…, pero no así. No con los ojos vidriosos por haber llorado, la piel pálida y unas ojeras tan profundas que me asustan, porque no la he visto así antes. Cuando los truenos suenan y Lili tiembla de pies a cabeza la abrazo y la meto en casa, cerrando la puerta con el pie. Sea lo que sea que ocurre, no es un catarro.

Ella hace un enorme ejercicio de autocontrol, porque la oigo respirar profundamente, y un par de minutos después se separa de mí, se limpia la cara con las palmas de las manos y se gira para ir hasta la cocina.

—¿Quieres un té?

No he estado en su casa antes, así que la sigo. Que intente mantener la compostura, como si no pasara nada, me resulta un tanto indignante, porque es obvio que sigue sufriendo, pero intenta ocultármelo. No soy tonto, me he ido dando cuenta de que Lili es una mujer que necesita procesar sus emociones a solas.

Creo que intenta mantener el control de sí misma todo el tiempo y, si lo pierde, recula y se aparta. Respeto eso, pero confieso que no sé bien cómo manejar la situación. Quizá por eso tampoco mencioné ayer el beso. Y ahora, por supuesto, tampoco lo haré. La Lili que me da la espalda en su cocina no está pensando en ello. En realidad, no sé en qué está pensando, así que meto las manos en los bolsillos y hablo intentando no sonar tan torpe como me siento.

—¿Quieres hablar de ello?

—No. Ahora mismo no.

—Vale. ¿Quieres que me vaya?

Ella me mira por encima de su hombro un segundo antes de volverse y colocarse frente a mí. Ahí, en su cocina en tonos verdes, entre jarrones con flores silvestres y el sonido de la lluvia, me resulta tan bella, aún sumida en el caos emocional, que me quedo sin palabras. Puede que objetivamente no sea su mejor momento, ni de lejos, pero sé que tardaré un siglo en olvidar esta imagen de ella.

—No —murmura—. Pero no quiero hablar de por qué estoy así.

—Me parece bien.

—¿En serio?

—Claro.

—Oh… —Parece tan confusa que estoy tentado de sonreír. Lo haría, si no fuera porque es evidente que se encuentra mal—. Vaya.

—¿Por qué pareces tan sorprendida?

—Bueno, no parecías un hombre muy comprensible cuando te conocí, la verdad.

—Guau. Gracias por eso.

—No, o sea, quiero decir… No parecías una persona razonable.

—Esto mejora por momentos. —Sonrío, solo porque su pudor me parece divertido, aunque me esté insultando—. ¿Estás diciendo que parecía un ogro?

—No, ogro, no. Gruñón, si acaso.

—No soy un gruñón. —Me doy cuenta de inmediato de que lo digo gruñendo.

Al menos sirve para que Lili sonría.

—Sí lo eres, pero también eres comprensivo, amable y empático. Y eso, aunque sea una sorpresa, me gusta. Me gusta mucho.

Sonrío de nuevo. Lo hago de un modo estúpido y me doy cuenta enseguida, porque ella me mira como si fuera un buen chico recibiendo halagos. Como imagino yo que miraría a un perro antes de darle un premio por buen comportamiento.

—Que repitas todo el rato que te sorprende mucho que sea una persona decente es, en realidad, un insulto, querida. —Su risa me hace suspirar—. En fin, me alegra estar animándote la mañana.

—Lo cierto es que sí. —Lili inspira hondo y parece tan sorprendida que algo cálido se extiende por mi pecho—. Sí, estos dos minutos han sido mejores que todo mi tiempo desde ayer. Así que gracias.

—De nada. —Saco las manos de los bolsillos, pero, como no sé qué hacer con ellas, vuelvo a meterlas y sigo a Lili, que lleva la tetera hasta el salón.

Observo la estancia en silencio mientras ella enciende el fuego. Ladeo la cabeza fijándome en el sofá, o más bien en lo que hay sobre él, y luego la miro—. ¿Qué tal si me cuentas por qué estás cosiendo una chaqueta tan pequeña?

Lili se ruboriza, pero su sonrisa no abandona su rostro mientras sirve una taza de té, coge la chaqueta, se acerca, me ofrece la taza y hace que la siga hasta un salón acogedor, con una chimenea que necesita leña. Después parece haber olvidado algo, porque deja la prenda sobre mi regazo, va a la cocina y tras unos instantes regresa con una taza para ella antes de sentarse a mi lado, en el sofá, y señalar la chaqueta.

—Es para Maddie.

Eso me pilla por sorpresa. No es que Maddie no haya recibido antes regalos de alguien más aparte de mí, pero no así. No tan sinceros y… personales. Estiro la tela para ver dibujado su nombre. Solo ha bordado la M, pero le ha quedado preciosa.

—¿Te parece mal? —pregunta—. Si te parece mal puedo dejarlo o…

—No, es genial. —Me relamo porque, incomprensiblemente, tengo la boca seca—. Es preciosa y estoy seguro de que le encantará.

—Bien.

Un trueno suena a lo lejos y ella se encoge un poco.

—¿Quieres coser o hacer lo que sea que… hagas para calmarte? Puedo mirarte y entretenerte.

—¿Entretenerme?

—Soy muy bueno entreteniendo.

—Ah, ¿sí? —Asiento con seguridad ante su aparente asombro—. ¿Y cómo consigues hacerlo?

Me quedo en blanco un instante. No quiero confesar que, en realidad, para un día como hoy, en mis planes de entretenimiento entraría en el primer puesto meternos en la cama y hacer cosas del todo indecentes. Soy un buen tipo porque lo pienso, pero no lo digo, así que me acomodo en el sofá y tamborileo con los dedos sobre mi pierna.

—Puedo contarte mis peores trabajos desde que estoy en Havenwish.

Ella espera, atenta a mis palabras. No se me ocurre gran cosa, pero me pongo a hablar y, pasados unos minutos, la oigo reírse. Por desgracia justo después la tormenta vuelve a hacerse oír y ella se tensa de nuevo.

—Está siendo demasiado larga. No acabará nunca.

La abrazo cuando me doy cuenta de que no puede dejar de temblar. Lili deja que la rodee con mis brazos y se recuesta sobre mi cuerpo poco a poco. No se relaja, pero acepta el poco consuelo que yo puedo ofrecerle.

—La noche que murieron hubo una tormenta tremenda. Desde entonces, cuando son tan fuertes me paralizan un poco.

—¿Has pensado hablarlo con alguien especializado?

—No. Ya hice terapia en su día.

—Bueno…, quizá debas volver.

Ella se queda en silencio. La tormenta resuena y la abrazo con fuerza por el costado. Al principio es como abrazar un trozo de mármol, pero conforme pasa el tiempo, noto cómo su respiración se relaja, igual que su cuerpo. No sé cuánto rato pasa antes de retreparme más en el sofá, porque soy consciente de que su mejilla está en mi hombro y debe de estar incómoda. Cuando la siento suspirar me doy cuenta de que, tal como sospechaba, está adormilada. No creo que tenga un sueño muy profundo, pero me alegra que sea capaz de descansar sobre mí. La música instrumental suena en el altavoz que hay sobre la chimenea, el fuego crepita y Lili parece estar cómoda entre mis brazos. Que esté en pijama es un poco engañoso, porque me hace imaginar cómo sería acostumbrarme a algo como esto. Obviamente preferiría que ella no estuviera en medio de un estrés como el que sufre, pero verla acurrucada contra mí es…, bueno, bonito.

El tiempo pasa. Lili se queda completamente dormida y yo pongo mi trasero prácticamente en el borde del sofá para que ella pueda estar semitumbada sobre mí. Cuando me levante de aquí mis riñones me darán guerra, pero no me importa.

Con el paso de los minutos yo mismo siento cómo empiezo a sentir somnolencia. Es normal, después de tanto tiempo mirando al fuego y escuchando música que me resulta de lo más relajante. Cierro los ojos un instante y, cuando quiero darme cuenta, me he dormido y solo me despierto porque noto a Lili removerse y despegarse de mí. Abro los ojos de inmediato y me fijo en ella. Me encantaría saber qué hora es, pero estoy un poco desorientado.

—¿Mejor? —pregunto.

Asiente con una sonrisa, se levanta y mira la pantalla de su teléfono móvil.

—¿Quieres algo de desayunar? Aún es pronto.

—Sí, vale.

La acompaño a la cocina, preparamos huevos revueltos y un poco de panceta. En un momento dado saco mi teléfono del bolsillo, ignoro las llamadas perdidas de algunos vecinos que seguramente requieran mis servicios y veo que han pasado algo más de dos horas desde que llegué. Eso me da margen para estar aquí un buen rato aún, porque no pienso moverme hasta que tenga que recoger a Maddie, a no ser que Lili me pida que me vaya. Y espero que no lo haga.

Desayunamos hablando de temas triviales. Soy consciente del modo en que mira por la ventana de vez en cuando, pero las cortinas están echadas y la música sigue sonando, así que intento ayudarla.

—Ha amainado bastante. Creo que lo peor ya ha pasado.

Ella asiente sin mirarme.

—¿Quieres ver un poco de tele? ¿O tienes que marcharte?

—Esta mañana soy todo tuyo —le digo sonriendo.

Terminamos de desayunar, volvemos al sofá y, esta vez, con una Lili mucho más calmada y recuperando el control sobre sí misma poco a poco, nos sentamos lo bastante separados como para que mi cuerpo reclame el suyo de un modo un poco abrumador para mí.

Lili pone una película, pero no sabría decir cuál, porque solo pienso en que se acerque y me deje abrazarla de nuevo. Es estúpido e inapropiado, pero mi mente viaja al beso una y otra vez, y cuando la oigo hablar, bastante tiempo después de haber empezado la peli, necesito unos instantes para salir de mis pensamientos y prestarle atención.

—¿Qué? —pregunto un poco desorientado.

Ella no me mira. Sus ojos están fijos en la tele, el color ha vuelto a sus mejillas y tiene la respiración agitada, pero no parece asustada, como hace unas horas.

—Te decía que hoy no me importaría.

—¿Mmm?

—Hoy no me importaría suplicar por un beso.

Me tenso de pies a cabeza. No puedo ver su cara más allá de su perfil, porque sigue mirando fijamente la pantalla, pero estoy seguro de que, si se concentra, podrá oír mis pulsaciones incluso por encima del sonido de la tele.

—Mmm. —Me gustaría articular algo más, pero estoy bloqueado.

No quiero decir algo que se convierta en una metedura de pata. Quiero ser coherente y me encantaría, de verdad, me encantaría pensar con claridad, pero no está siendo posible. Entonces ella sigue hablando.

—Sé que parece absurdo, pero antes de ayer, cuando me besaste, conseguí olvidar que el pueblo entero estaba abajo, esperándonos. Y no dejo de preguntarme si hoy podrías conseguir que me olvide de la tormenta. Si tú…

No tiene que repetirlo. De verdad que no. Me basta una simple insinuación para besarla. Y eso es lo que hago, coloco un par de dedos bajo su barbilla y la insto a mirarme antes de acercarme y besarla, porque estaría loco si no lo hiciera. Porque anhelo aliviarla de algún modo y porque sería un imbécil si no reconociera para mí mismo que, sin importar lo inoportuno que suene, me estaba muriendo por volver a besarla desde que nos interrumpieron en el almacén.

A lo mejor es un error.

Tal vez debería parar e irme a casa, pero cuando Lili me abraza y vuelve a mi lado, pegada a mi costado, todo lo que puedo pensar es que estoy justo donde quiero. Donde necesito estar. Y no me movería de aquí ni por todo el oro del mundo.

37

Lili

Blake me besa con calma, como si el tiempo no existiera. Y lo cierto es que consigue hacerme creer eso. Podría engañarme a mí misma diciéndome que es normal que un beso, si es bueno, me haga perder el norte, pero sospecho que, más allá de que sea un gran beso, que lo es, se trata de Blake. Son sus besos. Es su boca. Consigo evadirme de cada pensamiento negativo que he tenido en las últimas horas porque es él quien está aquí, conmigo. Es algo que por lo general me asusta y me hace reflexionar, pero hoy pienso usarlo a mi favor.

Sus labios entreabren los míos y su lengua se cuela en mi boca con delicadeza, como pidiendo permiso. Se lo doy mientras llevo una mano a su nuca y juego con mis dedos en su pelo. Blake intenta ponerse cómodo, pero es una postura rara y algo forzada, así que no lo pienso demasiado.

Me subo sobre su regazo, sorprendiéndolo un instante, porque se separa de mí un poco para apoyar la espalda en el sofá y mirarme con los ojos nublados y llenos de deseo. No habla, pero no lo necesita, porque sé que, en el fondo, esta pequeña separación es su forma de preguntarme si estoy segura. Y lo estoy. Más segura que en toda mi vida. Me acomodo aún más en su regazo y gimo, sorprendida, cuando noto su erección. Blake entrecierra los ojos y sostiene la respiración, como si intentara mantener la calma, pero sus dedos aprietan mis muslos y sé que desea esto tanto como yo, así que acerco mis labios y, a escasos centímetros de su boca, sonrío.

—¿Me harás suplicar de nuevo?

—Creo que estoy a punto de suplicar yo —confiesa.

Sonrío y me estrecho contra él. La película sigue sonando, pero hace tiempo que no le presto atención. En cambio, estoy completamente receptiva al modo en que Blake se agarra a mi trasero para apretarme más contra su cuerpo. Nuestros besos se alargan y se intensifican tanto que, en algún punto, pierdo el norte de los minutos que pasan. Sé que cada vez soy capaz de razonar menos. Y cada vez deseo más.

En un momento dado Blake abandona mi boca y estoy a punto de quejarme, pero entonces sus labios se posan en mi cuello y sus manos suben por mis costados, así que me mantengo en tensión, a la espera de su próximo movimiento.

No se hace esperar. Cuela sus dedos bajo mi ropa, como en el almacén. Acaricia mis costados, como en el almacén. Una de sus manos sube a mi pecho, como en el almacén. En este punto fue en el que nos interrumpieron, en cambio, ahora estamos solos, así que gimo y me deleito cuando sus dedos pellizcan uno de mis pezones con suavidad y, un segundo después, encuentran el otro y hacen lo mismo. Alcanzamos un punto nuevo en nuestra relación, porque esto ya es nuevo. Lo que hagamos de aquí en adelante se convertirá en una primera vez de todo y mentiría si no dijera que estoy expectante.

Blake frota mis pezones con las palmas de sus manos antes de cerrarlas en torno a ellos. Es el momento en que se separa de mi cuello lo justo para mirarme a los ojos.

—¿Quieres seguir?

Que sea capaz de parar y preocuparse por mí y mis necesidades, aun cuando es evidente que el deseo está inundándolo, me conmueve. Asiento, lo beso y me levanto, perdiendo el contacto con su cuerpo y lamentándolo.

—Sí, pero en la cama.

—¿Segura?

El bulto en su pantalón es evidente, sus hombros están tensos y, ahora que no tiene mi cuerpo, sus manos se cierran en puños a sus costados. Está tan excitado que el simple hecho de verlo me excita. Asiento, completamente segura de esto. Sé que no es algo de lo que vaya a arrepentirme más adelante.

—Te deseo, Blake. Y te necesito ahora. Ya.

No tengo que repetirlo. En apenas unos segundos siento cómo se levanta y me alza en volandas. Que sea capaz de subir las escaleras conmigo en brazos sin ningún tipo de esfuerzo es una demostración más de lo ágil y fuerte que es.

Lo guío hacia el dormitorio entre risas y, cuando entramos, ni siquiera hablamos. Blake me deja caer sobre el colchón, pero, antes de tumbarme, me besa y me saca la camiseta del pijama. Entonces sí, me tumba, indicándome que me quede en el centro de la cama, y da un tirón a mi pantalón tan fuerte que se lleva las braguitas con él.

—Joder.

El movimiento de su garganta al tragar saliva es lo más excitante que he visto en mucho tiempo. Estoy completamente desnuda, pero, lejos de sentir pudor, solo puedo recrearme en la fascinación que Blake parece sentir al mirarme.

—¿Vienes? —pregunto sonriendo.

Creo que gruñe. De verdad lo creo, no me lo he imaginado. Blake se quita la ropa tan rápido y con tantos tirones que sería cómico si no fuera porque, con cada pedazo de piel que queda al descubierto, mi excitación aumenta más y más. Cuando está totalmente desnudo trago saliva porque es... impactante. Todo en él. Su torso fuerte, aunque no excesivo. Sus brazos, su cuello. Todo en él es poderoso y, cuando abre mis piernas y se cuela entre ellas, tumbándose sobre mí, me arqueo de placer, lo que consigue hacernos gemir a los dos cuando su erección entra en contacto directo con mi piel.

En este punto, apenas soy capaz de pensar con coherencia. Blake besa, chupa y lame mi piel empezando por mi boca, siguiendo por mi pecho y bajando por mi estómago. Sé a dónde se dirige y, lejos de impedirlo, le animo alzando las caderas. Creo que ese es el movimiento que hace que se fije en la quemadura de mi costado. La ve, sé que la ve porque pasa la yema de sus dedos por ella, pero luego vuelve a concentrarse en mi placer, arrastrándose hasta colocar su boca entre mis piernas, lo que me hace suspirar de alivio.

Gimo su nombre. Lo sé porque oigo mi voz, aunque no sea muy consciente de ello. Lo hago cuando me lame por primera vez y, cuando acompaña sus besos con sus dedos, me arqueo y me aferro a las sábanas con fuerza, porque sé que esto va a ser devastador en el mejor sentido posible.

Blake es dulce pero decidido. No pide permiso para tocarme, chuparme y acariciarme y, sin embargo, sé que pararía en cuanto le dijera que algo no me gusta. Confío en eso al cien por cien y seguramente por eso sea capaz de disfrutar más de todo esto. Siento el modo en que construye mi orgasmo desde cero. Se ocupa de cada punto sensible de mi cuerpo mientras yo me dejo llevar y, cuando noto los primeros latigazos de placer recorrerme la espalda, grito su nombre y me arqueo buscando su boca, porque quiero más. Más de esto, más de lo que me da. Más de él. Estallo entre gemidos y posiblemente alguna súplica que no soy capaz de gestionar. Y todo ese tiempo él me besa y acaricia con calma, como si quisiera hacerme saber que está aquí, acompañando mis sensaciones, y no piensa irse a ninguna parte.

Abro los ojos cuando el pico de adrenalina máxima baja. Siento la respiración acelerada, tengo las emociones a flor de piel y él... él me mira, aún entre mis piernas, y sonríe de un modo que me hace pensar en los lobos hambrientos. Arrastra su cuerpo hacia arriba, encargándose de rozarse por completo contra mí y provocar con eso que el placer que siento no se apague. Noto su erección rozarse contra mí y abro más las piernas de un modo instintivo.

—Odio romper este momento, pero necesito un condón —susurra contra mi boca.

Me río, dejo que baje rápidamente de la cama para coger su pantalón y sacar un preservativo. Se lo pone tan rápido que vuelvo a reírme, pero cuando regresa a la cama, al lugar en el que estaba hace justo medio minuto, y aprieta su erección contra mí, abriéndose paso en mi cuerpo, mi risa queda completamente olvidada.

—Blake...

—Pídemelo. —Lo miro sin entender y él empuja un poco más, hasta colarse apenas en mi cuerpo—. Pídeme que lo haga.

Esta vez no hay retos. Lo deseo tanto que obedezco. Le pido que entre en mi cuerpo y que lo haga ya. Lo pido con palabras, pero también con gestos. Y mi recompensa no tarda en llegar, porque Blake se hunde en mí con decisión y sin detenerse, haciéndome gemir. Besa mis labios y se queda quieto unos segundos, intuyo que intentando controlarse a sí mismo. Luego, su cuerpo comienza un vaivén al que el mío se adapta sin ningún problema.

No cambiamos mil veces de postura. No hacemos filigranas ni nada de lo que leo a menudo en novelas de romance o erotismo. No hay grandes gestos físicos, pero nos miramos a los ojos en todo momento, nos besamos, acariciamos cada parcela de piel que queda a nuestro alcance y, cuando Blake me avisa de que está a punto de correrse, solo puedo enlazar mis piernas en sus caderas, arquearme y adaptarme a él tanto como puedo.

—Lilibeth… —gime mi nombre sobre mi boca justo antes de temblar, dejarse ir y enterrarse hasta el fondo en mi cuerpo.

Y pese a todo, aunque advierto que está tomando el control de sus propias sensaciones, siento sus dedos colarse entre nuestros cuerpos. Acaricia mi clítoris y no necesita más que un par de toques para hacerme alcanzar un segundo orgasmo tan intenso como el primero, pero mejor, porque sigue dentro de mí y es, simplemente, indescriptible. Lo abrazo tan fuerte como puedo y, en algún punto, cuando nuestras respiraciones empiezan a normalizarse y soy consciente de lo mucho que pesa sobre mí, decido dejar de mirar su cuerpo, su boca o sus hombros y mirarlo directamente a los ojos.

—Hola —susurra con una sonrisa que, por primera vez desde que lo conozco, tiene un atisbo de timidez.

Un simple atisbo. Algo tan raro que intento retener como uno de esos recuerdos que te hacen sonreír durante toda la vida.

—Hola —susurro de vuelta.

—¿Estás bien?

Me río. Me río tanto que tiemblo y, con ese gesto, me doy cuenta de cuánto necesito que se quite de encima de mí. Él parece notarlo también, porque se deja caer hacia un lado de la cama, lo que me da la oportunidad de encaramarme a su cuerpo.

—Estoy bien —reconozco antes de besar sus labios con suavidad—. Estoy… estoy muy bien, Blake Sullivan.

—Me alegro mucho, Lilibeth Turner.

Maldita sea, creo que estoy perdiendo la cabeza por este hombre.

38

Blake

Ha sido… No lo sé. O sí, sí lo sé, pero me niego a describirlo porque creo que no podría hacerlo bien. Corro el riesgo de parecer empalagoso o todo lo contrario, frío. Ha sido increíble y, ahora que estoy aquí, tumbado con ella, me doy cuenta de cuánto deseaba esto. Sabía que la deseaba, pero no estaba listo para averiguar hasta qué punto. Trago saliva y acaricio su costado. Lili se tensa un poco y creo entender por qué. Vi las marcas de su cicatriz antes, cuando bajé por su cuerpo besándolo y lamiéndolo, pero obviamente no era el momento de sacar el tema.

En realidad, no sé si ahora lo es, pero como parece tensa y no hay nada que quiera más que verla relajada, sobre todo teniendo en cuenta que estamos desnudos aún, me lanzo:

—¿Es del incendio? —Aprieto un poco más esa zona de su piel. No para que sienta molestia, sino para que dirija su atención ahí.

—Sí —murmura ella.

—¿Te duele?

—Físicamente no.

No pregunto más. Entiendo a la perfección a qué se refiere y sé, por experiencia propia, que el peor dolor de todos es el que no se ve. Ese que es tan profundo que intentas a toda costa no pensar en él.

El que vuelve en los peores momentos para hacerte sentir que eres débil. Que nunca podrás superarlo.

Beso su cabeza, la estrecho más contra mi cuerpo y cierro los ojos, intentando que los dos nos recreemos en el aquí y el ahora. Creo que Lili piensa como yo, porque noto sus manos acariciar mis costados. Sus uñas rozan mi piel de un modo delicado, con caricias dulces y lentas. Como si tuviéramos todo el tiempo del mundo, aunque lo cierto es que no lo tenemos, porque tendré que ir a por Maddie en un rato. Aun así, me acomodo más en la cama y en ella y dejo que el sueño me venza durante un rato.

Cuando despierto es casi la hora de irme, así que, aun sin querer, salgo de la cama pensando que Lili está dormida. En cambio, apenas me he puesto la ropa interior y el pantalón cuando me doy cuenta de que se ha sentado en la cama y está mirándome de un modo…

—No me mires así —le digo.

—¿Así cómo?

—Como si quisieras que vuelva a la cama.

—Bueno, es que quiero que vuelvas.

Gruño. Sé que gruño porque me oigo y porque Lili se ríe, como si todo esto fuera gracioso. La miro mal, pero entonces ella deja caer la sábana y sus pechos aparecen ante mí pálidos, firmes y…

—Bruja —murmuro dándome la vuelta para seguir vistiéndome porque de verdad no tengo tiempo, aunque me sobre deseo.

Ella, lejos de ofenderse, suelta una carcajada que me obliga a morderme la sonrisa, porque nunca pensé que Lili y yo acabaríamos estando así.

—Oye, ¿y si te acompaño? —pregunta cuando la enfrento de nuevo y busco mis zapatos.

La miro y, esta vez, no soy capaz de aguantarme la sonrisa.

—¿Te sientes bien como para salir?

Ella echa un ojo por la ventana, confirmando que lo peor de la tormenta ha pasado y asiente.

—Si, me irá bien dar un paseo.

Realmente tiene mejor cara. Sus ojeras aún son profundas y no se irán hasta que descanse bien, pero parece haber recuperado algo de color. Me resulta inevitable pensar si el sexo no habrá tenido algo que ver. Ella sale de la cama para vestirse y no juega más a tentarme. Me gusta eso de Lili. Cuando tiene algo en mente se concentra en ello y se olvida de todo lo demás. Es metódica y eso es una novedad en mi vida. Una novedad que quiero y necesito.

Salimos de casa y, aunque parezca absurdo, siento que todo es diferente en Havenwish ahora. Quizá se deba a que tengo la certeza de que mi tiempo en este pueblo va a marcarse por un punto de inflexión. Antes de Lili y después de Lili. Y está bien. Aunque es algo que debería asustarme, creo que estoy bastante conforme con ello.

El paseo es bonito, no nos tocamos, pero nuestros dedos se rozan a veces y, por estúpido que parezca, basta ese simple gesto para que a mi mente acuda todo lo que hemos hecho esta mañana. Y todo lo que me gustaría hacer.

Llegamos a la escuela y cuando Holly abre la puerta nos mira, primero a mí y luego a su amiga. Tenemos expresiones neutras, vestimos como siempre y no nos estamos tocando, pero nada de eso impide que ella suelte una carcajada y dé una palmada en el aire.

—Menudo polvazo ha debido de ser.

—¡Holly!

Lili intenta hacerse la ofendida, pero en realidad la conozco lo bastante bien como para saber que ella misma está aguantándose la risa. Pongo los ojos en blanco, porque no pienso entrar al trapo y algo me dice que con Holly es muy fácil hacerlo. Además, Maddie sale corriendo cuando me ve de refilón y eso sirve para que dedique toda mi atención a ella. Es demasiado pequeña y lo de Lili y yo demasiado complejo. No quiero confundir a la niña y creo que Lili piensa igual, porque de un modo instintivo se aleja de mí, aunque aún sonríe.

—¿Me has echado de menos?

Podría parecer que soy yo el que hace la pregunta, pero no, es mi hija, que sujeta mi cara con sus dos manitas y me mira fijamente a los ojos.

—Por supuesto.

—¿Cuánto?

—Mucho.

—¿Pero mucho cuánto?

—Te he echado de menos hasta la luna.

—¡Y yo más! —grita extasiada.

Me río y beso su mejilla.

—Ah, ¿sí? ¿Cuánto?

—¡Hasta la casa y hasta el parque!

Suelto una carcajada secundada por Lili. Bueno, a ver, imagino que para ella la casa y el parque están más lejos que la luna. La pongo en el suelo y, aunque no quiero, me despido de Holly y de Lili. De la primera con un gesto de la cabeza y de la segunda...

de la segunda con una mirada que, espero, le deje claro lo que pienso.

La tarde la pasamos en casa, sobre todo porque la tormenta se ha acabado, pero la lluvia sigue. Jugamos con los bloques de construcción, más tarde con las muñecas y, cuando estamos leyendo un cuento sobre las partes del cuerpo humano, alguien llama a la puerta.

No voy a mentir. Por un instante albergo la esperanza de que sea Lili, pero en el fondo imagino que todavía estará procesando lo ocurrido, no solo entre nosotros, sino desde ayer.

Al otro lado de la puerta Eleanor me saluda con una sonrisa y una fuente de cristal entre las manos.

—Pastel de carne —dice antes de colarse en casa, como si el hecho de traer comida fuera una llave mágica para entrar sin permiso.

—Adelante, por favor, no te quedes en la puerta —murmuro.

—Blake, no seas grosero con la única persona que te trae la cena.

Lo dicho. Las comidas caseras abren puertas de un modo literal en Havenwish, pero cuando me tiende el famoso pastel me puede el hambre y, sobre todo, saber que hoy no tendré que cocinar, así que sonrío y lo cojo.

—Muchas gracias, Eleanor.

—Un placer, querido. —Se va a la alfombra, donde Maddie ha vuelto con sus muñecas—. ¿Y qué está haciendo mi pequeña hoy?

—¡*Mida!* —grita mi hija antes de ponerle una taza de plástico en la boca a una de sus muñecas—. Toma té.

—¡Muy bien, querida! —Eleanor me mira con una sonrisa tan orgullosa que no puedo evitar devolverle el gesto—. Esta niña aprende muy rápido las buenas costumbres. Es increíble.

—Lo es —corroboro porque, bueno, siempre estoy dispuesto a dejar claro que mi hija es increíble.

Eleanor se sienta en el sofá a jugar con Maddie y yo aprovecho para ir a la cocina y dejar el pastel de carne. Y es ahí, en la cocina, donde me asaltan las preguntas. Me planteo por un instante callarme y no hacerlas, pero al final, cuando vuelvo al salón llamo la atención de Eleanor.

Por un lado, me siento mal, porque sé que esto que estoy a punto de hacer es muy invasivo, que no debería ser cotilla y que no tengo ningún derecho a preguntar esto, pero otra parte de mí, una enorme, siente una curiosidad tan grande que acaba ganando la partida.

Eleanor entra en la cocina conmigo, entendiendo que Maddie no debe escuchar lo que quiero decirle, y cuando me mira, expectante, lo suelto sin pensar, porque no quiero tener tiempo para analizar este impulso.

—Lili me contó lo del incendio.

Lo digo rápido y en voz baja, pero ella me entiende al vuelo y, cuando desvía sus ojos de los míos, sé que he tocado una tecla importante.

—¿Y qué te ha contado?

—Lo más importante para ella, supongo —admito—. Sé que murieron seis personas. Sus padres entre ellas. —Eleanor asiente—. Nadie aquí lo ha mencionado desde que llegué, hace ya varios meses.

—Bueno, querido, no es plato de buen gusto.

—Ya, pero…

—Fue un gran trauma para todo el pueblo. Murieron seis personas en un pueblo que no alcanza ni los mil habitantes. Otros tantos resultaron heridos. Fallecieron seis, Blake, pero el daño se le hizo al pueblo entero porque, en mayor o menor medida, todos pasamos el duelo.

—Eso lo entiendo. Debió de ser muy impactante.

—Y pudo haber sido mucho peor, pero el padre de Lili, al igual que algunos vecinos jóvenes y fuertes se negaron a salir para ayudar a la mayoría de los vecinos.

—Quizá esto suene insensible, pero ¿no podían salir por sus propios medios?

Ella sonríe de un modo maternal, como queriendo entender que sea tan patán como para preguntar eso.

—Havenwish es un buen sitio para vivir, pero incluso tú habrás notado que tenemos un alto porcentaje de habitantes ancianos. Muchos jóvenes, como mi hijo, salen a buscar un futuro laboral más prometedor que el que puede ofrecer el pueblo. El padre de Lili salvó a muchos de esos ancianos.

—Y a cambio murió él, que aún tenía vida por delante.

—Sí. Y me gustaría decirte que ninguna vida vale más que otra, pero precisamente por eso, porque una vida vale más que otra, fue que él murió.

—¿Qué…?

—¿Te ha contado Lili cómo fue?

—Me ha dicho que le cayó una viga.

—Una viga que iba a caerle a ella.

La manera en la que mi pecho se aprieta de angustia es tan intensa que me cuesta unos segundos recuperar el habla.

—¿Iba a caerle a ella? —Me siento estúpido por preguntar algo obvio, pero no sé qué más decir.

—Era una viga de madera del techo, ardía y cayó justo donde unos segundos antes estaba Lili. Su padre consiguió apartarla a tiempo, aunque le rozara el costado y la hiriera. Pero no la mató. A él, en cambio…

Trago saliva. De pronto me arrepiento muchísimo de haber preguntado. El costado de Lili y las quemaduras que he podido ver y tocar aparecen en mi mente, como una fotografía dolorosa y un recuerdo que nadie debería llevar nunca.

—Es demasiado terrible —murmuro sin poder contenerme.

Eleanor suspira con pesar, se acerca más a mí y posa su mano en mi hombro, apretándolo en un gesto reconfortante que no sirve de mucho.

—Por eso siempre te dije que Lili era un ser muy especial. Tenías que ver cómo quedó después de aquella desgracia, Blake… Era como una zombi. Estudió solo porque le insistimos hasta el cansancio y no estaba fuerte mentalmente como para decidir nada. Y por Holly, que no dejó ni un solo día que se quedara atrás. A veces pienso que tal vez debimos darle un poco más de espacio, pero de cualquier modo ya está hecho. Ella se convirtió en maestra porque centró todos sus esfuerzos en sus estudios, olvidándose de todo lo demás, incluida ella misma. No salió de fiesta, ni con chicos, no hizo amigas nuevas, salvo Holly porque ya la tenía y Evan cuando llegó a la vida de su amiga. No hizo absolutamente nada de lo que debería hacer una chica de dieciocho años, salvo estudiar sin descanso. A veces pienso que lo hacía porque a sus padres les emocionaba que quisiera ser maestra. Vivió el duelo a través del sacrificio y, aunque no sé si es lo mejor, es lo que la ha llevado a ser la persona que es.

—Estuve muy equivocado con ella —digo arrepentido—. No sé cómo pude pensar que no cuidaría bien de mi hija.

La sonrisa de Eleanor se vuelve tan comprensiva y dulce que me remueve aún más, porque sé que no la merezco.

—Bueno, querido, no podías saber todo lo que ella había pasado y yo no era nadie para contártelo. Nadie en Havenwish, salvo ella, era nadie para hacerlo. Pero me alegra que por fin hayas abierto los ojos. Para nosotros fue muy importante que Lili quisiera volver aquí, al pueblo, pese a que viviera la peor desgracia de su vida en este rincón del mundo.

—Ella dice que este pueblo es su refugio. Y os aprecia mucho. A todos.

—Lo sé. Lili pertenece a Havenwish tanto como Havenwish pertenece a Lili. —Asiento comprendiendo, por fin, la magnitud de lo que dice, pero ella no se detiene—. ¿Y sabes qué es lo mejor? Que este sitio puede hacer lo mismo por ti.

—No te entiendo —murmuro.

Eleanor me mira como solo lo hace alguien que puede darse el lujo de hablar desde la experiencia que dan los años. Dejándome claro que ella no es tonta, aunque se lo haga.

—Sé que arrastras tus propios demonios y no te obligaré a compartirlos conmigo, cielo, pero si tienes paciencia, Havenwish hará que, con el tiempo, duelan menos. Te lo prometo.

Me encantaría creerla, de verdad, pero en el fondo me parece que me conformo con que sea mi hija quien tenga todo eso. Ella sí crecerá con ese privilegio, no cargará con recuerdos de una vida fuera de aquí, o eso espero.

Le daré a mi hija un lugar con el poder de convertirse en refugio y arroparla siempre que lo necesite. Y creo que no hay mejor herencia que esa.

39

Lili

Por increíble que parezca, la semana pasa y no consigo quedarme a solas con Blake hasta el viernes. Primero fue el Club de Mujeres que, según mi amiga, tengo medio abandonado. Tuve que pasarme solo para no darle la razón, aunque me vino bien porque avancé bastante en la chaqueta de Maddie. Pero, además, aparte de eso hemos estado ocupadas acondicionando el jardín y plantando las flores que compramos. Sí que he visto a Blake cuando ha venido a la escuela a traer y recoger a Maddie, pero con la niña delante las cosas son distintas. Los dos intentamos mantener una relación de «maestra-padre» normal para que la niña no se confunda. Y para no levantar habladurías, de paso, porque aun teniendo cuidado ya hay quien murmura…

Creo que Blake piensa parecido a mí y, quizá por eso, me ha invitado a cenar esta noche en casa. Maddie estará allí, así que no es como si fuera una cena romántica, pero al menos tendré la posibilidad de estar con él más que unos minutos y eso ya me compensa, porque quiero ver cómo nos comportamos ahora que…, bueno, ahora que la situación entre los dos ha cambiado.

Reconozco que una parte de mí se pregunta si soy la única que rememora constantemente lo ocurrido. El día después de la tormenta, cuando ya había dormido ocho horas y volvía a ser una persona plenamente consciente, pensé en ello y solo sentí una cosa: ganas de repetir. No hubo arrepentimiento, no podía haberlo porque, pese a cómo me sentía, fui yo quien lo inició todo. Lo que sí sentí y sigo sintiendo es gratitud, porque Blake se aseguró de que estuviera segura de cada paso que daba no una, sino varias veces. Se reveló como un amante apasionado y ardiente, pero eso ya podía intuirlo. Lo que me cogió por sorpresa fue lo generoso que se mostró en todo momento, pero eso es, en parte, porque los primeros meses pensé que Blake era un cretino y supongo que aún tenía ciertos prejuicios o dudas sobre él, aunque no fuera a admitirlo de viva voz.

Llego a la casa nerviosa, pero cuando toco el timbre y Blake abre y me sonríe, todo se transforma. No es que pierda los nervios por completo, pero ahora la expectación gana la batalla. Estoy ansiosa, pero no en un mal sentido de la palabra, sino todo lo contrario.

—Hola —dice sonriendo.

—Hola.

—¡Miss! —Maddie adelanta a su padre y se abalanza sobre mis piernas haciéndome reír.

La alzo en brazos, beso su carita y entramos en casa cuando Blake se aparta a un lado.

—Hola, calabacita —digo sonriendo.

—¿Jugamos?

No tiene que repetirlo. Miro a Blake, que me informa de que está terminando la cena, así que dejo que vaya a la cocina y me siento en la alfombra con Maddie. Jugamos durante un rato y, cuando su padre nos avisa, nos sentamos a la mesa.

Miro el brócoli de mi plato y pongo mala cara, pero al alzar los ojos me encuentro con la mirada de Blake.

—¿Hay algún problema?

Estoy a punto de decirle que odio el brócoli, pero entonces Maddie empuja el plato y frunce el ceño.

—No me gusta. ¡Mejor comemos palomitas!

—No vamos a cenar palomitas —dice su padre—. Te comes esto y el fin de semana comemos palomitas.

—¿Hoy qué día es?

—Viernes.

Maddie desvía sus ojos de su padre a mí.

—Miss, ¿viernes es finde?

Me río, aunque me tapo la boca rápidamente y carraspeo para que no lo vea como un motivo por el que venirse arriba.

—No. Mañana será sábado y finde.

—No me gusta el *blócoli* —dice haciendo pucheros.

Estoy a punto de hacer pucheros con ella. A mí tampoco me gusta y, ahora, si no lo como, voy a desatar una guerra. Sé bien cómo es, lo he visto en la escuela demasiadas veces. Un niño trae un alimento que se come bien y, en el momento en que otro dice que es un asco, o que no le gusta, el primero deja de comer.

—No tienes que comerlo todo —dice Blake—, pero sí un poco.

—No.

—Maddie…

—¡No me gusta!

Me tenso, porque Madison es una niña muy buena, pero tiene tres años y, por experiencia, sé que tratar con ellos cuando les da una rabieta, sobre todo si están cansados, suele ser bastante intenso. No quiero intervenir porque no me corresponde, pero al mismo tiempo pienso en maneras de solventar la situación por deformación profesional. Aun así, decido que lo mejor no es abrir la boca, sino actuar. Cojo un trozo de brócoli, me lo meto en la boca y, aunque estoy a punto de sentir náuseas, hago el mismo sonido que haría si fuera una tarta de chocolate.

—Mmm, esto está buenísimo —digo para reafirmar mis gestos.

Maddie deja de inmediato el puchero y me mira con curiosidad. Acaba de ser consciente de que no están solo papá y ella y, de pronto, tengo toda su atención, lo que significa que he de repetir el numerito. Me trago el brócoli (y la arcada) y me meto un trozo más en la boca.

—¿Está *dico*? —pregunta ella.

—Riquísimo —confirmo—. El mejor brócoli que he comido nunca. ¡Parece mágico! —Su boca se abre en forma de O de inmediato—. ¿Es mágico, Blake?

—Sí —dice él mirándome de un modo que no consigo descifrar—. Sí, tiene… tiene magia.

Sonrío, sobre todo cuando Maddie, después de unos instantes, se mete un trozo en la boca. Lo mastica con pocas ganas y es evidente que no le encanta, pero es tan buena que suspira con cierto dramatismo y sigue comiendo.

Una vez superada la crisis conseguimos mantener una conversación acerca de las hadas y el hecho de que Maddie esté a punto de cumplir cuatro años y vaya a convertirse en alguien supermayor. La cena resulta divertida y me sirve para constatar, una vez más, la conexión que tienen Maddie y Blake. No es solo que se lleven bien y se quieran por lo obvio, sino que de verdad fluye entre ellos una armonía que no siempre veo entre los niños y sus padres. Con las madres, sí, pero creo que eso es porque muchos padres siguen sin implicarse al cien por cien con sus hijos y Blake no ha tenido más remedio. Aun así, se nota que adora a su pequeña y disfruta al máximo de su paternidad.

Al acabar la cena ponemos una peli infantil, porque Maddie se empeña, pero se duerme cuando apenas lleva unos minutos de reproducción.

—Voy a subirla a la cama. ¿Me esperas? —pregunta Blake.

Sé bien que esa pregunta encierra otras mucho más importantes, por lo que asiento y, cuando lo veo desaparecer con Maddie en brazos, me pongo nerviosa, así que voy a la cocina e invierto el tiempo en fregar los platos.

Pasan varios minutos antes de que entre en la cocina y sonría a modo de disculpa.

—Se ha removido un poco al soltarla en el colchón, así que me he asegurado de que estaba bien y profundamente dormida antes de bajar.

Sonrío y, por un instante, pienso que va a ponerse a fregar platos conmigo, pero, en vez de eso, se sitúa tras mi espalda y coloca sus manos en la encimera, dejándome atrapada entre sus brazos. Y esto no es, ni de lejos, una queja. Siento sus labios en la base de mi cuello y me muerdo el labio.

—¿Qué haces? —La pregunta es estúpida, pero quiero oír su voz.

—Odias el brócoli, ¿verdad? —No esperaba esas palabras, así que me quedo sin saber qué decir. Él se ríe bajito junto a mi oreja—.

Maddie solo tiene tres años, así que no es tan observadora como yo, que he visto lo cerca que has estado de vomitar.

—No es mi comida favorita.

—¿Por qué no lo has dicho?

—No quería que hubiera un drama con Maddie y la comida.

—Creo que es lo más considerado que ha hecho nadie por mí en los últimos tiempos.

Sé que está exagerando, pero, aun así, me giro entre sus brazos, quedándome muy cerca de su cara.

—Soy una gran persona.

—Lo eres. Y te estoy muy agradecido.

—Ah, ¿sí?

—Ajá.

—¿Cuánto?

Estoy intentando no dejarme achantar por toda la testosterona que Blake libera, pero pierdo todos los puntos cuando abarca mi cintura, me alza en brazos y me mueve lo justo para poder sentarme en la encimera.

—Tanto como para querer demostrártelo.

Me encantaría decir que tengo tiempo de reacción, pero, antes de poder actuar, Blake ha colocado una mano entre mis piernas, por encima de la ropa, y me ha frotado de un modo que..., bueno, digamos que nunca me habían frotado de esta forma teniendo la ropa puesta. Y nunca antes lo había sentido así, desde luego.

—Blake, ¿qué...?

—Estoy siendo agradecido. ¿No te gusta?

No puedo contestar. No con palabras, al menos, porque un movimiento de sus dedos sobre mi clítoris hace que gima y mi cuerpo se arquee hacia su mano de manera involuntaria, lo que despierta una sonrisa engreída en su rostro que me hace bufar.

—Eres un engreído, vanidoso y…

Por desgracia, mis palabras no son capaces de coordinarse con mi lenguaje corporal. La culpa es de Blake, por supuesto, que se empeña en mover su mano de una forma increíblemente magistral. Tanto como para que mis propias manos se posen en sus hombros, intentando mantener la postura.

Se acerca más a la encimera y su otro brazo me rodea, sujetándome en el sitio. Su mano sigue sobre mi ropa y, por un instante, me planteo suplicarle en serio que la meta bajo el vaquero. Que me toque la piel directamente, pero las sensaciones son tan excitantes y placenteras que no encuentro el momento porque siempre quiero un poquito más de eso que me da.

Blake me besa el cuello, la mandíbula y los labios de manera intermitente mientras su mano obra un maldito milagro, porque no sé cuántos minutos pasan, pero sé que son muy pocos y, aun así, mi cuerpo alcanza el punto máximo de placer y llego al orgasmo entre gemidos apagados en su boca y convulsiones sobre la encimera de la cocina.

—Joder —gime él—. Tengo que quitarte esta ropa y hacerte de todo. Ya.

Que sea tan claro y directo a la hora de expresar sus deseos es algo que, lejos de aturullarme o intimidarme, me excita más, pero de todos modos cuando empieza a subirme el jersey lo bajo de un tirón y veo cómo abre los ojos de par en par.

—Pero no aquí. —Mi respiración aún es acelerada. Me relamo en un intento de calmarme, pero el modo en que sus ojos

brillan mirando ese gesto no ayuda—. Es completamente indecente.

Blake se ríe entre dientes y, pese a todo, consigue mirarme con
cierta dulzura y soberbia al mismo tiempo.

—No decías eso mientras te corrías.

—Bueno, estaba ocupada en otras cosas...

—¿Y qué te parece si consigo que vuelvas a ocuparte y no
pienses en ello?

—El baño.

—¿Qué?

—El baño es un buen lugar para hacerlo.

Blake eleva una ceja.

—¿La cocina es indecente y el baño te parece perfecto?

—¿Sabes qué? No es nada sexy que me hagas ver lo incoheren-
te que soy a veces. Puede ocurrir, incluso, que se me quiten las
ganas y...

—El baño es el mejor lugar del puto mundo —dice él alzándome en brazos y haciéndome reír entre jadeos mientras me lleva.

Tardamos apenas unos segundos y, una vez dentro, Blake me
suelta y echa el pestillo de la puerta. Cuando se vuelve y me ve
eleva una ceja.

—¿Por qué no estás desnuda?

—Supongo que estoy intentando procesar esto —murmuro—. Y supongo también que quiero averiguar cómo de rápido
puedes quitarme la ropa.

Nota mental: no retar nunca más a Blake. O sí, más bien sí,
porque consigue quitármelo todo en un instante. El modo en que
muestra su deseo y necesidades es tan abrumador que no puedo

evitar sentirme halagada... y excitada. Lo cual es sorprendente, porque nunca me he considerado una mujer demasiado sexual.

Intento desvestirlo, hago el amago, pero al parecer soy muy lenta para lo que él necesita, porque apenas he conseguido alzarle el jersey cuando él ya ha desabrochado sus pantalones y los ha dejado caer al suelo.

—La ducha —me dice—. Necesitamos una ducha.

No es verdad. Ninguno de los dos está sucio y, aun así, entro y abro el grifo mientras él saca un preservativo de un cajón.

Esta vez no es lento y dulce, como el otro día. Blake se muestra demandante y acelerado, como si no pudiera esperar para hacerlo todo. Eso no me molesta, sino al contrario. Intuyo que tiene un montón de facetas desconocidas y me sorprendo pensando que quiero descubrirlas todas. Absolutamente todas.

Blake me abraza, besa mis labios y acaricia de nuevo mi clítoris antes de mirarme a los ojos.

—¿Necesitas más preliminares?

Otra vez su preocupación por mí, incluso cuando parece estar poseído por su excitación. Niego con la cabeza y enlazo mis manos en su nuca.

—No. Te quiero dentro ahora. Ya.

Suspira como si estuviera agradecido por mis palabras, me alza en brazos y me apoya sobre la pared de azulejo con una soltura increíble, como si no pesara más que una pluma, y consigue que esta vez sea todo mucho más rápido y delirante, pero no por ello peor, ni muchísimo menos.

Acaricia, besa, chupa y lame cada porción de piel que le queda al alcance. Consigue que llegue a mi segundo orgasmo justo antes de que él se deje ir y, cuando gime contra mi cuello, tensándose y abrazándome con fuerza, no puedo dejar de pensar que quiero esto más veces. Muchas más veces. Tantas como para que el simple pensamiento me asuste.

Blake besa mis labios, sale de mi cuerpo y, para mi sorpresa, coge el gel de baño. Me enjabona con mimo y dulzura, como si no acabáramos de hacerlo contra la pared. Dejo que me bese, me acaricie y me abrace, esta vez no de un modo tan sexual, sino... bonito. Tierno.

Quizá por eso, cuando salimos de la ducha y Blake me pide que me quede un rato más, me niego. Maddie podría despertarse en cualquier momento y no quiero confundirla, pero, además, está el hecho de sentir que, cuando estoy a su lado, todo es desmesuradamente intenso. Y no es que no me guste. Es que... es que creo que me gusta demasiado.

—¿Estás segura de que no quieres quedarte un rato? Es viernes, Lilibeth, podríamos ver una peli.

No consigo imaginar la peli, sino más bien lo que podríamos hacer sobre el sofá. Y creo que él también piensa lo mismo, porque una lenta sonrisa se extiende sobre su rostro. Un rostro increíblemente atractivo y sexy.

—Me voy a casa —confirmo—. Tengo... tengo mucho que hacer.

—¿A estas horas?

—Sí.

—¿Estás huyendo de mí?

—Sí. No. ¡No! —Lejos de ofenderse, se ríe de un modo que...

—No hagas eso —digo enfurruñada.

—¿El qué?

—Reírte así, bajito y con voz grave y... y...

—¿Estás nerviosa?

—No digas tonterías. Simplemente tengo prisa. ¿Dónde está mi bolso?

—No has traído bolso. —Su sonrisa se amplía. Maldito sea.

—Bueno, pues entonces me voy sin bolso, ¿qué te parece?

—Preferiría que te quedaras, pero, al parecer, la ducha relajante te ha alterado más.

—Eso no ha sido una ducha relajante.

—Es verdad, no lo ha sido.

Que parezca tan seguro de sí mismo y tan orgulloso de sí mismo me repatea, la verdad.

—Nos vemos, Blake —digo mientras me voy hacia la puerta asegurándome de llevar en el bolsillo del abrigo las llaves.

—Nos vemos, Lili. —Atravieso la puerta justo cuando me retiene cogiéndome de la mano—. Solo una cosa más. —Da un suave tirón a mis dedos con la fuerza justa para que me estampe contra su pecho por la sorpresa. Baja su cabeza y me besa tan profundamente y en tan poco tiempo que, cuando se retira, me siento mareada y abrumada—. Ahora sí. Buenas noches, Lilibeth.

Abro la boca para decir algo. Lo que sea. Pero resulta que las palabras se niegan a salir, de modo que me marcho a casa y, durante todo el camino hago el tremendo esfuerzo de no sonreír como una tonta porque Blake Sullivan tiene el poder de hacer que olvide mi compostura lo bastante como para acabar haciendo cosas del todo indecentes en su cocina o su ducha.

Entro en casa, cierro la puerta y me pongo el pijama pensando que, en realidad, me alegro de haberme ido, porque así tengo tiempo de reflexionar largo y tendido sobre todos los motivos por los que esta relación empieza a sentirse como algo peligroso, porque Blake me afecta más de lo que me gusta reconocer. Más de lo que me ha afectado cualquier chico antes. Y eso me gusta, pero también me asusta, porque valoro demasiado mi espacio personal, mi tiempo libre y a solas conmigo misma y mi vida tal y como era hasta ahora.

Me meto en la cama, intento leer, pero no lo consigo. Intento ver una peli en la tablet, pero tampoco lo consigo, así que en última instancia cojo el teléfono para programar una alarma, porque intuyo que voy a dormirme tardísimo y quiero levantarme pronto para hacer cosas en el jardín.

Es entonces cuando me doy cuenta de que tengo un mensaje de Blake de solo unos minutos después de marcharme de su casa.

Blake

Resulta que he ido al baño a lavarme los dientes y huele a ti. Y no lo entiendo, porque nos hemos duchado con mi gel, así que supongo que, en realidad, huele a todas las cosas que hemos hecho aquí dentro. Estoy deseando saber qué habitaciones más somos capaces de mancillar juntos. Buenas noches.

Me río como una idiota, no lo puedo evitar. Le respondo con algunos emoticonos, sin palabras que puedan comprometerme, y cierro los ojos, aunque sea más que evidente que no voy a poder dormir con facilidad esta noche.

Definitivamente, Blake Sullivan está resultando ser toda una sorpresa.

40

Blake

El sábado no podría ser mejor. Estoy en casa de Holly y Evan. Esta mañana me llamó, me dijo que Lili iría a comer y que quería que Maddie y yo fuéramos. Por supuesto yo no me negué porque he descubierto que, si tengo la posibilidad de ver a Lili en cualquier contexto, voy a aceptarla. Y eso implica verla en casa en una cena con mi hija, en una reunión vecinal, en casa de sus mejores amigos, en una colina o en cualquier otro escenario posible.

En cuanto he llegado me he quedado embobado mirándola. No es por lo que lleva, sino porque es ella. Creo que, llegados a este punto, no soy capaz de imaginarla con otra ropa que no sean sus jerséis de lana en tonos otoñales o tostados, sus vaqueros bordados, sus trenzas deshechas y ese aire soñador que parece acompañarla siempre. Imposible resistir la tentación de acercarme a ella nada más llegar. Como una polilla atraída por la luz.

La comida ha estado rica, lo que quiere decir que la ha hecho Evan, o ha tenido mucho que ver. No lo digo en voz alta, pero empiezo a conocer la dinámica del matrimonio lo suficiente como para no tener que preguntarlo. El sol brilla, lo que hace que disfrutemos del postre en el jardín mientras vemos a las niñas jugar y correr de un lado a otro. Pese a ser primavera, Havenwish sigue siendo un lugar frío y húmedo, pero creo que eso no es tan malo, después de todo.

—¿Puedo contar ya el auténtico propósito de esta invitación?

Miro a Holly que, a su vez, mira a su marido, que sonríe con esa mezcla de ternura y adoración que dedica solo a su esposa.

—Creo que sí.

Holly clava sus ojos azules en mí y me mira con tanta decisión que me remuevo un poco en la silla.

—¿Qué te parecería tener una noche libre?

—¿Perdón?

—Queremos hacer una fiesta de pijamas. Deja que Maddie se quede a dormir con nosotros hoy y tendrás la noche libre para pasear, ver pelis… —Mira a Lili y sonríe con picardía, haciendo que esta se ruborice—. En fin, lo que tú quieras.

Entiendo la intención al vuelo. Una noche libre con Lili es algo con lo que he fantaseado, no puedo negarlo. Sin embargo, dejar a mi hija a dormir en una casa que no es la nuestra es algo que ni siquiera había contemplado hasta ahora mismo. La sola idea de imaginarme cerrando la puerta de casa sin ella dentro me genera tal ansiedad que tengo que obligarme a mantener la calma. Y, aun así, no quiero quitarle a Maddie la oportunidad de vivir una experiencia como esta, porque estoy seguro de que la disfrutaría mucho.

—¿Creéis que las fiestas de pijamas con solo tres años son adecuadas? Es poco más que un bebé. —Hago la pregunta en general, pero miro a Lili. Quiero saber su opinión y ella se da cuenta de inmediato.

—Entiendo tus dudas, y créeme que yo tendría reticencias si se quedara con cualquier otra persona, pero sé que puedes confiar en Evan.

—¡Eh! —se ofende Holly.

Me río, pese a todo, y miro a Maddie, que justo se ha acercado a mí, como si se oliera que el tema acaba de ponerse muy interesante.

—¿Te gustaría dormir aquí?

—¡Sí! —exclama de inmediato.

—Pero papá no estará. ¿Entiendes eso?

—Ajá.

—¿Y no prefieres…?

—Oye, no le comas la cabeza —interviene Holly—. Vives a dos calles de aquí, Blake. Si hay cualquier problema o te echa de menos, solo tengo que llamarte por teléfono.

—¿Seguro? No quiero que intentes calmarla si de pronto llora o me echa de menos y…

—Te lo prometo, hombre, vete tranquilo.

No intenta convencerme ni tranquilizarme, pero entonces Lili manda a Maddie a jugar con Bella y Charlotte y se acerca a mí, lo que hace que Evan y Holly se alejen de un modo muy poco disimulado.

—Si no te sientes seguro, no tienes por qué dejarla.

Suelto un suspiro sincero, porque me alegra mucho que haya sido capaz de entender mi dilema.

—No quiero privarla de experiencias como esta solo porque yo tenga miedo de despegarme de ella de noche —confieso en voz baja.

Lili pone una mano sobre mi hombro en un gesto de comprensión que me reconforta más de lo que habría creído posible.

—Eso está muy bien. Pero es pequeña, surgirán más ocasiones, estoy segura. No tienes que hacer nada que no quieras, Blake.

Miro a Maddie jugar distraída con sus amigas, sin darse cuenta de lo que estamos hablando. Holly y Evan están bastante alejados y, justo en este instante, no nos ven, así que aprovecho para acercar a Lili a mí un solo instante.

—Yo...

Quiero decirle muchas cosas. La primera y más importante es que me encantaría tener una noche libre para poder hacerle todo lo que se me ocurre, que es mucho, hasta el amanecer sin preocuparme del reloj o de despertar a Maddie. Me gustaría tener una noche, una cama y la calma de saber que no vamos a ser interrumpidos, pero por encima de eso está Madison. Siempre lo va a estar y no sé cómo explicar eso, porque no sé cómo hacerlo sin que suene mal. Por suerte no hace falta, porque Lili acaricia el puente de mi nariz con la yema de su dedo índice. Desde mi entrecejo arrugado hasta parar antes de llegar a mis labios.

—Es curioso, que fueras tan sobreprotector me sacaba de mis casillas hasta hace nada y ahora, al parecer, me resulta sexy.

—Ah, ¿sí? —pregunto sorprendido.

—Sí, debe de ser cosa del instinto. Los hombres de las cavernas y esas cosas.

—Guau. Realmente tienes que trabajar mucho en tus cumplidos, Lilibeth.

Ella suelta una risita y se separa de mí cuando Maddie me grita y se acerca para darme una flor. Me gusta eso. Me encanta que Lili sea igual de cuidadosa que yo con Maddie. En realidad, cuanto más lo pienso, más cosas me gustan de ella.

Me encanta, por ejemplo, que siempre se asegure de que sus alumnos salen de clase con los gorros puestos cuando hace frío. Que tararee sin darse cuenta canciones infantiles cuando cuida de las flores. Me gusta mucho que borde flores en la ropa, y las zapatillas. Me gusta su sonrisa. Que no se calle nada de lo que piensa, pese a su dulzura innata. Que me rete, me lleve la contraria y me discuta si piensa que no tengo razón. Y, joder, mentiría como un condenado si dijera que no adoro el modo en que reacciona a mis caricias. Me gustan tantas cosas de ella que, si me paro a pensarlo, como ahora, me asusto un poco, porque la idea de venir aquí nunca fue esta y, sin embargo, soy incapaz de dejarlo estar y no ir más allá.

Quiero… quiero más de esto. Sea lo que sea. Al precio que sea.

Holly y Evan se acercan y, después de meditarlo un poco más, decido que necesito más tiempo para pensarlo y, al menos esta noche, no se quedará a dormir. Maddie parece decepcionada y obviamente no me gusta, pero prefiero hacer las cosas con cierta seguridad antes de dar un paso que considero tan importante.

Por suerte, Lili nos dice que nos acompaña a casa y se queda a cenar, así que la niña se conforma un poco con eso. Repetimos la operación de ayer, solo que esta vez me cuido mucho de no ponerle brócoli y, cuando Maddie se duerme, no me conformo con tocarla un poquito en la encimera. No, esta vez quiero más, por eso en cuanto la noto receptiva voy más allá y acabo con los pantalones en las rodillas y empujando en su interior mientras me controlo para no gemir demasiado alto. Es rápido, placentero e intenso y, cuando acabamos, no puedo evitar mordisquear su cuello y reírme un poco entre dientes.

—Tenías razón: es totalmente indecente y, joder, me ha encantado.

Lili empuja mi cuerpo mientras bufa, pero cuando la miro a la cara luce tal sonrisa que me quedo embobado mirándola.

Sí, sin lugar a duda quiero más de esto. Sea lo que sea. Al precio que sea.

41

Lili

Los días se suceden tan rápido que abril llega casi sin darme cuenta.

El trabajo, las tardes en el Club de Mujeres, las cenas en casa de Blake y los jardines, tanto de la escuela como de casa, me han tenido ocupada tanto y tan bien que he perdido la noción del tiempo como hacía mucho que no me ocurría.

Quizá por eso no era consciente de que Blake se empeñaba en trabajar sin chubasquero o ropa térmica debajo de esas camisas de cuadros o jerséis de lana. Ahora lo miro, tumbado en la cama, con los ojos brillosos y la nariz tan roja como la de un reno navideño, y siento una mezcla de lástima y remordimiento porque, aunque tardé poco en darme cuenta de que bajo su ropa solo había piel, no se me ocurrió decirle que tenía que abrigarse más y mejor.

Claro que, por otro lado, Blake es un adulto funcional que debería haberlo previsto. Y como no lo ha hecho, lo maldigo, porque maldecirlo de algún modo es mejor que sentirme culpable.

—Esto no es Phoenix. No sé cómo no se te ocurrió protegerte del agua.

—No lo necesito porque estoy fuerte como un roble —dice justo antes de doblarse con una tos tan fea que me hace fruncir el ceño.

—Un roble alcanzado por un rayo —murmuro con sarcasmo.

—¿No se supone que tendrías que ser más dulce? Estoy enfermo.

—Porque no te has cuidado.

—Aun así, estoy enfermo. Necesito mimos, no riñas.

Justo en ese instante, como si alguien la hubiese llamado para cumplir su misión, la puerta del dormitorio se abre de golpe y Maddie aparece despeinada, con los ojos abiertos al máximo y una expresión de disgusto.

—Papi está malito.

La dejé abajo hace solo unos minutos jugando, pero al parecer la curiosidad que le provoca ver a su padre toser y metido en la cama es mayor.

—Sí, cariño.

—¿Hacemos sopa? —Elevo las cejas, sorprendida—. Cuando me pongo malita papi hace sopa.

—Una sopa suena bien —aprueba Blake—. Me arde la garganta.

Lo miro y tiene los ojos cerrados y la tez pálida. En realidad, aunque pretendiera quejarme, hacerle sopa no me parece nada mal. Bajo a la cocina con Maddie, la siento en la encimera y abro el frigorífico para sacar los ingredientes necesarios para una sopa. Por fortuna, Blake es un chico que cuida mucho la alimentación de Maddie, así que encuentro un buen número de verduras y un poco de carne que servirá para hacerla más sustanciosa.

Maddie me ayuda a ordenar y remover todo lo que sus tres años le permiten mientras hablamos del jardín, la primavera y sus muñecas. Es una conversación fluida, pese a su escasa edad. Me doy cuenta de lo natural que es cuando ella dice algo que genera una tensión insoportable en la cocina.

—Yo no tengo mamá.

Me quedo mirándola sin saber qué decir. Porque decirle que sí, que claro que tiene, o más bien que la ha tenido, es meter la pata. No me corresponde a mí, aunque no esté de acuerdo con lo que Blake hace. O más bien no hace. Como maestra de Maddie he notado que no es solo que no hable de su madre, sino que no habla de ninguna madre. Nunca. Ni siquiera de Holly habla en términos de madre, sino de miss. Y si algo he aprendido de mi experiencia con niños es que el hecho de que no hablen de algo no significa, ni mucho menos, que no piensen en ello.

—No tengo mamá, miss —insiste.

No sé qué hacer, porque me parte el corazón el modo en que sus ojos grises buscan una respuesta en mí. Como si yo pudiera dársela. Beso su frente con suavidad y la alzo en brazos para rodearla y estrecharla contra mi cuerpo.

—Pero tu papá es muy bueno, ¿verdad?

—¡Sííí!

Por fortuna Maddie no dice nada más del tema, la abrazo unos instantes más y luego la pongo en la encimera de nuevo y le pido que remueva el contenido de la olla con cuidado. Desde ese momento, dedico todos mis esfuerzos a no darle ni un solo segundo de espacio para pensar y hacer preguntas comprometidas, lo que me hace sentir fatal, porque odio evitar temas y creo que esto no es bueno para la niña, pero yo no soy nadie para decidir sobre su educación y la información que se le da o se le niega, así que, por muy mal que me parezca, sabiendo lo que Blake piensa, solo puedo callarme. Ayuda mucho, además, que Maddie sea una niña tan buena y que todo lo ponga tan fácil. Si fuera cualquiera de las hijas de mi amiga Holly, por ejemplo, no dejarían de insistir hasta salirse con la suya.

Aun así, habiendo salvado la situación, me hago una nota mental para hablar con Blake en cuanto se encuentre mejor. Él puede tomar las decisiones que quiera, pero yo, como maestra, más allá de ser su... su... su lo que sea, puedo decirle que me preocupa un poco esto en concreto.

Subimos, le servimos la sopa y sonrío cuando Blake hace cumplidos tan exagerados que provocan la risa de Maddie, que está encantada de haber ayudado a su padre a sentirse mejor.

—Seguro que mañana estaré como nuevo gracias a tu sopa. Es increíble, cariño.

Maddie se ríe encantada y Blake sale de la cama con la intención de darle un baño y ponerle el pijama.

—Puedo hacerlo yo.

—¿Puedes?

—Sí, claro.

Blake me mira agradecido y, aunque iba a buscarlo yo, se levanta para darme el pijama de Maddie. En cuanto lo hace, lo mando a la cama de vuelta, me ofrezco a darle la cena a Maddie y, al final, me quedo hasta que termina de comer, se lava los dientes y se mete en la cama con su padre.

—¿Por qué no mejor en su cama? Puede contagiarse —le digo.

—Es una chica fuerte, ¿verdad? —le pregunta.

—¡Sí! —grita la niña.

Me río, porque es evidente que Maddie aún no se duerme solita y Blake está demasiado cansado para leer cuentos, así que los dejo a los dos en la cama acurrucados y me marcho a casa.

¿Podría haberme quedado un poco más? Sí, seguramente, pero de algún modo sentía que la escena era demasiado… casera. Demasiado de ellos dos y no mía. Y no porque me sienta mal, sino todo lo contrario. Necesitaba tomar distancia, respirar y rodearme de la soledad a la que tan acostumbrada estoy.

Aunque, al meterme en la cama, me pregunte cómo sería dormir con alguien como Blake.

42

Blake

Observo la puerta por la que acaba de marcharse y me pregunto si es cosa de la fiebre o realmente Lili siempre se marcha cuando la vida se vuelve cotidiana.

Puede quedarse y comer, charlar un rato o tener el mejor sexo del mundo, pero inmediatamente después se irá y no habrá opción a réplica.

Empiezo a pensar que, aunque Maddie no estuviera, ella se iría igualmente. Hay algo en Lili…, una especie de necesidad de no entregarse del todo, de no perder el control por completo, que me genera curiosidad. Sobre todo porque empiezo a darme cuenta de que yo sí estoy perdiendo el control en algunos aspectos.

Hace casi tres semanas que nos besamos por primera vez, entiendo que aún es pronto. No es como si pretendiera ser la persona más importante en la vida de Lili porque sé que sería absurdo, pero yo, por ejemplo, sí siento una intimidad que crece con cada día que pasa. Es verdad que no era difícil, teniendo en cuenta que en nuestros inicios la espiaba en su trabajo porque no confiaba en ella. Pero sinceramente, parece que hace un siglo de eso. Y en cualquier caso siento que avanzo cada vez más. Y está bien, me gusta que vaya a más. Me gusta cómo es conmigo y me gusta aún más cómo es con mi hija. Y, joder, me encanta lo que he descubierto de su personalidad y sus gustos cuando he conseguido olvidarme de nuestra enemistad. Todavía disfruto cuando discutimos, pero ahora, por lo general, las peleas, que no han sido muchas, acaban de un modo muy placentero.

No quiero agobiarla. Y tampoco necesito promesas, porque soy consciente de que los dos necesitamos explorar esto a nuestra manera, pero reconozco que me gusta pensar que llegará el día en el que no sienta la necesidad de salir corriendo cuando lleve aquí más de dos o tres horas.

Al día siguiente Eleanor entra en casa con su propia llave y, por primera vez, no me molesta. Me siento fatal. Por eso no protesto cuando la oigo abajo, ni cuando sube a mi habitación, ni siquiera cuando me coloca el termómetro mientras murmura cosas que no entiendo.

—Treinta y nueve —dice con voz grave—. ¡Necesitas descansar! Vestiré a Maddie, le daré el desayuno y la llevaré al cole.

—Puedo hacerlo yo —replico incorporándome en la cama. Por desgracia me mareo tanto que tengo que cerrar los ojos.

—No, no puedes. Vas a quedarte aquí y descansar toda la mañana. Yo traeré a Maddie después de la escuela.

Protesto, pero muy poco, la verdad. Lo que sí hago es tumbarme y cerrar los ojos unos minutos. Mi idea era abrirlos para despedir a Maddie cuando se marchara, pero no sé cómo, cuando lo hago, han pasado dos horas, así que supongo que sí que necesitaba descansar y tomarme esto en serio. Me tomo la medicación que tengo en la mesita de noche, voy al baño, me obligo a darme una ducha durante la que no paro de temblar, seguramente por la fiebre, y vuelvo a la cama odiándome un poco a mí mismo, pero dispuesto a seguir descansando.

Cuando oigo ruido de nuevo no tengo ni idea de qué hora es, pero sé que la voz que oigo, aparte de la de mi hija, es la de Lili. Poco después, la puerta del dormitorio se abre y entran las dos sonriendo y hablando de algo relacionado con la escuela.

—¿Cómo estás? Eleanor vino antes a traer a Maddie, pero dormías tan profundamente que se la quedó un rato hasta ahora. La he encontrado en la puerta porque venía a verte antes de irme al Club de Mujeres.

—¿Has encontrado a Maddie en la puerta? —pregunto alterado.

—No, a Maddie sola, no. He encontrado a Eleanor con Maddie —me tranquiliza, y me mira un tanto preocupada, cosa que odio—. ¿Qué te parece si me la llevo al club?

—No, no, estoy bien —murmuro.

—¿Has comido algo? —Niego con la cabeza y chasquea la lengua—. Vale, os hago un sándwich a cada uno y luego me marcho.

Eso hace. Nos prepara algunos sándwiches, que deja sobre la mesa del salón, ducha a Maddie, le pone el pijama y, para cuando yo bajo, solo tengo que preocuparme de que los dos cenemos, Maddie juegue un rato sobre la alfombra y subamos a la cama cuando llegue la hora de dormir. Tengo mal cuerpo y algo de fiebre, pero ya no es tan alta, por fortuna.

Al día siguiente me levanto mucho mejor. Tanto como para ir a trabajar un rato. Tengo picos de fiebre, pero los mantengo bajo control con la medicación. Me duele todo el cuerpo, aunque supongo que eso aún tardará unos días en desaparecer. Al menos puedo llevar a Maddie al cole y luego recogerla. Y es ahí, en la puerta, donde recibimos la primera invitación oficial a casa de Lilibeth esta misma tarde.

—El día está soleado. Maddie puede jugar en el jardín mientras tomamos té.

—Café para mí, pero ahí estaré.

Ella se ríe y yo le guiño un ojo mientras nos marchamos. Me gustaría besarla. A veces juego a imaginar cómo sería lo nuestro si no tuviéramos que mantener la compostura con tanta gente. Los padres de la escuela, mi propia hija y los vecinos de Havenwish. Supongo que esta es la parte mala de vivir aquí. No todo podía ser bueno. Mi vida privada estará en boca de mucha gente con cada paso que dé, por pequeño que sea, sobre todo si lo doy con la chica más protegida del pueblo.

Por la tarde, cuando llegamos a casa de Lili nos la encontramos trabajando en el jardín. Lleva un peto marrón con pequeñas flores bordadas, como siempre, un moño desigual y medio caído y tiene una de sus mejillas manchada de tierra. La deseo tanto y de un modo tan repentino que me pregunto si no será cosa de la fiebre, aunque me haya tomado la temperatura antes de venir y ya no tenga más que unas décimas.

Maddie entra corriendo, se coloca a su lado y mira fascinada un molinillo de viento que hay clavado en la tierra.

—¡Hola, cariño! —dice ella sonriendo, aunque sin tocarla para no mancharla. Maddie no responde, sigue mirando el molino de viento y yo me acerco en silencio—. ¿Te gusta?

—¡Sí! Se mueve mucho. —Abre los ojos apreciando el movimiento y Lili se ríe y lo saca de la tierra para ponérselo en la mano.

—Era de mi mamá, le encantaba cambiarlo de sitio y ponerlo donde más girara con el aire.

Mi hija lo coge de inmediato y yo hablo por primera vez, intentando quitárselo.

—Dáselo a Lili, calabacita. No queremos que se rompa.

Lili se levanta, porque aún estaba de rodillas, y sonríe en mi dirección mientras niega con la cabeza.

—No te preocupes. —Mira a mi hija y sonríe con tanta dulzura que el corazón me late un poco raro. Como a destiempo—. Está en buenas manos. ¿Quieres café?

Se levanta y, justo antes de alejarse de mí, roza sus dedos con los míos. Es un gesto mínimo, casi imperceptible. Estoy completamente seguro de que Maddie ni se ha fijado, pero yo sí. Yo lo he sentido como si se tratara de una caricia en toda regla y, en solo un segundo, he recordado todos y cada uno de nuestros encuentros.

La sigo hasta la cocina con la intención de robarle un beso. O dos. O tres. Maddie está en el jardín, pero la puerta de entrada está cerrada y, por fin, estoy adquiriendo la confianza como para dejarla unos minutos fuera y sola. Solo unos minutos, pero con eso me sobra para…

—Tenemos que hablar.

Su tono es tan serio que mis fantasías se desvanecen de inmediato, porque parece preocupada y no me gusta.

—¿Ocurre algo? —pregunto acercándome a ella.

Que no aparte la vista de la cafetera me da una idea de que, sea lo que sea, no quiere hablarlo mirándome a la cara.

—Maddie me ha hablado de su madre.

Me quedo petrificado. La miro fijamente, sin querer mostrar un ápice de emoción.

—¿Qué ha dicho? —pregunto suavemente.

—En realidad, solo dijo dos veces que no tiene mamá. No sé si quería darme la información sin más o recibir algún tipo de explicación por mi parte.

—¿Qué le has dicho? —Esta vez mi tono es más duro, desconfiado.

Ella me mira con rigidez.

—Desvié el tema porque, obviamente, no me concierne y no soy yo quien tiene que decirle nada, pero no podía callarme esto contigo.

Trago saliva e intento regular el ritmo de mi pulso.

—Te agradezco que me lo hayas contado.

—Creo que deberías hablarle de su madre.

Lo único malo de la relación que estamos desarrollando es que ahora ya no me lo dice solo como maestra, sino también como… como…, bueno, como lo que sea que seamos ahora. Y a la Lilibeth maestra puedo cortarla en seco, pero a esta no, porque esta empieza a importarme. Sin embargo, se trata de algo en lo que no estoy dispuesto a ceder.

—No creo que sea necesario.

—Pero Maddie necesita tener un sentido de pertenencia. Necesita saber de dónde viene.

—Viene de mí.

—Y de su madre —insiste—, aunque esté muerta.

—Tú no lo entiendes —le digo con tensión. Con mucha tensión.

—Seguramente no, pero de verdad creo que deberías hacerlo, Blake.

—Si está muerta, ¿para qué sirve?

—¿Crees que a ella le gustaría?

—Maddie solo tiene tres años y...

—No hablo de Maddie. ¿Crees que a la madre de Maddie le gustaría que le ocultaras su existencia a la que también es su hija?

Es como un golpe en la boca del estómago. Siento que me falta el aire y, de pronto, estar aquí se hace insoportable. Meto las manos en los bolsillos, nervioso, y doy un paso atrás.

—No me siento muy bien, creo que no debería haber salido tan pronto de casa.

—Vamos, Blake...

—Es mejor que me vaya.

No le doy opción a convencerme. No quiero eso y ella lo sabe. Por fortuna, es muy buena dando espacio a la gente. Deja que me marche después de pedirle a Maddie que clave el molinillo de viento. Nos marchamos a casa mientras mi hija protesta porque quiere quedarse más tiempo y, una vez dentro, dejo que mi corazón lata todo lo desbocado que quiera. Me permito liberar el miedo, la angustia y el dolor.

Me permito, incluso, pensar en el correo que sigue cerrado y los cientos de mensajes que habrán llegado a estas alturas.

Me lo permito todo, menos pensar en la posibilidad de sentar a Maddie y hablarle de su madre. No, eso no, porque eso... eso todavía duele demasiado.

43

Lili

Lo he visto. Ha sido un instante, apenas un segundo, pero he sido capaz de vislumbrar el dolor en los ojos y el rostro de Blake. Hay algo ahí... Algo que no alcanzo a comprender, pero quisiera hacerlo. De verdad quisiera porque, por increíble que parezca, me siento mal por él. Y también por Maddie.

Hay algo en toda esta historia que todavía remueve demasiado a Blake y, aunque me encantaría saber qué es, sé que no puedo meterme si no me da acceso. Quiero ayudarlo de alguna forma, la que sea, pero si él no me deja entrar en esa parcela de su vida, lo mejor que puedo hacer es mantenerme al margen. Quizá le haya presionado demasiado. No me corresponde a mí evaluar ciertas cosas, pero tampoco podía callarme el hecho de que la niña me haya hablado de su madre. O haya mostrado algún tipo de interés.

Observo mi propia casa, sentada en el porche de mi jardín y con una taza de té entre las manos. Si Blake viniera y quisiera hablar de mis padres a la fuerza..., bueno, creo que es evidente que no me lo tomaría bien. No puedo juzgar su proceso porque yo misma he necesitado encontrar la forma de sanar. Y en mi forma de sanar, por ejemplo, entra el tiempo a solas. Estar en mi casa sin nadie más, disfrutar de mis propios pensamientos y salir cuando siento que la intimidad empieza a ser demasiada.

Mi espacio y mi paz mental son sagrados, así que debería respetar el espacio y la paz mental de Blake.

Aun así, cuando sé que ha pasado la hora de la cena y mi amiga estará desocupada, la llamo y le pido consejo sobre todo este tema.

—¿Quieres que vaya?

—No, no, es solo que no sé si estoy pensando o haciendo lo correcto.

—Yo creo que lo estás haciendo bien.

—Me sabe mal haber presionado.

—No has presionado. Le has contado algo que te ha llamado la atención. Si fueras solo la maestra de la niña también lo habrías hecho. ¿Por qué no vienes a casa y lo hablamos con más calma?

—No, de verdad. Creo que voy a ver una peli para intentar evadirme.

—Bueno, si necesitas venir, o que vaya en cualquier momento, me lo dices.

—Gracias, Holly. Eres la mejor.

—Lo soy —dice riéndose.

Cuelgo el teléfono y, aunque había hablado de ver una peli, al final lo que hago es cambiar algunas plantas de interior a macetas más grandes. Al final el contacto con la tierra, ya sea en macetas, parterres o el suelo del jardín directamente, es lo que más consigue calmarme y evadirme.

Cuando acabo me doy una ducha, me pongo el pijama y me llevo a la cama la chaqueta de Maddie para continuar bordándola un rato más. Pasada la medianoche y desvelada, decido seguir un impulso, cojo mi teléfono y escribo a Blake. Quizá no debería hacerlo, pero creo que esto es importante. Y creo que no pasa nada si le demuestro cómo me siento, al menos en parte.

Lili

> Si no quieres hablar de ella está bien, lo respeto. Pero si algún día te apetece compartir lo que sea que te perturba conmigo, necesito que sepas que puedes hacerlo. Puedes contar conmigo, Blake. Después de todo, somos amigos.

Lo envío, me obligo a soltar el teléfono y me meto en la cama. No quiero saber si lo lee o si me contesta de inmediato. No quiero evaluar su reacción a mis palabras porque lo único importante para mí es que le lleguen. Aprovecharé el fin de semana, pondré en orden mis propios asuntos y le daré a Blake el espacio que necesita.

A veces, cuando alguien te importa, lo mejor que puedes hacer por esa persona es dar un paso atrás y dejarle respirar a solas, aunque cueste.

Y descubro, no sin sorpresa, que cuesta mucho.

44

Blake

Mi plan de viernes no era, ni de lejos, acabar solo en casa después de haberme ido de la de Lili de malas formas, pero así es como estoy.

Maddie se durmió hace un rato y, esta vez, me ha costado bastante que deje de estar molesta conmigo por haberla sacado tan pronto de casa de su miss Lili. No puedo culparla. Desde que me he sentado en el sofá no he dejado de revivir nuestra conversación una y otra vez. Intento decirme a mí mismo que he hecho lo correcto, porque hasta no hace mucho estaba absolutamente seguro de que así era. Maddie no necesita sufrir por alguien a quien no recuerda, ¿verdad? ¿Para qué voy a generarle ese dolor? Solo puede aportarle nostalgia, sufrimiento y tristeza. Es absurdo, pero hasta ahora no sentía que estuviera haciendo algo reprochable. Y ahora, al saber que mi hija ha nombrado de algún modo su situación…, no sé qué pensar.

Miro mi ordenador portátil encima de la mesa baja que tengo enfrente y muevo el pie con nerviosismo. Esto no es una buena idea. Sé que no lo es y, aun así, aunque intento resistirme, acabo por cogerlo, colocarlo sobre mis piernas y abrirlo en un acto de autodestrucción emocional porque, al parecer, no he terminado de joder mi día por hoy.

Entro en mi cuenta de correo antigua sabiendo que no voy a sacar nada beneficioso de aquí, pero llevado por el enfado, la necesidad de reafirmación y una curiosidad insana.

Los mensajes en negrita son muchos. Todos enviados por la misma persona y mínimo uno, dos o tres por semana.

Samuel, por favor, dime dónde estáis.
Necesito ver a Madison.
D.

No puedes hacer esto. ¡Tengo derechos!
D.

Te lo suplico, cielo, déjame ver a mi pequeña.
D.

Todos van en la misma línea y, leyéndolos así, de golpe, no puedo evitar sentir que la respiración se me acelera. ¿Y si no estoy haciendo lo correcto? ¿Y si…? ¿Y si estoy fastidiando la vida de Maddie más que nunca?

Intento recordar todos los motivos por los que nos fuimos de Phoenix. Pienso en cómo era nuestra vida antes y cómo es ahora y entonces parece que sí, que hago lo correcto, pero hay momentos en los que la realidad se impone. Momentos que me obligan a detenerme y pensar si no me estaré equivocando.

Pienso en Lili y en lo que diría si supiera la verdad. No lo entendería. No ahora mismo, al menos. Quizá algún día, con el tiempo, pueda contarle lo ocurrido, pero por el momento lo mejor que puedo hacer es dejar esa parte de mi vida fuera de la ecuación.

Es lo mejor para Maddie, para mí e incluso para Lili y la relación que estamos empezando. Cierro el portátil y trago saliva. Me lo repito de nuevo: esto es lo mejor, lo hago por todos nosotros.

Mi teléfono suena y leo su mensaje, que me arranca una sonrisa hasta la parte final, en la que dice que somos amigos y me desinflo un poco, porque para mí Lili no es una amiga. O no solo una amiga. No puedo considerar una simple amiga a una mujer a la que deseo tanto, pero eso, ahora mismo y después de darme un atracón de correos electrónicos, es el menor de mis problemas.

Todo esto no tiene ningún sentido. Las cosas iban bien. Mi vida iba bien. Coloco el portátil en la mesa, me retrepo en el sillón y me froto la cara con brío para intentar despejar mi cabeza.

Tengo que mantener la boca cerrada y dejar que la vida siga su curso, tal y como he hecho hasta ahora. Salvaguardar a Maddie, a mí mismo y a Lili ahora que está mezclada con nosotros de un modo más… íntimo.

Una vocecita me grita que esto es demasiado injusto para ella, y tiene razón, lo que demuestra que soy un cabrón, porque se abrió a mí, me contó su pasado, me dejó ver sus demonios y, cuando ha llegado la hora de mostrarle los míos, el miedo me ha vencido.

Y me siento mal, no soy tan mala persona como para sentirme bien con todo esto, pero esta no es una historia de personas buenas o malas. No hay extremos aquí porque, al final del día, solo soy un hombre de veintiséis años aterrorizado y deseando tener algo tan básico como la libertad de criar a mi hija en un lugar en el que su pasado no importe más que todo lo que está por venir.

45

Lili

El lunes llego a la escuela expectante. Cualquiera diría que Havenwish es tan pequeño que es imposible que alguien se esconda, pero lo cierto es que no he visto a Blake en todo el fin de semana. No he querido ir a su casa ni llamarlo. Soy una persona que necesita espacio cuando se enfada y he querido aplicar lo mismo para él. He creído mejor no agobiarle, pero reconozco que me preocupa que, al llegar a dejar a Maddie, vuelva a encontrarme con el Blake hosco y huraño del principio.

Que se retrase unos minutos de su hora habitual no ayuda, pero, cuando por fin llega, lo hace con una infusión de vainilla en la mano y una mueca de disculpa en los labios.

—Buenos días —murmura mientras me tiende el vaso.

No puedo responder bien porque Maddie se me echa encima. La abrazo, le quito el abrigo y la envío dentro, con el resto de los niños, antes de incorporarme y aceptar la infusión.

—Buenos días —le digo con cautela.

—¿Qué tal el finde?

Que haga como si nada me tensa un poco, pero finjo que todo está bien. Si es lo que necesita, supongo que puedo hacerlo.

—Bien. Me puse al día con el jardín de casa, el vivero y algunas cosas pendientes. Ayer estuve comiendo con Evan, Holly y las chicas. ¿Qué tal el tuyo?

Decido ignorar el hecho de que mi estómago está revuelto y no dejo de sentir algo, un instinto que me grita que me lance a sus brazos. No puedo hacer eso por muchas y obvias razones, pero no significa que no lo desee. Quiero olvidar esta tensión y que las cosas sean más fáciles, pero, por desgracia, si algo he aprendido en la vida es que es de todo, menos fácil.

—Bien. Trabajé en los jardines de Eleanor. También salí a pasear con Maddie, pero no te vimos.

—Podrías haberme llamado.

—Sí, bueno… —Se mete las manos en los bolsillos y tira hacia abajo en un gesto que encuentro demasiado tentativo para mi propio bien—. Pensé que no te apetecería.

Por un momento me planteo la posibilidad de que haya interpretado mal el espacio que le he dado. Que lo haya tomado como una señal de enfado.

—Te dije que podías llamarme siempre que quisieras. Somos amigos, Blake.

—Amigos, ¿eh? —Algo brilla en sus ojos. Una mirada que viene a decir «te he visto desnuda incontables veces en solo unas semanas».

Trago saliva y sonrío, pero la verdad es que soy un saco de nervios.

—Bueno…

No puedo decir más porque, para mi sorpresa, James y Anne llegan juntos a traer a su hijo. Juntos y de la mano. Miro a Blake un segundo y descubro que él tiene sus ojos puestos en ellos también.

—Buenos días —dice Anne con una sonrisa tan radiante que se la correspondo enseguida, no porque me alegre por ella, sino porque no quiero ser maleducada.

James ni siquiera habla. Tampoco es que le haga falta, porque nos mira lo bastante mal como para dejar claro que sigue ofendido, sobre todo conmigo. No quiero ser vanidosa, pero me pregunto si su decisión de estar de nuevo con Anne está basada en mi negativa a salir con él. Es demasiado pretencioso, ¿no? Y, sin embargo...

Me hacen algunas preguntas referentes a su hijo y, al final, Blake alza una mano a modo de despedida y se marcha mientras yo me quedo hablando con ellos. La conversación es tensa, sobre todo porque Anne intenta hacer ver que es la mujer más feliz del mundo, pero él no para de lanzarme miradas de soslayo.

Cuando se van, pienso en Anne, en lo joven que es y lo poco que merece a un hombre como James, no porque sea malo, sino porque es evidente que no la quiere. Es muy injusto que existan hombres capaces de encontrar a mujeres que, por los motivos que sean, decidan convertir su vida en un infierno, porque estoy bastante segura de que James acabará dejándola en algún momento. No sé si la engañó o no, pero sé que él quiso salir conmigo hace nada, posiblemente lo haya intentado con otras y no creo que aguante mucho antes de separarse de nuevo. Quizá para entonces ya tengan más de un hijo. No lo sé, pero lo que sí sé es que Anne me da pena y su hijo, más aún. En cualquier caso, no es asunto mío, lo que ocurra entre James y Anne no me importa lo más mínimo y lo único que nos une es que Tommy seguirá con nosotros hasta que sea lo bastante mayor para ir al colegio. Todo lo demás no es de mi incumbencia, así que entro en clase y me dispongo a trabajar.

—¿Cómo ha ido? —pregunta Holly un rato más tarde, cuando ella y Evan se acercan para tomar la taza de café o té de todas las mañanas.

—No sé. Tenso, supongo —digo encogiéndome de hombros y sabiendo que se refieren a Blake—. Tenso y raro.

—Podría hablar con él... —se ofrece Evan.

—¿Y qué ibas a decirle?

Ayer estuvimos comentando el tema de Maddie. No lo compartí con ellos porque quisiera cotillear, sino porque sé que Holly como profesora y Evan como parte activa del centro se preocupan por nuestros alumnos. No es que quiera hacer un drama de esto, pero me alivió pensar que ellos creen, como yo, que la niña debería tener información sobre su madre, sobre todo ahora que ha mostrado interés.

—No sé —reconoce Evan—. Quizá pueda aconsejarle.

—No creo que sea apropiado —opino—. Es su hija y su decisión. No podemos hacer más de lo que ya hacemos. La relación entre Blake y yo es tensa porque..., bueno, porque es distinta.

—Una vez que metes sexo en una relación, del tipo que sea, se enrarece, pero todo irá bien —me dice Holly—. Solo necesitáis adaptaros más. Las tensiones son normales.

Evan asiente, de acuerdo con su esposa, y yo asiento porque quiero convencerme. Al menos no parecía enfadado y supongo que eso es bueno. Una parte de mí, una muy grande, quiere barrerlo todo bajo la alfombra, pero sé que eso no es lo más sano y no sé si quiero que mi relación con Blake derive en un montón de temas intocables y un puñado de buen sexo. Lo último suena bien, pero, a la larga, sería demasiado insatisfactorio para mí.

La mañana pasa tan rápido que, cuando quiero darme cuenta, muchos niños se han ido y Blake aún no ha aparecido. Estoy a punto de llamarlo cuando mi teléfono suena y me doy cuenta de que es él. Lo cojo de inmediato.

—¿Todo bien?

—Sí, sí, es solo que se me ha hecho tarde. Estoy recogiendo ahora mis cosas. Llegaré tan pronto como pueda.

Miro alrededor. Solo quedan Holly y Evan en la escuela.

—Puedo llevarme a Maddie a casa y la recoges ahí, ¿te parece?

—Sí, claro. Muchísimas gracias, Lili.

—No es nada.

Cuelgo y coloco el chubasquero a Maddie. En parte le he ofrecido que la recoja en casa porque creo que, si vamos a tener una conversación, del tipo que sea, Blake estará más relajado ahí que en la escuela, aunque aquí no haya nadie.

Salimos de la mano, paseamos por las calles de Havenwish y, cuando la niña empieza a señalarme flores, yo le cuento cómo se llaman y cómo hay que cuidarlas.

—*Candula* —dice ella después de señalarme el jardín de los Anderson.

Me río y niego con la cabeza antes de mirarla y llamar su atención para que mire mi boca.

—Caléndula.

—*Caléndala.*

Mi risa se intensifica. Bueno, vamos a dejarlo en que no es la palabra más fácil del mundo. Maddie tironea de mi mano cuando encontramos un charco. La suelto para que salte sobre él y veo cómo sus botitas rojas se sumergen en el agua y una carcajada brota de su garganta provocando que sonría solo con verla. Entiendo que hay gente a la que no le gustan los niños, pero creo que, si conocieran a Maddie Sullivan, hasta la persona con más odio hacia los niños caería rendida a sus pies. No se puede ser más adorable.

Llegamos a casa y se va derecha al molinillo de viento, pero, justo antes de cogerlo, me mira.

—Cógelo, cariño. Adelante.

Sé que quizá debería tener más cuidado con él, porque mi madre solía usarlo a diario, pero es que recuerdo perfectamente el modo en que ella me permitía tocarlo y cogerlo cuando era niña. Tanto ella como papá sostenían que, si algo se rompía, era porque así estaba destinado a ser. Me dolería mucho que el molinillo de viento se rompiera, pero viendo el cariño y cuidado que pone Maddie cada vez que lo sostiene y lo sopla sé que, si ocurriera, sería un accidente. Igual que sé que ya guardé cosas que no quiero que se toquen para que perduren en el tiempo. El resto son recuerdos vivos, cosas que están aquí para el disfrute de todo el que venga.

Además, prestarle a Maddie mis cosas solo me sirve para constatar el gran trabajo que está haciendo Blake con ella. Es entonces cuando me doy cuenta del mérito que tiene, porque se convirtió en padre con solo veintitrés años y, aunque no sepa cómo murió la madre de Maddie, sé que debió de ser traumático. Lo bastante para que él no quiera hablar de ella. Sí, está cerrado en banda a la posibilidad de hablarle a la niña de su madre, pero a cambio intenta ser el mejor padre del mundo cada día. Y lo consigue. Puedo verlo en el modo en que se complementan y él se sacrifica para darle el mayor tiempo posible. Fue padre muy joven, sí, pero se adaptó a su paternidad de un modo que no lo hacen muchos adultos. Puede que sea la razón por la que, al final, hemos conectado.

Supongo que me gusta pensar que, incluso en la enemistad del principio, supimos ir más allá y ver el dolor del otro a pesar de lo jóvenes que somos.

Recuerdo que ya en la universidad me ocurría a menudo que no me sentía igual que mis compañeros. Perder a mis padres me obligó a madurar de golpe, así que para mí fue imposible adaptarme a las fiestas de la universidad, a una vida despreocupada y lógica para la edad que tenía. Quizá por eso consigo comprender a Blake, pese a todo.

Justo cuando pienso en ello lo veo aparecer con su furgoneta. Aparca a un lado de la valla y se baja con prisa. Está lleno de barro de pies a cabeza. En serio, completamente lleno.

—Siento la tardanza, la mañana ha sido infernal —comenta mientras se acerca por el camino de piedras hacia los escalones del porche, donde estoy.

—Alguien necesita un baño —respondo arrugando la nariz.

—En serio, tienes un grave problema con los cumplidos.

Me río y me fijo en que hay partes de su pelo que están tiesas porque el barro se ha secado y ha hecho un efecto laca, o cemento, increíble. Miro a Maddie solo para asegurarme de que está absorta jugando en la tierra con un pequeño rastrillo que ha debido encontrar junto a las plantas. Me acerco a Blake y beso suavemente sus labios.

—Soy más de gestos que de palabras.

—No pienso quejarme por eso —dice sonriendo. Me fijo en que sus hombros pierden un poco de la tensión que traía y me alegro de eso—. ¿Qué te parecería venir a casa hoy a cenar? Tengo pensado hacer pollo al curri.

—Mmm, suena bien.

—Y si tienes paciencia para esperar a que Maddie se duerma...

—La tengo. —Me doy cuenta de inmediato de que he contestado demasiado rápido.

Blake se ríe, yo me excito, lo que hace que me sienta como una tonta, y me río con él para disimular.

—Entonces te veo más tarde.

—Genial, iré después de pasarme por el club.

—Mmm, vas a juntarte con el aquelarre, ¿eh?

—Blake, la mayoría pasan los setenta años.

—Pues eso: aquelarre.

Me río, manoteo su hombro y pongo mala cara cuando me lleno de barro.

—Hora de una ducha —murmuro.

Él se ríe, recoge a Maddie, que arruga la nariz en cuanto lo ve y se marchan.

Después de entrar en casa, recojo un poco, me doy una ducha y me pongo la ropa interior más sexy que tengo, que resulta ser un sujetador negro con bragas a juego. Debería comprar algo mejor por internet, aunque el encaje no vaya mucho conmigo, pero supongo que podría probar cosas nuevas, sobre todo ahora que alguien más disfruta de las vistas, ¿no?

Me coloco un jersey amarillo de punto que me hizo Holly cuando se empeñó en aprender a tejer. Tiene una manga más larga que otra y me queda como un saco, pero es calentito y tan suave que se ha convertido en uno de mis favoritos. Me pongo un pantalón vaquero, las Converse y, en el último minuto, elijo una bufanda que me hizo Eleanor hace unos años.

Justo cuando voy a salir de casa pienso si no sería buena idea llevarle flores a Blake a modo de regalo, así que corto unas pocas, pero, entonces, pienso que no sé si tiene jarrón, así que también lo cojo y ahí el dilema pasa a ser cómo lo guardo todo para no levantar sospechas en el club, de modo que elijo una bolsa de rafia muy amplia y la lleno con telas que disimulan bastante. Arriba del todo pongo la chaqueta de Maddie, que es lo que bordaré allí.

Cuando llego, por fin, voy tan tarde que ni siquiera miran mi bolsa, sino a mí.

—Ya pensábamos que no venías —dice Holly.

—Sí, perdón, me he duchado y se me ha ido el santo al cielo.

—Hoy te has duchado antes de venir y no después… —murmura Matilda—. Vuelves a ver a Blake, ¿eh?

Que sean capaces de deducir algo así por el mero hecho de haber cambiado la hora de mi ducha es increíble. Al final Blake tendrá razón y son un aquelarre.

—Pues seguro, porque hoy he visto cómo se besaban —dice Eleanor.

—¿Qué? Imposible.

—Estabais en el jardín de tu casa y Blake estaba lleno de barro.

341

Quiero decir algo. Cualquier cosa. Negarlo, aunque sea una tontería porque es evidente que sí nos ha visto, pero por suerte o por desgracia no tengo tiempo de hablar. Quien sí lo hace es una de nuestras vecinas más longevas. Marie, de casi noventa años.

—Lo mejor es que te quedes embarazada cuanto antes de ese chico. Es un buen padre, querida, ya lo has visto con Maddie. Si te quedas embarazada, no se irá nunca.

—Claro, porque nunca jamás un hombre ha abandonado a su prole —dice Holly.

Me río, dándole la razón a mi amiga.

—No necesito quedarme embarazada para atarlo. No necesito atarlo, en realidad. Blake es muy libre de hacer lo que quiera.

—Oh, vamos —se queja Eleanor—. ¿No vas a admitir que tenéis una relación? —La miro como si no tuviera ni idea de lo que habla—. Cielo, se te olvida que soy la casera de ese chico.

—¿Y?

—Y vivo al lado.

—¿Y?

—Y veo quién entra y sale de su casa. O sea, mi casa. Eso incluye a las mujeres que entran peinadas y salen como si una manada de gatos en celo hubiese librado una batalla en su cabeza.

No sé si reírme u ofenderme por el comentario, pero eso da igual porque varias del club deciden reírse.

—¿Tan salvaje es? —pregunta alguien.

—Sinceramente, tiene toda la pinta —dice alguien más.

—Ya vale —protesta Holly—. No avergoncéis a mi amiga, porque si no luego no querrá contarme detalles.

—No iba a contarlos de todos modos —replico—. Mi vida privada es mía y solo mía. No deberíais meteros en ella.

—Qué carácter tan huraño. Solo nos preocupamos por ti —añade Marie—. No queremos que te quedes solterona, como Matilda.

—¡Eh! —Se indigna la propia Matilda—. Soy una mujer libre, empoderada y maravillosa.

—Lo eres —confirma Lili.

—¿Y tu libertad y empoderamiento te calienta los pies por las noches? —pregunta Eleanor—. Dime, Matilda, ¿tu libertad y empoderamiento te empotra contra la pared?

—Jesús, esto se está poniendo interesante —advierte una de las más ancianas de Havenwish.

—Sinceramente, Eleanor, no me siento cómoda oyéndote hablar de empotramientos. Ni a ti ni a nadie. —La miro mal para que deje de meterse donde no la llaman—. De hecho, no me siento nada cómoda con que pronuncies esas palabras en mi presencia, así, en general.

—¿Por qué? Yo también he sido joven. Mi querido Charles solía llevarme detrás de la iglesia y…

—¿Sabéis qué? Si no cambiamos de tema voy a irme —sentencio interrumpiéndola—. En serio, no quiero saber cómo fue vuestra vida sexual en el pasado ni cómo es actualmente, ni pienso contar la mía.

—Pues qué aburrimiento —repone Marie—. Si cambias de idea y quieres consejos para hacer que un hombre se quede siempre a tu lado, dímelo. Tengo mis trucos. —Eleva las cejas varias veces y la miro completamente horrorizada antes de oír las carcajadas de Holly.

El tema se apaga, por fortuna, pero creo que solo porque todas se apiadan de lo traumatizada que parezco. El resto del tiempo lo paso bordando en silencio y oyendo sus cotilleos porque tengo la sensación de que, en el momento en que diga una palabra, haré que la atención se centre de nuevo en mí.

Cuando llego a casa de Blake, casi dos horas después, lo hago con el jarrón con flores en la mano y la bolsa con mis telas y bordados en la otra. No estoy nerviosa, pero eso solo es hasta que abre la puerta y lo veo recién duchado, oliendo increíblemente bien, con el pelo aún húmedo, un pantalón de chándal caído y camiseta básica. ¿Qué tienen las camisetas básicas para resultar tan sexys?

—¿Son para mí? —pregunta sonriendo cuando ve las flores.

Eso sirve para que salga de mi pequeño trance. Carraspeo, extiendo la mano mientras asiento y, cuando Blake las coge, se encarga de acariciar mis dedos unos segundos antes de hacerse a un lado y guiñarme un ojo.

—Pasa, aquí dentro se está caliente.

—Y que lo digas —murmuro antes de darme cuenta de que no debería hablar con dobles sentidos, sobre todo porque él se refiere a que tiene la chimenea prendida.

Blake coloca el jarrón sobre la mesa y yo me centro en Maddie, que me recibe con un pijama navideño puesto.

—¡Miss, miss! *Mida, Dudolf* —dice señalando el reno estampado en su pijama.

Me río y miro a Blake.

—Muy apropiado para abril.

—Es el único limpio, si te soy completamente sincero —repone Blake avergonzado—. Tengo que ponerme urgentemente con la colada.

Me río, le pregunto si puedo ayudar en algo con la cena y él me deja claro que no. Me ofrece una copa de vino sin alcohol, haciendo que me recree en que haya tenido el detalle de pensar en comprar algo así por mí y se mete en la cocina mientras yo me siento en la alfombra y juego con Maddie.

El ambiente es cálido, tal como él prometió. Maddie es encantadora y el pollo al curri huele de maravilla. Cierro los ojos un segundo y sonrío, porque puede que la vida no sea perfecta, pero si estás lo suficientemente atento, encontrarás momentos, como este, que sí lo serán.

46

Blake

Apago el fuego y sirvo el pollo en una fuente de cristal. Lo coloco en la encimera un segundo y me asomo a la puerta de la cocina para decirle a Lili que ya puede poner la mesa, si quiere. El problema es que me quedo un poco paralizado porque, al verla jugar en la alfombra con Maddie, con la chimenea de fondo, la lluvia cayendo suavemente fuera, pero reflejándose en las ventanas, las flores que ha traído dando color al salón y mi hija riendo a carcajadas de alguna cosa que le ha dicho, siento algo oprimirme el pecho.

No es mi culpa. La imagen es tan perfecta que me aterroriza, porque yo nunca fui capaz de pensar que viviría algo así. En realidad, tampoco lo quise. Eso es lo extraño. Yo jamás busqué este marco en mi vida. Claro que, si me paro a pensarlo de verdad, también tenía claro que no quería tener hijos. Por extraño que parezca ahora, siempre tuve muy claro que no quería extender más el ADN de mi familia. Prolongar mi estirpe no parecía una gran idea, pero aquí está Maddie, que es lo mejor que me ha pasado nunca...

Sacudo la cabeza y me riño a mí mismo. No tiene sentido pensar en eso. Lo importante es que al final tuve a Maddie y, aunque no entraba en mis planes, no me arrepiento. Ni de eso ni de haber salido de Phoenix ni de intentar por todos los medios dejar atrás los patrones que me destinaban a ser un maldito fracaso como padre.

Es duro, cada día me levanto con mil propósitos y cada noche me pregunto si los he cumplido, en qué estoy fallando y cómo remediarlo, porque no tengo una guía a la que sujetarme o acudir cuando todo se tuerce. En realidad, todo lo que sé sobre la paternidad lo he aprendido por intuición o buscando en libros que hablen sobre ello. La sensación de culpabilidad me acompaña cada segundo del día y, aun así, no cambiaría a Maddie por nada.

—¿Necesitas ayuda?

Lili me interrumpe y asiento, saliendo de un bucle de pensamiento que sé, por experiencia, que puede resultar peligroso para mi estabilidad emocional.

Ponemos la mesa juntos, cenamos y, durante todo ese tiempo, me doy cuenta de que la tensión que pudiera existir entre nosotros parece haberse desvanecido como por arte de magia. Charlamos, reímos y, a la hora de dormir a Maddie, cuando me preparo para subir y leerle un cuento, la niña me pide que sea ella quien lo haga.

—Cariño, la miss está cansada y…

—A mí no me importa, si a ti no te importa —me dice Lili.

—¿Seguro?

—Sí, claro. Puedes quitar la mesa y limpiar la cocina mientras tanto.

Acepto, porque hay algo en su mirada… La promesa de algo increíblemente bueno en cuanto mi hija se duerma. Así que me meto en la cocina para recoger y es entonces cuando me doy cuenta de que el transmisor del dormitorio de Maddie está encendido.

Al principio me siento mal. En cierto modo esto es como violar su privacidad, pero solo me lleva unos segundos convencerme a mí mismo de que este cacharro lo tengo con el fin de oír a Maddie cuando duerme la siesta en su cuarto y yo estoy abajo o en el jardín. Tengo derecho a vigilar a mi hija, ¿verdad? No pasa nada. Incluso pienso decirle a Lili cuando baje que ha leído el cuento muy bien, porque así es. La oigo relatar el cuento del oso, que es de los favoritos de Maddie, y mientras limpio sonrío como un tonto. Al menos hasta que el cuento acaba y oigo hablar a mi hija.

—Miss, yo no tengo mamá.

El modo en que tengo que sujetarme a la encimera para mantener la estabilidad dice mucho de todos los pedazos de mí que se rompen al oír esa frase. Lili me lo dijo hace días. Me advirtió que la niña estaba preguntando, pero como a mí jamás me ha dicho nada, preferí evitar el tema. Pensé... pensé que era cosa de Lili. Que se había empeñado en traer a colación a la madre de Maddie y... y... no sé. No creí de verdad que la niña hablara de ella. Y saber que se lo dice a Lili, pero no a mí, me rompe aún más, porque me pregunto qué he hecho para que mi propia hija no tenga la suficiente confianza como para decírmelo.

¿Cómo de mal lo he hecho todo como para haber llegado a este punto?

Termino de recoger la cocina mientras pienso en ello en bucle, de una manera completamente insana e irracional. Tanto es así que, cuando Lili baja, poco después, me encuentra ya sentado en el sofá, pero mirando al fuego fijamente y rumiando acerca de lo mismo una y otra vez. Ella parece ajena a todo, porque se sienta a mi lado y besa mi mejilla y mi cuello, sin mencionar nada de lo que ha dicho mi hija.

¿Y acaso puedo culparla? Le dejé muy claro que tenía que olvidarse de ese tema porque no quería hablar de ello. Se lo dejé tan claro que ahora mismo no puedo enfadarme por no sacarlo a colación. Intento concentrarme en ella, en las caricias que empieza a darme, pero cuando besa mis labios apenas soy capaz de concentrarme lo justo para corresponder su gesto.

Lo intento, de verdad, pero al final rompo el beso y la miro a los ojos.

—Murió en el parto. —Lili me mira confusa y sorprendida—. La madre de Maddie murió en el parto.

47

Lili

Miro a Blake sorprendida, pero solo a medias. He visto el transmisor de Maddie nada más subir a la habitación. No lo he apaga-
do porque me parece completamente lógico que esté ahí. Lo que
no pensé era que Maddie volvería a insistir otra vez en lo de su
madre. Me ha dejado petrificada, pero, aun así, cuando he acari-
ciado su cara y sonreído, se ha conformado y ha cerrado sus ojitos,
haciendo que se me estruje el corazón porque Madison es una
niña que se conforma siempre con lo mínimo. No exige que se le
hable de ello, pero sí deja ver que está al tanto. Por otro lado, saber
que quizá Blake lo había oído me ha tensado tanto como para
bajar con la firme intención de no decir nada. No quería discutir
de nuevo, aunque sigo pensando que es algo muy serio, pero no
esperaba esto. No imaginaba que sería él quien lo acabaría sacan-
do a colación.

Intento decir algo coherente y acorde a la situación, pero creo
que lo pienso demasiado y, cuando abro la boca, Blake ya ha
comenzado a hablar.

—Se llamaba Sophie y yo... la quería, ¿sabes? Aunque creo
que no era un amor sano. Cuantos más años pasan, más lo pienso,

pero de todos modos creo que era amor. Inmaduro, un tanto tóxico y con un final de mierda, pero amor al fin y al cabo.

Blake sonríe con nostalgia y yo siento una punzada extraña en mi interior. Quiero pensar que es lógico y normal, porque está hablando de la intimidad que logró tener con otra mujer, pero no es eso. No siento celos, quizá porque entiendo que ella ya no está. Lo que sí siento es comprensión, entendimiento y lástima por el dolor que Blake parece llevar consigo.

—Si esto es demasiado doloroso, no tienes que contármelo, Blake.

—Pero tú me hablaste de tu familia y lo que pasó —dice él mirándome un instante. Tiene la piel lívida y el semblante preocupado—. Yo quiero hacerlo. Quiero hablarte de Sophie, aunque no sepa bien cómo empezar.

—¿Qué edad tenía? —pregunto en un intento de ayudarlo.

—¿Cuándo murió? Veinticuatro. Uno más que yo. Siempre bromeaba diciendo que, como era mayor, moriría antes. A menudo he pensado en lo macabra que resultó ser esa broma con el tiempo. —Suspira y se acomoda en el sofá. Fija su vista en la chimenea, porque creo que así le resulta más fácil, y sigue hablando—. La conocí en un bar un año y medio antes de nacer Maddie. Yo estaba de fiesta con un par de amigos de esa época, si se podían llamar así. Uno de ellos consiguió entradas para uno de esos eventos importantes en una discoteca. Yo era un muerto de hambre, básicamente, así que no iba a negarme a una noche de fiesta así.

Me surgen un millón de preguntas acerca de eso. ¿Por qué dice que era un muerto de hambre? ¿Dónde estaba su familia? Pero mantengo silencio porque sé que ahora no es el momento de las preguntas. Primero tiene que hablar y contarme todo lo que necesite.

—¿Y la conociste allí?

—Sí. La vi nada más entrar. Estaba subida en la barra central de la pista mientras un camarero le gritaba que tenía que bajarse.

—Guau.

—Sí. —Se ríe—. Eso mismo pensé yo. Sophie era... —Una sonrisa dibuja su rostro y, esta vez, la mezcla de emociones que siento es muy contradictoria—. Era alocada e intensa. Un torbellino descontrolado. Tenía el pelo rubio oscuro, del mismo tono que Maddie, los ojos enormes y expresivos y unas ansias de vivir que envidié desde el principio.

—Suena a que era una persona genial.

—Lo era. —Sonríe de nuevo, pero el gesto se apaga de inmediato—. También era un completo caos a menudo. —Suspira—. Aquella primera noche la miré durante un rato sin intervenir solo porque quería ver hasta dónde era capaz de llegar. Y llegó lejos. Peleó con dos camareros y un segurata antes de que el encargado apareciera y ella consiguiera convencerlo de que era una idea genial bailar en la barra. Cuando la vi moverse ahí arriba entendí que esa chica perseguía lo que quería hasta salirse siempre con la suya. Con el tiempo, eso me encantaba y volvía loco a partes iguales.

—Entiendo entonces que el carácter sosegado de Maddie es más heredado de ti que de ella.

—Puede, pero tiene cosas de su madre. Era encantadora y, cuando llegabas a conocerla, te dabas cuenta de que tenía un corazón inmenso, lo cual era un milagro con la mierda de infancia que tuvo. A su vez, eso es bastante curioso, porque Sophie venía de una familia adinerada y unos padres que le pagaron cada capricho, por excesivo que fuera. Tuvo todo eso con lo que sueñan los pobres. Al menos todo con lo que yo soñaba y, aun así, cuando la conocí era sumamente infeliz.

—El dinero da muchas facilidades, eso es innegable, pero no lo es todo.

—No. Me di cuenta al conocerla. —De nuevo suspira, como si hablar de esto, de alguna forma, le robara aire o le impidiera respirar de un modo natural—. Pensé que una chica como ella era justo lo que necesitaba aquella noche. Alguien tan desencantado de la vida como yo. La invité a una copa y…, bueno, esa misma noche acabamos juntos.

No hay que ser idiota para entender que esa misma noche tuvieron sexo. Yo, desde luego, lo entiendo así y agradezco que no entre en detalles. Me mantengo en silencio, animándolo a seguir.

—Empezamos a vernos. Para mí Sophie era un soplo de aire fresco, sobre todo porque simbolizaba mucho de lo que yo había anhelado siempre. —Me mira por primera vez desde que empezó a hablar—. No conocí a mi padre y mi madre era alcohólica. Murió cuando yo solo era un niño, así que me crie entre la calle y distintas casas de acogida hasta que fui lo bastante mayor como para que no me obligaran a formar parte del sistema.

—Oh, Blake…

—Cuando conocí a Sophie yo llevaba dos años en la calle y me relacionaba con gente que no me convenía. La misma gente que me llevó a la discoteca en la que la conocí. Podrías pensar que esta es una historia en la que la chica salva al chico, pero no fue así. —Sonríe y parece que aún me mira, pero sus ojos están lejos, igual que su mente. Es como si estuviera mirando directamente al pasado—. Desde el primer instante nos dedicamos a drogarnos, emborracharnos y follar como si el mundo fuera a acabarse. Yo porque no tenía nada que perder y ella porque, aunque tenía mucho que perder, no le importaba. Así que eso, sumado a mis propios problemas, hizo que muy pronto nos hiciéramos inseparables. Nos entendíamos. A nuestra manera alocada, tóxica y devastadora éramos capaces de entendernos y los dos teníamos muy claro lo que queríamos. Lo teníamos tan claro que nunca contemplamos la idea de equivocarnos.

—¿A qué te refieres?

El mal sabor de boca que tenía al inicio de esta conversación aumenta con cada palabra de Blake. Me resulta muy difícil casar al chico que describe con el que hoy en día es un padre ejemplar, trabajador y serio.

—Empezamos a salir y, después de saber cómo eran nuestras familias, los dos decidimos que seríamos solo nosotros. Nada de formar una familia. Nada de boda. Nada de promesas y nada de hijos. Nunca. Yo siempre tuve claro que no quería ser padre y ella, según me decía, también. Pero la vida, a veces, es asquerosamente irónica. —Suspira con frustración—. En resumidas cuentas: pocos meses después de conocernos salimos de fiesta, nos drogamos, como siempre. Bebimos de más, como siempre, y…, bueno, usamos condón, como siempre, pero debió de romperse. —Carraspea, incómodo—. Sin detalles.

—Te lo agradezco.

Blake sonríe y se frota la cara con cierta frustración. Como si a él mismo le costara creer todo lo que está contándome. Yo intento no decir mucho porque tengo miedo de que en cualquier momento se cierre en banda y no quiera decir más. Y sería muy respetable y lícito, pero ahora que ha empezado… ya no quiero que pare.

—Tomó la píldora del día después y unas semanas más tarde tuvo la regla, así que nos quedamos tranquilos. —Carraspea de nuevo—. ¿Tú sabías que a veces las mujeres manchan y no es necesariamente el periodo? Porque nosotros no teníamos ni idea.

—Oh…

—Sí, bueno. Nosotros no dijimos «Oh», sino algo mucho más desagradable. Sobre todo porque no fuimos al médico hasta que estuvo de cuatro meses.

—No…

—Sí.

—¿Cómo es posible?

Blake frunce los labios.

—A veces pienso que Sophie estaba en negación con su propio cuerpo o… no sé. Tenía periodos en los que pasaba meses sin regla y luego, de pronto, llegaba. Siempre le preguntaba si eso era normal y no contestaba. Era como si no le importara. Me dijo que, como tuvo esa primera regla después de la píldora, no le extrañó perderla luego por tres meses. Y la creí. Todavía la creo, porque sé una cosa a ciencia cierta, Lili: ella no quería ser madre. Era algo que tenía aun más claro que yo, y eso es mucho decir. Ninguno de los dos quería un bebé al que transmitirle un montón de traumas y patrones de mierda. A menudo hablaba de ligarse las trompas, pero odiaba los hospitales y era muy joven, así que… —Despeja la cabeza con un gesto de negación—. El caso es que ocurrió. Se quedó embarazada y nos enteramos cuando abortar ya no era una opción. Ves todo el rato historias así en la tele y nunca las crees... hasta que pasan.

—Imagino que debió de ser impactante.

—¿Impactante? —Su risa irónica me duele por él, porque deja ver el daño que aún le hace revivirlo—. Nos gritamos tantas barbaridades culpándonos el uno al otro que ya nada volvió a ser igual. Todo se volvió difícil. La relación, el embarazo, la propia vida...

Suspira y puedo ver el dolor que le provocan estos recuerdos así que pongo una mano en su brazo para que me mire.

—No tienes que hacer esto ahora.

—Quiero hacerlo. —Lo miro dudando—. De verdad quiero hacerlo, Lili. Porque mereces saber la carga que llevo y porque no sé si seré capaz de contarlo de nuevo otro día.

Guardo silencio y le dejo seguir porque entiendo muy bien esa sensación. Yo misma la viví cuando le hablé del incendio y de mis padres. Cuando te abres así a tus traumas y dejas que lleguen para poder contarlos hay algo, una herida que se reabre también y luego sangra durante un tiempo hasta que vuelve a cerrarse.

—Preeclampsia —dice sacándome de mis pensamientos.

—Oh, mierda.

—Sabes lo que es, ¿eh? —pregunta con una sonrisa sin humor—. Su presión arterial empezó a dar problemas poco después de saber que estaba embarazada. Como si hubiese estado esperando el momento adecuado para aparecer. Sophie... —La voz de Blake se vuelve grave y esta vez solo siento compasión por él, porque es evidente que el recuerdo aún es duro—. Se transformó, no solo físicamente. Creo que cayó en depresión con todo aquello. Apenas hablaba y, cuando lo hacía, gruñía o me culpaba por lo que ocurría. Y sinceramente, la entendía. Ninguno de los dos buscó aquello, pero solo ella pagó las consecuencias. Todo se complicó por momentos. Su familia intentó ingresarla en una clínica privada, pero ella se negó porque sabía lo que pasaría. Ellos controlarían la situación desde el principio y su padre no dejaba de decir que lo mejor era dar al bebé en adopción.

—¿Y ella no quería?

—No.

—Pero…

—¿Cómo es posible que no quisiera darlo, si no quería ser madre? —Asiento, un tanto avergonzada porque, en el fondo, sé que hablamos de Maddie. Y no soy capaz de imaginar a Blake sin su hija—. Creo que había una parte instintiva y otra, muy real, que era saber que iban a darle el bebé al mejor postor. Como si fuera un negocio o un precioso y carísimo jarrón, que era justo como la trataron a ella toda la vida. Dijo que se lo pensaría. Y yo dije que aceptaría lo que decidiera, pero en el fondo recé para que quisiera darla en adopción porque… porque era un cretino, supongo.

—No eras un cretino.

—Créeme, lo era. Yo no quería ser padre, Lili. Estaba aterrorizado. La única cosa que había tenido clara toda mi vida que no quería estaba cumpliéndose cuando tenía veintitrés años. No quería ser padre, pero, conforme avanzaba el embarazo, me di cuenta de que no importaba lo que quisiera, porque iba a ocurrir y, aunque lo diéramos en adopción, ese bebé iba a llevar mis genes de mierda dentro. Ahora miro a Maddie y me pregunto cómo pude pensar que sería la misma basura que yo.

—No eres basura, Blake —le digo muy seria, porque odio que hable así de sí mismo.

Él sonríe con cierto cinismo y me ignora.

—Los médicos decidieron que lo mejor para Sophie, dada su delicada situación, era provocarle el parto cuando estuvo de siete meses y medio, así que la niña fue prematura. No fue bonito ni idílico, ni me dijo palabras preciosas para consolarme que pueda recordar. Estaba aterrorizada, igual que yo. Así que todo lo que recuerdo de esos días es a Sophie llorando y diciéndome que no quería morirse. Que por favor hiciera algo porque no quería morirse. —Su voz tiembla tanto que tiene que tomarse unos segundos antes de continuar—. Cuando estuvo muy mal, en las últimas, me dijo que no quería morir, pero que, si lo hacía, no quería que diera al bebé. Me rogó que no permitiera que sus padres se hicieran cargo de ella. Y yo solo... me quedé allí, contemplando cómo se iba y sin saber qué decir.

Se frota los ojos mirando hacia otro lado, como si no pudiera soportar la idea de que vea cuánto daño le produce recordar todo esto.

—Oh, Blake...

—Ella ni siquiera pudo conocer a su hija, porque el parto se complicó y... —Se limpia la nariz, pero es un gesto nervioso, para intentar no sumirse del todo en el dolor que le provoca el recuerdo—. Estuvo en coma dos días. Después murió. Sophie murió y yo me quedé con Maddie, que resultó ser la criatura más increíble sobre la faz de la tierra. —Chasquea la lengua y se mira las manos, entrelazadas sobre su regazo—. Es lo más injusto que he visto o veré nunca.

—No es tu culpa, Blake. No podías saber que todo aquello pasaría. Tú ni siquiera lo buscaste.

—Pero me llevé el premio de todos modos. —Lo miro sin entender y siento cómo se me aprieta el corazón cuando veo lo que refleja su cara—. A menudo me pregunto qué habría pasado si nos hubiésemos dado cuenta antes. Habría abortado y ahora Sophie estaría viva, pero Maddie no existiría. Y el mundo sin Maddie… Soy incapaz de pensar en el mundo sin Maddie, lo que solo significa que soy un bastardo.

—No es verdad.

—Lo es.

—No, no lo es —repito atreviéndome a coger sus manos—. Lo serías si le hubieses hecho daño a Sophie queriendo, pero solo asimilaste como pudiste la situación que os tocó vivir. No podías hacer más. Por desgracia, era ella quien tenía que parir y era su cuerpo el que estaba comprometido. Es terrible que muriera, pero no es tu culpa ni puedes sentirte culpable por querer a tu hija y disfrutar de la vida con ella.

—No lo entiendes, Lili…

—Claro que lo entiendo. ¿Cuántas veces crees que he pensado en vender mi casa? Al principio, como me fui a la universidad, evadí el tema por completo. Pero cuando me tocó volver me encontré con una casa llena de recuerdos que hacían arder mi pecho. Quise quemarla desde los cimientos para que desapareciera junto con el recuerdo de mis padres, pero la vida no funciona así. Yo no podía permitirme otra vivienda y, aunque así hubiese sido, aquella era la casa de mis padres. Y la mía. Fui muy feliz allí hasta que lo perdí todo.

—¿Y qué hiciste?

—Vendí o doné las cosas que no necesitaba, salvo algunos recuerdos de los que me era imposible desprenderme. No fue fácil ni bonito. No puede serlo, cuando tienes que dejar ir sus cosas, porque algo dentro de mí quería esperar. Supongo que, en el fondo, quería creer que, si no tiraba sus cosas, no se irían del todo.

—Lili…

—Aún hay días en los que me reprocho a mí misma haber hecho de la casa un lugar solo mío, pero no puedo anclarme en lo que les pasó ni pensar en lo que hubiese ocurrido si mi padre no me hubiera empujado para recibir la viga de madera que iba a matarme a mí, y acabó terminando con su vida. No puedo pensar en eso porque entonces ¿qué me queda? ¿Malvivir hasta que mis días se acaben? Eso no parece sano, ni justo.

—Siento muchísimo que pasaras por eso —dice con la voz enronquecida.

—Y yo siento muchísimo que perdieras a Sophie.

Sus labios se fruncen. No es una sonrisa, pero es una mueca de entendimiento. Por un instante solo puedo pensar en el hecho macabro, pero de alguna extraña manera bonito, de que mi alma rota haya logrado dar con alguien tan roto como yo.

—Han pasado casi cuatro años, pero cuando pienso en ello, siento que ha sido toda una vida. Me identifico tan poco con el chico que era antes de Sophie… Y antes de Maddie.

—¿Cómo crees que hubiese sido tu vida si no hubiera ocurrido esto? —pregunto con interés.

Él me mira un poco sorprendido. Supongo que nunca le han preguntado algo así.

—¿Si no hubiese conocido a Sophie?

—No, si no se hubiese quedado embarazada. Si hubieseis seguido vuestros planes de no tener hijos ni familia. O si hubieras dado a Maddie en adopción.

—Oh, lo teníamos muy claro. Estaríamos juntos mientras durara la diversión y luego todo acabaría y, con suerte, seguiríamos siendo amigos.

Frunzo el ceño. Eso no me encaja demasiado.

—Pero... has dicho que la querías.

—Y es cierto, pero también he dicho que seguramente no era un amor sano. Me gustaba estar con Sophie porque guardaba dentro aún más rencor que yo y esperaba de la vida tan poco como yo. En aquel entonces con eso tenía más que suficiente, pero cuanto más tiempo pasa, más cuenta me doy de que no habríamos llegado demasiado lejos. En algún punto del camino alguno de los dos lo habría jodido todo.

—Eres muy pesimista.

—Realista. Sophie y yo... no éramos como tú y yo. —Me tenso y él sonríe—. No estoy comparando. Me refiero a que no éramos muy maduros. O sí, porque nos tocó vivir cosas duras en el pasado, pero a nivel emocional éramos como bebés. Vivimos nuestra relación a través del sexo, la rabia y la decepción constante con la vida y con nosotros mismos. Yo sí la quise, Lili, no puedo negarlo, pero creo que ese amor habría muerto antes o después si las cosas no hubieran sucedido como sucedieron.

Entiendo sus palabras y, aunque supongo que debería dolerme que Blake me diga que estuvo enamorado de otra mujer, no es así. Primero porque nosotros aún no somos nada. O no somos algo lo bastante estable como para que me plantee esas cosas. Y segundo y más importante, porque la historia de Blake hace que él sea quien es ahora mismo. Sin Sophie, posiblemente seguiría siendo un chico perdido. Tal vez incluso sería él el que estuviera muerto. No lo sé, pero lo que sí sé es que ella marcó un antes y un después y eso no solo es respetable, sino que es parte de lo que ha convertido a Blake en la persona que es hoy.

—De verdad siento mucho que acabara así —murmuro.

—Sí. Y yo… —Nos quedamos en silencio y, entonces, oigo su voz, baja y un tanto insegura, lo que me deja helada, porque jamás lo he oído así—. Y dime, ¿todavía piensas que Maddie merece que le hable de su madre?

—Por supuesto —afirmo con sinceridad.

—¿Y qué le digo? —La inseguridad se deja oír en su voz—. ¿Que la concebimos borrachos y drogados? ¿Que en vez de celebrar la noticia de su llegada, nos gritamos como locos? ¿Que su madre lloró durante días por no poder abortar y yo pensé durante esos mismos días que un bebé arruinaría mi vida? ¿Que estuvo a punto de ser dada en adopción? ¿O le digo que para que pudiera nacer su madre tuvo que morir? —Carraspea para espantar la emoción que el torrente de palabras que acaba de liberar le ha provocado y se mira las manos de nuevo, así que entrelazo mis dedos con los suyos y los aprieto para que me mire.

—Podrías decirle que su madre fue una mujer alegre, lista, preciosa y simpática. Que le encantaba bailar, aunque te ahorres

362

lo de subir a las barras, y que estás seguro de que se habría enamorado de ella nada más verla, porque es lo que te pasó a ti, Blake. Y todo lo demás, todo lo que pensasteis al saber que llegaría al mundo, cómo la concebisteis o las dudas que tuvierais dan igual. Lo que de verdad importa es que desde que llegó te has esforzado por ser un buen padre y poner el mundo a sus pies. El resto… ni siquiera importa tanto.

Pensé que nada más podría removerme hoy, pero me equivocaba, porque Blake Sullivan me mira y, por primera vez, sus ojos se cargan de unas lágrimas que no deja caer, pero que me rompen el alma en pedazos, porque es el mejor padre del mundo y ni siquiera es capaz de verlo, mucho menos de creerlo.

48

Blake

Contarle a Lili todo lo de Sophie ha resultado ser sorprendente-mente liberador, sobre todo teniendo en cuenta que nunca había hablado de esto con nadie. Sin saberlo, era una carga que soportaba con una tensión indescriptible. Y me siento bien porque por prime-ra vez sé que puedo confiar en alguien tanto como para abrirme de este modo, pero también estoy completamente exhausto.

La miro, tan comprensiva y entera mientras acaricia mis ma-nos, que pienso en la propia carga que soporta y me pregunto cómo demonios lo hace para respirar con normalidad y no haber-se dejado vencer por la amargura. ¿Cómo es posible que siga sien-do tan amable y dulce con todo el mundo? Yo llevo toda la vida sintiendo una rabia tan grande que me resulta imposible enfrentar mis traumas de otro modo que no sea con aspereza y hosquedad.

Me levanto, porque después de sus palabras no sé qué decir. Tengo mucho que pensar, sobre todo acerca de cómo hablarle a Maddie de su madre, aunque admito que las palabras de Lili me han calado hondo. Aun así, carraspeo y estiro la espalda.

—¿Quieres una copa de vino? ¿Una cerveza? Porque necesito alcohol y no quiero beber solo.

Ella sonríe un poco.

—¿Quieres alcohol porque pretendes emborracharte y así mañana poder volver a ser un gruñón y echarle la culpa a la bebida?

La miro con los ojos como platos.

—De verdad de la buena que tienes que trabajar en tu concepto sobre mí.

Lejos de ofenderse, suelta una pequeña carcajada y se retrepa en el sofá.

—Té para mí. A poder ser sin teína. Ya sabes que no bebo alcohol.

Prácticamente gimo de frustración.

—¿Vas a hacer que me tome una cerveza mientras tomas una infusión? ¿Tienes idea de la imagen que da eso de mí?

—Créeme, tu imagen no empeorará por eso. —Entrecierro los ojos y se ríe—. A lo mejor sí tengo que trabajar un poco en mis cumplidos.

—¿Un poco?

Lili se ríe y, en el fondo, le sigo la corriente y agradezco el cambio de tema, porque eso me da un poco más de tiempo para calmarme y, de paso, relajar el ambiente.

Voy a la cocina y preparo una tetera para los dos porque, después de preguntarme si pienso excusarme en el alcohol mañana, me doy cuenta de que es posible que yo no lo haga, pero no quiero que ella tenga dudas sobre mis motivos para sincerarme. No estoy influenciado de ninguna de las maneras y quiero que lo tenga claro, así que vuelvo al salón con dos tazas de té sin teína. Triste, pero cierto.

—Has decidido ser un buen chico a última hora, ¿eh?

—No me hagas hablar… —murmuro.

—No, en realidad, hoy ya has hablado mucho y te lo agradezco.

Me gusta que saque el tema de nuevo, aunque sea de un modo más superficial. Supongo que ahora que sabe de la existencia de Sophie será más fácil para los dos gestionar lo que sea que esté pasando por la cabeza de Maddie. O sea, lo gestionaré yo, pero ella me aconsejará de algún modo. Hablamos un poco más de ello, pero cuando se acaba la infusión, Lili se levanta para marcharse y yo no hago nada por impedirlo, porque tengo un dolor de cabeza tremendo y creo que me va a venir bien quedarme a solas para reflexionar acerca de lo sucedido.

Al final, lo que pensé que sería una noche de sexo furtivo, como otras veces, se ha convertido en una noche de confesiones, y eso, lejos de molestarme, me parece bien. Puede que sea una forma de afianzarnos más en esto que estamos construyendo.

Ya en la puerta, justo cuando está a punto de marcharse, la acerco a mí, la beso en los labios y abrocho los botones superiores de su abrigo, asegurándome de que está bien tapada.

—No queremos que la miss enferme, ¿verdad?

—Creo que tengo más posibilidades de enfermar después de haber estado…, mmm…, unida a ti cuando posiblemente estabas poniéndote enfermo.

—Si te refieres a lo mucho que follamos justo antes de que yo ardiera en fiebre, déjame decirte que no me arrepiento de nada.

Se ruboriza y me río.

—Eres un bicho, Blake Sullivan. Cada día más.

—Y tú eres adorable, Lilibeth Turner. Cada día más.

Se marcha después de sacarme la lengua y yo cierro la puerta, subo las escaleras y me tumbo en la cama, pero no duro más de tres minutos. Mi dolor de cabeza no mengua y mi ansiedad está a punto de hacerme trepar por las paredes, así que voy a la habitación de Maddie y, aun a riesgo de despertarla, me meto con ella en la cama y la abrazo con cuidado. Ella no se despierta, pero me rodea con los brazos de inmediato haciéndome sonreír. Pienso en Sophie de un modo irremediable. Lo he hecho mucho desde que murió, sobre todo porque es imposible olvidarme de ella cuando veo tantos rasgos suyos en Maddie.

Imagino distintos escenarios en los que podría hablarle a Maddie sobre su madre y, al final, decido que intentaré hacerlo con la mayor naturalidad posible para que la niña lo entienda con claridad y no sienta que intento ocultarle cosas.

Como no puedo dormir, sigo pensando en ello. Quizá por eso acabo preguntándome, no por primera vez, si habrá algo más allá de la muerte. Hay días, la mayoría, que pienso que no hay nada. Que uno se muere y ahí se acaba todo. Pero otros, como hoy, me pregunto si será verdad eso que dicen de que nuestros seres queridos pueden vernos desde el más allá. Y si es así, ¿qué pensará Sophie? ¿Le gustará Maddie?

Qué tontería. Seguro que sí. Se habría vuelto loca por ella, habría adorado a Maddie tanto como yo, o eso es lo que me gusta pensar.

¿Y Lili? ¿Le gustará Lili?

Trago saliva, incómodo. No sé qué pensaría Sophie de ella y no sé si puede vernos desde alguna parte, pero sé lo que pienso y siento yo. Y a mí me gusta Lili. Me gusta lo suficiente como para desear que quiera seguir conmigo. Me gusta tanto como para querer que se quede a mi lado, aun después de haberle mostrado muchos de los monstruos que guardo en el armario.

49

Lili

El viernes por la tarde me preparo para ir a una reunión vecinal y me hago un moño alto y despeinado porque he descubierto que, cuando llevo el pelo recogido, a Blake se le hace casi imposible no besarme el cuello...

Han pasado varios días desde que se sinceró conmigo acerca de su historia con Sophie y, aunque nos hemos visto, los dos hemos estado tan ocupados con los jardines y el trabajo que no hemos hablado más del tema. Sí que nos vimos una noche a solas, porque Blake pidió a Harper que se ocupara de Maddie un par de horas y vino a casa para..., bueno, creo que está claro para qué vino. Fue increíble, como siempre, pero aun así hemos estado demasiado ocupados como para sacar más ratos a solas. Él ha intentado que vaya a su casa a cenar, pero no quiero confundir a Maddie apareciendo por allí casi a diario. Y tampoco quiero precipitarme, si soy del todo sincera.

Mi relación con Blake va bien. Va genial. Pero es innegable que, por primera vez en mi vida, he comenzado una relación dando más importancia al sexo que a la parte emocional. O no, eso no es del todo así. Ha surgido primero el sexo y las emociones que se ligan al acto en sí y, después, lo demás, que ha sido mucho y crece cada día que pasa, aunque pensar en ello me dé vértigo.

Hoy, por ejemplo, Blake ya me ha avisado de que dejará a Maddie con Harper para ir a la reunión vecinal, lo que supone que, al acabar, tendremos un ratito extra antes de que tenga que volver a casa. Pero es lo que tenemos. Ratitos. Y está bien, no es una queja. En cierto modo es como iniciar una relación furtiva. Todo el mundo sabe que pasa algo entre nosotros, aunque al menos han dejado de hacer preguntas. Blake piensa que el pueblo está respetando nuestro espacio, pero no es verdad. Simplemente dan por hecho que ya somos una pareja. Lo sé porque me lo comentan en el club cada vez que voy. No se lo digo a él porque no quiero que se agobie y porque no sé cómo explicarle que las señoras más ancianas de Havenwish me presionan para que cuente detalles de mi vida sexual sin que se ría de mí un buen rato.

Salgo de casa cuando Holly llama a mi puerta. Ella ha dejado a Evan con las niñas en casa, así que llegamos juntas y nos ponemos en las primeras filas. Media hora después lo agradezco un montón, porque Marie, una de las más ancianas de Havenwish, acaba de denunciar públicamente que Margaret, otra vecina de casi noventa años, utiliza abono y fertilizante mágico para ganar el concurso de jardines.

—Te juro por mi vida que voy a empezar a traer palomitas a las reuniones —murmura Holly disfrutando como nunca cuando las dos ancianas empiezan a darse gritos.

—¡No seas envidiosa y estúpida, Marie! O irás al infierno. Y te recuerdo que te queda poco para estirar la pata.

Resulta muy cómico que, después de hablarle tan mal, le tienda el sombrero de la palabra con toda su buena educación a Marie, que lo coge con tranquilidad antes de ponérselo y entrecerrar los ojos.

—¿Me estás amenazando, bruja?

—Sin insultos, por favor —interviene Charles desde detrás de su atril.

—¡No es un insulto! ¡Bruja es una definición porque os repito que Margaret usa abono mágico!

—Sí, Marie, sí. Tengo una vaca que caga magia.

Intento aguantarme la risa, pero Holly es mucho menos disimulada que yo. Está disfrutando tanto que incluso me imagino el modo en que va a contarle todo esto a Evan.

Miro en derredor y veo a Blake a la izquierda de la sala, cruzado de brazos y pies a la altura de los tobillos y con un hombro apoyado en la pared. Tiene la barba un poco más larga de lo que acostumbra y necesita un corte de pelo, pero se ve increíble. Tan increíble como para que se me acelere el corazón. Como si lo hubiera llamado con el pensamiento él mira hacia donde estoy y me guiña un ojo de un modo que…, bien, bueno, digamos que mi corazón no es lo único que se acelera.

La discusión por el abono mágico se extiende un montón, para mi propia sorpresa. ¿Quién iba a decir que un tema así podía estirarse tanto? Al final lo arreglamos como se arregla todo en Havenwish: votando. Jamás pensé que votaría sobre la magia de la mierda de vaca, pero aquí estamos.

Al acabar, los vecinos ofrecen té y pastas, como siempre, pero cuando Blake se acerca y me dice que quiere acompañarme a casa después, le insto para marcharnos ya. No es que no me apetezca el té, es que si nos vamos ahora no tendré que compartir el camino con más vecinos, porque están todos aquí entretenidos con el tema del día.

Caminamos charlando sobre lo ocurrido en la reunión, pero con cada paso que damos nos acercamos un poco más. Blake roza mi mano, al principio tentativamente, pero, cuando ve que le devuelvo el gesto, no duda en entrelazar sus dedos con los míos. Puede parecer una tontería, pero es la primera vez que nos agarramos por la calle y, aunque no haya nadie cerca, es algo emocionante.

La conversación se va apagando, no por falta de tema, sino por la tensión que comienza a crecer entre nosotros. Blake no deja de acariciar mis dedos y, cuando llegamos a la farola que hace esquina justo donde está la iglesia, para y me mira con una sonrisa que ya sé lo que significa.

—No vas a besarme aquí.

—¿Por qué?

—Pueden vernos.

—¿Y? No va a ser más comentado que nuestro primer beso.

Me ruborizo de inmediato. Recordar ese primer beso todavía me pone nerviosa. Creo que me pondrá nerviosa siempre. Blake tiene un modo de besar que, a menudo, me hace perder el sentido de la realidad. Quizá por eso, después de besarlo ahora, reemprendo la marcha y señalo la iglesia con una sonrisa.

—¿Sabes que Eleanor y Charles hicieron cosas muy indecentes contra la fachada?

—No lo sabía, no quería saberlo y no sé por qué lo sabes tú —contesta riendo.

—Bueno, querido, si Eleanor se empeña en traumatizarme, yo comparto mi carga contigo. Al parecer en la juventud de esos dos ha habido mucha pasión.

—No imagino al bueno de Charles empotrando a Eleanor contra la fachada de la iglesia.

—Bueno…

—¿Qué?

—Nada, que tú tampoco pareces de los lanzados. —Él me mira elevando una ceja—. Hosco, gruñón, cascarrabias y un poco oscuro, sí. Puede que por eso tampoco te imagine…

—Obviando el hecho de que de verdad, Lilibeth, de verdad tienes que trabajar en tus cumplidos —me dice él sin dejarme acabar—, permíteme recordarte que, si no llegan a interrumpirnos con nuestro primer beso…

Me niego a confesar que justo he pensado en eso hace unos instantes. En cambio, chasqueo la lengua como si estuviera diciendo una tontería. Al parecer Blake lo encuentra estimulante, o todo un reto, porque de pronto tira de mi mano, desanda unos pasos y comienza a bordear la iglesia.

—¿Qué haces?

Reconozco que sueno un poco nerviosa.

—Te llevo a dar un paseo.

—Blake…

—¿No dices que no puedes imaginarme?

Su sonrisa es tan pícara que mi corazón se acelera.

—No.

—¿No has dicho eso?

—¡No vamos a hacer lo que estás pensando!

Él para en seco, estamos a punto de llegar a la fachada de detrás de la iglesia. Aquí la luz de la farola de la calle principal apenas llega y, aun así, vislumbro su rostro entre las sombras.

—¿Porque no te apetece o porque no quieres darme la razón? —Guardo silencio un instante y él sonríe soltando mi mano—. Hagamos una cosa. Yo voy a caminar lentamente hacia atrás, hacia la fachada. Eres muy libre de venir a la oscuridad conmigo o quedarte ahí, a salvo.

—Vamos, Blake…

—Todo depende de ti, Lilibeth.

En momentos así, cuando sonríe en la oscuridad y juega conmigo de este modo, me resulta muy fácil ver al chico de veintiséis años que, hasta no hace tanto, vivía la vida exprimiendo al máximo cada segundo, de locura en locura, sin preocuparse de nada, ni siquiera de su propia vida. Me doy cuenta, ahora que sé la historia que hay detrás, de que las veces que se lanza, ya sea en el almacén de una reunión vecinal, en la cocina de su casa o ahora, vislumbro partes del Blake que era antes de tener a Maddie. Es como completar un puzle al que le faltaban algunas piezas y, quizá por eso, conmovida y atraída como una polilla hacia la luz, me adentro con él en la oscuridad y dejo que me lleve a la parte de atrás de la iglesia, olvidándome de las posibles consecuencias de esto. Porque eso es lo que Blake consigue conmigo: me impulsa a ir hasta el final de caminos que no conozco pero que me hacen sentir más viva que nunca.

La adrenalina se junta con el morbo, y la excitación es tal que, cuando quiero darme cuenta, estoy llegando mucho, muchísimo más lejos de lo que imaginé nunca. Tanto como para acabar mordiendo su hombro y gimiendo su nombre de un modo completamente impúdico.

Cuando terminamos me recoloca la ropa con dulzura mientras me mira de un modo que me hace temblar, y no por el orgasmo que acabo de tener. Beso sus labios y, cuando me envuelve entre sus brazos, me siento en casa por primera vez en mucho mucho tiempo.

Reemprendemos el camino, que continúa solitario, y, aunque intento no pensarlo, me resulta imposible no hacerlo: el relato de Eleanor viene a mi mente y me pregunto si, cuando yo sea mayor, atormentaré a la gente joven de Havenwish contándoles mis peripecias sexuales. Me río sin poder evitarlo, atrayendo la atención de Blake.

—¿Qué es tan gracioso? —pregunta justo antes de darse cuenta de que me he dejado los botones superiores del abrigo sin abrochar, como acostumbro, y me los cierre, como hace siempre desde que dimos un paso más.

—Nada. Pensaba en Eleanor.

Blake eleva una ceja.

—Justo lo que un hombre quiere oír después de hacer que su chica se corra.

Me río, pero entonces me doy cuenta de lo que ha dicho: «su chica». Lo miro. La tensión crepita entre los dos y me doy cuenta de que él también está pensando en lo mismo. Quiero reaccionar, de verdad, el problema es que el instinto me dice que grite de alegría y, al mismo tiempo, me exige que camine hacia casa, cierre la puerta y desaparezca. No pensé que tendría los sentimientos tan encontrados a estas alturas, pero no puedo evitarlo. Blake advierte mi inquietud y, seguramente por eso, carraspea y me empieza a hablar de su trabajo, haciendo ver que no pasa nada. Llegamos a casa y nos paramos frente a la puerta del jardín. Los dos sabemos que no va a entrar, tiene que volver a su casa, con Maddie, así que sonrío y me balanceo un poco sobre mis talones.

—Gracias por acompañarme a casa.

—Es un placer.

—Eres muy galante —murmuro en tono jocoso.

—Sí, ¿verdad? Me encanta ser todo un caballero con las chicas a las que me...

—Mejor no acabes, ¿quieres? Ibas muy bien hasta ahora. —Ríe y le imito—. Hace una noche increíble. Nada de lluvia, ¿te has fijado?

—Lilibeth.

—¿Sí?

—Estamos a viernes y prácticamente ha llovido toda la semana. La tierra aún huele a agua.

—Pero hace semanas que no tenemos tormenta.

Él aprieta mi mano en un acto reflejo, entendiendo el significado, y yo sonrío agradecida.

—La próxima vez que haya tormenta tal vez podrías quedarte en casa con nosotros.

—Te lo agradezco mucho, pero me gusta estar en mi casa. Además, tú tienes a Maddie. Eso la confundiría demasiado.

—Me pregunta por ti a diario —admite él.

—Porque soy su miss.

—Creo que empieza a entender que eres algo más. Y yo también.

Mis nervios se intensifican y, como no sé qué decir, me pongo de puntillas, beso sus labios y doy un paso atrás.

—Descansa, Blake.

—Este finde me gustaría tenerte en mi cama, Lili.

—Eso es difícil, puesto que tienes una hija que...

—Resulta que mi hija tiene una invitación a una fiesta de pijamas en casa de Holly y Evan. Creo que tienes razón y es hora de confiar en alguien más, aparte de en Harper y en ti, para cuidar de ella.

Lo miro boquiabierta.

—Holly no me ha dicho nada.

—Bueno, querida, Holly no tiene que contártelo todo. —Me guiña un ojo y se va mientras me quedo hecha un manojo de nervios.

—Y una mierda que no —mascullo para mí misma.

Entro en casa y le envío un mensaje de inmediato.

Lili

¿Cómo es que Maddie se queda mañana contigo?

Su respuesta no se hace de rogar. Llega apenas unos instantes después de escribirle.

Holly

Es mi regalo de cumpleaños adelantado para ti, cariño. ¿Verdad que soy la mejor amiga del mundo? A veces me da envidia la suerte que tienes conmigo.

Me río, pero es solo hasta que recuerdo que mañana Blake tiene toda la noche libre y me quiere en su casa, con él. Una noche entera. La emoción, la excitación, los nervios y la ansiedad empiezan a hacer un cóctel en mi estómago que amenaza con dejarme sin estabilidad emocional, así que subo las escaleras, me pongo el pijama y me meto en la cama intentando calmarme.

He tratado de ir con pies de plomo en esto porque no quiero meterme en algo que a la larga puede hacerme daño, pero las líneas cada vez son más difusas y resistirme a una noche entera con Blake... Eso es demasiado pedir, incluso para mi propia voluntad.

Además, sería realmente idiota si no admitiera, al menos para mí misma, que sueño a menudo con disfrutar con Blake de algo más que encuentros furtivos.

Mi teléfono suena y pienso que será Holly respondiendo al montón de *stickers* de dudosa educación que le he enviado, pero se trata de Blake.

Blake

Piénsalo bien, Lili. Tú traes cerveza para mí
y yo cocino tu plato favorito, sea el que sea.
Además, los condones los pongo yo.

Lili

Tanto romanticismo está acabando conmigo.

Blake

¿Es eso lo que quieres? ¿Romanticismo?

No respondo. No sé bien qué decir y, al parecer, Blake lo interpreta a su manera, porque de inmediato me llega otro mensaje.

Blake

Romanticismo tendrás. Hasta mañana, Lilibeth.

Pongo el teléfono en la mesita de noche y cierro los ojos en un gesto inútil, porque yo sé de una que esta noche no va a poder dormir nada.

50

Blake

Lili se retrepa en la silla y se acaricia la barriga resoplando y haciéndome reír. Al parecer he hecho demasiada comida, pero hay que entenderme. Primero le pedí a Eleanor que me diera la receta de algo que le gustase a Lili, lo que supuso todo un interrogatorio y acabar por confesarle que tenemos una cita oficial y quería cocinar para ella. Se puso tan contenta que me dio su receta de estofado que, al parecer, le encanta a Lili, claro que también me dijo que le gustan mucho los *fish and chips,* de modo que decidí que haría las dos cosas. Y una ensalada porque, no sé, la ensalada siempre entra bien, ¿verdad? De postre, como no me decidía entre una tarta de queso y arándanos o una mousse de chocolate, he hecho las dos. Y de beber encontré en la tienda de Matilda un vino seco afrutado y sin alcohol, así que supongo que habrá quien diga que esto no es vino, pero Lili me lo ha agradecido con una sonrisa tan grande que no he podido más que enorgullecerme de mí mismo.

Después de lo de anoche me queda claro que hemos empezado la casa por el tejado. No es una queja. El sexo nos ha servido de base y, particularmente, no tengo nada en contra. Lili nunca ha tenido una relación seria y la única de ese tipo que yo tuve fue tan distinta y trágica que no hay forma de comparar. Con Sophie ni siquiera pensaba en mis emociones, porque todas eran malas. No es una metáfora. Todas mis emociones eran malas porque mi vida era mala, salvo cuando estábamos juntos. Entonces sí eran buenas, pero cuando se quedó embarazada todo giró en torno a eso y los malos sentimientos volvieron con más fuerza que nunca. No tuvimos primeras citas ni grandes gestos románticos porque… No sé por qué, la verdad. Imagino que nos bastaba con tenernos el uno al otro en medio de tanta ira, rabia y desgracia. Era un hombre muy distinto en aquel momento, así que las comparaciones me parecen un poco absurdas.

En el fondo, creo que Lili tampoco es excesivamente romántica, o no de un modo convencional. Algo me dice que ella ve más romántico hacer un pícnic tranquilo en la colina que un gesto grandilocuente que seguramente le haría pasar vergüenza, por eso me he negado a poner pétalos de flores o cosas parecidas que leí en internet. He encendido velas, eso sí, porque considero que la luz que dan es más cálida que la de las lámparas. Y he puesto música suave para relajar el ambiente, pero nada de pétalos porque no quiero que piense que soy un cursi. Además, Lili adora tanto las flores que, si se me ocurre desmembrar rosas para coger los pétalos, igual incluso me llevo una bronca.

—Se me hace rarísimo estar aquí y no ver a Maddie en su alfombra —dice ella mirando hacia la parte del salón en la que la niña suele estar siempre que viene—. ¿Cómo lo estás llevando?

—Bien. —Eleva una ceja y me río, porque es evidente que no me cree—. Lo estoy llevando bien —insisto—. Estoy nervioso por si Maddie me echa de menos, pero confío en que Holly y Evan me avisarán si algo va mal.

—¿Cómo ha sido la experiencia de dejarla allí y venirte?

—Menos melodramático de lo que imaginé. Ni siquiera se ha despedido de mí. Hemos llegado y ha salido disparada a jugar con Charlotte y Bella.

Supongo que no puedo evitar que mi entrecejo se arrugue, porque ella se ríe de nuevo.

—Sé que eso puede doler, pero es muy positivo. Se siente a salvo y a gusto con ellas. Es genial.

—Lo sé, eso mismo intento repetirme. Además, Holly y Evan han hecho un grupo conmigo solo para pasarme fotos de Maddie y, si te soy sincero, en el rato que hace que la he dejado allí tengo para llenar un álbum entero. —Nos reímos—. Son increíbles.

—Lo son —corrobora ella—. Puedes estar muy tranquilo mientras tu hija esté con ellos.

—Sí, eso creo. Y pensar que cuando llegué aquí no me fiaba de nadie… —Me mira con cierta intención, los dos sabemos que ella era una de las personas de las que menos me fiaba—. Siento haber sido un cretino los primeros meses.

—Bueno, ahora que sé todo lo que has pasado te entiendo.

La miro pensativo. No, en realidad no lo sabe todo y, aunque quiero contárselo, no sé cómo hacerlo, no porque sienta que estoy haciendo algo mal, sino porque no quiero manchar nuestra primera noche a solas con otro drama de mi pasado que, de todos modos, no va a desaparecer por arte de magia.

Hoy quiero hablar mucho, pero de otras cosas. Nosotros, por ejemplo. No sé cómo sacar el tema sin resultar brusco, así que lo pospongo hasta que acabamos la cena, el postre y nos sentamos en el sofá, ella con su vino sin alcohol y yo con un botellín de cerveza que hago girar en mi mano con nerviosismo.

—Y dime… ¿Cómo ha estado el nivel de romanticismo hasta ahora? —pregunto en un tono jocoso, porque en realidad me da un poco de reparo que se ría de mí, lo que es una estupidez porque Lili no se reiría jamás de nadie.

—Justo en su medida, como más me gusta.

—Estuve a punto de tirar pétalos de flores por aquí y por allá. En la cama, quizá.

—Si llegas a cortar las flores de Eleanor para eso te mata ella y, si te salvas, te remato yo. —Nos reímos y la tensión que siento parece disiparse—. Además, las flores dejarían marcas en las sábanas cuando…

Se ruboriza en el momento en que se da cuenta de lo que iba a decir. No me río. No quiero que entienda que lo tomo a broma porque, a decir verdad, yo mismo he visualizado lo que haremos en mi cama. La simple certeza de poder estar con ella una noche entera me hace tragar saliva. Y, aun así…

—No tienes que hacer nada que no quieras —le digo, porque lo pienso de verdad, pero sobre todo por si ella alberga una mínima duda—. Soy feliz teniéndote aquí, Lilibeth. Podríamos jugar a las cartas y seguiría siendo feliz. O hablar toda la noche de lo que nos preocupa. O…

—Blake, llevo semanas contigo y soñando cómo sería hacerlo en una cama sin prisas o sin que nos pueda pillar alguien —me dice cortándome.

Una parte de mí quiere reírse, pero otra mucho mayor siente que comprende por qué lo dice. Estar con Lili es increíble, pero, aunque me encante la adrenalina de hacerlo a escondidas, en la cocina, en el baño o detrás de la iglesia del pueblo, lo cierto es que me muero por saber cómo será estar con ella con la calma que solo da el privilegio de no tener que mirar el reloj constantemente.

Quizá por eso, en vez de responder, me acerco y beso sus labios. Lili suspira sobre ellos, lo que me hace sentir una especie de bienestar que no podría expresar con palabras. Es como… como estar en casa. Y cuando has crecido entre casas de acogida y la calle, eso es mucho decir.

—Besas muy bien, Blake Sullivan.

—Pretendo hacer otras cosas muy bien, si me dejas.

—Soy toda tuya.

Sé muy bien que no lo dice en el sentido estricto de la palabra, pero aun así lo tomo como una señal. Me levanto, la cojo en brazos para su propia sorpresa y la llevo escaleras arriba mientras su risa resuena en toda la casa y pienso, de la nada, lo mucho que me gustaría oírla más veces aquí.

Cuando la tumbo en la cama y la miro, con una sonrisa que pondría de rodillas a cualquiera, el pelo desparramado sobre mi colchón, un jersey de lana verde botella enorme y un pantalón vaquero con florecitas bordadas por la pierna izquierda, todo lo que puedo pensar es que soy el hombre con más suerte del universo y espero, de verdad espero no meter la pata, porque bien sabe el cielo lo experto que soy en joderlo todo.

51

Lili

Hay momentos en la vida que son transcendentales. La muerte de los padres. El nacimiento de un hijo. La primera vez que ejerces la profesión con la que tanto has soñado. Para mí, el momento en que Blake se tumba sobre mí en su cama por primera vez es tan trascendental como uno de esos porque sé que, aunque esto salga mal, atesoraré este recuerdo siempre y formará parte de los buenos. De los valiosos. De los que merecen ser colocados en la estantería más bonita de la parte del cerebro que se encargue de los recuerdos.

Nos besamos con tanta calma que, en algún momento, empujo su pecho para que ruede y me permita subir sobre su cuerpo, porque su peso empieza a ser importante.

Esta vez no hay manos en nuestras bocas para silenciar los posibles gemidos y no apretamos los labios para intentar no hacer ruido porque eso ni siquiera importa. Tengo toda una noche para disfrutar de él y empiezo besando cada parcela de piel que no está cubierta por ropa.

Nos desnudamos con lentitud, me fijo en todos los detalles de su cuerpo. Las cicatrices, los lunares, las pecas de sus hombros y el modo en que sus ojos se entrecierran hasta convertirse en una rendija cuando beso un punto clave para su placer.

Nos besamos con fuerza, suave, rápido, lento, con intensidad y con tanta pausa que es como si solo nos rozáramos. Investigamos de cuántas formas nuestras manos, bocas y cuerpos son capaces de complacer al otro y descubrimos que son muchas, casi infinitas.

Su nombre se me escapa entre suspiros, a veces mirándolo a los ojos y otras con los míos cerrados y el cuerpo arqueado, buscando más de él y de lo que me da.

No es nuestra primera vez juntos, pero es nuestra primera noche completa y eso lo convierte en algo indescriptible.

El orgasmo llega, claro que llega, con Blake siempre lo hace, pero esta vez ni siquiera es tan importante como la mezcla de emociones que cada vez colma más el vaso de sensaciones que lleva meses llenándose y que por fin rebosa irrefrenable. Ya no se trata de que sepa cómo tocarme, besarme o lamerme para hacerme llegar al clímax. Se trata de que solo con mirarme provoca tsunamis en mí y no físicamente. Es algo que va más allá. Mucho más allá, aunque el miedo me paralice cuando lo pienso.

—Quédate conmigo —susurra junto a mi oreja cuando su cuerpo lucha por recuperar la calma después de elevarse conmigo en un orgasmo que nos ha dejado exhaustos—. Quédate conmigo, Lilibeth.

Su mano derecha se aferra a mi cadera y su izquierda acaricia mi costado como si, pese a todo lo que acabamos de hacer, necesitara tocarme. O quizá precisamente por eso.

—Sí —respondo, aun dándome cuenta de que ignoro si se refiere a esta noche o a más. Mucho más. Trago saliva, beso su mejilla mientras enredo mis manos en su pelo y tiro hacia atrás con suavidad para que me mire—. Sí...

La sonrisa que Blake me dedica bastaría para detener una guerra. También sería suficiente para iniciarla. Está haciéndome perder la cabeza y yo... yo no sé cómo pararlo. Y tampoco sé si quiero hacerlo.

Unos minutos después, Blake sale de la cama y del dormitorio. Cuando vuelve lo hace con una botella de agua y dos vasos. Aún está desnudo y yo no he salido de la cama. Necesito una ducha, pero quiero que sea con él y, cuando se lo digo, su respuesta es volver a sonreír como si hubiera tenido la mejor idea del mundo.

Por primera vez nos duchamos sin llegar a más. Estamos cansados y de alguna manera los dos intuimos que esta noche no es solo para el sexo. Quizá por eso no me extraña que, al salir, Blake se ofrezca a secarme el pelo. No es solo que esté pendiente de mis necesidades físicas, es que él... él me ve. Me ve lo bastante como para saber qué necesito, por nimio que sea.

Supongo que lo que intento decir es que Blake Sullivan podría hacerme creer que bajaría la luna si se la pidiera.

Me seca el pelo, me presta una camiseta suya que me queda enorme y no puede ser más cómoda y nos metemos juntos en la cama. Me abraza por el costado mientras mi mejilla descansa en su pecho y los dos miramos por la ventana, donde ha comenzado a llover con suavidad. La noche es cerrada, se hace imposible ver las estrellas, mucho menos desde aquí, y, sin embargo, yo juraría que veo el cielo repleto de ellas.

No sé qué hora es cuando abro los ojos y tampoco sé a qué hora me dormí, pero sé que Blake está despierto y mirándome con ojos hinchados y somnolientos, pero cargados de una emoción que no sé describir. O quizá es que no estoy lista para hacerlo. Estamos tumbados de costado y mirándonos de frente. Supongo que en algún momento descubrimos que lo de dormir abrazados es bonito, pero poco práctico.

—No te has ido. —Su voz matutina es aún más ronca que la normal y me encanta.

—No. —Él sonríe de un modo que consigue que me olvide, incluso, de que debo de tener unas pintas horribles—. Resulta que tienes una cama muy cómoda, Blake Sullivan.

—¿Y qué me dices de mi cuerpo? —pregunta acercándose a mí.

Su mano se coloca en mi cadera desnuda, a consecuencia de la camiseta que se ha subido. Casi puedo saborear el maravilloso sexo matutino que vamos a tener, pero entonces alguien toca a la puerta y Blake se sobresalta mirando su teléfono de inmediato. Imagino que no debe de tener notificaciones de Evan ni Holly, que es lo que primero que he pensado yo también. Aun así, se pone un pantalón de chándal a toda prisa y baja las escaleras.

Yo me siento en la cama e intento averiguar qué hacer. ¿Debería vestirme y bajar? ¿Y si son mis amigos con Maddie? ¿Y si ha pasado mala noche? No, no creo que sea eso porque ellos avisarían, son muy de fiar.

Mi corazón se calma un poco cuando a la que oigo es a Eleanor.

—¡Buenos días, querido! Traigo algo para reponer fuerzas. —Su risa es tan estridente que me tapo la cara avergonzada. No puedo creerlo—. Ay, qué ojeras. Todavía recuerdo cuando mi Charles y yo teníamos esas mismas ojeras y…

—Eleanor, no me interesa saber de qué teníais Charles y tú ojeras. ¡Y no deberías traer pasteles solo porque…! ¡Por lo que sea que has traído pasteles!

—Porque Lilibeth por fin ha pasado la noche en casa, ¿por qué más?

Esta vez no me sirve solo con las manos. Me tumbo en la cama y me tapo entera con la sábana, como si pudieran verme pese a estar en la planta superior.

Blake la echa prácticamente sin disimular y yo, de pronto, siento unas ganas de reír insoportables, mezcla de la incredulidad, la vergüenza y el surrealismo más extremo. Salgo de la cama para intentar evitarlo, porque creo que es histerismo, bajo los escalones y me encuentro con Blake en medio del salón con un bizcocho en la mano, el cabello despeinado, el torso al descubierto y el ceño más fruncido que en toda su vida. Sigue siendo un hombre serio y gruñón, pero ahora que sé lo adorable que puede llegar a ser bajo todas esas capas de mal humor y miradas hoscas reconozco que me siento un poquito privilegiada.

—¿Te lo puedes creer? —pregunta señalando el bizcocho—. ¡Es un postre para celebrar que follamos! ¿Qué se supone que hace uno con esto?

Las carcajadas que he intentado retener brotan a borbotones de mi garganta. Me acerco, me alzo de puntillas y beso sus labios pasando la yema de mis dedos por su entrecejo arrugado.

—Creo que lo mejor que podemos hacer es comérnoslo en su honor.

—Estás desnuda debajo de eso, todavía hueles a sexo y llevas mi ropa. No quiero comerme un puto bizcocho en honor a Eleanor.

Su tono es tan lastimero que no puedo evitar volver a reír.

—Vamos, seguro que está rico y nos hace coger fuerzas...

Eso parece convencerlo. Vamos a la cocina y, mientras Blake prepara café para él y té para mí, corto un par de trozos del bizcocho y lo reparto en dos platos. Cuando salgo para sentarme junto a la mesa del salón pienso en que es el primer domingo en mucho tiempo que amanezco fuera de casa. De hecho, hace meses de la última vez y fue porque la tormenta era tan intensa que accedí a dormir en casa de Evan y Holly, junto a las pequeñas Charlotte y Bella.

No puedo mentir, una pequeña vocecita en mi cabeza todavía me grita que salga corriendo de aquí. Que vaya a casa y me ponga a salvo, donde no puedan dañarme. Pero otra... otra quiere quedarse, comer bizcocho, disfrutar de algunas caricias mañaneras y no pensar en el futuro. ¿Es tanto pedir? ¿Acaso eso es tan malo? Además, Blake no es un hombre incapaz de comprender mis necesidades. Lo ha demostrado muchas veces dándome espacio, sin quejarse cada vez que me marcho, pese a dejarme claro que le gustaría que me quedara más tiempo, o acatando mis deseos cuando no quiero verlo a él, ni a nadie, y solo quiero estar en casa disfrutando de mi soledad.

Y, aun así, dice cosas como esa del otro día... Me mordisqueo el labio y, cuando lo veo aparecer, me pregunto, no por primera vez, si iba en serio. Y no sé si es por la buena noche que hemos pasado, lo bien que huele el aroma del té y el café mezclándose o la relajación que siento, pero el caso es que pienso que igual no es tan mala idea empezar a tener algunas conversaciones.

—El otro día dijiste algo que me sorprendió.

—Ah, ¿sí?

—Ajá.

—¿Qué dije?

Dudo unos segundos. Muy pocos. Si quiero hacer esto de verdad, tengo que hacerlo bien. Sin miedo, o al menos fingiendo no tenerlo.

—Dijiste que soy tu chica…

—¿Dije eso? —Mordisquea su trozo de bizcocho con un aire tan inocente que sé de inmediato que está disimulando.

—Sí.

—¿Dónde?

—No te hagas el tonto. —Él me mira como si no me entendiera—. Detrás de la iglesia.

—Mmm. ¿Antes o después de correrme? —Lo miro mal, fatal, pero él simplemente se ríe—. Solo intento que no te agobies.

—¿Agobiarme?

—Vamos, Lili…, si vas a usar eso para salir corriendo, déjame evadir el tema, ¿quieres?

Lo miro un tanto consternada, porque no esperaba esas palabras.

—No voy a usarlo para salir corriendo.

—Ah, ¿no?

—No.

—Oh.

Parece tan sorprendido que la tensión que he acumulado hace solo un momento se disipa un poco.

—Sí, oh —contesto en tono irónico—. Más bien me preguntaba si… Bueno, ya sabes.

—La verdad es que no sé.

Entrecierro los ojos y lo miro mal. Otra vez.

—Me vas a hacer decirlo, ¿no?

—Oh, sí —comenta retrepándose en la silla y comiéndose el bizcocho.

—¿Lo decías de verdad? Lo de ser tu chica y todo eso.

Blake se relame algunas migas del bizcocho y deja el trozo que tiene entre los dedos en el plato. Creo que por fin ha entendido que la conversación es más seria de lo que él creía.

—Aun a riesgo de que esto te asuste: sí, lo decía de verdad. No es que te considere parte de mi propiedad ni nada de eso. Yo solo… Me gusta estar contigo, Lili. Me gusta mucho. Y no dejo de preguntarme si para ti esto es algo más que sexo. O eso solo lo siento yo.

—Blake…

—Es un gran sexo, no me malinterpretes. Estoy muy feliz con el modo en que ha empezado nuestra relación, pero yo… yo creo que estoy listo para algo más. Nunca pensé que me sentiría así, si te soy sincero. Y tampoco puedo negarte que a veces siento cierta culpabilidad, eso ya lo sabes, pero aun así… No sé. En serio creo que estoy listo para algo más. —Intento hablar, pero me interrumpe—. Sé que quizá no estés en ese punto y no pasa nada, de verdad. Puedo esperar. Maddie y yo no pensamos ir a ninguna parte. A no ser que el problema sea ella…

—¡No! —exclamo enseguida. Y el modo en que sus hombros se relajan me dejan ver lo mucho que temía mi respuesta—.

Adoro a Maddie, Blake. Ella no supone un problema a la hora de salir contigo. El problema, más bien, soy yo.

—No lo eres.

—Lo soy. —Doy un sorbo a mi té intentando infundirme ánimos. Sé bien que tengo que hacer esto. Blake me gusta mucho, muchísimo, y si quiero que lo nuestro prospere, tengo que aprender a ser sincera con él respecto a lo que siento—. No estoy acostumbrada a meter gente nueva en mi vida. Los vecinos de Havenwish han estado siempre, en la universidad no hice amigos que perduren hoy en día porque, bueno, estaba lidiando con un duelo tremendo. —Suspiro y me obligo a decir la verdad completa, y no solo a medias. Ya es hora. No habrá un momento mejor que este—. Y porque en el fondo siento que, tarde o temprano, todo el mundo se irá y volveré a quedarme sola.

Pensé que se mostraría impactado, pero no es así. O no del todo. Más bien parece… decidido. No sé a qué, pero decidido.

—¿Y qué pasa con Holly y Evan?

—Es distinto. Ella siempre ha estado en mi vida y él vino de su mano. Ya me conocen y entienden mi necesidad de estar sola a veces. El modo en que me distancio cuando necesito espacio y…

—Puedo hacerlo, Lili —dice él poniéndose serio—. Sé que tienes dudas y yo no voy a intentar convencerte porque creo que no es la manera, pero sí voy a decirte que creo que puedo respetar tu espacio y hacerte sentir bien en una relación cuando estés lista para ello.

Lo miro sorprendida, no tanto por lo que dice sino por lo seguro que parece.

—¿Cómo lo sabes?

—Porque quiero hacerlo —responde como si fuera una verdad absoluta—. Nunca quise ser padre, pero cuando tuve a Maddie en brazos supe que, pese a que esa niña tenga mi genética, voy a hacer lo imposible para ser un buen padre. Leí, me formé tanto como pude y aún lo sigo haciendo. Y no soy el mejor padre del mundo, pero lo intento cada día.

—Eres un gran padre —digo emocionada.

—Gracias, pero lo que intento decir es que mi única relación importante hasta ahora fue Sophie y todo era diferente. Mi vida, mis circunstancias y yo mismo éramos tan distintos en ese entonces que comparar se me hace absurdo. Y tampoco es justo. No digo que sepa bien lo que estoy haciendo, pero sé que puedo esforzarme cada día para que funcione. Puedo aprender a darte tu espacio. Puedo… puedo hacerte sentir bien, porque quiero hacerlo y haré todo lo que esté en mi mano para conseguirlo.

Trago saliva, nerviosa. Admito que no estaba lista para un argumento tan… bueno. No se niega a que tenga mi espacio. Ni siquiera me dice que tendría que trabajar en ello. Él solo me dice que estará ahí… Que pese a todo estará ahí.

—Sé que parece que soy un poco niña, pero… pero ya lo perdí todo una vez. Lanzarme a la piscina me da demasiado vértigo. No sé si puedo soportar la idea de aceptar esto, de abrirme a ti, y que luego tú y Maddie desaparezcáis.

—No pienso ir a ninguna parte, Lili, pero creo que la única forma de demostrártelo es dejando correr el tiempo. —Estira su mano por encima de la mesa en busca de la mía. Cuando la encuentra, entrelaza nuestros dedos—. Supongo que lo que intento decirte es que voy a estar aquí mientras tanto. Hacerte feliz entrará en la lista de propósitos que no podré borrar nunca. Ya sabes, la buena, esa en la que están las cosas importantes. La que encabeza y encabezará siempre Maddie, pero en la que ahora Havenwish y tú ocupáis puestos imprescindibles.

Creo que lo que más me emociona de todo lo que dice es la certeza de que no miente, porque Maddie siempre irá arriba del todo, en el primer puesto, y eso lejos de molestarme me alegra. Blake no debería perder eso de vista nunca. Ni por mí ni por nadie.

—No quiero hacerte daño.

—No lo harás. Y si lo haces, ¿qué? —Lo miro sin entender y, cuando sonríe, me pierdo aún más—. He sufrido toda mi vida. Primero por no tener familia, luego por perder a Sophie y enfrentarme solo a la paternidad de Maddie y más tarde por... —Se queda en silencio un instante y niega con la cabeza—. He sufrido por muchas cosas —repite—. Y quizá por eso sé que, cuando a mi vida llega algo bueno, tengo que aferrarme a ello con todas mis fuerzas. Lo que pretendo decirte, Lilibeth, es que mientras tú me lo permitas voy a aferrarme a ti y a lo que creo que podemos tener con toda mi energía. Y eso no significa que no tenga dudas, miedos o una culpabilidad que me viste como una capa invisible algunos días. Solo significa que, pese a todo eso, quiero hacerlo.

Me levanto de mi silla y voy hacia él. Me siento en su regazo, no de un modo sexual ni sensual, sino como una chica que necesita acortar la distancia todo lo posible con el único chico que le ha hecho sentir que de verdad está dispuesto a quedarse y demostrar que no se irá nunca.

Eso no significa que lo crea al cien por cien. Ojalá fuera tan fácil, pero por desgracia mis miedos son inmensos y no van a irse de un día para otro. Sin embargo, ver su seguridad en sí mismo, en mí y en nosotros me calma como pocas veces lo ha logrado nada.

Lo abrazo y, por primera vez en mi vida, decido adquirir un compromiso con alguien más aparte de la gente que ya estaba aquí cuando mis padres murieron.

—Me encantaría ser tu chica, Blake Sullivan.

Él no responde con palabras, pero no lo necesita. El modo en que me abraza dice más que las palabras más bonitas del mundo.

52

Blake

Los primeros días de relación oficial con Lili son... No sé. No tengo palabras exactas para describirlo, pero supongo que si cuento que ahora trabajamos juntos en los jardines y nos apoyamos, en vez de intentar picarnos, ya digo mucho. Acepto los consejos de Lili por la sencilla razón de que sabe mucho más que yo de este tema, aunque mi orgullo y nuestra inicial enemistad no me permitieran reconocerlo. Es cierto que yo he aprendido mucho en poco tiempo, igual que de reformas, pero estoy muy lejos de adquirir los conocimientos que tiene Lili en cuestión de flores, plantas trepadoras y virtudes y defectos de cada especie.

Obviamente no hacía lo que quería en mi jardín, porque es el de Eleanor y Charles y siempre he estado sujeto a lo que ellos querían, así que en ese aspecto tampoco es como si yo hubiese empezado de cero. Me he dedicado a mantener lo que ya hay y plantar algunas cosas nuevas, pero siempre después de pedir permiso a los verdaderos dueños. Aun así, antes no admitía muchas sugerencias de nadie que no fuera Eleanor por razones obvias. Y ahora... Bueno, digamos que, si tengo alguna posibilidad de ganar el concurso de jardines de Havenwish, no podré obviar que Lili me ha ayudado dándome consejos muy valiosos.

Aun así, eso no es lo único que ha cambiado. Ha pasado una semana desde que salimos oficialmente y, aunque la tentación me ha podido, no he hecho preguntas sobreprotectoras de Maddie más que un día, porque la recogí de la escuela con un pequeño golpe en la frente. Lili y Holly me contaron que iba corriendo, cayó y se dio contra el suelo. Y aunque tuve ganas de pedir detalles, entendí, como hombre maduro de veintiséis años, que es ridículo. Mi hija tiene que caerse y golpearse, es parte de la vida, aunque a mí me cueste un mundo aceptarlo.

Pero el caso es que mis ejercicios de confianza están dando sus frutos. La fiesta de pijamas de Maddie en casa de Holly y Evan también tuvo que ver. Mi hija lo pasó tan bien que, siete días después, todavía se levanta preguntando si hoy dormirá con Charlotte y Bella. Cada día. De verdad, si no fuera porque entiendo que los niños son muy felices con otros niños pensaría que mi hija ya no quiere vivir conmigo.

Si se ha consolado cuando le he dicho que, obviamente, tiene que dormir en casa, ha sido porque Lili ha venido casi todas las noches a cenar. No le hemos dicho a Maddie que estamos saliendo, pero mi hija no es tonta. Ve que viene cada día, le lee cuentos, juegan juntas... Hace un tiempo que la relación ya no es solo de miss y alumna. En algún momento tendré que sentarme con ella y explicárselo, pero aún no. Y, de todos modos, creo que para Maddie es más fácil entender los gestos que las palabras.

Estamos a una semana justa del concurso de jardines. Ahora mismo la excusa de que Lili pase mucho tiempo aquí porque me ayuda o aconseja con el jardín todavía sirve. A partir del domingo que viene no sé qué pasará, pero intento ir día a día. No me vale de nada adelantarme, salvo para agobiarme o agobiar a Lili.

De momento, hoy estamos comiendo en casa de Holly y Evan. Esta vez no hay paella, sino carne a la brasa. Y está buenísima, la verdad. Podría decir que es porque la ha hecho Evan, pero no es cierto, ha sido obra de Holly.

—Al final tantos programas de cocina están dando frutos —murmura Evan en un momento dado, cuando las chicas están en el jardín con las pequeñas—. ¿Quién iba a decirlo? Quizá mi esposa es una gran chef, solo que necesitaba florecer.

Intento no reírme. Es evidente que Evan está muy enamorado de su mujer y no seré yo quien lo juzgue, pero poner un trozo de carne en una parrilla e intentar que no se queme queda bastante alejado de ser un chef en toda regla. No es que no confíe en las dotes de Holly, es que…, bueno, he comido lo que prepara cuando pretende hacer algo más elaborado. Hay que vivir esa experiencia al menos una vez en la vida para saber lo que se siente.

—¿Cuánto crees que tardará Maddie en pedirme dormir aquí otra vez? —pregunto mientras mi hija corre con las hijas de Evan.

Este se ríe y me pasa un botellín de cerveza antes de acomodarse en la silla del jardín y mirar arriba, al cielo, para dejarse bañar por el sol que ha tenido a bien visitarnos hoy.

—¿Y por qué no la dejas?

—Porque no quiero que se acostumbre. Además, ya os la habéis quedado una vez, así que ahora lo justo es que yo me quede con las vuestras. ¿Qué me dices? ¿No te gustaría tener una noche libre con Holly?

—Me encantaría. ¿Cuándo te las llevas? ¿Hoy? Puedo hacer la maleta en un segundo. —Me río y Evan suspira—. Vale, hoy no, porque además es domingo y mañana trabajamos, pero apúntalo para un sábado. Sería increíble tener una cita con Holly a solas y sin pagar niñera.

—¿El sábado que viene?

—¿Quieres pasarte la noche antes del concurso de jardines con tres niñas en una fiesta de pijamas? —pregunta él divertido—. Sí que te va la fiesta.

—No lo había pensado. Quizá Lili quiera ayudarme...

Evan sonríe, sabedor de lo que hay, porque yo mismo se lo he contado. Si algo he descubierto en Havenwish, aparte de una comunidad increíble y a Lili, ha sido la amistad con Evan. Sé que esto va a sonar absurdo, puede que incluso infantil, pero nunca he tenido un amigo. No así. No de los de verdad. Mis amigos en el pasado eran más bien conocidos de dudosa calidad humana que solo veían en mí lo que podía reportarles. Y no puedo juzgarlos, porque yo hacía lo mismo con ellos. Si alguno podía llevarme de fiesta gratis, iba con él. No eran buenas compañías, pero visto en perspectiva, yo tampoco lo era.

Hasta llegar aquí, la única persona a la que consideré mi amiga de verdad fue Sophie. Y nuestra relación estuvo viciada desde el principio por el sexo y..., bueno, y todo lo demás.

Tener a un amigo como Evan, alguien que mira por mi bienestar, que se interesa por mí sin intentar sacar algo a cambio y que me ofrece su confianza de manera desinteresada es un regalo. Otro más.

Quizá por eso me siento tan culpable. Tal vez por eso algunos días, los malos, me ahoga el miedo a perderlo todo. Porque una parte de mí no soporta pensar que estoy viviendo todo esto mientras Sophie está muerta.

Eso es en los días malos. Pero en los buenos, en cambio, consigo convencerme de que Sophie hubiese querido esto. No es solo un consuelo. Creo que si ella pudiera verme desde alguna parte, estaría contenta, porque pese a todo he conseguido romper el círculo vicioso en el que estuvimos nosotros. Me gusta pensar que le alegraría saber que una parte de ella crece libre y feliz siendo querida, cumpliendo el deseo que ella nunca pudo satisfacer.

Y cuando veo a Lili coger en brazos a Maddie y girar con ella por el césped mientras las dos ríen a carcajadas, pienso que a Sophie le gustaría ella. Que incluso me daría la enhorabuena por haber conseguido algo tan increíble sin joderlo todo en el camino.

Al final no solo comemos, sino que también merendamos en casa de Holly y Evan. Holly ha hecho unas galletas de avena que han roto la magia de pensar que puede que esté aprendiendo a cocinar. Están tan malas que me planteo la posibilidad de que haya usado veneno en vez de avena, pero como pasado un rato sigo vivo, supongo que simplemente ha unido ingredientes que no casaban de ninguna de las maneras.

Nos despedimos de ellos y damos un paseo hasta casa los tres juntos. Hace fresco, pero los días son mucho más agradables ahora que cuando llegamos y eso hace que vayamos más lento de lo normal. Eso y que Maddie no deje de señalarme las flores que vemos en el camino.

—¡Y eso es *cándula*! ¡*Cáááááándula*!

La miro sin entender, pero Lili se ríe a carcajadas.

—Caléndula, Maddie. Caléééééndula.

Mi hija la mira con el ceño fruncido, casi como si estuviera ofendida porque la hubiese corregido. Va en medio de los dos, con una mano agarrada a Lili y con otra a mí.

—Caléndula —murmura.

—¡Muy bien! —Lili se alegra tanto de que lo haya dicho bien que alza su brazo, haciendo que yo haga lo mismo por inercia y Maddie se balancee entre los dos, como si estuviera en un columpio.

Suelta una carcajada, contenta consigo misma por haber pronunciado bien la palabra, pero sobre todo por el movimiento inesperado. Desde ahí, se pasa todo el camino encogiendo las piernas para quedarse colgada de nuestras manos. Me río, le pido que deje de hacer el payaso, pero ella se lo pasa tan bien que incluso saco mi teléfono móvil y, por primera vez, hago una selfi en el que aparecemos los tres.

No es hasta que veo la foto que me doy cuenta de que, posiblemente, esta imagen se convierta en una de mis favoritas de aquí en adelante.

Nombramos algunas flores más, pero cuando estamos llegando a casa Eleanor sale del jardín y llama mi atención.

—Blake, querido, deberías venir.

—¿Qué ocurre? ¿Se te ha vuelto a atascar el fregadero?

—Es... es otra cosa.

Parece tan tensa que frunzo el ceño. Por un instante pienso que Ted ha vuelto y tiene problemas con él, pero hay algo... hay algo distinto. Camino hasta su casa, con Lili a un lado y Maddie aún entre nosotros. Eleanor se para junto a la puerta y me mira de un modo que hace que coja a Maddie en brazos y la apriete contra mi pecho, en un acto instintivo que ni siquiera yo entiendo muy bien.

—¿Qué ocurre, Eleanor?

Ella señala el interior y, cuando apenas he dado un paso para entrar, la veo.

Está sentada en el sofá con la mirada fija en nosotros. Lleva el pelo impoluto, más largo de lo que recordaba. Sus ojos siguen siendo fríos como el hielo y su ropa es tan elegante como siempre. Su perfume apesta tanto que me mareo. O quizá eso lo provoca más el pánico que se dispara en mi interior que la fragancia en sí.

Aprieto aún más a Maddie contra mi pecho y a duras penas contengo el pánico que se apodera de mí.

—¿Qué estás haciendo aquí?

—Esa pregunta debería hacerla yo.

53

Lili

No entiendo nada. Quiero hacer mil preguntas, pero soy incapaz de moverme. Observo a la mujer de aspecto distinguido sin saber qué pensar. Tendrá unos cincuenta años, como mucho, y el modo en que se abalanza sobre Blake, intentando tocar a la niña, me pone la piel de gallina, sin saber por qué.

Blake se gira con rapidez y me mira por primera vez desde que entramos en casa de Eleanor. Lo que veo en él me deja petrificada.

Ansiedad. Miedo. La desesperación más absoluta, sobre todo cuando me pasa a Maddie con rapidez y se asegura de que la sujeto contra mi propio pecho.

—Llévate a Maddie a casa —me dice.

—Ni se te ocurra sacarla de aquí, Samuel. —La mujer lo mira tan enfadada que me tenso.

—Pero…

—Lilibeth, por favor, llévate a Maddie a casa.

Ni siquiera entiendo bien a qué casa se refiere, la confusión nubla mi mente, pero, aun así, doy media vuelta y salgo con la niña en brazos pese a las protestas de la mujer. Miro atrás un instante y me doy cuenta de que, si no nos sigue, es porque Blake está bloqueando la puerta con su presencia. Eso activa una especie de alarma en mi interior y de inmediato sé que Blake no se refiere a su casa, sino a la mía. Lo que es lógico porque, maldita sea, yo ni siquiera tengo llaves de la casa de Blake.

Camino con rapidez, con el corazón latiéndome a mil por hora y Maddie mirándome seria, pero sin hablar. No sé qué sabe ella, porque aunque esté seria no parece afectada. Y es evidente que no voy a sonsacarle nada. Intentar que esté bien es lo principal ahora mismo.

Esa mujer... ¿Quién es? Es mayor que Blake, pero no demasiado. Y es sofisticada, eso es evidente. Y guapa. Preciosa.

Trago saliva y noto que mi respiración está acelerada, pero eso es porque llevo un paso mucho más rápido de lo que acostumbro y Maddie, aunque sea menuda, ya no es un bebé. Sin embargo, me niego a soltarla en el suelo.

Llego a casa y, cuando la dejo sobre el camino de entrada, la niña se va derecha hacia el molinillo de viento de mis padres. Por alguna razón le fascina y siempre consigue calmarla, así que no lo pienso. Lo saco de la tierra, se lo doy y la meto en casa, donde cierro con llave por puro instinto.

Nos sentamos en la alfombra y, con el corazón en un puño, sonrío a Maddie y le propongo hacer uno de los puzles que tengo para cuando vienen Charlotte y Bella.

Por fortuna la niña asiente. Aún no ha hablado nada. Ni una sola palabra. Es raro, maldita sea. Demasiado raro para una niña de tres años que por lo general es jovial y no para quieta.

Se pone a hacer el puzle mientras me muerdo las uñas y me pregunto quién es esa mujer, qué quiere de Blake y por qué demonios lo ha llamado Samuel.

54

Blake

La situación en el salón de Eleanor es tan tensa que ni ella misma quiere quedarse aquí. Creo que es la primera vez que la veo con prisas para salir de una situación incómoda.

—Charles, querido, vamos a dar un paseo, ¿te parece?

En ningún momento insinúa que puedo ir a mi casa, que está justo en este jardín. Y ella no lo sabe, pero se lo voy a agradecer toda la vida. No quiero a Denise en mi casa. Me da igual que sea alquilada, no quiero que vea el lugar en el que vivimos, ni los juguetes de mi hija esparcidos por la alfombra, ni sus chaquetas colgadas en el perchero. No quiero que se impregne de la cotidianidad de nuestras vidas porque ella no pertenece a la de Maddie, y mucho menos a la mía. Eleanor y Charles salen y, en cuanto la puerta se cierra, Denise estalla.

—No puedes hacer esto. ¡No puedes darle mi nieta a una extraña para que se la lleve!

Aprieto los dientes. El posesivo justo antes de añadir la palabra «nieta» por primera vez en su vida es algo que me pone enfermo. Maddie no es nada suyo. Puede que compartan genética, pero nada más. La vio recién nacida y luego en ocasiones muy muy puntuales. No me extrañaría que mi hija ni siquiera la recuerde porque no ha formado parte de su día a día nunca.

Denise, la madre de Sophie, es una mujer fría. Tanto como para que en su momento no le importara el sufrimiento de su hija. Y no hablo de la preeclampsia, no. Entonces no supo estar, pero es que no habría tenido ni idea de cómo hacerlo, porque nunca supo estar para su hija.

Sophie sufrió tanto… tanto tanto que ahora me pregunto cómo conseguía mantenerse en pie. Con el paso del tiempo y después de leer mucho, creo que tenía depresión, pero ahora no importa porque está muerta y, de todos modos, la depresión no es excusa para que su madre la tratara así. Si acaso todo lo contrario. Sobre todo cuando seguramente venía provocada, en parte, por las actitudes de sus padres.

—¿Que no puedo hacer qué?

—¡Impedirme abrazarla! ¡Es mi nieta! ¡No tienes ningún derecho, Samuel!

Sus ojos se llenan de unas lágrimas que no me creo ni por un instante. Jamás he visto a Denise llorar. No lloró cuando se enteró de que su hija salía con un don nadie como yo, pero sí ardió de furia, igual que cuando supo que estaba embarazada y pretendió convencerla de que diera al bebé en adopción. No lloró una sola vez por la hija que perdió, ni siquiera en el funeral. Un funeral que yo jamás habría celebrado. Un funeral al que asistió gente que Sophie detestaba, pero a ella no le importó. Como siempre, ganó el deseo de aparentar. La vida perfecta. La hija perfecta. El matrimonio perfecto. El funeral perfecto. Una torre de mentiras tan alta que no entiendo cómo no se le desmorona.

—Tengo todo el derecho del mundo, teniendo en cuenta que soy su padre.

—¿Según quién?

—¿Perdón?

Denise da un paso al frente, hacia mí. Ya no hay lágrimas en sus ojos. Han desaparecido como por arte de magia y, por un instante, me pregunto si de verdad han estado ahí alguna vez. Ahora la determinación brilla en ellos con tanta fuerza que tengo que obligarme a mí mismo a permanecer en el sitio sin dar un paso atrás. Hay algo más en su mirada. Algo… peligroso. Una amenaza constante que me recuerda el tipo de persona con el que estoy tratando y la razón por la que intenté mantenernos ocultos el mayor tiempo posible.

—Mi hija era una chica con muchos problemas, Samuel. —Aprieto los dientes, porque sé que no va a gustarme nada de lo que diga—. Ella no estaba bien. Ahora puedo verlo. Creo que su padre y yo debimos internarla cuando pudimos, pero decidimos confiar en ella y, bueno, a la vista está que no fue una buena idea.

Es mentira. No decidieron confiar en ella. No decidieron nada porque básicamente pasaban de Sophie. Lo único que querían era que estuviera lista, impecable y preciosa cuando hubiera una gala benéfica o alguna de las mierdas que se inventaban para pasearse como gente rica delante de más gente rica y aparentar ser la familia perfecta que no eran.

—Sophie no necesitaba ser internada en ningún sitio —mascullo.

—Bueno, es evidente que su vida personal tomó un rumbo que denotaba que algo estaba fallando en esa cabecita suya.

—Suspira tan melodramáticamente que sé en el acto que está fingiendo—. Mi pobre niña solo quería divertirse. Supongo que nunca imaginó que acabaría enredada con un... un...

Ni siquiera encuentra la palabra que me describa y, aunque es muy insultante, en el fondo me alegro. Me odia tanto que, por más que intente disimularlo, no puede.

—Adelante —digo sonriendo con cinismo—. Dilo: un don nadie, un huérfano que vivía en la calle, un malhechor.

—Bueno, querido, yo no lo hubiera dicho mejor.

—Y aun así Maddie es mía. Y solo mía.

—Eso está por ver. —Sonríe con tanto cinismo que la odio más que nunca—. ¿De verdad crees que Sophie solo se entretenía contigo? Eras un capricho para ella, Samuel. Su capricho favorito, eso te lo concedo, pero no el único.

—Sophie me quería.

Su risa me duele en las entrañas. No quiero que haga esto. No quiero que me haga dudar del cariño de Sophie porque sé que fue real. Ella me quiso y yo la quise. A lo mejor no fue un amor sano, pero fue amor. De eso no tengo dudas.

—Sophie quería el sentimiento de falsa libertad que conseguía a tu lado. Era una niña rica y aburrida jugando a juntarse con chicos malos porque era lo que veía en las películas o leía en los libros. Eras una aventura, sin más. De no haberse quedado embarazada, ahora tú serías historia y ella estaría viva.

Sabe dar donde duele. Eso tengo que reconocérselo porque, por más que lamente admitirlo, posiblemente sea cierto que, sin el embarazo de Maddie, Sophie y yo habríamos acabado antes o después.

—Eso no importa —replico—. Sophie se quedó embarazada y luego murió. Y tú no supiste estar a la altura.

—¡Era mi hija! ¡Y su hija es mi nieta! Aunque te duela.

—A quien más le dolió fue a ti. A ti y a tu marido. ¿O ya no recuerdas que querías darla en adopción? ¿Ya se te olvidan las fichas que le ponías a Sophie delante aun cuando estaba enferma? Páginas y páginas de candidatos que, según tú, serían idóneos para quedarse con el bebé. Sin una mínima regulación. Gente elegida a dedo por tu criterio. ¡Bastaba con que tuvieran dinero! Si Sophie te lo hubiese permitido, prácticamente habrías montado una subasta con su hija.

—Lo haces sonar como un crimen. Solo quería lo mejor para ese bebé. Lo mejor no era tener a Sophie de madre. Y mucho menos a ti de padre. Madison podría estar ahora con una buena familia, pero decidiste criarla sin medios y, más tarde, huir con ella y esconderla en este lugar remoto.

—Maddie es mía, Denise —repito—. Sophie no quería darla en adopción ni yo tampoco. Entiéndelo de una vez. ¡Es mía y tú no tienes ningún derecho!

—Por poco tiempo.

—¿Qué quieres decir?

—¿Creías que podías marcharte sin consecuencias? ¿Que podías quitarme a mi nieta y yo me quedaría de brazos cruzados? ¡Ella también es mía, Samuel!

—¡No! Maldita sea, no. ¡Era de Sophie y mía, y ahora es solo mía!

—Mi hija murió y ella me pertenece.

Su afirmación es tan serena y fría que me deja clavado en el sitio. Me doy cuenta demasiado tarde de que he perdido los papeles.

Soy yo quien tiene la respiración agitada, suda sin control, aun cuando no hace calor, y grita como un loco mientras ella mantiene la compostura. Una jodida reina de hielo que sabe que está ganando esta batalla.

—Ella es…

—He solicitado una prueba de paternidad —dice cortándome—. Como te he dicho, Sophie no estuvo solo contigo, aunque te encante creer que sí. Ya que tanto te jactas de conocerla, incluso mejor que yo misma, recordarás que ella salía con Gavin Rockwell, un chico de buena familia con el que se veía al mismo tiempo que salía contigo. Hemos hablado con él, nos ha contado que, en efecto, tenía relaciones con ella en las fechas en las que se quedó embarazada y está dispuesto a realizarse las pruebas.

Saca de su bolso un sobre que me tiende, pero que no cojo, porque ahora mismo no podría mover un solo dedo del cuerpo sin romperme en mil pedazos. Sophie sí que salió con Gavin, pero nunca se acostaron. Ella me lo dijo y yo… yo la creí. La sigo creyendo. Denise eleva una ceja esperando que haga algo, pero, cuando se da cuenta de que no será así, camina hacia un lateral del salón y deja el sobre encima de la mesa.

—Aquí está la denuncia formal. Tienes que llevar a Madison a Phoenix para realizarse las pruebas pertinentes.

—No —murmuro—. No. Es mía. Sophie me lo dijo, igual que me pidió que la mantuviera alejada de vosotros. Ella sabía la clase de monstruos que sois.

Por un instante el dolor brilla en sus ojos, o eso creo ver, pero dura poco. Apenas es un destello antes de recobrar la compostura.

—Es evidente que mi hija no te lo contaba todo. —Su falsa y cínica sonrisa vuelve—. ¿De verdad creías que la conocías?

—Más que vosotros —mascullo con la voz ronca—. Sophie era… era una chica lista, sarcástica, divertida y preciosa. Era increíble, pero a ti y a tu marido nunca os importó conocerla. Solo la queríais para pasearla por vuestras fiestas como si fuera un trofeo. La hicisteis tan infeliz que en más de una ocasión me dijo que preferiría regalar el bebé a cualquiera de la calle antes que permitir que vosotros la criarais. —Intento recobrar la compostura, ser más frío, pero me resulta imposible—. Vosotros no merecíais a Sophie. Y no merecéis a Maddie.

—Tu opinión sobre si merezco o no a mi nieta no me importa, Samuel. ¿Sabes por qué? —Se acerca de nuevo a mí con paso firme. Sabe que ahora mismo soy un manojo de ansiedad y nervios. Lo sabe y lo disfruta, aunque ya no sonría—. Porque cuando se demuestre que Madison es hija de Gavin y no tuya, desaparecerás de su vida y de la nuestra tan rápido que, en algún momento, hasta dudarás si una vez fuiste padre. Ella será para ti tan insignificante como tú para ella porque, te guste o no, nosotros somos su verdadera familia.

55

Lili

Cuando llaman a la puerta tiempo después mi nivel de paranoia está tan alto que salto sobre la alfombra, consiguiendo que Maddie se ría porque ha sido un poco absurdo. Me levanto con nerviosismo y agradezco, como nunca, poder ver a través de la mirilla quién hay al otro lado. Quiero pensar que nadie vendría aquí a por la niña, pero la verdad es que no estoy segura.

Cuando veo a Blake al otro lado abro de inmediato y me encuentro con que está lívido. Es como si hubiese visto una legión de fantasmas.

—¿Estás bien? ¿Qué ocurre?

Él me mira, pero siento que no me ve realmente. Lo confirmo cuando da un paso al frente y mueve la cabeza, buscando a Maddie. En cuanto la ve se acerca, la coge en brazos y se sienta en el sofá con ella. Está tan tenso que trago saliva. No sé qué pasa, pero no es bueno, eso es evidente.

Me acerco después de cerrar la puerta y me siento en el sofá, junto a él.

—Blake, ¿estás bien? —Él asiente, pero no deja de abrazar a Maddie—. ¿Quieres comer algo?

—No, no, estoy bien.

—Papi, suelo —dice la niña, incómoda de que él la estreche durante tanto tiempo.

Blake la deja ir a la alfombra, pero puedo ver en él las reticencias que siente. Me mira, por fin, y esta vez sí siento que conecta conmigo.

—¿Podemos dormir hoy aquí? —La pregunta me deja estupefacta. Él debe verlo, porque se apresura a corregirse—. No en tu cama, entiendo eso. En el sofá, o..., no sé, en el suelo. No quiero volver a casa con Maddie hoy.

—¿Qué está pasando, Blake?

Él mira a la niña, que parece ajena a nosotros, pero, aun así, habla entre susurros.

—Te lo contaré en cuanto se duerma. ¿Podemos quedarnos?

—Por supuesto.

—Bien. Vale. Gracias...

Desde ese momento, los minutos transcurren de un modo cada vez más raro y vertiginoso. Algo no va bien, eso es evidente, pero además es que tengo la sensación constante de que Blake está tan desesperado como para cometer actos desesperados. No sé por qué pienso así, pero lo pienso, y cuando Maddie por fin cena y se duerme, dejándonos a solas, decido abordar el tema.

—Tienes que contarme quién era esa mujer y por qué te llamó Samuel, en vez de Blake.

Él me mira sorprendido, lo que a su vez me sorprende a mí. Supongo que, hasta ahora, ni siquiera era consciente de que me he dado cuenta de ese detalle.

—Me llamo Samuel Blake Sullivan.

—No es cierto. En las fichas de Maddie...

—Pondría S. Blake Sullivan.

Intento hacer memoria. Es posible, sí, pero nunca me planteé que tuviera un primer nombre. Para mí siempre ha sido Blake. Asiento sin decir nada más porque estoy nerviosa, tensa y asustada, aunque ni siquiera sé de qué.

—Era la madre de Sophie —me explica al fin—. La mujer que has visto. Era Denise, la madre de Sophie.

—Oh.

—Ella... ella...

Blake se levanta del sofá y camina a un lado y otro de la habitación. Está tan nervioso y tenso que no me extrañaría que estallara en mil pedazos si intento detener su movimiento.

—¿Qué ha pasado? ¿Es por Maddie?

—Dice que Maddie no es mía. —Su voz suena tan rota que me encojo en el sofá.

—¿Qué?

Blake no deja de caminar, pero empieza a hablar. Me cuenta lo sucedido en la discusión con Denise mientras me voy helando por segundos. La chimenea sigue prendida, así que sé que no es porque tenga frío de verdad, sino porque todo esto es espeluznante. Cuando acaba de hablar consigue volver a mi lado y sentarse, pero su talón no para de subir y bajar golpeando el suelo en un movimiento errático que me genera ansiedad.

—Sophie jamás haría algo así —continúa con voz grave—. No teníamos una relación al uso, pero no nos acostábamos con nadie más. Yo... yo sé que salió con un tal Gavin, eso me lo dijo, pero solo era para que sus padres la dejaran en paz. Siempre decía que era un buen chico, un gran amigo, pero nada más. Que no le interesaba.

—¿Y estás seguro de que no se acostó nunca con él? ¿Ni una sola vez?

Blake duda. Es un instante, pero puedo percibir el tormento en sus ojos con tanta claridad que aparto la mirada, porque es demasiado doloroso verlo sufrir así.

—Quiero creer en la palabra de Sophie —añade entonces—. De verdad quiero, pero está muerta y la denuncia ha sido admitida a trámite. Dice que tengo que llevar a Maddie a Phoenix, hacerle la prueba de paternidad y… y… no puedo hacer eso, Lili. Es que no puedo, ¿entiendes?

Me lleva unos segundos comprender lo que me ha contado. De hecho, no sé si lo logro del todo, porque lo que estoy pensando me da demasiado miedo.

—Blake…

—Podría marcharme —agrega confirmando mis peores pensamientos—. Podría recogerlo todo y macharme. Buscar un lugar donde no den con nosotros nunca.

—No puedes hacer eso —murmuro con la voz rota—. No puedes huir toda la vida y no es justo para Maddie.

—Pero me la quieren quitar, Lili. —Está tan perdido en su dolor que pongo una mano en su rodilla, en un intento por parar el movimiento de su pierna, y hago que me mire.

—Si la familia de Sophie es tan poderosa como dices, te encontrarán, sin importar dónde vayas.

—Tú no lo entiendes. Yo no puedo permitir que me la quiten. No puedo permitirlo.

Se levanta y comienza a caminar por el salón de nuevo mientras yo me quedo aquí, dolida y sin derecho a réplica porque, por mucho que me duela que me diga eso, o que piense en marcharse sin tener en cuenta nuestra relación, sé que no tiene ningún sentido reclamar nada. Maddie es lo primero, siempre lo será y estoy totalmente de acuerdo. Sin embargo, una parte de mí empieza a recrearse en el pensamiento de que, finalmente, Blake también va a marcharse y volveré a quedarme sola. Al final no ha cumplido su promesa. Y es injusto pensar así, porque la situación que tiene entre manos no se la deseo ni a mi peor enemigo, pero la parte de mí que lo piensa ya se está regodeando en el dolor y no hay mucho que yo pueda hacer ahora mismo.

—Voy a prepararos el cuarto de invitados —murmuro subiendo las escaleras.

Maddie se ha dormido en el sofá, pero no es sitio para pasar la noche. Tengo una cama nido que han usado Bella y Charlotte cuando se han quedado a dormir, o Holly hace años, cuando venía a casa a ver pelis y pasaba la noche. Pongo sábanas limpias, saco unas mantas del armario y, cuando me vuelvo para avisar a Blake, me lo encuentro en el quicio de la puerta con Maddie en brazos. Tiene la mirada tan perdida que de inmediato siento el impulso de abrazarlo, pero me recuerdo justo a tiempo que no tengo derecho. No ahora. Se ha cerrado en banda, solo puede pensar en Maddie y en que hay una amenaza sobre ellos, así que no me extraña que no sea capaz siquiera de hablar.

—Si necesitáis cualquier otra cosa…

—Vale, gracias —murmura antes de meterse en la cama con su hija.

No paso por alto que tengo dos colchones individuales y, sin embargo, se ha metido en uno con Maddie prácticamente encima de él. Algo me dice que no va a soltarla en toda la noche, pero la niña parece realmente cómoda, así que salgo y cierro la puerta con suavidad.

Me voy a mi habitación y, ya en la cama, me pregunto de manera inevitable cuánto tiempo tardará Blake en desaparecer de mi vida, porque tengo la sensación de que se ha activado una especie de cuenta atrás que no se detendrá de ningún modo.

¿Cuánto tardará en irse? ¿Y cuánto tardaré yo en olvidarme de Maddie y de él?

Las preguntas son tantas y las repuestas tan escasas, que no puedo evitar que mis lágrimas empapen la almohada.

Supongo que hay sueños que se cumplen, pero duran menos que las flores en primavera. Sobre todo si hablamos de la primavera de Havenwish.

56

Blake

En cuanto la puerta del dormitorio se cierra, abrazo a Maddie completamente aterrado. Intento pensar en Sophie, en que ella jamás me haría algo así. Me quería. Y yo la quería y confiaba en ella. No es que sea un hombre ingenuo, porque me he criado en la calle y sé mejor que nadie que la gente, a menudo, tiende a fallar, pero me resisto a pensar que Sophie tuviera dudas sobre la paternidad de Maddie y no me lo dijera. Me resisto a creer que se acostara con Gavin. Salió con él, sí, ella misma me lo dijo, pero me aseguró que solo intentaba tener a su familia contenta para que la dejaran en paz. Y yo la creí...

¿Cómo no iba a creerla? Estaba tan enfadada con el mundo como yo y tenía dentro tanta ira como yo. Y odiaba a sus padres. No fuimos la pareja perfecta y estoy seguro de que nos unieron más las cosas malas que las buenas, pero ella no me habría hecho algo así porque, ante todo, éramos amigos. Lo nuestro era real. Un poco tóxico, pero real al fin y al cabo.

Cuando Maddie protesta en sueños la dejo rodar por la cama, porque es evidente que está un poco agobiada de mis abrazos. Saco el teléfono móvil del bolsillo y busco por inercia las pocas imágenes que tengo de Sophie. Todas de antes de estar embarazada. Era tan joven y llena de vitalidad que todavía, algunos días, se me hace demasiado raro que esté muerta. Hacía mucho que no veía fotos suyas y me doy cuenta de hasta qué punto Maddie se parece a ella. No es que no lo supiera, no soy tonto, pero en algún punto de mi vida dejé de comparar los rasgos físicos de mi hija con los de su madre o los míos. Para mí Maddie es... Maddie. Única e inconfundible. Sin embargo, no puedo negar que tiene el color de pelo de su madre, y sus pecas, y sus labios. Incluso la forma de sus ojos. También tiene la misma simpatía que tenía Sophie.

Siento, por primera vez en mucho tiempo, una presión tras los ojos que hace que se me llenen de unas lágrimas que no dejo caer, porque eso sería como admitir que estoy hundido y todavía no lo estoy.

Aun así...

—Ojalá estuvieras aquí —murmuro mirando la foto de Sophie—. Ojalá pudieras ayudarme un poco con todo esto.

Apago la pantalla porque creo que esto me hace más mal que bien, coloco el antebrazo sobre los ojos y me doy cuenta de que la echo de menos. No de un modo romántico, porque creo que nuestro amor murió antes incluso de que ella muriera, pero sí echo de menos a mi amiga Sophie. A la chica que me aconsejaba, a veces bien y otras hablando desde los privilegios que tenía, aunque los odiara. Por un instante imagino cómo hubiera sido nuestra vida si ella siguiera viva. No estaríamos juntos, de eso estoy seguro, pero creo que nos llevaríamos bien. Seríamos buenos amigos educando y criando entre los dos a Maddie. Tal vez incluso viviríamos juntos. Seríamos ese tipo de familia disfuncional que, sin embargo, funciona.

Trago saliva. Ella no está, no va a volver y no hay forma de que me ayude a resolver todo esto, pero aun así me resisto a creer que me traicionó con Gavin. Si se hubiese querido acostar con él me lo habría dicho porque Sophie era, ante todo, muy libre, muy suya y tremendamente sincera, aunque a veces resultara brusca o demasiado directa.

Sin embargo, la posibilidad está ahí, no puedo negarlo. Y la sola idea de que tuviera un desliz y no me lo dijera me atormentará de por vida. A no ser que vaya a Phoenix.

Miro a Maddie dormir tranquilamente, sin tener ni idea de cómo se nos ha torcido la vida de nuevo, y siento cómo el terror regresa a mi cuerpo con más fuerza, si es que era posible.

No. A Phoenix no podemos ir. Si resulta que es hija de Gavin…

No, eso dolería demasiado.

Eso… eso me mataría.

57

Lili

La mañana amanece fría y lluviosa. Teniendo en cuenta que estamos a finales de abril, casi parece un mal augurio. Sé que no debería dejarme llevar por esos pensamientos, que debería tener presente que aquí llueve de continuo, pero… no puedo. Todo sabe mal hoy.

Todo se siente demasiado triste.

Bajo las escaleras y me encuentro con Blake y Maddie ya despiertos, en el sofá. No me sorprende, he oído a la niña mientras me preparaba para ir a la escuela. Ella, sin embargo, está en pijama.

Miro a Blake, que adivina en el acto mi pregunta antes de que la haga.

—No la llevaré a la escuela hoy.

Quiero decir algo, pero no sé el qué, porque si una cosa está clara es que, por más que tengamos una relación, estamos en una situación demasiado complicada como para saber dónde está mi límite o hasta dónde puedo meterme en esto.

De todos modos no importa, porque el timbre de casa suena y, cuando me asomo a la mirilla, se trata de Eleanor. Abro y dejo que entre. Ella besa la mejilla de Maddie y luego se acerca a donde está Blake mientras la sigo.

—Anoche se fue del pueblo —le dice—. Preguntó en la tienda de Matilda por un hostal cercano y le dijo que lo más cercano es Estados Unidos. —Sonríe orgullosa de su archienemiga—. No sé si volverá hoy, pero anoche tuvo que irse.

Blake agradece la información con un atisbo de sonrisa, que es más de lo que yo imaginé que vería hoy en su rostro, demacrado por la evidente falta de sueño. Eleanor se marcha haciendo un ejercicio de discreción completamente impropio de ella. Aun así, me alegra que haya venido a intentar aportar cierta tranquilidad a Blake.

Una vez a solas, voy a la cocina a preparar té y Blake me sigue. Aprovecho que estoy colocando la tetera en el fuego, de espaldas a él, para empezar a hablar, porque no sé si mirándolo a la cara tendré valor de hacer ciertas preguntas.

—¿Entonces? ¿Has decidido qué harás?

—No. —Su voz suena lejana, pero no es porque él esté lejos, sino porque está… apagada—. Tomo una decisión distinta cada dos minutos. Ya no sé qué es mejor.

No sé si se refiere a la prueba de paternidad o a coger a Maddie y huir. Y me da pánico la respuesta, así que hago lo que posiblemente sea peor: no preguntar más.

Meto el té en un termo que enrosco y, antes de despedirme, abrazo a Blake de un modo tan sentido que hasta él me rodea con los brazos alzándome un poco del suelo.

—Te veo más tarde —susurro justo antes de darle un beso—. En el armario hay café. Creo que lo necesitas. Quedaos aquí el tiempo que necesites.

Me marcho sin esperar respuesta. No sé qué más decir. No sé qué hacer. Estoy paralizada y ni siquiera sé cuáles son mis opciones o de qué modo puedo ayudar, aunque eso me rompa el corazón.

La mañana en la escuela es infernal. Hablo con Holly y se lo cuento todo, porque es demasiado importante para no hacerlo. Evan no está, pero ella me aconseja mantenerme tranquila, aunque la verdad es que no sirve de mucho y, cuando salgo, decido ir directamente a casa. No están, así que, en vez de conservar la calma y esperar que me diga algo, emprendo un paseo llena de ansiedad hasta su casa para... No sé para qué, la verdad. Supongo que una parte de mí está aterrorizada por si se ha ido y ni siquiera se ha despedido.

Por suerte está en casa. Por desgracia, mi pensamiento no iba tan desencaminado, porque nada más abrirme la puerta veo en el recibidor una maleta enorme.

—¿Os vais?

Por un instante soy perfectamente capaz de visualizarlo con Maddie en brazos y la maleta en una mano saliendo del pueblo para siempre. En silencio, sin dar explicaciones, tal y como llegaron. Y eso... eso me rompe de tantas formas que creo que incluso Blake es capaz de verlo, pese a su estado.

—Mañana cogeremos un vuelo a Phoenix a primera hora —dice con voz ronca—. Iba a llamarte en cualquier momento para contártelo. —Se echa a un lado para que entre en casa y lo hago. Pongo un pie detrás del otro mientras intento tragarme mis lágrimas, porque no se va de Havenwish, pero las cosas no pintan mucho mejor—. He hablado con Charles y con Evan. Pensé que la experiencia de vida y alcaldía de uno y la amistad del otro me ayudarían a tomar una decisión. Los dos piensan como tú, que debo hacerme la prueba de paternidad.

Yo no he pronunciado exactamente esas palabras, pero supongo que lo deduce de lo que hablamos ayer. Puedo ver el miedo bailar con el desasosiego en sus ojos y, aunque odio hacer esta pregunta, no la evito, porque es demasiado importante.

—¿Y si resulta que…?

—No puedo pensarlo —admite él en voz apenas audible, porque es evidente que ni siquiera consigue que le salga en un tono normal.

—Pero…

—Estoy aterrorizado, Lili —admite—. Estoy… estoy intentando hacer las cosas bien porque entiendo que huir no es el camino, pero si Maddie no es biológicamente mía…, no sé qué haré. No puedo asegurarte que no saldré corriendo con ella hacia cualquier rincón del mundo, por remoto que sea.

—Eso sería secuestro —murmuro a punto de llorar.

Él también me mira con los ojos cargados de lágrimas. Por un instante conseguimos entendernos sin palabras. Su miedo se une al mío. El suyo por perder a Maddie y el mío por perderlos a los dos.

Sé que no soy nadie para exigir que se quede. Jamás le pondría en esa situación. Tiene que hacer lo que considere mejor para él y su hija y lo entiendo, pero cuando lo miro a los ojos no puedo dejar de preguntarme si esta es la última vez que lo veré.

Si no acabo de quedarme, de nuevo, sola en el mundo.

58

Blake

Dos días después de aterrizar en Phoenix me encuentro en la sala de espera de una clínica aguardando que nos hagan las pruebas pertinentes. Maddie está sentada en mi regazo y, aunque le he explicado lo que van a hacerle, está un poco asustada. La abrazo de nuevo, no he podido dejar de hacerlo desde que toda esta realidad nos estalló en la cara. No he visto más a Denise, pero no ha hecho falta, porque su equipo de abogados se ha encargado de contactar conmigo y dejarme claro que no tengo muchas más opciones aparte de esta.

Aun así, no he venido solo. Charles me sugirió que trajese conmigo a William Anderson, el padre de Harper. Es abogado, pero trabaja a distancia con un bufete de la ciudad y, sinceramente, no sé hasta qué punto es una buena idea contratar al padre de la niñera de Maddie. Aunque es el único abogado de Havenwish y, según Charles y Eleanor, el mejor. Repito: es el único abogado de Havenwish, tampoco es que puedan comparar.

De todos modos no me quejo, porque el hombre ha volado conmigo y parece comprometido con mi caso. En cualquier otro punto de mi vida me resultaría demasiado raro que alguien a quien apenas conozco se implicara de ese modo, pero si algo me ha quedado claro es que Havenwish funciona así. Cuando uno de sus habitantes tiene un problema, todo el mundo busca la forma de ayudar.

Claro que, aquí, por más que yo quiera, me parece que no pueden ayudarme mucho, porque dependo de un factor biológico. Así de simple y cruel.

Cierro los ojos y apoyo la cabeza en la pared mientras espero a que nos llamen. Pienso en Lili por un instante. En su mirada cuando le dije que nos marchábamos y en lo cerca que estuve de pedirle que viniera. De confesar que me encantaría tenerla aquí conmigo, dándome ánimos y diciéndome que todo va a estar bien, aunque sea mentira. Estuve a punto, pero entendí que no estamos en ese momento de la relación. Ella me dejó claro que tiende a aislarse si se agobia, que necesita su espacio, y esta situación, desde luego, no se presta mucho a eso. Yo no podía pedirle que viniera a Phoenix porque ¿qué pasará si resulta que Madison no es mi hija biológica? ¿Cómo voy a querer que ella presencie el modo en que se me hunde la vida? ¿O que me observe mientras me planteo huir hacia un lugar recóndito? Y en ese caso, ¿qué? ¿Le pediría que me acompañase?

No. Es demasiado injusto. Demasiado… demasiado.

Y, sin embargo, me encantaría tenerla aquí.

—¿Nos vamos ya? —dice Maddie por cuarta vez desde que llegamos.

Miro sus ojos confundidos y me pregunto hasta cuándo podré postergar lo de no dar explicaciones. Yo, que me jactaba de contar con ella para tomar cualquier decisión, ahora la he arrastrado hasta aquí con mentiras que no consuelan a nadie, pero que la mantienen en la ignorancia.

—En un ratito —susurro.

Tiene que ser mi hija. Ella no puede ser de nadie más y no me importa lo que digan esas malditas pruebas. Me da igual si lleva o no mi sangre, porque ella es mi hija.

Por un instante, hasta tengo el loco pensamiento de que, si no tiene mis genes, mucho mejor, porque así no heredará todo lo malo que hay en mí o había en mi madre o mi padre. No cargará con la parte biológica de una familia de perdedores, pero solo pienso eso hasta que me doy cuenta de que, si es así, si no lleva mis genes, Gavin y Denise pueden quitármela. Si demuestran que es suya…

Mi corazón se paraliza de nuevo y un segundo después arranca a latir como un loco. Lleva días así, me sorprende mucho no haber tenido un infarto a estas alturas, la verdad. He pensado tantas locuras, tantas barbaridades, que no sé cómo estoy resistiendo.

—Papi, vámonos —me pide ella quejándose y haciendo pucheros.

—Pronto, cielo. Pronto. —Beso su cabeza y cierro los ojos.

No, ella tiene que ser mía. Tiene que serlo porque lo único que tengo claro es que la vida, sin Maddie, no merece la pena.

Así de simple. Así de aterrador.

—¿Madison Sullivan?

Una mujer con bata blanca, sonrisa cercana y ojos amables nos llama desde una consulta y yo aprieto a Maddie contra mí de forma instintiva.

No quiero hacer esto, joder, no quiero, y, aun así, no tengo alternativa.

59

Lili

Estoy cenando en casa de Holly y Evan. Bueno, no sé si a remover mi comida en el plato se le puede llamar cenar, así que vamos a dejarlo en que he venido después de que los dos insistieran en que tenía que hacer algo para despejarme. En cambio, desde que me he sentado el tema ha girado en torno a Blake. No es que me moleste, pero se me hace raro y difícil que Evan maneje bastante más información que yo.

Sé, por ejemplo, que allí el día está comenzando porque tenemos siete horas de diferencia. Sé, también por Evan, que hoy tenía las pruebas de paternidad y le darán el resultado el lunes, pero no sé más porque no he hablado con Blake desde que se fue.

—Está mal —dice mi amigo—. Apenas consigo que hable cuando lo llamo y por mensajes no responde.

—No puedo creerme que estén viviendo algo así —murmura Holly mirando a Charlotte y Bella, que cenan tranquilamente, ajenas a que su mejor amiga durante estos meses está a muchísimos kilómetros de distancia—. Yo no sé qué haría. Me volvería loca.

—Es imposible imaginar una situación como esa —añade Evan—. ¿No has hablado con él? —me pregunta.

—No —admito—. No lo he llamado porque… porque no sé qué decirle. No sé cómo animarlo.

Los dos me miran en silencio. Sé que ven mal mi actitud, pero respetan demasiado mis decisiones. Y el caso es que no he tomado una decisión como tal. He estado tan asustada estos dos días por mis propios sentimientos que he olvidado que ahora, lo importante, es el resultado de las pruebas. Me siento egoísta, pero, al mismo tiempo, intento decirme a mí misma que solo estoy tratando de aprender a gestionar algo así.

—Se están alojando en un pequeño hostal de Phoenix junto con William.

—Qué suerte ha sido que pudiera pedir unos días en el bufete para volar con él —dice Holly.

Eso es cierto. William trabaja a distancia en un bufete de Londres, pero aun así tiene que ir a la ciudad algunos días a la semana. Que le hayan dado unos días de permiso con tanta rapidez es algo que habla mucho y muy bien de lo valorado que está en su empresa.

—¿El lunes le darán los resultados en la clínica? —pregunto.

—Según William han quedado en el bufete de los abogados de Denise para leerlos allí.

Frunzo el ceño. Me parece demasiado violento y… público. ¿Ni siquiera van a darle la opción de decírselo en privado? Pienso en Denise, en lo rencorosa que parecía y en el daño que está intentando causar. Desde luego no va a ponérselo fácil a Blake y, en el fondo, no puedo evitar pensar que, si está armando todo esto, es porque está muy segura de salirse con la suya. Odio pensar así, pero es que esa mujer no permitiría que los resultados se leyeran con tanta gente delante si no tuviera un mínimo de seguridad. ¡Y tampoco pondría una demanda oficial!

—Deberías ir.

Mi línea de pensamiento se interrumpe de forma abrupta cuando oigo a mi amiga. Miro a Holly, que clava sus ojos en los míos con determinación.

—Blake no me ha pedido que vaya.

—Tú tampoco me pediste a mí que estuviera pendiente de ti cuando tus padres murieron. No le pediste a Eleanor que te llenara la despensa de comida durante tus años universitarios. No le pediste a Charles que mantuviera el jardín de la casa de tus padres cuando tú no estabas. De hecho, creo recordar que incluso te enfadaste bastante cuando hicieron todas esas cosas. ¿Qué solías decirnos?

—Que no nos metiéramos en su maldita vida —dice Evan justo antes de comerse un trozo de carne del modo más casual posible.

Lo miro mal en el acto.

—No es justo que saquéis a colación mi actitud de aquella época. ¡Estaba atravesando el mayor duelo de mi vida! Me sentía triste, cansada y sobrepasada todo el tiempo.

—Llámame loca, pero creo que Blake se siente exactamente así en estos momentos. —Es un golpe tan bajo que me quedo helada mirándola. Ella se da cuenta, así que suaviza el gesto de su cara, pero no sus palabras—. El pueblo de Havenwish estuvo ahí para ti incluso cuando te perdiste tanto como para no querer contar con nadie, Lili. Sé que tienes miedo de quedarte sola, de que Blake se vaya para siempre, pero esta vez hay una parte del resultado que dependerá de ti.

—No es verdad. Si él decide marcharse…

—Aún no lo ha decidido.

—Pero…

—Puedes ponerte todas las excusas que quieras, pero lo cierto es que hoy en día está allí hecho una piltrafa emocional, necesitándote y sin saber qué va a ser de su vida. Y tú, aunque no quieras, tienes que decidir si quieres jugar todas tus cartas y lanzarte hacia una relación que te ha hecho sentir más viva en meses de lo que te has sentido tú sola en años, o por el contrario quedarte aquí, en la seguridad de Havenwish y tu casa, pero sin saber lo que podría haber pasado si hubieras olvidado tus miedos y hubieses ido tras él enfrentándote, incluso, a un posible rechazo.

Es como un golpe en la boca del estómago. Sus palabras me afectan tanto que me levanto de la mesa con una disculpa y me marcho a casa. Ni Evan ni Holly me siguen, lo que solo es una demostración más de lo bien que me conocen.

¿Podría ser yo ese tipo de mujer? ¿Podría ser capaz de ir tras él sin importarme que, en caso de que Maddie no sea suya, salga de mi vida de todas formas? ¿Estoy lista para enfrentarme a perderlo para siempre?

Entro en casa y, pese a que es de noche y hace un frío de mil demonios, camino hasta el invernadero. Entro y observo las plantas que están a punto de florecer en los próximos días, las que ya lo han hecho y las que aún son semillas que ni siquiera se ven, porque están bajo tierra, listas para recibir luz, calor y agua y poder crecer. Recuerdo las horas que pasé aquí con mis padres, empapándome de su sabiduría, ayudándolos a crear algo especial para nuestro jardín. Siendo completamente feliz.

Ellos no van a volver, no hay posibilidad porque están muertos, pero Blake… Él está vivo. Él todavía puede regresar aquí, a Havenwish. Aún no está todo perdido. Maddie puede ser del tal Gavin, pero también puede ser de Blake. Y si no lo es…, bueno, maldita sea, supongo que tocará luchar con uñas y dientes para que no se la quiten.

Comienza un camino que puede ser largo, duro y tortuoso, pero estoy acostumbrada a los caminos así y, aunque me cueste reconocerlo, creo que los caminos tranquilos y solitarios empiezan a aburrirme.

Entro en casa, me quito el abrigo y saco mi teléfono del bolsillo para llamar al móvil de Holly, que descuelga de inmediato.

—¿Sí?

—¿Podéis ayudarme a conseguir un vuelo medianamente económico y que salga lo más pronto posible hacia Phoenix?

El grito que da Holly hace que me retire el teléfono de la cara con una mueca.

Todavía estoy aterrada por lo que pueda pasar, pero creo que es hora de aceptar que luchar con miedo es, de hecho, lo más valiente que he hecho nunca.

60

Blake

Observo a Maddie balancearse en el columpio del parque y, aunque parezca una tontería, me sorprende verla jugar sin abrigo o chubasquero. Es así como me doy cuenta de que un invierno y un inicio de primavera en Havenwish han bastado para que me adapte al clima de allí. No es que no me moleste la lluvia, pero empezaba a sentirme cómodo con ella. Al contrario de lo que mucha gente pudiera pensar, no echaba de menos el tiempo de Phoenix. Si de mí hubiese dependido, no habríamos vuelto aquí nunca.

Pensar que solo estamos a jueves por la tarde y aún faltan más de tres largos días para saber si Maddie finalmente es mi hija biológica o no… Las horas se me hacen eternas, pero solo hasta que me doy cuenta de que, cuanto antes llegue el día, antes llegará la posibilidad de perder a mi hija. Entonces todo cambia y siento que el tiempo se me escapa entre los dedos y no soy capaz de detenerlo, por más que me gustaría.

Maddie baja del columpio de un salto que la hace aterrizar sobre la arena y viene corriendo hacia mí, sonriendo y con los brazos abiertos de par en par. Se abalanza sobre mi cuerpo y me río mientras beso su cabeza.

—¿Hoy vamos a encontrar el tesoro, papi?

Si he conseguido sentirme mejor, aunque solo sea un instante cuando me ha abrazado, todo se va al traste cuando me doy cuenta de que está buscando respuestas. Otra vez. Ayer tuve que sentarla después de que llorara durante un rato porque quería volver a Havenwish con miss Lili, Charlotte y Bella. Le expliqué que aún no podemos volver porque estamos buscando un tesoro y eso pareció captar su atención, pero ahora, viendo que han pasado solo unas horas y ha preguntado por el supuesto tesoro unas veinte veces, empiezo a pensar que ha sido una mala idea.

—No lo sé, cariño.

Ella me mira pensativa, como si no entendiera que su padre no lo sepa todo.

—¿Y cuándo vamos a casa?

Me trago el gemido de frustración que me brota en la garganta, no con ella, sino conmigo mismo, porque lo hice todo mal al inventarme lo del tesoro y ahora, en vez de hacer una pregunta incansable, hace dos.

Por otro lado, que hable de Havenwish como su casa me emociona tanto que siento ganas de llorar, pero eso es porque nos estamos enfrentado a la posibilidad de perderlo todo para siempre y… no tengo ni idea de cómo podría explicarle esta situación a Maddie llegado el momento.

—Dime, papi —insiste sujetando mi cara para que la mire—. ¿Cuándo vamos a casa?

—Tampoco lo sé.

—¿No sabes nada? —pregunta con su ceño fruncido.

Sonrío, pese a que la tristeza esté comiéndome desde lo más hondo de mi ser.

—Nada de nada, cariño.

Maddie parece tan decepcionada que baja de mi regazo y se va al arenero, donde juega durante un rato a solas, pensativa y sin interactuar con el resto de los niños que hay cerca.

Es tan doloroso verla así que, después de unos minutos, me levanto para irnos al hostal. He quedado en cenar con William, que ha estado trabajando desde su habitación. Por suerte, su hija Harper ha heredado el don para tratar con los niños de él, porque es increíble lo mucho que distrae a Maddie contándole historietas de todo tipo.

El camino es silencioso y triste. No hablamos, no nos miramos, solo nos damos la mano y, cuando llegamos, me pide que la coja en brazos, porque hay un cuadro en la recepción que le da miedo. Lo hago y, como siempre estos últimos días, me pierdo en el aroma que desprende. Recuerdo cuando era bebé y la mayor parte del tiempo olía a vómito agrio. Me costó un tiempo entender que era mejor lavar su cuello y pecho cuando vomitaba algo de leche porque si no, aunque la cambiara de ropa, seguía oliendo un poco asqueroso.

En realidad, me costó entender casi cualquier cosa en relación con la crianza de Maddie. Quizá por eso ahora no puedo creer que alguien esté dispuesto a quitármela. ¿Qué sabe Gavin sobre niños? No lo he visto jamás, pero da igual, sé que tenía la edad de Sophie. No es que sea un niño con veintisiete años, pero si no tiene hijos, no sabrá entender las necesidades que tienen. Claro que, como es de familia adinerada, imagino que estará planeando contratar a una niñera.

Inspiro hondo mientras subo en el ascensor con Maddie en brazos y la aprieto contra mi cuerpo por instinto. No, no va a contratar una niñera porque no va a quedarse con mi hija. Antes arraso con la maldita ciudad que dar la custodia de mi hija.

Las puertas del ascensor se abren y salgo con paso firme, porque pensar en esto siempre hace que experimente una gran urgencia por entrar en nuestra habitación y sentirme, en parte, a salvo.

El problema es que me freno en seco cuando me encuentro de frente con la única persona que, a estas alturas, no esperaba ver aquí.

—¡Miss Lili! —grita Maddie antes de tironear para bajar de mi cuerpo y salir corriendo hacia ella—. ¡Miss Lili, besito!

Lili está en el pasillo mirándome con los ojos muy abiertos, las mejillas encendidas, posiblemente porque está demasiado abrigada para la temperatura de esta ciudad, y unas ojeras terribles que se vislumbran aún con los dos o tres metros que nos separan. Por un segundo loco e ilógico pienso que es una visión. Estoy empezando a tener alucinaciones, lo que solo indica que mi salud mental es bastante peor de lo que ya me temía, pero no. Ella se agacha, coge a mi hija en brazos y besa su frente antes de abrazarla.

—Hola, calabacita. Te echaba de menos.

Podría caer de rodillas ante ella solo por el modo en que trata y mira a mi hija. En cambio, me quedo aquí, erguido, con los brazos caídos y el alma en pie.

—Tú… Eres… Estás aquí —murmuro con la voz mucho más débil de lo que me gustaría.

—Estoy aquí —dice por encima del hombro de Maddie, que está abrazándola de nuevo. Suena emocionada, como si estuviera a punto de echarse a llorar—. Y antes de nada, deberías saber que, si no me quieres aquí, me marcharé sin protestar, pero no aguantaba un segundo más en Havenwish sin venir a vuestro lado.

—No me has llamado. —Intento que no suene a reproche, pero, joder, he necesitado oír su voz durante días.

—No, no lo he hecho. —La primera lágrima rueda por su mejilla, pero se la limpia a toda prisa, dejándome claro que no está contenta con que sus emociones estén ganando la partida—. Estaba ansiosa, asustada y más confusa que en toda mi vida, pero si he venido es porque quiero estar a tu lado en un momento como este, sin importar el resultado. Quiero… quiero estar aquí, contigo, aunque tu mundo se esté tambaleando, Blake.

Tiene a mi hija en brazos, sus ojos parecen un pozo de oscuras emociones y, sin darme cuenta, me encuentro caminando hacia adelante, acortando la distancia que nos separa. No es lento ni premeditado. La abrazo con torpeza, dejando a mi hija en medio de los dos, pero escondiendo la cara en su cuello e inspirando un aroma que, irremediablemente, me transporta al único sitio que he considerado un hogar en el mundo.

Podría intentarlo, pero no encontraría palabras para describir el alivio que siento al darme cuenta, por primera vez en mi vida, de que ella está aquí y ya no tengo que soportar el peso de mi dolor yo solo.

61

Lili

Estar presente para Blake es mucho más fácil de lo que pensé, pero porque la mayor parte del día jugamos a algo que, aunque sea un poco peligroso, parece funcionar: fingir que todo va bien.

No es que queramos hacerlo, es que Maddie necesita que sus días estén llenos de la máxima normalidad posible, así que la misma noche que llego cenamos junto con William, que cuenta historias divertidas que hacen reír a Maddie. El viernes decidimos pasar la mañana visitando Papago Park y el Jardín Botánico del Desierto, y me sorprende muchísimo lo inmenso que es. En otro momento de mi vida me hubiese deleitado con la visita, pero en un momento así me sirve con distraer a Maddie y Blake. Veo sonreír a este último alguna que otra vez, aunque de un modo tan triste que me resulta extraño haber llegado a pensar en el pasado que no sonreía mucho. Sí que lo hacía. Cuando estaba relajado y en confianza Blake solía sonreír de un modo que hacía brillar sus ojos, y me doy cuenta ahora, cuando su sonrisa es tan triste que podría hacerme llorar.

Por la tarde Blake nos lleva a algunos de los sitios más turísticos y tomo un montón de fotos de Maddie. También me hago alguna yo para tenerla de recuerdo, aunque no sé si será un recuerdo bueno o malo. Por último, pedimos a un turista que nos haga una a los tres. Es nuestra segunda foto los tres juntos y estoy segura de que, si comparo con la primera, que fue una selfi que nos hicimos en las calles de Havenwish antes de que todo esto saltara, podría ver la diferencia en nuestros rostros solo midiendo las ojeras y palidez de nuestra piel. Sobre todo la de él. Maddie, en cambio, parece contenta. Blake dice que estos días ha estado distinta, taciturna, preguntando cuándo vuelven a casa e impaciente, pero desde que llegué parece más animada. Me alegro, imagino que mi presencia, en parte, le genera la seguridad de volver a casa, a la escuela, como siempre.

Llegamos al hostal a tiempo de cenar de nuevo con William, que ha preferido quedarse adelantando trabajo todo el día, aunque algo me dice que, en realidad, está dándonos tiempo a solas, porque según me dijo Evan, le habían dado permiso en el trabajo para faltar.

El sábado volvemos a salir y, esta vez, el padre de Harper sí se une a nosotros. Vamos a un teatro infantil, más tarde a un museo y después a comer. Por la tarde William se despide para ir a descansar y nosotros llevamos a Maddie a un parque infantil. Miro a Blake de soslayo. No hemos hablado prácticamente nada de toda esta situación y algo me dice que está centrado en dar a Maddie tantos momentos felices como pueda para no pensar demasiado, pero el día casi ha terminado, mañana será domingo y el lunes…

Siento cómo se me encoge el corazón. No. Es mejor no pensar en el lunes. Va a llegar, el paso del tiempo es irremediable, así que creo que, más que negar la realidad, Blake solo está buscando la forma de pasar las horas lo mejor posible y me uno a su plan. Por eso no pregunto cómo está ni hablo del tema. Aparento normalidad hasta que no quede más remedio que enfrentarnos a la realidad que nos abruma.

El domingo salimos a pasear, pero el aire parece más viciado y cuesta más respirar. Si yo estoy así, no puedo ni imaginar cómo está Blake. Cada vez que lo miro parece... ido. Es como si él estuviera aquí, pero su mente vagara sin rumbo. No deja de coger a Maddie en brazos constantemente. Duerme con ella en brazos, prácticamente no la deja en el suelo ni cuando la niña lo pide, y no puedo culparlo. Hacer como si no pasara nada ha sido una buena opción hasta ahora, pero Maddie se ha dormido y, no hablar de que mañana van a vivir algo trascendental, me parece mal. Sin embargo, hablarlo no me gusta, así que me encuentro un poco atrapada, pero, de todos modos, antes de irme a mi habitación, decido sacar el tema.

—¿Cómo estás?

Acaba de hacer rodar a Maddie por el colchón para bajarla de su regazo y dejarla dormida en la cama. Se sienta, apoyado en el cabecero, mientras yo lo miro sentada en la silla del pequeño escritorio que hay en la habitación. Quedarme en un cuarto distinto ha sido lo mejor desde que llegué. Creo que Blake está atesorando al máximo las noches con Maddie y, tan triste como suena, me parece lo correcto. Porque si pasa lo que más nos tememos, no quiero que tenga en su mente el recuerdo de haberla compartido conmigo, ni con nadie, las últimas noches.

—Mal —admite—. Intento convencerme de que todo va a salir bien, pero no soy tonto. Si no hubiera posibilidades de que esta pesadilla fuera real, no habría una denuncia de por medio. Denise no podría amenazarme tan seriamente.

—Quizá no es suya —respondo—. Si los dos… Si ambos tuvisteis relaciones con Sophie en la misma época, nadie puede saber de quién es. Y, aunque suene absurdo, Maddie tiene muchas cosas de ti. Se me hace muy difícil pensar que no sea hija biológica tuya.

—Tiene los ojos, el pelo y los labios de su madre —murmura.

—Sí, pero hay algo… hay algo en ella que recuerda irremediablemente a ti, y lo sé porque lo pensé desde el principio. Se parece y a la vez no.

—¿Sabes que eso pasa con algunos hijos adoptados? —pregunta de sopetón—. Lo he leído. Hay gente que asegura que, si quieres, eres capaz de ver rasgos iguales o parecidos entre un padre y un hijo aunque este sea adoptado. Así de jodida y maravillosa es la mente.

Trago saliva. No puedo decir nada en contra de eso.

—Queda poco para averiguarlo, supongo.

—No la culpo, ¿sabes? —susurra Blake mirando a Maddie. Por un instante no lo entiendo, pero entonces sigue hablando—. No culpo a Sophie si se acostó con otro. Ella… estaba dolida con el mundo. Hasta hace unos días me negaba a admitir que fuera una posibilidad. Ahora creo que tal vez cometió un desliz. Ella estaba tan tan mal… Me gusta pensar que era la persona más sincera del mundo y que me lo habría contado, pero luego pienso en su insistencia cuando me decía que me llevara a Maddie lejos de su madre. Al principio estaba tan aturullado por el dolor que me quedé en Phoenix. Denise tampoco puso empeño en conocer a su nieta. Puede que estuviera gestionando la pérdida de su hija a su manera. No fue hasta que Maddie cumplió tres años que pareció recordar que ella existía y empezó a interesarse por verla. Me negué, recordé de inmediato la petición de Sophie y entonces fue cuando decidí dejarlo todo atrás y empezar de cero en otro lugar. Uno que no me trajera recuerdos constantes de Sophie y donde Maddie viviera tranquila. Así fue como llegué a Havenwish.

—Quizá sabía que no tenía posibilidades de verla —murmuro—. Tal vez le llevó esos tres años pensar que quería tener contacto.

—O tal vez esos tres años no se interesó porque un bebé no acata órdenes. No sirve para lucir bonita y cumplir un protocolo. Pero con tres años ya podía manejarla a su antojo, moldearla, o intentarlo, tal y como lo hizo con Sophie. Estoy convencido de que solo la quiere para jugar a las muñecas con ella. Ponerle ropa bonita y pasearla por ahí como si fuera un trofeo. Y ni siquiera me importaría si a cambio fuera capaz de darle cariño, pero yo vi cómo estaba Sophie. Yo vi la amargura que vivía. Lo inferior que se sentía todo el rato por culpa de las ideas y estándares que sus padres le impusieron. Yo vi lo destrozada que estaba, así que no puedo... No sé...

Su voz se enronquece y guarda silencio, intentando recomponerse. Me levanto de la silla, camino hasta la cama y me siento en el borde, a su lado. Blake busca mi mano de inmediato y nuestros dedos se entrelazan antes de que siga hablando.

—Tal vez Sophie se acostó con Gavin, no lo sé, pero eso no cambia el hecho de que quería a su hija lo bastante como para pedirme que la apartara de la vida de su madre. Y tampoco cambia el cariño que hubo entre nosotros. No puedo culparla por fallarme una vez, cuando yo he fallado tantas.

—Es una buena forma de verlo —murmuro acariciando sus dedos—. Y estoy segura de que, si fue así, Sophie tendría sus razones para estar con Gavin, aunque fueran equivocadas.

Blake guarda silencio unos segundos y, cuando habla, casi rezo para que vuelva a callarse, porque me duele demasiado oírlo así.

—Si Maddie no es mía…

—Lo es.

—Pero si no lo es…, no voy a entregarla, Lili. No puedo entregarla.

Me mira a los ojos y me resulta imposible no darme cuenta de lo que está intentando decirme. Es una locura, los dos sabemos que no puede vivir escondiéndose eternamente del mundo. La familia de Sophie es poderosa y, tarde o temprano, los encontrarán. Maddie no merece ese tipo de vida, y él tampoco, pero decírselo ahora es enfrentarlo a una realidad que lo supera por completo. Tal vez debería, pero no puedo. No tengo corazón para decirle que no puede secuestrar a su hija, aunque la sienta suya, porque lo cierto es que, cuando este tipo de situaciones llegan, uno se bloquea tanto que no sabe qué decir o hacer para mejorar un poco las cosas.

No contesto. Miro a mi regazo, a nuestras manos unidas, e intento por todos los medios no pensar que sus palabras también implican despedirme de él para siempre. De los dos. Y no estoy lista. No estoy nada lista, así que alzo su mano, beso sus dedos, un segundo después su mejilla y salgo de la habitación tras pedirle que descanse lo máximo posible.

Me levanto para irme a mi dormitorio, no porque esté excesivamente cansada, sino porque el dolor de sus palabras empieza a asfixiarme y no quiero que me vea llorar o hundirme. Él ya tiene demasiado encima.

Justo cuando estoy a punto de salir, oigo su voz de nuevo.

—Lili. —Me detengo con la mano en el pomo, no abro la puerta, pero tampoco me vuelvo hacia él. Aun así, sigue hablando—. Sé que es demasiado injusto pedirte esto. No tengo ningún derecho y entenderé perfectamente tu respuesta, pero deberías saber que si por un casual quisieras abandonar tu vida y huir conmigo yo... yo te querría a mi lado. —Mi piel se eriza y mis lágrimas están a punto de desbordarse—. Si mañana... Si las cosas salen mal, quiero que sepas que me hubiese encantado que todo fuera distinto. Me habría encantado ser parte de tu vida, aunque nunca pueda esperar que lo dejes todo por mí.

Asiento, pero sigo sin volverme, porque no quiero que vea las lágrimas que ya han empezado a rodar por mis mejillas. Es injusto, Blake no merece más dolor, pero aun así giro el pomo de la puerta para salir. Solo cuando estoy en el pasillo, a punto de cerrar la puerta, siento que mis propias emociones me asfixian.

No puedo dejarlo así. Independientemente del resultado de mañana, no puedo dejarlo así. Vuelvo dentro, a la habitación, y me encamino hacia donde Blake sigue sentado, con aspecto derrotado y más pálido de lo que lo he visto desde que lo conozco. Me agacho, beso sus labios y enmarco su cara entre mis manos para asegurarme de que me mira y me presta atención.

—Pase lo que pase mañana, no te vayas sin decírmelo. No... no te vayas sin contar conmigo, Blake.

Él me mira con los ojos muy abiertos. No sé qué entiende, porque ni siquiera yo sé qué estoy intentando decir, salvo que... que todavía no estoy lista para separarme de él. Que es posible que no lo esté nunca, por loco que suene.

Salgo de la habitación con el corazón acelerado y, esta vez sí, cierro la puerta. Todo esto es demasiado para las emociones de cualquier persona, por eso, cuando entro en mi habitación, sé que no voy a dormir en toda la noche.

Un mundo de posibilidades locas, absurdas y completamente fuera de lugar se abre paso en mi mente y paso las horas visualizando cómo sería mi vida en cada uno de esos supuestos.

Cuando llega el amanecer no tengo nada claro, salvo que esto duele demasiado. Maddie duele demasiado. Blake, también. Y la certeza de haber perdido a mis padres. Y Havenwish... Maldita sea, cómo duele la simple idea de no volver a Havenwish. Sin embargo, aun así...

Me levanto, me ducho y me visto con un vaquero y un jersey liviano. El más liviano que tengo. Elegí fatal la ropa para venir, pero es que no tengo nada adecuado para esta ciudad.

Una hora después, William, Blake, Madison y yo entramos en la sala de un prestigioso bufete donde, entre altas cristaleras, un equipo de abogados, la propia Denise, su marido y el chico que supongo que es Gavin nos esperan.

El despliegue de la familia de Sophie es evidente. Tienen a todo un equipo de gente poderosa de su lado y nosotros... nosotros tenemos a William, que es muy buen abogado, pero no tiene, ni por asomo, los conocimientos de este equipo, sobre todo porque venimos de otro país y esta mañana he entendido, de golpe, que

William no trabajaba estos días para su bufete, sino intentando entender la jurisprudencia de estos casos en los Estados Unidos. Ha pasado días encerrado en la habitación buscando la mejor forma de ayudar a Blake dependiendo del resultado de las pruebas de paternidad.

Me sorprende ver que Gavin intenta acercarse a nosotros. Alguien a su lado se lo impide.

—Papá… —murmura él.

Recibe una mirada del que por parecido podría ser su padre que no deja lugar a réplicas y yo trago saliva. Es extraño, pero Gavin no parece una mala persona. De hecho, parece… taciturno. Triste. No está aquí para luchar con uñas y dientes como Denise, desde luego.

Nos sentamos frente a una mesa de cristal imponente. Blake con Maddie en brazos, yo a un lado y William al otro.

Un señor con un traje más caro que toda mi casa, a juzgar por cómo se ve, empieza a leer un informe sin prácticamente mirarnos a la cara.

Al principio no entiendo nada. Habla de referencias técnicas, pruebas realizadas y datos a tener en cuenta, según él, para valorar la paternidad. Siento la mente como en una nube y no soy capaz de mirar a Blake. Ojalá tuviera el valor, pero soy incapaz de ver cómo se tambalean los cimientos de lo único que lo ha hecho sentir válido en toda su vida, que es la paternidad de Maddie.

Intento respirar con normalidad, pero es demasiado difícil cuando tanta gente tiene los ojos puestos en nosotros.

Al final, mis oídos captan irremediablemente las palabras que se dicen en la sala ante el silencio de todos.

—El análisis estadístico de la probabilidad de paternidad del donante de la muestra, Gavin Rockwell, respecto a la donante de la muestra, Madison Sullivan, teniendo en cuenta la estructura genotípica del presunto padre y la distribución de los distintos marcadores analizados en la población, ha dado como resultado una probabilidad de paternidad del 99,998234 % que, según los predicados verbales de Hummel, corresponde a una paternidad prácticamente probada.

Se oyen varios murmullos en la sala, pero nada, jamás, se comparará al grito desgarrador que sale de la garganta de Blake.

62

Blake

Es todo demasiado confuso. Un instante había un abogado leyendo un documento casi ininteligible y al siguiente, al parecer, he dejado de ser el padre de Maddie. Grito, sé que grito porque me oigo, pero no soy capaz de registrar lo que ocurre realmente.

Veo que Denise se levanta de su silla y se acerca, lo que hace que automáticamente me ponga en pie con mi hija en brazos y me aleje caminando hacia atrás, en una huida inútil.

—Te lo dije, Samuel. No es tuya.

—No te la vas a llevar. —Ella se acerca más y mi grito es tan alto que Maddie empieza a llorar y se aferra más a mi cuerpo—. ¡Ni se te ocurra dar un paso más, Denise! ¡Ella es mía!

Maddie aprieta tanto sus manitas alrededor de mi cuello que siento sus dedos clavados en mi piel. Pero no me detengo. Lili se levanta y se coloca entre Denise y yo, impidiéndole avanzar, pero eso no sirve para calmar a la niña, y mucho menos a Denise.

—¡Tienes que dármela inmediatamente! Lo que estás haciendo es ilegal. ¡Estás secuestrando a una niña que no es tuya!

—¡No! —grito—. No te la voy a dar jamás. No vas a llevártela. No puedes, no...

—¡Es mía! ¡Es de mi hija y de Gavin!

Intenta acercarse, pero Lili la empuja suavemente, sorprendiéndome.

—No te acerques más. Si tanto te importa la niña, intenta entender que esta situación está siendo sumamente estresante para ella.

—¿Y tú quién eres?

—Eso no te importa.

—Bueno, basta ya. —Quien se acerca esta vez no es Denise, sino el hombre que acompaña a Gavin y ha resultado ser, además de su padre, el abogado principal del equipo de Denise—. Samuel, tienes que entregar a la niña. Las pruebas son concluyentes.

—¡Papi, vamos a casa! —grita Maddie, que saca la cara de mi cuello para sujetar la mía con las dos manos e intentar que la mire. Está tan desesperada que no deja de gritar y llorar—. ¡Vamos a casa! ¡Quiero ir a casa!

Mi corazón se rompe en tantos trozos que soy incapaz de responderle, pero las lágrimas brotan de mis ojos, pese a mi intento de contenerlas, y Maddie se asusta aún más. Llora, llora muchísimo porque sabe que algo va mal y, aunque nada me gustaría más que calmarla, siento que, si la miro más de dos segundos, si me descuido un solo instante, van a aprovechar para arrebatármela.

—Ya nos vamos, cariño, ya nos vamos.

—¡Ya! —grita—. ¡Quiero irme ya!

Hago amago de salir de aquí, porque está demasiado nerviosa y temo que sufra su primer ataque de ansiedad con solo tres añitos, pero algunos de los abogados se levantan y hacen barrera para impedírmelo. Es una puta pesadilla y maldigo el momento en que se me ocurrió traer a Maddie, aunque me dijeron que era obligatorio. William se suma a Lili, colocándose delante de mí y dejándonos atrapados entre sus cuerpos y la pared. Es absurdo porque somos minoría, pero me niego a aceptar que pueden arrancar a mi hija de mis brazos sin importarles su estado emocional.

—No hagas esto más difícil, Samuel —me dice el marido de Denise—. Si tengo que llamar a la policía para que nos entregues a la niña, no dudaré en hacerlo.

—No vais a llevaros a mi hija.

—¡No es tuya! —grita Denise desesperada y acercándose mucho. Demasiado—. ¡Es de Sophie y de Gavin y vas a dármela ahora mismo!

Maddie llora y grita desesperada cuando nota cómo se acerca, se aferra a mí tanto que su cuerpo intenta gatear por el mío en una huida hacia ninguna parte. Yo la abrazo tanto como puedo y tiemblo, sé que tiemblo porque lo advierto en el modo en que el cuerpo de mi hija se sacude entre mis brazos.

Se acercan más. No solo Denise, sino su marido y algunos de los abogados. Me siento tan acorralado que creo que podría morir de angustia si no fuera porque Maddie depende de mí. Todo es demasiado intenso, demasiado ruidoso, demasiado duro.

Y entonces, justo cuando están a punto de llegar a mí, oigo a Gavin gritar por encima de todo el mundo consiguiendo que toda la gente que hay en esta sala lo mire.

—¡No es mía! —Tiene los ojos abiertos al máximo, la respiración agitada y las manos en alto, como si intentara detener un maldito tiroteo—. ¡No es mía!

Estoy apoyado contra la pared, Maddie está tan nerviosa que no consigue calmarse ni siquiera en mis brazos y creo que, ahora mismo, ninguno de los dos entiende nada.

—Hijo… —Su padre lo mira severamente para que guarde silencio, pero él se niega.

—Esto ha llegado demasiado lejos —dice con la voz rota—. Demasiado lejos.

—Gavin… —insiste su padre.

Maddie no deja de llorar, así que, aprovechando que todo el mundo parece pendiente de Gavin y no de nosotros, tiro de la mano de la única persona a la que confiaría a mi hija para que nos mire.

—Sácala de aquí, Lilibeth —murmuro.

Ella coge a Maddie de inmediato. La niña no se resiste, creo que es la única persona con la que se siente segura, aparte de mí. William los escolta hasta la puerta y, esta vez, todo el mundo parece tan consternado que nadie lo impide. Cuando la puerta se cierra Denise me fulmina con la mirada.

—Más vale que no salga de este edificio.

Intento responder, pero Gavin se me adelanta. No le habla a ella, sino a mí. Me mira directamente y puedo ver en él a un hombre tan desesperado como yo, aunque seguramente por motivos distintos.

—Sophie y yo nunca nos acostamos —me dice—. Ella solo salía conmigo para que la dejaran en paz y porque sabía que conmigo estaba a salvo. Yo la entendía. Era mi amiga.

—Gavin, cállate.

—¡No, papá! —Me mira y puedo ver en él cierto tormento que, hasta ahora, no había vislumbrado—. Sophie vino a verme

451

cuando estaba embarazada, me dijo que no quería tener el bebé, pero que era demasiado tarde. Que sus padres querían darlo en adopción y que se lo estaba pensando. Pensé que lo haría, que sería lo mejor para ella porque estaba echando su vida a perder, pero después, cuando enfermó... Ella quería al bebé. Estaba aterrorizada, pero quería al bebé. Y estaba convencida de que serías un buen padre. Me lo dijo, Blake. Ella me lo dijo.

Abro la boca en un intento por responderle algo, pero no puedo. Las piernas me tiemblan tanto que temo caerme en cualquier momento. Al parecer, Gavin lo toma como una razón para seguir hablando.

—Denise vino a verme hace unos meses, cuando te marchaste de Phoenix. Me dijo que habías secuestrado a Maddie, que la tratabas mal y no dejabas que ella la viera. Que tenía derecho a ver a su nieta y que eras un mal padre, pero he visto a la niña llorar. —Mira a los hombres de la sala aparentemente desesperado—. Ninguna niña llora así por separarse de su padre si él es malo. Es evidente que se quieren y yo no puedo cargar con este peso. Ni siquiera quiero a la niña, ni ser padre. Simplemente me dijeron que...

—¡Cállate! ¿Me oyes? ¡Cállate! —grita su padre. Y podría ser un grito provocado por los nervios, pero el modo en que Gavin se encoge me deja claro que en esta sala sí hay malos padres, aunque no sea yo.

Gavin intenta hablar, pero entonces Denise pierde la compostura al gritarle por primera vez que guarde silencio. Y de pronto, mi cabeza empieza a despejarse. Creo que lo hace al mismo tiempo que la cabeza de William, porque se endereza y se acerca a Gavin con paso amenazante. Demasiado amenazante para un hombre que suele ser educado, cercano y amable. Al final va a resultar que sí es un gran abogado.

—¿Estás diciendo que las pruebas que estáis aportando son falsas? —Gavin guarda silencio—. Hijo, ¿entiendes la gravedad de los hechos? Si eso que dices es cierto vamos a denunciaros por falsificación e intento de secuestro, entre otras cosas.

Gavin se queda blanco, pero no más que yo, que intento respirar a duras penas.

—Yo solo quería lo mejor para la hija de Sophie. Ella era mi amiga. Yo… yo…

No puede decir más. Está tan acobardado que mira a su padre, pero este le devuelve una mirada tan cargada de odio que sentiría lástima por Gavin, de no ser porque estoy demasiado ocupado intentando recuperar el ritmo de mi respiración.

Maddie es mía. Siempre ha sido mía. Sophie no me engañó, tal y como yo pensaba, y corroborarlo me alivia tanto que siento que otra vez se me agolpan las lágrimas en los ojos, no solo porque no me engañó, sino porque odio el modo en que su propia madre ha intentado manchar su nombre con la única intención de quitarme a Maddie.

—Blake, vámonos de aquí —dice William antes de volverse hacia la familia de Sophie—. Todos ustedes tendrán noticias nuestras.

Salimos de la sala acristalada con paso firme, él más que yo, que todavía intento que no me tiemble el cuerpo entero.

Lili está sentada en el sillón más lejano de la sala de espera con Maddie en brazos. Ya no llora, pero es porque hay alguien más distrayéndola. Eleanor deja de hacerle carantoñas para levantarse de su sillón y mirarme ansiosa, esperando una respuesta. A su lado, Charles y Evan aguardan en silencio.

—¿Qué…? ¿Qué hacéis aquí?

—Bueno, hijo, en un momento tan duro como este era evidente que debíamos venir en representación de Havenwish —dice Charles—. Queremos que sepas que el pueblo entero está con vosotros.

—Holly no ha podido venir porque se está ocupando de los niños de la escuela —dice Evan—, pero yo no podía quedarme en casa sin hacer nada.

Abro la boca para intentar decir algo, pero no lo logro. El que sí habla es William, que les informa rápidamente de que Maddie es mía y tenemos que salir de aquí cuanto antes.

Es como si acabara de dar órdenes a un ejército compuesto por un matrimonio anciano, un padre en estado de *shock*, un hombre más acostumbrado a los números que a los conflictos y una propietaria de escuela infantil que mataría por todos sus niños y, en este instante, abraza a mi hija como si… como si ella fuera lo único que importa, porque así es.

Entramos en el ascensor y, en cuanto las puertas se cierran y empieza a bajar, cojo a Maddie en brazos y la aprieto contra mí, esta vez sintiendo el alivio expandirse por mi cuerpo. Es mi hija. Siempre lo ha sido, pero ser consciente de que esta pesadilla está llegando a su fin me ha dejado completamente agotado.

Nos dirigimos en un par de taxis hacia el hostal en el que nos hospedamos para hablar con calma y, durante el camino, intento pensar que todo va a solucionarse. Esta vez de verdad. No tengo ni idea de qué viene ahora, ni qué tengo que hacer, pero sé que nada, ni nadie, podrá amenazar de nuevo con quitarme a mi niña.

Y también sé que Madison acaba de ganar una familia que no es rica ni poderosa, pero es la mejor familia del mundo, porque se compone de un padre que daría la vida por ella, una miss que la adora y un pueblo entero dispuesto a protegerla siempre que lo necesite.

63

Lili

Nunca he cantado tantas canciones de cuna como en esa sala de espera. Jamás he abrazado a alguien con tanto dolor y esperanza como he abrazado a Maddie en esos momentos. Y ahora que por fin vamos en un taxi de vuelta al hostal, ahora que la miro aferrarse a su padre con la tranquilidad que solo él podía reportarle, mi cabeza no puede parar de pensar.

En solo una semana ha pasado de ser una niña que se sentía querida y segura de sí misma, a vivir un remolino de emociones e incertidumbres que ningún niño debería experimentar.

—Miss, besito —dice con la cabeza apoyada en el pecho de su padre y estirando su mano hacia mí.

Aún parece acongojada y eso hace que mis emociones se desaten de un modo instintivo.

Porque no está pidiendo solo un besito. Quiere que la reconforte junto a su padre, que la haga sentir bien de nuevo. Ella no lo sabe, pero está pidiendo que cojamos todos sus miedos, los metamos en una bolsa y los hagamos desaparecer para siempre. Y aunque no hay nada que me gustaría más, es imposible, así que lleno su cara de besitos mientras tarareo una canción de cuna y, cuando por fin se calma en brazos de Blake, me prometo a mí misma dedicar mis días a intentar que Maddie olvide que, durante unas horas, su vida se convirtió en un infierno por culpa de gente egoísta que solo quería hacer daño a su padre y usarla como moneda de cambio.

Acaricio su cabello y pienso en su madre y en que, si es cierto eso que dicen de que pueden vernos desde el más allá, ahora mismo debe debatirse entre el orgullo de ver a Blake luchar por su hija y el asco más inmenso por ver la actitud de sus padres.

Pienso en mis propios padres, que antepusieron siempre mi felicidad a todo lo demás y soy consciente de la suerte que tuve. Los perdí demasiado pronto, eso es cierto, pero disfruté de dieciocho años de amor sin barreras ni condiciones. Un amor tan puro que jamás me hizo dudar.

Eso es lo que merecen todos los niños. Eso es lo que merece Maddie. Y eso solo se lo da Blake. Lo miro mientras sostiene en brazos a su niña, todavía con la tensión de quien ha pasado un infierno entero en apenas unos días. Puede que no sea rico ni poderoso. Ni siquiera es un hombre dado a las sonrisas fáciles, pero es porque él mismo no lo ha tenido fácil y, aun así, no he visto a nadie desvivirse por su hija del mismo modo que lo hace él.

Maddie suspira, relajándose por completo en sus brazos, y yo miro sus preciosos ojos grises y pienso en lo mucho que la adoro. Y en lo mucho que adoro a su padre, por loco, repentino y precipitado que parezca.

Pienso en eso y en que no importa lo que cueste, tardemos o perdamos en el camino, porque nunca voy a arrepentirme de haber venido aquí para luchar con ellos hasta conseguir que volvamos a casa juntos.

Siento los dedos de Blake buscar los míos sobre el asiento del taxi y, cuando lo miro de nuevo, me doy cuenta de que tiene sus ojos puestos en mí.

Imagino que Blake va a decirme muchas cosas a lo largo de nuestra vida, pero creo que jamás podré ver sus sentimientos tan claramente como los veo ahora, y solo espero que, en el fondo, sea capaz de entender que todo eso que intenta decirme con la mirada yo también lo siento.

Quizá por eso sonríe.

Tal vez por eso yo le correspondo.

64

Blake

Llegamos al hostal y nos adueñamos de la pequeña sala de estar que apenas cuenta con un sofá de dos plazas, un sillón y algunas sillas esparcidas. William ha pasado todo el viaje en taxi consultando su teléfono y, aunque aún no puede hacer llamadas a su despacho de Londres por el cambio horario, nos asegura nada más llegar que eso no es un problema porque, *a priori*, sabe que podemos denunciar por fraude y falsificación, pero está seguro de que podemos añadir más cosas. Habla tanto que en un momento determinado me siento mareado. Maddie parece tranquila, pero es porque se ha dormido en mis brazos, creo que fruto del estrés que ha sufrido esta mañana. O puede que por fin note que papá no está tenso como una tabla. El caso es que me niego a soltarla, así que estoy en el sofá con ella encima y Lili a mi lado. En el sillón se ha sentado William, y Eleanor, Charles y Evan se han conformado con las sillas.

—¿Qué debería hacer ahora? —pregunto interrumpiendo la diatriba de William—. ¿Qué es lo más urgente?

—Creo que lo más importante es hacerte una prueba de paternidad.

—¿Qué?

—Esta vez la solicitaremos nosotros en otra clínica. Lo mejor es que tengas la documentación que lo certifique sin lugar a dudas.

—Creo que es una gran idea —dice Lili—. Podrás empezar de cero de verdad, sin la incertidumbre de que puedan intentar arrebatártela en el futuro.

—Entiendo.

—Es tuya —insiste William—, lo ha dicho Gavin y dudo mucho que haya mentido, teniendo en cuenta cómo se han puesto todos al verse descubiertos, pero es mejor cerciorarnos para evitar la posibilidad de que intenten alguna artimaña.

—Sí, tienes razón —murmuro.

—Buscaré hoy mismo una clínica aquí, en Phoenix, que nos asegure los resultados lo más rápido posible.

—¿Y luego? ¿Podré volver a casa?

—No veo por qué no —confirma William dedicándome una pequeña sonrisa antes de volver a ponerse serio—. Aunque no quiero mentirte, Blake. Vamos a meternos en una larga batalla contra los padres de Sophie, pero creo que tenemos todas las de ganar. Y, en cualquier caso, lo más importante, que es la paternidad de Madison, está fuera de debate. O lo estará en cuanto tengamos las pruebas pertinentes y reales.

—Entonces ¿qué más vamos a aclarar?

Me siento embotado, oigo su voz, pero es como si estuviera lejos, muy lejos de mí, en vez de a solo unos pasos de distancia.

—Aclarar, no mucho, pero voy a encargarme personalmente de pedir daños y perjuicios. Sin contar con que, con la muerte de

Sophie, Madison pasa a ser la heredera de su patrimonio, si lo hubiera. ¿Sabes si Sophie contaba con cuenta bancaria o bienes propios?

—No lo sé. Y de todos modos no quiero su dinero —contesto tajante.

—No es para ti Blake, es para ella.

Sin darme cuenta me he puesto a la defensiva. No quiero nada de la familia de Sophie. Ni bueno ni malo. Por mí pueden pudrirse en el infierno.

—Oye... —Lili coloca una mano en mi rodilla y me mira con esa mezcla de dulzura y determinación tan propia de ella—. No voy a ser yo quien intente convencerte de nada, pero como mujer que quedó huérfana demasiado pronto y tuvo que lidiar con una herencia basada en hipotecas y deudas, tengo que decirte que creo que Maddie debería aceptar lo que le corresponda. Es su derecho. —Guardo silencio y ella frunce los labios—. O, al menos, piensa en lo que le gustaría a Sophie. Después de todo era su dinero.

Lo hago. Pienso en ello. A Sophie no le importaba el dinero de su familia. Al principio creía que eso lo decía porque era una chica con privilegios que no tenía ni idea de lo que era pasarlo mal por cuestiones económicas, pero a medida que la conocí y sus padres fueron quitándole derechos para intentar controlarla, me di cuenta de que realmente estaba tan mal que le importaba muy poco que le quitaran la herencia o todos los beneficios del mundo. Creo que, si hubiese podido librarse de sus padres, habría dado todo su dinero a cambio. Pero luego, cuando miro a Maddie, también pienso en lo que ella opinaría con respecto a su hija. ¿Tiene Maddie derecho a recibir lo que era de su madre, al menos? Creo que Sophie lo hubiese hecho solo para joder a sus padres, pero es algo sobre lo que tengo que pensar con más detenimiento.

—No tengo que decidirlo ahora mismo, ¿verdad?

—No, desde luego que no —dice William.

—En ese caso creo que… creo que voy a ir a la habitación a descansar un poco con Maddie. Soy consciente de que estáis aquí por mí y os lo agradezco muchísimo, pero necesito, al menos, unos minutos a solas con ella.

Todos lo entienden de inmediato, lo que solo me reafirma más en lo increíbles que son. Sí, Evan no se atreve a decirle a su esposa que cocina fatal, Eleanor hace bizcochos para celebrar que tengo sexo, Charles intenta manejar un pueblo con la mano dura de un bebé y William pasa más tiempo mirando su teléfono y consultando datos que hablando con las personas, pero todos forman parte de una comunidad que jamás soñé tener. Y Lili… Ni siquiera tengo palabras para describir a Lili.

—¿Vienes? —pregunto.

Parece emocionada y… ¿agradecida? Como si no creyera que la esté invitando a venir con nosotros, lo cual es un poco absurdo porque me encanta tenerla a mi lado, incluso en los malos momentos. Ella se levanta de inmediato y nos sigue hasta las escaleras. Antes de salir de la sala quedamos con nuestros vecinos en comer juntos de aquí a un par de horas para ver qué haremos de ahora en adelante. Ninguno de ellos menciona la posibilidad de volver ya, pero creo que es porque me ven tan saturado que no se atreven.

Entramos en mi habitación, dejo a Maddie en la cama y miro a Lili, que se tumba por el otro lado sin decir ni una palabra.

Hago lo mismo, dejando a la niña en medio. Estiro mi brazo por encima de la cabeza de mi hija y, cuando ella entrelaza sus dedos con los míos, sonrío por primera vez en lo que parece una eternidad.

—Buscaré una clínica que pueda darme los resultados lo más pronto posible. Necesito volver a casa. Necesito volver a Havenwish.

—Bien pensado —dice sonriendo—. Si conseguimos darnos la prisa suficiente, podremos volver a tiempo para el concurso de jardines. Me urge ganarte, Blake Sullivan.

—Eso ya lo veremos, Lilibeth Turner.

Sonreímos y, acto seguido, aunque intento resistirme, siento el peso de mis propios párpados al cerrarse. Es como si, después de estos días tan infernales, mi cuerpo hubiese perdido todas las energías. Intento oponerme a mí mismo, pero lo consigo solo a medias y, en algún punto, Lili suelta mi mano y me acaricia el pelo de un modo que me hace suspirar de alivio, porque pocas veces me he sentido tan reconfortado.

—Duerme, Blake. No iremos a ninguna parte.

Y con esa promesa consigo, por fin, cerrar los ojos en calma.

65

Lili

La serenidad de la campiña inglesa nos recibe cuatro días después y admito que me sorprende lo mucho que me afecta su belleza, aunque ya lo viví cuando volví después de estudiar en la universidad: ese sentimiento de pertenencia que solo he tenido aquí. Una tranquilidad que jamás conseguiré explicar.

El río que atraviesa Havenwish serpentea como una cinta de plata justo por el centro y, mientras el coche de William avanza y nos acerca al pueblo puedo sentir no solo mi felicidad, sino la de Blake y, aún más, la de Maddie, que aplaude con energía reconociendo ya varias de las colinas.

Entramos en el pueblo y me deleito contemplando las casas con jardines engalanados y repletos de flores para el concurso, que será mañana. Las veredas de las calles están llenas de flores silvestres que posiblemente estaban ya aquí la semana pasada, aunque yo no las viera. O más bien no me fijara en ellas. El día está nublado, el sol asoma de vez en cuando, pero no parece que vaya a dejarse ver en todo su esplendor y, aun así, la primavera nunca me ha parecido tan bonita.

Las banderillas colgadas en las calles me recuerdan lo importante que es esta fecha para el pueblo. Lo que ellos no saben es que para mí lo será aún más, porque desde ahora estas fechas significarán, no solo la primavera, sino la época en que estuve a punto de perderlo todo de nuevo, aunque al final no haya acabado siendo así.

Estamos a viernes, el martes Blake se realizó dos pruebas distintas de paternidad. Una en la misma clínica donde fue Gavin y otra en una diferente, porque quería los resultados por partida doble para evitar cualquier problema futuro. Ambos resultados concluyeron hace solo unas horas que es el padre de Maddie, lo que a su vez demuestra que los abogados de los padres de Sophie falsificaron un documento legal y servirá de prueba en la batalla judicial que han emprendido contra ellos.

Denise intentó ponerse en contacto con Blake el miércoles, pero William se encargó de dejarle claro que, desde ahora, solo puede hablar con él y si intenta acercarse a Madison verá el proceso aún más afectado, porque han pedido una orden de alejamiento. Aún tienen que concederla, pero eso Denise no tiene por qué saberlo.

Sé que la batalla solo acaba de empezar, pero veo a Blake fuerte y listo para luchar. Esta vez no quiere hacerlo desde las sombras, ni huyendo, sino dando la cara y defendiéndose con uñas y dientes. Y el modo en que habla de ello es tan decidido que solo puedo sentir admiración.

No sé en qué momento me enamoré de él, aunque me sorprenda estar tan segura de lo que siento. No sé cuándo ni cómo comenzó a suceder. Tal vez fue mientras me espiaba a través de los muros de la escuela, desconfiando de mí. Quizá fue la primera vez que discutimos en una reunión vecinal, o cuando pensé por primera vez que no era tan cretino como parecía. Seguramente tuvo que ver el hecho de que, en todo momento y sin importar nuestra relación, fuera un padre ejemplar para Maddie. Estoy convencida de que mis defensas cayeron del todo cuando conseguí ver más allá y sentí que Blake es mucho más que ceños fruncidos, miradas hoscas y desconfianza. Es dulzura en el estado más puro de la palabra cuando está con su hija. Y cuando está conmigo. Es la confianza que le cuesta dar, pero que se siente como un regalo cuando por fin la pone a tus pies. Es el mimo con el que cuida el jardín de Eleanor como si fuera el suyo propio. Es su deseo de pertenecer a algo más grande que una familia: a un pueblo entero. Es... es que, en realidad, Blake Sullivan es una de las almas más puras que he podido conocer.

No sé cuándo me di cuenta de todo esto, pero estoy segura de que ahora mismo no imagino mi vida sin él, por loco y arriesgado que suene.

—Tal vez hoy podáis dormir en casa —murmuro.

Blake me mira. William está delante, conduciendo y haciendo como que no nos oye y que su atención se centra solo en la carretera. Eleanor, Evan y Charles volvieron hace unos días, cuando se aseguraron de que estábamos bien.

—¿En el cuarto de invitados? —La intención tras la pregunta es tan clara que no puedo evitar sonreír. Está al otro lado de la sillita de coche que usa Maddie.

—Ella, sí. Tú, no.

Lo entiende de inmediato. Lo sé por el modo en que sus pupilas se dilatan y la esquina de su boca se alza en una sonrisa. Me he empecinado muchas veces en no dejar ver a Maddie nuestra relación, pero me he dado cuenta de que, en realidad, esto es algo positivo. La niña ha visto tanto y tan malo en solo unos días, que creo que ser partícipe de nuestro vínculo será bueno para ella. Y aun así, estoy segura de que respetaremos sus ritmos y en cuanto veamos que se siente incómoda o mal pararemos y nos replantearemos el modo de hacer las cosas.

—Me encantaría, aunque creo que Maddie necesita dormir en su propia cama hoy. —Noto el movimiento de su nuez cuando traga saliva—. Puedes empezar por quedarte tú en casa y, cuando pasen unos días, probamos a cambiar.

La manera en que él mismo ha encontrado el modo de hacerlo mejor y más llevadero para Maddie, sin renunciar a nosotros, es un motivo más por el que estoy enamorada.

—Me parece bien —contesto sonriendo.

Blake inspira de un modo que me hace reír, porque es evidente que no esperaba que lo pusiera tan fácil, pero creo que, después de lo ocurrido, lo mínimo que podemos hacer es esforzarnos por hacernos felices a nosotros mismos, porque si algo nos ha quedado claro es que lo malo viene solo, sin ser llamado.

—Entonces ¿os dejo en casa de Blake?

La voz de William suena tan risueña que sé que, en el instante en que nos deje en casa, le contará a medio pueblo lo ocurrido. Mañana todo el mundo sabrá dónde he dormido y, siendo el concurso de jardines, puedo adivinar sin esfuerzo el tipo de comentarios a los que tendremos que enfrentarnos. Que eso me haga sonreír, en vez de poner mala cara, solo es una demostración más del golpe de realidad que nos hemos dado en solamente unos días.

Bajamos del coche cuando por fin llegamos a casa y, aunque estamos cansados después de un vuelo eterno y unos días de emociones indescriptibles, creo que todos notamos el subidón de adrenalina que nos provoca el grito de Maddie al ver a sus queridísimas Charlotte y Bella en el jardín de Eleanor.

La niña tironea para que la bajemos y, en cuanto queda libre, sale corriendo hacia ellas y las tres se funden en un abrazo tan intenso que me emociona, porque sé que Maddie tiene en ellas lo mismo que tengo yo en Holly y Evan. Y por experiencia puedo decir que no hay regalo más grande que una amistad así.

Miro a mi amiga, que también me observa emocionada mientras se acerca y me abraza. Oigo a Evan y Blake hacer lo mismo y sé que esta es la mejor bienvenida que podían darnos a Havenwish, sobre todo porque, cuando acabamos de abrazarnos, me doy cuenta de que de casa de Eleanor sale más gente. Vecinos y vecinas que aguardaban que llegáramos para recibirnos y hacer que Blake se sienta más en casa y a salvo que nunca.

Derramo algunas lágrimas porque, de un modo inevitable, pienso en lo parecido que es esto a cuando yo volví de la universidad y me instalé de nuevo en el pueblo. Empecé una etapa de mi vida que no fue fácil, pero en la que estuve acompañada de un montón de gente que, si bien resultaba metiche y cotilla a diario, también sabían cómo preocuparse y dar lo necesario a alguien para que se sintiera arropado cada día.

Y aunque yo esté enamorada de Blake Sullivan, soy muy consciente de que Havenwish y sus vecinos llenarán una parte de su corazón que siempre les pertenecerá. Así fue conmigo. Así es como debe ser, en realidad.

Habrá quien no lo entienda, estoy segura, pero Havenwish no fue creado para entenderlo, sino para vivirlo y empaparse de sus experiencias, su gente y todo lo que tiene que ofrecer, que es mucho.

Tanto, que ni siquiera encontraría palabras para describirlo.

66

Blake

La primera noche en casa después de nuestra vuelta es tan tranquila que me hace sentir como si lo hubiéramos vivido mil veces.

Cenamos los tres juntos, como tantas otras veces, pero en esta ocasión, cuando Madison pide un cuento, quiere que estemos los dos. Subimos las escaleras con ella, le leemos por turnos hasta que se duerme y, una vez conseguido, nos vamos a mi habitación, donde Lili se desnuda, abre el armario y coge una de mis camisetas antes de meterse en el baño para darse una ducha.

La sigo por inercia, me quito la ropa y entro con ella. Nos jabonamos, nos besamos y no pasamos de ahí porque creo que los dos tenemos bastante claro que lo de esta noche está por encima de todo, incluido el sexo. Yo estoy agotado y ella no se ve mucho mejor. Salimos de la ducha, la ayudo a secarse el pelo y luego nos metemos en la cama, cada uno por un lado, y nos encontramos en el centro, tumbados de costado y mirándonos de frente.

—¿Cómo estás? —pregunta entonces acariciando mi barba.

Que haya esperado a este momento exacto en el que nada ni nadie puede interrumpirnos es solo una muestra más de por qué es tan especial Lilibeth Turner.

—Cansado, agotado, en realidad. Feliz, aunque un poco asustado aún.

—Es normal, han sido demasiadas emociones en muy poco tiempo, pero todo está bien. Tienes que repetírtelo hasta creerlo.

—Lo sé. —Cierro los ojos cuando la yema de su dedo baja desde mi frente hasta la punta de mi nariz—. No sé qué habría hecho sin ti estos días —confieso.

—Lo mismo que has hecho hasta ahora, Blake. Luchar incansablemente y vencer. Llevas toda la vida haciéndolo, así que no tengo dudas de que lo habrías conseguido. —La miro en silencio y con tanto agradecimiento como soy capaz de sentir—. Ella estaría orgullosa de ti.

Que mencione a Sophie siempre con ese cariño, sin rastro de ningún rencor o celos, demuestra lo increíble que es. Sé que parece algo básico, que cualquier persona medianamente decente debería actuar así, pero también sé, por experiencia, que no hay mucha gente medianamente honrada en el mundo, aunque parezca que sí.

—Eso espero —admito—. Creo que le gustarías—. Su sonrisa sincera, nada insegura, hace que me acerque y bese sus labios con suavidad—. A mí, desde luego, me encantas.

—Y tú a mí. —Sonríe y se muerde el labio—. Blake, yo...

—Lo sé.

—¿Lo sabes?

—Yo también te quiero.

—No sabes si iba a decir eso.

—Espero que sí o el ridículo será tremendo —confieso frunciendo el ceño.

Su risa jovial, divertida y un poco traviesa vuelve después de muchos días inciertos.

—Te quiero —dice en un suspiro que hace que las palabras suenen como música celestial.

Ya lo intuía, o eso me gusta pensar. Lo he podido ver en gestos que dicen mucho más que las palabras. Sobre todo cuando se enfrentó a sus propios miedos y voló hasta Phoenix para estar conmigo.

—Esta vez todo saldrá bien —susurro, más para intentar creérmelo yo mismo que otra cosa.

Lili sonríe, se acerca y hace que me tumbe boca arriba, colocando mi cabeza en su pecho y abrazándome.

No tardamos mucho en dormirnos y, en mitad de la noche, Maddie viene al dormitorio, como suele hacer. Cuando enciendo la lamparita y descubre a Lili me planteo si quizá deberíamos tener ya esta charla. Por un instante me tenso. Lili sigue durmiendo, así que no se entera de nada. Mi hija sube a la cama, se coloca en el centro y la mira antes de mirarme a mí y sonreír.

—Es la miss, papi. —Se le escapa una risa tan traviesa que no puedo evitar reírme también y besar su mejilla.

Supongo que es cierto eso de que los niños entienden ciertas situaciones de un modo mucho más natural que los adultos.

—Ajá.

—¿La miss vive aquí ahora?

Me rasco la barbilla. Es de madrugada, mi cabeza todavía no funciona al cien por cien y no quiero despertar a Lili, así que carraspeo un poco y abrazo a Maddie para que se acurruque contra mí.

—Algo así.

—¡Bien!

Elevo las cejas. Sí, definitivamente, los niños lo entienden todo mucho mejor que los adultos. Me río, la beso y, por primera vez en muchos días, me quedo dormido sintiendo una paz indescriptible.

Al día siguiente nos reunimos en la plaza del pueblo. No llueve, por ahora, pero unas nubes negras amenazan con abrirse en cualquier momento. Pese a eso, Charles, con su sombrero de la palabra adornado especialmente para la ocasión con flores silvestres, está empeñado en leer la valoración del jurado con respecto al concurso de jardines justo ahí, sobre el pequeño templete que hace las veces de miniescenario.

Aun a estas alturas algunas ancianas siguen discutiendo acerca del abono mágico, Matilda continúa pinchando a Eleanor porque no es justo que contara con mi ayuda, según ella, y Holly persiste en el empeño de repartir unas galletas caseras que todos los habitantes de Havenwish intentan escupir disimuladamente para no herir sus sentimientos. Evan es el único que se las traga. Ese hombre es el tipo más enamorado que he conocido en mi vida. Y eso que yo por Lili haría prácticamente cualquier cosa, pero estas galletas…

—Corre, aquí —dice Lili abriendo su bolso y metiendo mis galletas sin que nadie se dé cuenta.

Sonrío y la abrazo agradecido por su astucia.

En medio de todo ese jaleo, mi hija juega con otros niños de Havenwish corriendo de aquí para allá y yo recuerdo que, en realidad, mi mayor rival para el concurso de jardines es la chica que tengo rodeada por la cintura.

—Queridos habitantes, como ya sabéis, la primavera cumple un papel esencial en Havenwish. Es el momento en que nuestras flores se abren, nuestras colinas se llenan de verde y…

—¡Venga, joder, que va a llover! —grita alguien.

—¡Te he visto, Harry! Pienso tener una charla con tu padre acerca de ese comportamiento.

Diría que Harry se lo toma a mal, pero no lo sé porque muchos en el pueblo instan a Charles a que diga el ganador o ganadora de una vez por todas. Al final consiguen enfadarlo lo suficiente como para que sus mejillas se enrojezcan y abra el sobre a tirones.

—Blake Sullivan, ¿contentos? ¡Blake Sullivan es el ganad…! Un momento. ¡Somos nosotros! —exclama a Eleanor—. ¡Querida, el jardín de Blake Sullivan es el nuestro!

Eleanor grita de júbilo, Matilda suelta una retahíla de improperios, sube al templete y le quita el micro y el sombrero de la palabra a Charles, pese a sus protestas.

—No seas pesado y no te atribuyas el mérito. Puede que el jardín fuera vuestro, pero el ganador es Blake por el modo en que ha conseguido hacer crecer una enredadera que, cuando llegó, estaba prácticamente naciendo, así que, chico, ven aquí y recoge tu trofeo.

Estoy un poco impactado, la verdad. Todo el mundo aplaude y me mira, incluida Lili. Yo subo, recojo el trofeo y, cuando me da el micro y el sombrero, casi lamento haber ganado, porque esto de hablar en público no es lo mío y, además, llevar el sombrero me hace sentir un tanto ridículo.

—Eh… Gracias.

—¡Qué locuaz! Menos mal que es guapo, Lilibeth.

Me ofendería un montón por esas palabras, pero las ha pronunciado Marie y tiene como noventa años, así que solo frunzo el ceño, le doy el micro a Charles y hago amago de bajarme porque, en lo que a mí respecta, ya no tengo ganas de decir más. Al menos hasta que recuerdo que, en realidad, sí que hay algo que quiero decir. Vuelvo sobre mis pasos, aprovecho que con los nervios he olvidado devolver el sombrero y le quito el micro a Charles, que estaba a punto de hablar de nuevo. Carraspeo, lo que hace que el sonido sea estridente por el micrófono y algunos vecinos se quejen.

—He recordado que sí quería decir algo. Gracias.

—¡Eso ya lo has dicho, tío! —profiere el tal Harry, que parece ser que hoy está inspirado.

—¡A la próxima impertinencia te pongo a hacer trabajos comunitarios, chico! —grita Charles.

Bueno, parece ser que nadie tiene nada en contra de eso, así que no seré yo quien se queje. Me concentro en el micro y en las personas que me miran. En Maddie y Lili, sobre todo.

—Cuando llegué aquí no sabía bien qué esperar de Havenwish, pero tenía un montón de sueños a los que ni siquiera me atrevía a poner nombre. Me gustaría tener un don de palabra más fluido, pero no es así, de modo que solo diré que agradezco mucho haber llegado aquí y haberme topado con una comunidad como esta. Gracias, no solo por este premio, sino por todo lo demás. En especial por todo lo demás.

Esta vez sí que doy el micro y el sombrero a Charles, que me sonríe un tanto emocionado, y bajo del templete mientras los vecinos aplauden y me siento un poco avergonzado, pero contento de haber dicho lo que de verdad siento.

Lili me abraza con delicadeza cuando llego a su altura, pero no me besa y creo que es porque sabe que, si lo hace, las bromas no cesarán y ahora mismo necesito quitar el foco de mi persona un poco.

—Al final me has ganado, ¿eh? —Es tan evidente que su ofensa es fingida que elevo una ceja.

—¿Qué puedo decir? Soy el mejor.

—Oh, lo eres —dice riendo y palmeando mi pecho—. Lo eres. Voy a por una taza de té. ¿Quieres…?

—Cerveza. O café. Nada de té para mí.

—Supongo que hay cosas que no van a cambiar —murmura mientras se marcha arrugando la nariz con desagrado.

Todavía me estoy riendo entre dientes cuando Eleanor se coloca frente a mí, me quita el trofeo y lo alza frente a mi cara.

—Sabes que no lo mereces de verdad, ¿no? —Por un instante pienso que lo dice porque el jardín que he cuidado es el de ellos, pero entonces vuelve a hablar, dejándome anonadado—. Esa enredadera… no la plantaste tú.

—Cierto, solo la he cuidado mientras crecía.

—¿Sabes quién la plantó? —La miro entrecerrando los ojos.

—¿Tú? —Niega con la cabeza—. ¿Charles? —Vuelve a negar—. ¿Ted?

Esta vez su risa es tan estridente que varios vecinos se giran a mirarnos.

—Quiero mucho a mi hijo, pero los dos sabemos que no diferenciaría una piedra de una planta. —La miro expectante y ella dirige la vista al fondo de la plaza, donde Lili hace cola para que le den nuestras bebidas—. Te dije que era una gran chica y yo nunca me equivoco.

—¿Fue Lili?

La sonrisa de Eleanor es tan maternal y dulce que me sorprende que Lili no vea lo mucho que esta mujer la adora. Sé que ella la aprecia mucho, pero de verdad, creo que Eleanor es prácticamente el ángel guardián de Lili.

—Solo unos días antes de que llegaras al pueblo vino a verme, me dijo que la había encontrado en una tiendecita de Londres, que le habían asegurado que era de rápido crecimiento y sería espectacular en primavera.

—No me lo ha contado nunca.

—Bueno… Lili es Lili. Cuesta mucho estar a su altura. —Intento hablar para mostrarme de acuerdo, pero vuelve a interrumpirme—. Y sin embargo tú lo estás. —Palmea mi hombro mientras se aleja—. Disfruta de tu premio, querido.

Se aleja mientras me quedo aquí observando a Lili hablar con algunos vecinos, recoger algunas pastas y nuestras bebidas y acercarse con una sonrisa que ilumina partes de mí que ni siquiera sabía que existían.

Cuando llega a mi altura cojo mi taza y no me resisto a besarla suavemente. Contra todo pronóstico, ningún vecino se ríe de nosotros. O puede que no los oiga porque, sinceramente, no me importa lo que hagan o digan.

—Gracias.

—Si llego a saber que vas a agradecerme así una taza de café habría ido antes.

—Lili…

—¿Sí?

—La enredadera…

—Es una buena enredadera. Has hecho un gran trabajo.

—Sabes muy bien de qué hablo. Este premio debería ser tuyo.

Ella sonríe, coge el trofeo de mi mano y lo sopesa un instante antes de hablar.

—En realidad da un poco igual, porque algo me dice que, de un modo u otro, tus trofeos y los míos acabarán en la misma balda.

Hay tanto de ella, de nosotros y de nuestro futuro en esas palabras que todo lo que puedo hacer es besarla de nuevo.

Los vecinos siguen sin reírse de nosotros, pero eso es porque están ocupados intentando ponerse a salvo de una lluvia que cae tan repentina que nos empapa en los pocos minutos que tardamos en coger a Maddie e ir corriendo hasta la casa de Lili, que es la más cercana a la plaza.

Entramos entre las protestas de Maddie, que no tenía pensado acabar su tarde de juegos aún, y la risa de Lili, que está preciosa con el pelo lleno de agua y las mejillas encendidas por la carrera.

—¿Todavía sigues pensando que Havenwish es el mejor lugar del mundo?

—Por supuesto. ¿Qué es un poco de lluvia en comparación con todo lo bueno que ofrece a cambio?

—Nada, supongo —responde con una sonrisa que me derrite en el acto.

Sentimos los brazos de Maddie rodearnos cuando nos besamos y, por un instante, juraría que puedo tocar la perfección con mis propios dedos.

Este abrazo a tres bandas, la risa de Maddie, el beso de Lilibeth y Havenwish como telón de fondo: eso es todo lo que pienso pedir cada día al despertar.

Todo lo que necesito para ser feliz.

Epílogo

Lili

Cinco años después

Oigo los gritos de Blake y Maddie desde la cama. Abro los ojos, miro el reloj y refunfuño. Apenas está amaneciendo. ¡No puedo creer que ya estén discutiendo!

Me levanto, no sin esfuerzo, porque estar embarazada de casi nueve meses aporta muchas cosas, pero agilidad no, y bajo las escaleras intentando armarme de paciencia porque algo me dice que ya sé de qué va la pelea.

Los encuentro en la cocina y me impacta la estampa que representan. Han pasado cinco años desde que empezamos a salir juntos, pero todavía, algunos días, me cuesta creer que hayamos formado algo tan increíble. Blake prepara el desayuno mientras Grace, nuestra hija de un año, lo observa sentada en su trona y desmenuza con sus deditos las tortitas que le ha preparado su padre.

Frente a la mesa, Maddie mira a su padre lo más dramáticamente que puede. Tiene el pelo rubio despeinado, los ojos aún hinchados por el sueño y una determinación que, desde luego, ha heredado de Blake.

—Por última vez, Madison: no vas a ir a una acampada en mitad de la nada donde puedan atacarte osos, serpientes o…

—¡Vamos con vigilancia, papá! ¡Si hasta va a ir Jackson, que es más pequeño! Y nadie jamás ha visto un oso en Havenwish.

—Eso es porque no miran bien.

—¡Papááá! —Madison palmea la mesa con desesperación—. ¡Tengo casi nueve años! ¡No soy una niña!

Blake la mira con la boca abierta.

—¿Me estás hablando en serio?

Yo intento aguantarme la risa, pero lo debo de hacer mal, porque llamo la atención de los tres y me doy cuenta en el acto de que el bebé va a reclamar mis brazos de inmediato y los otros dos van a intentar convencerme de que me una a su bando, así que opto por la salida fácil.

—Me hago pis. Mucho pis.

Me voy al baño, pero no sirve de nada porque Madison se viene detrás, y Blake detrás de ella. Oigo a Grace gritar, lo que hace que mi chico pierda tiempo en volverse a por ella.

—Mamá, dile que puedo ir a la acampada. ¡Irá todo el mundo! Jackson hasta llevará una guitarra.

—Ese mocoso no sabe acabar una comida sin meterse el dedo en la nariz ¿y ahora resulta que toca la guitarra? —pregunta Blake con Grace en brazos.

Nuestra hija pequeña estampa sus manitas llenas de comida en su camisa de trabajo y Blake pone mala cara, pero solo hasta que recuerda que ahora mismo le ocupa algo más importante.

—¡No te metas con Jackson! ¡No es ningún mocoso!

Blake la mira boquiabierto, otra vez, y luego fija sus ojos en mí.

—Habla tú con ella porque yo no puedo más.

Se gira para ir a la cocina y me deja a solas con una niña que está entrando en la preadolescencia por la puerta grande, una barriga inmensa de embarazada y una vejiga a punto de estallar.

—Mamá…

—Luego, cariño, de verdad. Dame un minuto.

Entro al baño, hago mis necesidades y luego me lavo las manos… dos veces. Es que necesito tiempo, de verdad. Si de normal me cuesta un poco procesar las cosas cuando me levanto, a estas alturas del embarazo siento que no podría despertar a mis neuronas ni con un litro de café.

Me siento pesada, incómoda, aletargada y… feliz. Sí, también feliz. Es cierto que este embarazo fue una sorpresa, porque Grace apenas tenía tres meses y pensamos que no pasaría nada. Consejo del día: siempre pasan cosas si no tomas precauciones.

El caso es que ahora que nuestro tercer hijo está a punto de llegar al mundo no podría ser más feliz. Será el último, lo tengo clarísimo, tener tres hijos a mis treinta años me parece más que suficiente como para plantarme. Quizá por eso he intentado disfrutarlo al máximo. Lo que no quita que ya me duelan los riñones, la cabeza y las piernas lo suficiente como para que este niño salga y desaloje mi cuerpo cuanto antes. A poder ser hoy mismo.

Abro la puerta del baño y me sobresalto, porque Maddie sigue ahí plantada, esperando una respuesta.

—Cielo, mamá necesita unos minutos más.

—¿Y qué pasa con mi campamento?

—Lo hablaremos más tarde, te lo prometo.

—Pero, mamá…

Hace unos pucheros tan adorables que casi me convence. Casi. Soy lo bastante lista como para saber que, si cedo a esa mirada lastimera, me tocará discutir con su padre, que es tan cabezón como ella. Me lo digo a mí misma una y otra vez: es una trampa en la que he caído demasiadas veces.

—Más tarde, calabacita.

—Acuérdate de no llamarme así delante de la gente, ¿vale? Qué corte.

Me duele el alma. Es como una puñalada. Puedo llamar calabacita a Grace, pero no sería lo mismo. A ella queremos avergonzarla con otro apelativo, para variar.

—¿Cuándo has crecido tanto? —pregunto más para mí misma que otra cosa.

Es como si Maddie fuera consciente de esa puñalada ahora. De pronto sus ojos se suavizan, su sonrisa vuelve a ser la de la niña dulce y amorosa que aún es, aunque vaya teniendo pequeños ataques de personalidad, y sus bracitos rodean mi cuerpo mientras apoya la barbilla en mi barriga.

—Cuando dormías —responde del mismo modo que cuando era pequeña.

Sonrío, beso su frente y voy con ella hasta la cocina.

—Intenta que el día sea calmado hoy —susurro—. Te prometo que hablaré con papá después del concurso de jardines. Entiende que está nervioso.

—¿Por qué? Nuestro jardín es el mejor.

Sonrío con orgullo. Es uno de los mejores, desde luego. Blake ha instalado un pequeño estanque en la parte delantera, hemos metido algunos peces y ahora los niños de la escuela se vuelven locos cada vez que pasan por delante de casa. Todos quieren ver los peces de la miss.

Entramos en la cocina y Maddie se va derecha hacia su padre. Lo abraza y puedo ver en Blake la nostalgia entremezclándose con la alegría de saber que está creciendo justo como él soñaba: libre, feliz, sin más problemas que los típicos de su edad.

Los días en los que Denise intentó arrebatársela quedan tan lejos que apenas los recordamos. No hemos vuelto a saber nada de ella, al menos directamente. Durante un tiempo fue un dolor de cabeza, porque intentaron oponerse a dar a Maddie el dinero que Sophie guardaba en su cuenta, además de algunas joyas que le pertenecían. Blake lo reclamó con fiereza, no por él, sino por Madison, que finalmente ha crecido siendo perfectamente conocedora de su historia y de que tuvo una madre antes de que yo llegara que, de haberla conocido, la habría adorado.

La familia de Sophie desapareció después de que tuvieran que entregar los bienes de su hija a Maddie y no hemos vuelto a saber de ellos desde que el juez ordenó el pago por daños y perjuicios. Blake todavía espera que lo hagan en el momento menos esperado y, aunque supongo que es posible, estamos preparados para luchar contra ellos según los plazos que estipula la ley. Contra ellos y contra todo lo que venga, juntos, como hemos hecho siempre desde que hace cinco años decidimos ser una familia.

Grace llora y Blake la acerca hasta un farolillo que está pensado para que cuelgue de los árboles, pero que tenemos en casa porque nuestra pequeña adora que se encienda y consigue calmarla como pocas cosas. Se lo envió una antigua amiga de mis padres desde Irlanda cuando supo que había nacido y que, además, llevaba su nombre, porque siempre me pareció bonito y especial.

—Debería vestirme —murmuro mientras miro a Maddie, aún abrazada a su padre, y a Grace riendo con su juguete favorito.

Debería moverme de verdad, pero no lo hago porque esto... Esta escena es todo lo que soñé aun cuando no me atrevía a decirlo en voz alta. Blake me mira, al parecer siendo consciente de que estoy en uno de esos momentos en los que podría llorar de felicidad durante un buen rato. Deja a nuestra hija pequeña en brazos de la mayor, se acerca y acaricia mi barriga con una mano y mi mejilla con la otra.

—¿Todo bien?

—Todo genial —digo con la voz un poco rota—. Son las hormonas... y que soy muy feliz.

Él sonríe, me besa y apoya su frente en la mía.

—He hecho algo, pero tienes que prometerme que no vas a reírte de mí.

—¿Qué has hecho?

—Antes promételo.

—Blake...

—Promételo, Lilibeth.

Lo hago. Prometo no reírme de él, y entonces Blake me arrastra escaleras arriba, hacia nuestro dormitorio. Me fijo de manera inevitable en las fotos que decoran la pared de las escaleras. Casi todas de Maddie y Grace, y me toco la barriga por instinto, porque en solo unos días un nuevo miembro llegará exigiendo su hueco.

—Si quieres sexo, te advierto que no me siento nada sexy ni con ganas. En realidad, creo que encontraría más satisfacción en verme los pies sin tener que esforzarme que en...

—No quiero sexo —dice riendo—. Bueno, sí quiero, pero no ahora. Puedo esperar a que lo quieras tanto como yo. —Me río y mira atrás, guiñándome un ojo—. Es otra cosa.

Puede parecer una tontería, pero un guiño de Blake todavía consigue que algo en mi interior revolotee. Puede que hayan pasado cinco años, pero el hombre que un día me conquistó con gruñidos y malas caras todavía sabe cómo ponerme nerviosa y, afortunadamente, ya casi no gruñe. No a mí, al menos.

Entramos en nuestro dormitorio y me siento en la cama, tal y como él me indica. Lo veo rebuscar en el armario y, cuando encuentra lo que necesita, se gira escondiéndolo detrás de su espalda rápidamente.

—Cierra los ojos.

—Vamos, Blake...

—Cierra los ojos, por favor.

Lo hago, porque parece ilusionado, pero también nervioso. Coloco las manos en mi pantalón, o más bien el suyo, porque desde hace semanas duermo con un pantalón de chándal de Blake. Y una camiseta suya. Digamos que me he aficionado a la ropa ancha de Blake..., aunque no me quede tan ancha en ciertas partes.

Le oigo suspirar mientras apoya algo sobre mi regazo. Una tela, según parece.

—Está bien, ábrelos.

Lo hago, primero lo miro a él, pero parece tan nervioso que la curiosidad me puede. Miro hacia mi regazo y cojo el pequeño jersey que aguarda en él. Es de punto, en color beige y tejido a mano, seguramente por alguien de Havenwish, pero no es eso lo que hace que las lágrimas me sobrevengan, sino el nombre bordado con puntadas desiguales y un poco deformadas en el centro. Neil.

El nombre de nuestro hijo que, en antiguo gaélico, significa nube, porque fue lo más parecido que encontramos a un nombre que hablara de la lluvia y nos gustara. Lo miro, tan nervioso que se muerdo el labio inferior.

—¿Has bordado un jersey para nuestro bebé? —pregunto con la voz temblorosa.

—Eleanor dice que, si practicara, se me daría bien bordar, pero creo que no es lo mío, la verdad.

—Has bordado un jersey para nuestro bebé —reafirmo.

Él sujeta mis manos, las besa y me mira con esa mezcla de amor y serenidad que tanto me afecta.

—Te he visto bordar ropa para nuestros tres hijos. Lo hiciste con Maddie desde antes de que estuviéramos juntos con aquella chaqueta vaquera, y más tarde en mucha de su ropa. Lo hiciste con cada prenda que compraste o tejiste para Grace desde antes que naciera y lo has hecho con Neil desde que supimos que llegaría. Sé que para ti es importante y necesitaba… Necesito que sepas que para mí también lo es. Mucho. Bordaría mucho por ti, Lilibeth, aunque no me guste nada.

Me río y me doy cuenta con el movimiento de que las lágrimas ya corren sin mucho control por mis mejillas. Me inclino para besarlo, pero la barriga me molesta y él lo entiende en el acto, porque se incorpora poniéndomelo fácil.

—Es el mejor jersey del mundo y pienso ponérselo nada más que nazca.

—Todo el pueblo me criticará, pero tú di que lo hiciste mientras tenías contracciones, ¿vale? Así no se meterán conmigo.

Me río de nuevo, porque sé que lo dice de broma, y me pongo en pie, sorprendentemente llena de energía para nuestro día.

—Le diré a todo el mundo que me quieres tanto que has bordado por mí.

—Evan se va a reír un montón.

—¿Y eso te molesta?

—En realidad, no. Me he reído de ese pobre desgraciado tantas veces por comerse las mierdas de Holly que es lo menos que merezco.

Sonrío, dejo que me bese de nuevo y, cuando me deja a solas para que pueda vestirme tranquila, pienso en nuestros amigos y la relación que hemos conseguido alcanzar también con ellos. Son como familia. Sin el «como». Son familia. La familia que se elige y la que siempre está, como Eleanor, Charles y todos los demás.

Me pongo un peto que tengo que quitarme al darme cuenta de que ya no abrocha, ni siquiera dando de sí al máximo los tirantes, así que elijo unos *leggings* y un jersey de lana que en condiciones normales me queda muy ancho y en mi estado actual me queda más bien ceñido por la zona del vientre. A continuación, me peino y, cuando me miro al espejo, me gusta cómo me veo. Puede que me queje de los tobillos hinchados, del cansancio y de mi vejiga prácticamente inútil, pero lo cierto es que me encanta ser mamá y todo el mundo en Havenwish lo sabe.

Bajo las escaleras, cojo a mi pequeña Grace en brazos, agradeciendo que Blake la haya cambiado y vestido, y caminamos hacia la plaza, donde darán el premio al concurso de jardines de este año.

No ganamos, pero eso es porque, para sorpresa de muchos, Holly se alza con el trofeo. Después de años diciendo que no le gusta la jardinería, mi amiga por fin ha aprendido a entender las plantas y resulta que se le da bien con la misma intensidad que se le da mal cocinar. ¿Quién iba a decirlo? Es cierto que me ayudaba de vez en cuando en la escuela, pero se quejaba tanto que nunca pensé que tendría este don. No es broma. Intuyo que Holly se alzará con el trofeo a mejor jardín durante unos cuantos años. ¿Quién sabe? Quizá algún día, dentro de mucho tiempo, pueda acusarla de usar abono mágico delante de todo el pueblo.

—Lo seguiremos intentando —dice Blake a mi lado, sosteniendo a Grace, porque a mí ya me pesaba mucho, y mirando con el ceño fruncido a Maddie, sobre todo cuando habla con Jackson.

Dios, el modo en que va a ser insoportable como padre de una adolescente me provoca risa y desesperación a partes iguales.

—¡Lilibeth, querida, has activado el riego! —grita Eleanor concentrando su atención en mis piernas.

Miro hacia abajo, pero, para ser sincera, lo único que veo es mi barriga. Sin embargo, no necesito verme para sentir la humedad. Mis ojos buscan los de Blake de inmediato, que empieza a hiperventilar y me mira con esa mezcla de miedo y emoción que ya sentimos cuando nació Grace. Solo que, en aquel parto, Blake no logró librarse del todo del recuerdo del parto de Sophie. Necesitó pasar por todo el proceso y darse cuenta de que esa vez salía

490

bien para relajarse y poder disfrutar de nuestro bebé y lo que habíamos conseguido. Esta vez no parece tan asustado, aunque sé que nunca logrará disfrutar de este proceso, pero al menos se lo está tomando con calma, o eso pienso hasta que pone a Grace en los brazos del primer vecino que encuentra a su paso y se sube al templete quitándole el micro a Charles.

—Vale, necesitamos que el vecino que más rápido conduzca de Havenwish nos lleve al hospital.

Para mi propia sorpresa varios alzan la mano y se disputan el puesto de kamikaze oficial del pueblo. Yo miro a Blake espantada, pero, cuando él llega donde estoy, me besa y sonríe para tranquilizarme.

—¿Lista para una nueva aventura?

—Eso creo.

Las primeras gotas caen de sopetón, porque no estaba tan nublado como para que empezara a llover, pero supongo que esto también forma parte de nuestra historia. No habrá una sola ocasión especial en nuestras vidas sin que la lluvia no aparezca y eso, que puede parecer engorroso, es, en realidad, el mejor regalo que podría imaginar.

Oímos un claxon y volvemos la cabeza justo a tiempo de ver a Evan derrapar con una furgoneta que no es suya en el centro de la plaza.

—¡Se la he robado a Harry!

—¡Estoy aquí, Evan, no seas tan descarado! —se queja Harry.

Nuestro amigo hace un gesto con la mano, desechando por completo su protesta.

—¿Vamos, chicos?

—Joder, adoro este pueblo —dice Blake limpiándose el agua de la cara con la manga de su jersey.

—¿Aunque llueva en primavera? —pregunto.

Él me mira y se ríe justo antes de besarme, pese a las protestas de todos los vecinos que piensan que deberíamos subir a la furgoneta de una vez.

—Aunque llueva en primavera —me dice con la sonrisa más bonita que he visto nunca.

Entramos, miro por la ventanilla y me aseguro de que Eleanor tiene en brazos a una de mis hijas y Holly controla a la otra. Me apoyo en el respaldo del asiento, sujetando la mano de Blake, y me preparo para traer al mundo a un nuevo habitante de Havenwish.

Ahora sí: que comience la aventura...

Agradecimientos

Cuando empecé a escribir este libro ya tenía la idea de crear algo reconfortante. Un lugar en el que mis lectoras quisieran perderse, que alimentara sus corazones y las hiciera sentir como el té caliente en los días más fríos. Lo que no imaginé nunca fue que yo misma iba a perderme en Havenwish hasta el punto de, aún hoy, meses después de haber acabado el libro, echar de menos la sensación de abrir el documento con la historia, ponerme el sombrero de la verdad y adentrarme en las vidas de Lilibeth, Blake, Eleanor y todos los demás.

Me resulta imposible pensar en este libro sin pensar en todas las personas que me ayudaron a hacerlo posible. Quizá por eso no me canso de darles las gracias.

A mi familia, que aún tiene que convivir con el hecho de que personajes ficticios me afecten tanto como para evadirme tomando notas en cualquier momento, ya sea en una reunión familiar o en una fiesta del pueblo.

A mis hijas, que son una fuente de inspiración constante para mí. Havenwish siempre tendrá un poquito (mucho) del espíritu que veo en vosotras.

A mi marido, por el apoyo constante y por creer en mí siempre. Aun cuando yo no creo. Sobre todo entonces.

A mis lectoras, por recibir cada historia que creo con ansia e ilusión. Gracias por vuestras palabras antes, durante y después de leer mis libros; alimentan mi alma.

A mi equipo de Montena, la gente que me acompaña día a día y aguanta mis frustraciones, miedos y ataques de pánico con valentía y una sonrisa reconfortante. Edición, Comunicación y prensa, correctores, Marketing y un larguísimo etcétera. Sois muchos luchando por mí y por este sueño. Nunca tendré palabras suficientes para agradeceros la confianza puesta en mí.

A Pablo, mi agente, por confiar en mí y acompañarme en este camino tan intenso.

A mis amigas, las escritoras, las lectoras y las que no tienen nada que ver con el mundo de los libros. Gracias por los audios eternos, las risas entre tapas y los abrazos reconfortantes en los momentos malos. Y gracias por estar ahí cada día, sin importar qué ocurra.

A todas las maestras del mundo, especialmente a las que, como Lili y Holly, cuidan a los más pequeñitos. Gracias por querer y cuidar con tanto mimo a lo más valioso que tenemos nosotros, los padres.

Gracias especialmente a mi amiga Mari que, además, es la seño de mi hija pequeña. Sin ti no habría podido desarrollar a Lili como lo hice. Gracias por responder a las preguntas fáciles, a las normales y a las que no había por dónde coger, ja, ja, ja.

Por último quiero dar las gracias a todas las personas que me enseñaron a cuidar mi jardín. Parecerá tonto, pero hasta hace algunos años era incapaz de mantener vivo un cactus. Hoy, meter las manos en la tierra es sentir que conecto conmigo misma de un modo que solo había logrado con los libros. Gracias, gracias, gracias a todos los que me habéis ayudado a enamorarme de la naturaleza.

Nos vemos por los libros. =)